Brandon Taylor

*Die letzten Amerikaner*

Brandon Taylor

# Die letzten Amerikaner

Roman

Aus dem amerikanischen Englisch
von Maria Hummitzsch

PIPER

*Mehr über unsere Autorinnen, Autoren und Bücher:*
*www.piper.de/literatur*

Die amerikanische Originalausgabe erschien 2023
unter dem Titel *The Late Americans* bei Riverhead,
Penguin Random House LLC, New York.

Von Brandon Taylor liegen im Piper Verlag vor:
*Real Life*
*Vor dem Sprung*



Unser Versprechen für mehr Nachhaltigkeit
Klimaneutrales Produkt
FSC®-zertifiziertes Papier
Hergestellt in Deutschland

FSC
www.fsc.org
MIX
Papier | Fördert gute Waldnutzung
FSC® C014496

ISBN 978-3-492-07236-6

Published by arrangement with Riverhead Books,
an imprint of Penguin Publishing Group,
a division of Random House LLC

Gesetzt aus der Sabon
Satz: psb, Berlin
Druck und Bindung: GGP Media GmbH, Pößneck
Printed in Germany

*Du weißt, wie du einen Gott empfangen würdest.*
*Was, wenn es*
*eine Portion seines Fleisches wäre? Was, wenn du*
*schrecklichen Hunger hättest?*

Derrick Austin

# 1

# Die letzten Amerikaner

Im Seminar, Masterstudierende auf Plastikklappstühlen: sieben Frauen, zwei Männer. Naiv genug, um an die Transformationskraft der Lyrik zu glauben, in ihren dunkleren Momenten jedoch zynisch genug, Lyrik als pseudospirituelle Bestimmung zu betrachten, vergleichbar mit der Besessenheit der Fernsehevangelisten.

Draußen der letzte blaue Oktobertag. Im Wetterbericht Schnee.

Sie besprechen das Gedicht »Andromeda und Perseus«, vorgelegt von Beth, die den Titel des Gemäldes von Tizian umgedreht und Andromedas Leid damit in den Mittelpunkt gerückt hat, nicht die Heldentaten von Perseus – Vergewaltiger, Mörder und Frauenvernichter.

»Die Geißelung ist genauso brutal wie die Gefangenschaft«, sagt das stämmige Mädchen aus Montana.

Das Gedicht erstreckt sich über fünfzehn einzeilig bedruckte Seiten und enthält unter anderem eine bildhafte Beschreibung von Periodensex, bei dem Menstruationsblut in eine graue Bettdecke sickert. Das Blut wird in Anlehnung an den »Rostfleck« auf Medusas Gewand nach ihrer Enthauptung durch Perseus als »Gorgonenmal« bezeichnet.

Reihum lassen sie das anspielungsreiche System der Bilder und die narrative Verdichtung des Gedichts auf sich wirken, die seinem Gegenstand eigene emotionale Erregung, seine wachsende kulturelle Bedeutung betr.: Frauen, betr.: Trauma, betr.: Körper, betr.: Leben am Ende der Welt.

»Mir gefällt die gestische Improvisation – krass Joan Mitchell«, sagt Helen, die früher mal eine Art mormonische Kinderbraut in einem Vorort von Denver war und heute über einer Bar im Zentrum von Iowa City wohnt, wo sie Gedichte über sterbende Kinder und Filzläuse schreibt.

»Ich meine, so scharf, diamantenscharf. Könnte jedes Püppchen aufschlitzen, weißt du? Wow.« Noli, neunzehn, Wunderkind. Eine Enttäuschung für ihre Eltern. Lyrik statt was? Medizinstudium? Krebs heilen?

»Absolut. Aber so roh. So instinktiv.«

»Und das noch mal intensiviert ...« Mika, achtundzwanzig, ein Abziehbild von Stevie Nicks mit ihren Armreifen, Stiefeln und hauchdünnen Fummeln.

»... aufgeladenes Hochspannungsdope ...« Wieder Noli, so mitteilungsbedürftig heute. So gesprächig.

»Stimme, Stimme, Stimme.« Jetzt Linda, schwarz, aus Tulsa. Braids. Schimmernde Haut. Sie hat an der University of Texas Physik studiert, am MIT ihren Doktor gemacht. Abgeschlossen. Oder abgebrochen. Ist jetzt jedenfalls mit den anderen hier in Iowa. In irgendeinem Spannungsverhältnis zu Noli, auch schwarz, auch so ein Genie. Aber keine Schwester. Stattdessen intensive gegenseitige Abgrenzung.

»Endlich was *Echtes*«, sagt Noli. Lindas Augen verengen sich zu Schlitzen. »Aber absolut schlüssig. Also kein faker Poetry-Slam-Scheiß. Einfach nur Stimme.«

»Ich will das in meinen Adern. So was von«, sagt Helen.

Das Geschleime ergießt sich über Beth, die die Komplimente gelassen entgegennimmt. Ihr Professor, wortmächtig, nie ganz im Rennen um den Pulitzer, aber auch nie ganz aus dem Rennen, nickt langsam, während er wie ein beschissener Jugendpastor über sie wacht.

Jedenfalls lief es in Seamus' Kopf so ab, während er im Halbschlaf vor sich hin döste. Dann kam er wieder zu sich, zurück in den Raum, war wieder präsent und sah richtig hin. Beths Lippen bildeten einen schmalen Strich, ihre Augenbrauen tiefe Furchen. Übellaunig trotz des Lobs, wo doch Lob so sehr das Ziel der Gedichte schien, die sie schrieben. Um auf die Schulter geklopft zu bekommen. Gefeiert zu werden. Zu modernen Heiligen und Märtyrerinnen gemacht.

Wie verdammt kurios, dachte Seamus, dass ein Mensch, der bekommt, was er sich am meisten wünscht, so unglücklich aussehen kann.

An der Stirnseite des Seminarraums trapezförmige Glasscheiben. Der Raum, insgesamt sehr schnittig, dunkle Holzbalken und raumhohe Fenster, erinnert an eine Scheune. Das Sonnenlicht des frühen Nachmittags gebündelt auf dem abgenutzten Boden. Abgeschlossene Schränke voller Bücher von Absolventen, die es zu Midlist-Ruhm gebracht hatten.

Die Patina des Prestiges, genau wie das abgetragene Wachs auf den Dielen, hatte schon bessere Tage gesehen. Aber genau so verhielt es sich mit Prestige – je älter und mottenzerfressener, desto wertvoller. Es gab einen gewissen Typ Lyriker, für den Prestige das Entscheidende war. Lyrik *war* Prestige, und wenn einen niemand ein Gedicht schreiben und ein Lyriker sein sah, war man keiner. Für diese Lyrikerinnen und Lyriker hier bildete das Seminar den Höhepunkt ihres Künstlerdaseins. Nie wieder würde man ihren lyrischen Darbietungen Woche für Woche so viel Aufmerksamkeit schenken.

»Dieses Gedicht stellt die Vorstellung von Verlässlichkeit so richtig infrage. Denn wer könnte eine Erfahrung glaubwürdiger rüberbringen als die Person, die die Erfahrung macht? Aber durch die Ungereimtheiten in der Erzählweise denkt man wirklich darüber nach, ob die Wahrheit eigentlich aus Palimpsesten von Unwahrheiten besteht, oder ...« Wieder Helen, jetzt jedoch unterbrochen von Garza, halb Tunesierin, halb Quebecerin, aber in Toronto und Oakland aufgewachsen.

»Total. Auf diese typische Vicuña-Art, wie in *Spit Temple* ...«

»Ich kann mehr mit Moragas Sicht auf persönliche Geschichte anfangen, und wie wir über Lücken im Archiv hinweg eine Brücke bauen ...« Noreen, aus West Virginia, mit einem leichten Singsang in der Stimme, der vielleicht nur gespielt war – im betrunkenen Zustand verschwand er kurioserweise –, fällt Gaza ins Wort.

»Hartman sagt, Archive funktionieren nach dem Prinzip der ...«, fährt jetzt auch Noli dazwischen.

Diese ständigen Unterbrechungen und Korrekturen, dieses ganze Gerangel und Blendwerk. Wie ein Hund, der endlich seinen Schwanz erwischt und bis auf den Knorpel abkaut. Seamus schaute nach rechts zu Oliver, der zufrieden und empfangsbereit aussah und aufmerksam zuhörte. Wie konnte er das alles so ernst nehmen, fragte sich Seamus, während die anderen weiter über die Gewalt der Archive, Cherríe Moraga und Cecilia Vicuña sprachen, obwohl das vorliegende Gedicht null Berührungspunkte mit ihren Arbeiten aufwies. Das hier war keine Lyrik. Das hier war die Nachahmung von Lyrik auf der Suche nach Anerkennung. Das hier war eine andere Art theatralische Lyrik: Wenn du nur genug Namen einbaust, glauben die anderen, du wüsstest, wovon du redest, und tendieren dazu, das Vage an der Referenz auf ihr eigenes Unwissen zurückzuführen. Seamus jedoch hatte beide gelesen, Moraga und Vicuña. Er hatte Saidiya Hartmans kritische Aufsätze gelesen – *avant MacArthur, bien sûr* – und die kritischen Aufsätze, die auf Hartmans Werk reagierten. Er wusste, Amerika ist ein Krieg der widerstreitenden Archive. Der verschiedenen Versionen der Geschichte mit ihren je eigenen Turbulenzen.

Für diese Lyrikerinnen wäre es einfacher gewesen zu sagen, dass man manchmal lügt und sich manchmal irrt und dass sich die Wahrheit manchmal noch im Laufe des Erzählens verändert. Dass Trauma das Verhältnis zur Wahrheit und dem eigentlichen Instrumentarium des Erzählens manchmal neu konfiguriert. Aber nein, sie deuteten munter weiter. Hängten ihre faden Gedanken an bekannte Namen und hofften, dass jemand sie scharfsinnig, radikal und direkt, Lyrikerin und Denkerin und Genie nennen würde, obwohl sie nur Kinder waren.

»Und der Teil mit dem Blut auf dem Laken! Ich meine, hallo!«, sagte Noli. »Hammer. Unwiderlegbar.«

Seamus blätterte in dem Gedicht zurück, bis er zu der Stelle mit dem Gorgonenmal kam, das ihn in seiner frivolen Frische überrascht hatte. Es hatte diesen Vibe eines Details, wie man es *vielleicht* in einem guten Gedicht fand. Als wäre es von O'Hara, mit einem Umweg über Kooser.

Aber als er die Zeile erneut las, war Seamus doch belustigt. Was für ein Mensch, was für eine poetische Ordnungsinstanz denkt beim Anblick von Menstruationsblut auf einem Bettlaken nach mittelmäßigem Sex an Medusas Enthauptung? Zu komisch. Nicht das Blut an sich, sondern die prätentiöse Verknüpfung. *Da* war er, der Zwang. Die Transsubstantiation von etwas Realem in etwas, das so mit Bedeutung aufgeladen wurde, dass es in sich zusammenfiel. Das gesamte Gedicht wurde zu einem Witz. Gedichte dieser Art tauchten im Seminar oft auf: persönliche Geschichten, die in ein System vager Gesten verwandelt wurden, immer in Bezug auf größere Werke, ohne dass sich ein tatsächliches Verständnis oder echtes Gefühl für diese Werke erkennen ließ. Als Geständnis getarnter Selbstbetrug.

Seamus kicherte vor sich hin.

Ihr Professor, ein kleiner Wicht von Mann mit hoch aufgerichteten weißen Haaren, sah ihn an. Machte eine Pause.

»Hast du etwas hinzuzufügen, Seamus?« Und schon schauten alle zu ihm. Er wusste, dass es eine Art war, die Aufmerksamkeit auf sich zu lenken. Und zugleich der einzige charismatische Charakterzug, den er besaß, doch er hatte keine Kontrolle über ihn. Ja, okay, er hätte sich etwas mehr anstrengen können. Auch das war eine Performance, aber er betrachtete sie als moralisch akzeptabel, weil er *wusste*, dass es eine Performance war. Er tat nicht so, als wäre es Lyrik.

Kurz spielte er mit den Seiten, doch dann, wieder kichernd, sagte er: »Ihre Pussy ist also ein Gorgonenhaupt? Ist das so ein Trump-Ding?«

Ein kleiner Zaubertrick: Stille, der grollende Blackout ihrer Wut. Dann gingen die Lichter allmählich wieder an. Genervtsein. Verärgerung.

Ingrid Lundstrom sagte: »Ich glaube, es zeigt eher, dass wir in einer Welt leben, die Frauenkörper zu Objekten des Ekels und des Schmerzes gemacht hat … und dass unsere Lust nicht uns gehört. Ich denke, das müssen wir anerkennen.«

Ingrid war an der Brown in seinem Jahrgang gewesen. Als sie beide im zweiten Studienjahr waren, wurde ein unverhohlen autobiografisches Gedicht von ihr über das Konvertieren ihres Vaters zum evangelikalen Christentum und seine anschließende Selbstaufopferung im *New Yorker* veröffentlicht. Sie war die Art von Lyrikerin, die in ihren Arbeiten hauptsächlich von sich erzählte, so als wären sämtliche Ereignisse der Menschheitsgeschichte auch nicht viel bedeutender als der leicht überdrehte Bericht ihres ersten Tampongebrauchs. Er fand ihre Gedichte feige und wunderschön und absolut unaufrichtig.

»Ja, aber ihre Möse ist voll mit Medusenblut. Raff ich es nicht? Kapier ich die Anspielung nicht?«

Oliver versuchte lachend einzuschreiten. »Negative Energie, was?«, sagte er.

Der Professor sagte: »Wir sind hier, um das Gedicht zu bezeugen.«

Seamus schnaufte. Ingrid entgegnete trocken: »Ich denke, es ist einfach wichtig, sich daran zu erinnern, dass die Sprecherin des Gedichts ein gewaltvolles Erbe mit sich trägt und diese Ambivalenz in Bezug auf Begehren, Körper, Liebe, Lust berechtigt ist.«

*Bezeugen* und *gewaltvolles Erbe* und *berechtigt*: Durch solche Formulierungen fühlte sich das Lyrikseminar nicht wie eine rein intellektuelle und kreative Übung an, sondern wie ein Tribunal für Kriegsverbrechen. Seamus fand es so ätzend – nicht, weil er glaubte, Trauma sei fake, sondern weil er fand, dass es nicht zwingend etwas mit Lyrik zu tun hatte.

»Geht es dir um Lyrik oder um Sozialarbeit?«, fragte Seamus.

»Spinnst du? Was hast du gerade gesagt?«

Was für eine vernichtende Ehrfurcht, was für ein selbstgerechter Zorn. Erfreut sah er Risse in Ingrids Fassade.

»Ich habe extra keinen geschlechtsspezifischen Ausdruck wie ›Sozialarbeiterin‹ benutzt, nur dass du's weißt. Denn *das* wäre sexistisch.«

Ingrid stand auf und warf Seamus einen gelangweilten, abfälligen Blick zu. Dann ging sie zum Waschbecken im hinteren Teil des Raumes und füllte den Wasserkocher auf.

»Du benimmst dich wie ein Kind«, sagte Helen leise.

Seamus verzog sein Gesicht, als würde er gleich losheulen, und gab vor zu schmollen.

»Wir kommen ziemlich vom Thema ab«, sagte der Professor. Er schaute nach oben in die Sonnenstrahlen, als würde er auf ein göttliches Zeichen warten.

»Die Beleidigungen kamen nicht von mir. Meine Kommentare bezogen sich auf den Text«, sagte Seamus. Beth starrte die ganze Zeit in ihr Notizbuch und kritzelte wütend darin herum, bis eine der Ecken vollständig in schwarzer Tinte ertränkt war. Seamus beugte sich vor, die Ellbogen auf die Knie gestützt, und beobachtete, wie sich ihr Handgelenk vor und zurück bewegte.

»Voll daneben.«

»Arschloch.«

Was für ein Chor der Entrüstung. Wie die Hexen in *Macbeth*, nur nicht so lustig. Nur nicht so lachhaft vergnügt.

»Eure Beleidigungen triggern mich«, sagte Seamus. »Sie erinnern mich an meine schwere Kindheit. Hört bitte auf damit.«

Ingrid stellte den Wasserkocher an, der kurz darauf losrauschte.

»Das Gedicht«, sagte der Professor. »Das Gedicht ist der Maßstab.«

»Vielleicht atmest du mal kurz durch«, sagte Oliver und legte Seamus die Hand in den Nacken.

»Darauf kannst du Gift nehmen«, antwortete Seamus. Er zeigte ihm die Zähne. Oliver schüttelte nur den Kopf. Aber Seamus konnte nicht aufhören. Er spürte ihre glühende Aufmerksamkeit. Roch den süßen Geruch von Eisen darin. Er gierte nach mehr. Nach dem Ausdruck in ihren Gesichtern, ihrer Wut und ihrem Genervtsein. Sich ihrer selbst so sicher. Ihrer Positionen.

»Wahrscheinlich können wir alle etwas frische Luft gebrauchen«, sagte der Professor. »Vielleicht machen wir für diese Woche Schluss. Ihr könnt gern gehen.«

Oh, Schluss mit lustig. Definitiv Schluss mit lustig. Wie unfair. Seamus stöhnte beim Aufstehen. Oliver folgte ihm. Alle anderen blieben an ihrem Platz, in verschiedenen abwartenden Posen erstarrt. Miteinander flüsternd, Notizen und vielsagende Blicke tauschend. Seamus fragte sich, ob nur Oliver und er wie störende Kinder weggeschickt wurden, während die anderen darauf warteten, dass ein zweites, geheimes Seminar – der echte Unterricht – anfing. Er blieb noch kurz stehen, doch dann spürte er, wie Oliver ihm die Hand in die Armbeuge legte und ihn mitzog.

Okay, na gut, dachte er. In Ordnung.

»Viel Spaß beim Yoga«, rief Seamus über die Schulter hinweg, und Noli antwortete: »Viel Spaß beim Kacken.«

Die beiden auf der Brücke, Seamus und Oliver.

Seamus hasste es, konnte dem Drang jedoch nicht widerstehen, die Schrecken des Seminars noch einmal zu durchleben. Echt, jede Woche die gleiche Geschichte: So und so hat dieses gesagt, so und so hat jenes gesagt, war das zu glauben? Dumme Frage. Der Glaube ist mit dem Aufkommen des Gegenwärtigen gestorben. Der Glaube ist eines dieser Überbleibsel aus einer anderen Zeit, ein bloßer Schatten der Geschichte. Andererseits waren sie warme Brüder im Glauben. Sie waren schließlich Poeten.

»Ich hasse es, wenn Leute ihre Gedichte nach Gemälden benennen. Ekphrase ist so was von tot, Mann. Düsterer, bedürftiger Scheiß.«

»Stimmt schon. Dummes intellektuelles Auftrumpfen und so.«

»Was man halt so nutzt, wenn man weiß, dass die eigene Kunst schlecht ist. Soll Explizitheit vielleicht ein Ersatz für Tiefe sein? Ich weiß nicht.«

»Die verarschen sich doch selber.«

»Absolut.«

»Abstrakter Unsinn.«

»Jepp.«

Unter der wackligen Brücke träges grünes Wasser. Das Gebüsch und der dunkle Schlamm des Flussufers, das goldene Gras. Olivers rote Wangen und der Geruch seines krümeligen Tabaks. Der Blick aus seinen Augen fast schon unerträglich zärtlich.

Nicht zum ersten Mal stellte Seamus sich vor, wie sich Olivers Gesicht vor Schmerz verzerrte. Wie sein Mund sich verzog, wunderschön wie die frühen groben Schnitzfiguren von Jesus, Schönheit und Leid in einem. Seamus wandte sich von Oliver ab, nahm das Industriegelände und seine langen Stoßzähne aus Dampf in sich auf. Die über die Brücke schleichenden Autos.

»Aber es ist schön, dass wir früher rausgekommen sind«, sagte Oliver.

Seamus nickte, auch wenn das Timing für ihn eher nervig war. Das Seminar konnte mal bis sechs gehen, mal nur bis vier. Durch diese Schwankung arbeitete er nicht an Seminartagen. Es wäre ihm zu peinlich gewesen, der Schichtleiterin zu erklären, weshalb er eine flexible Anfangszeit brauchte, darum hielt er sich den Tag einfach frei. Doch jetzt, wo das Seminar nach weniger als einer Stunde zu Ende war, hatte er fast den ganzen Nachmittag vor sich.

»Schön ist genau das richtige Wort dafür. Wenn man sich seinen Lebensunterhalt nicht selbst verdienen muss.«

Oliver lachte.

»Was ist daran so lustig?«

»Nur die Art, wie du es sagst. *Sich seinen Lebensunterhalt verdienen.* Das klingt fast schon überheblich. Hast du dich nicht gerade noch über falsche Ehrfurcht aufgeregt?«

»Ist es falsche Ehrfurcht, wenn man sich selbst durchbringt?«, fragte Seamus halb ironisch, halb ernst. Oliver lachte wieder nur. »Was ist so *fucking* lustig daran? Nicht alle von uns haben Geld. Oder Eltern. Manche von uns müssen tatsächlich allein für ihren Unterhalt sorgen.«

»Die ungezügelte Wut des weißen Mannes aus der Arbeiterklasse. Gleich krieg ich Angst«, sagte Oliver. Jetzt bekam er sich vor Lachen nicht mehr ein, und Seamus spürte einen festen Knoten im Hals. Er wollte Oliver am liebsten in den Fluss stoßen.

»Du bist der Erste, den sie an die Wand stellen«, sagte Seamus.

»Ich hab mich damit abgefunden.«

»Ich weiß, dass du nur Witze machst, aber es klingt trotzdem furchtbar. Okay, ich kann ein Arsch sein, meinetwegen, aber mir ist dieser Scheiß nicht egal. Lyrik zum Beispiel. Sie bedeutet mir was. Und es macht mich krank, jede Woche in diesem Raum zu sitzen und zuzusehen, wie die sich wegen ihrer Traumata und keine Ahnung was gegenseitig ihre scheiß Pussyhaare flechten. Wenn ich in der Zeit Geld verdienen könnte. Meine Miete bezahlen. Arbeiten. Wie normale Menschen. Damit ich Gedichte schreiben kann. Auf die sie einfach nur *scheißen*. Weil es darin nicht um sexuelle Belästigung geht. Was für eine Vergeudung.« Er schnaubte.

»Hey, ich bin auf deiner Seite. Du weißt, wie gut ich deine Sachen finde«, sagte Oliver. Seamus zuckte mit den Schultern.

»Gruppentherapie.« Seamus biss sich in den Daumen und knaupelte einen Fetzen toter Haut ab. Dann, wie eine Münze auf dem Grund eines Brunnens, ganz tief unter der Oberfläche seiner Wut, das Glitzern einer Idee.

»Weißt du, was ich tun sollte?«

»Dich betrinken? Das ist jedenfalls mein Plan«, sagte Oliver.

»Ich sollte ein Gedicht mit dem Titel ›Gorgonenhaupt‹ schreiben und zusehen, wie diese verklemmten Arschgeigen die Fassung verlieren.«

»Unbedingt«, sagte Oliver und lehnte sich an das Geländer. Der kratzig kalte Wind fuhr ihm durch die Haare.

Wieder die Andeutung eines Bildes, so eindrücklich wie eine Vorahnung: Olivers Gesicht, hager und schmerzverzerrt.

»Ja, oder?«

»Bist du bescheuert? Die würden dich rausschmeißen.«

»Aber lustig wär's, oder? Gib es zu!« Seamus schlug Oliver mit dem Handrücken gegen die Schulter. »Lustig wär's!«

Oliver blickte über den Fluss. Drei modernistische Gebäude drängten sich am Ufer wie eine Herde grasender Säugetiere. Die Brücke war mit den Flaggen aller unter den Studierenden vertretenen Länder übersät. Sie peitschten im Wind. Oliver stieß sich vom Geländer ab. Seamus folgte ihm. Die Brücke unter ihnen pulsierte leicht, fast so, als wäre sie lebendig.

»Findest du die Idee scheiße? Hältst du sie für dumm?«

»Nein«, sagte Oliver. »Aber ist es das wert? Ich meine, wozu?«

»Weil es lustig ist!« Seamus packte Oliver an den Schultern und schüttelte ihn kräftig.

Oliver riss sich los, und Seamus wurde erst traurig, dann sauer.

»Denkst du, ich tue dir weh?«

»Quatsch, nein. Aber Menschen haben Gefühle, Seamus. Ich glaube, das vergisst du manchmal. Oder du meinst, dass man sich halt darüber lustig machen kann. Aber Menschen haben echt Gefühle, und das ist auch okay so.«

»Dann habe ich also deine Gefühle verletzt? So fest habe ich dich doch gar nicht angepackt.«

»*Mich* nicht.«

Am Ufer kamen sie an den modernistischen Galerien vorbei, in denen verschiedene Ausstellungen und Veranstaltungen stattfanden. Letzten Herbst hatten Seamus und Oliver in einer der Galerien einen Vortrag über *race* und die Lyrik von John Berryman besucht. Ein paar andere aus ihrem Seminar waren auch dort gewesen – Garza, Linda und Ingrid. Mitten im Vortrag hatte die Rednerin, die weiß war, beim Zitieren einer Quelle das Wort *nigger* gebraucht. Es schien ihr herauszurutschen, ohne dass sie es mitbekam, aber der Raum bemerkte es, kühlte merklich ab und heizte sich dann auf. Seamus geriet vor Schadenfreude aus dem Häuschen. Bis zu diesem Punkt war der Vortrag ermüdend gewesen, vor allem weil er allem zustimmte – Rassismus schlecht, Berryman gut, aber auch schlecht betr. *race*. Wenn Weiße über Rassismus sprachen, hatte das die Wirkung eines Nachrichtenberichts. Aber auf einmal gab es *Drama*. Tagelang wurde der Vorfall weiter- und neu erzählt. Linda landete in den Lokalnachrichten und berichtete von der Gewalt, die ihr bei diesem Podiumsgespräch widerfahren war, und die Rednerin wurde vom Fachbereich Literatur beurlaubt und dann gebeten, im Frühjahr nicht auf ihren Posten zurückzukehren. Sie machte den Fehler, für den *Guardian* einen langen Artikel zu schreiben, den Linda auf Twitter verspottete. Das Ganze wurde zu einem hässlichen Schlagabtausch auf Kulturblogs und Instagram, und Linda hatte sich inzwischen in den sozialen Medien einen Namen gemacht, und die Rednerin war gelegentlich Gastkolumnistin in der *New York Times* in Sachen Cancel Culture, die nicht real war, außer dass sie es manchmal doch war.

Mittlerweile begegnete man dem öffentlichen Leben mit Feindseligkeit. Oder vielleicht hatte es diese Feindseligkeit schon immer gegeben, und neu war nur, dass sie sich jetzt gegen Menschen richtete, die lange Zeit davon verschont geblieben waren. Seamus fand, dass die Sache die absurde Dramatik eines großen Theaterstücks besaß. Die ganzen Shakespeare'schen Missverständnisse und Versprecher, alles doppelt so heftig in seiner Extremität und Konsequenz, bis es aufbrach in etwas wahrlich Kathartisches. Bloß dass es Katharsis nicht gab. Nur Menschen, die zu Karikaturen ihrer Rollen versteinerten.

Aber Linda hatte recht. Die Rednerin *hatte* den Gesellschaftsvertrag gebrochen, als sie dieses Wort laut aussprach, und wie es seit Anbeginn einer jeden Gesellschaft die Regel ist, hat es einen Preis, wenn man den Vertrag bricht. Wenn man ausspricht, was man nicht aussprechen darf, und vom Drehbuch abweicht.

Schweigend gingen sie weiter, auch wenn Seamus das Flattern der Flaggen auf der Brücke noch hören konnte. Der Himmel zeigte sich in dunklem, ruhigem Blau. Die Sonne wärmte sein Gesicht.

»Ich will nur nicht, dass du dich in irgendwas reinmanövrierst. Lenkt von der Arbeit ab«, sagte Oliver.

»Aber es ist lustig, stimmt's? Gib zu, dass du lachen musst. Es ist absurd, nicht darüber zu lachen.« Seamus hasste das Klägliche in seiner Stimme und wie sehr er nach Olivers Zustimmung gierte. Aber noch viel mehr hasste er es, dass Oliver nicht erkannte, wie objektiv komisch es wäre, ein Gedicht zu schreiben, das die Falschheit entlarvte, die ihren Studiengang und ihren Diskurs und die ganze Heuchelei der amerikanischen Kunst bestimmte.

Oliver seufzte. »Ja, es wäre lustig, dein Gedicht ›Gorgonenhaupt‹ zu nennen und es dann alle lesen zu lassen. Und ja, ich würde lachen. Aber ihr Gedicht war echt persönlich. Es ging darin um ihr Leben. Und das ist nicht lustig, oder? Das Leben der Menschen?«

»Warum wirst du nicht einfach Krankenschwester?«, bluffte Seamus.

»Alter«, sagte Oliver. »Vielleicht hasst du Frauen ja doch.«

Bei dieser Unterstellung spürte Seamus ein Brennen im Nacken. Es ging hier nicht um *Frauen*. Es ging hier nicht um *Feminismus*. Es ging um ein ausgehöhltes und falsches Ethos in der Kunst. Schlechte Kunst kannte kein Geschlecht.

»Weil ich bequeme Allgemeinplätze hasse?«

»Mach, was du willst, Mann. Du bist wild entschlossen, schon kapiert. Aber wunder dich nicht, wenn dir die Sache um die Ohren fliegt«, sagte Oliver. Ohne Erregung.

Ohne Bosheit. Dadurch fühlte Seamus sich nur noch schlechter. Durch die Resignation in seinen Worten.

Das Wasser schäumte in Ufernähe unter den Brückenpfeilern. Einige Plastikflaschen hatten sich dort angesammelt und füllten sich langsam mit Schlamm aus dem Fluss. Seamus hockte sich hin, um ein paar Steine aufzusammeln. Er warf sie in hohem Bogen in die Mitte des Wassers, jedes Fallen dunkel und unwiderruflich.

»Ich bin kein Monster«, sagte er. »Trotz deiner Anspielungen.«

»Ich halte dich nicht für ein Monster. Wie schon gesagt, du bist entschlossen. Ich verstehe nur nicht, warum.«

»Und du willst mein Freund sein.« Seamus wischte den Sand von den Steinen an Olivers Jacke ab. »Danke für die Unterstützung.«

»Ja, ich bin dein Freund. Darum will ich dir ausreden, dass du das Arschloch gibst. Zu deinem eigenen Besten.«

»Ich gebe das Arschloch, schon klar.«

»Ich wünschte, du hättest mich nicht zum Mitwisser gemacht.«

»Und ich wünschte, du hättest Sinn für Humor!« Seamus verpasste Oliver einen schnellen, harten Schlag in die Seite und rannte den Weg hinauf. Sein Schritt war leicht und geschmeidig, aber Oliver war größer, und seine Beine verschlangen den Abstand zwischen ihnen. Seamus geriet schon bald aus der Puste und fiel zurück. Er versuchte, nicht dem Drang zu husten nachzugeben und die Lungen frei zu bekommen, aber schließlich beugte er sich vor, die Hände auf den Knien, und würgte einen gelblichen Klumpen auf den Beton. Es zerrte und brannte, als er hoch- und herauskam.

Er musste mit dem Rauchen aufhören.

Oliver klopfte ihm dreimal fest zwischen die Schulterblätter, und jeder Schlag ließ das Dunkle von Seamus' Augenlidern rot und blau überlaufen.

Nach dem letzten, dem heftigsten Schlag spürte er, wie er wieder frei atmen konnte, und öffnete die Augen.

Buße.

Seamus arbeitete Früh- und Spätschichten in der Hospizküche – Brühen und Suppen, schälen und schneiden, solcher Kram. Den Job hatte er sich gesucht, als er nach Iowa City gekommen war, denn anders als Oliver und einige seiner Kommilitonen hatte er nicht das *gute* Stipendium bekommen, und die Sachbuchheinis auf der anderen Seite des Flusses beanspruchten sämtliche Bereiche der Komparatistik und Rhetorik für sich. Die Rektorin hatte ihn mit dumpfem Mitleid angeschaut. »Manchmal haben unsere Studierenden großes Glück und finden einen Job in der Gegend«, sagte sie in einem Ton, den sie wohl für hilfreich hielt. »Kleinere Sachen zum Aufbessern.«

Er wusste viel über dieses Wort, *aufbessern*.

An der Brown, unter den weniger Begabten der Superreichen, hatte sein Stipendium die Studiengebühren gerade so gedeckt, aber mehr auch nicht. Was er sonst noch brauchte, hatte sich im Dunkeln vermehrt wie eine invasive Raubtierart: Bücher, Lebensmittel, Duschgel, Shampoo, Zahnpasta, Waschmittel, seinen Anteil an der Kühlschrankmiete im Wohnheim, das Wohnheim selbst, Hefte und Bleistifte, IT-Gebühren, Freizeitausgaben. Erstaunlich, dass am College selbst elementare Dinge als Luxus betrachtet wurden und darum aus eigener Tasche bezahlt werden mussten. Es hatte ihn davor schon einiges gekostet, das Geld für den SAT und den ACT sowie für die AP-Prüfungen aufzutreiben, Geld, das er sich durch Aushilfsjobs in Bäckereien und beim Rasenmähen verdient hatte. Aber fürs College reichte das nicht. Die Ausgaben waren einfach zu hoch.

Während seines Bachelorstudiums besserte er sein Stipendium nicht mit dem Verfassen von Aufsätzen oder akademischen Hilfsarbeiten auf (die Dozenten mochten ihn nicht), sondern mit Schichten in einer trostlosen Krankenhausküche in Providence. Die Frauen dort schlossen ihn ins Herz und brachten ihm den Rhythmus beim Kochen für Dutzende oder gar Hunderte bei. Er lernte die Feinheiten der Mengenkalkulation und des Massenverzehrs kennen, und was an Abfällen anfiel – denn Abfälle gab es immer –, nahm er mit nach Hause und lagerte es ein. Wenn er kurzfristig einen Job brauchte, meldete er sich in Krankenhausküchen. Dort wurde ständig eingestellt. Die Leute schmissen ständig hin, denn die Krankenhäuser hatten keine andere Wahl, als die Verzweifelten, die Müden und Bedürftigen einzustellen. Leute, die schon in einem Strudel aus Scheißjobs steckten, die sie auffraßen. Krankenhausküchen waren das Zuhause von Junkies, Ex-Knackis und alten Frauen – Leuten, die sich die Krankenhäuser, in denen sie arbeiteten, überhaupt nicht leisten konnten.

Seamus lag diese Arbeit. Ihm gefiel das Kochen, und er hatte, auf eine Weise, die dem Schreiben von Gedichten gar nicht unähnlich war, eine Vorliebe für die langen, eintönigen Stunden, die notwendig waren, um etwas Gutes zustande zu bringen, und für die mühsame Vorarbeit. Am besten fühlte er sich, wenn er allein in der Küche stand, Gemüse schnippelte und schälte oder die Brühe für die Suppen der Woche zubereitete. Köchelnde Beständigkeit. Allein in einer Küche empfand er Frieden. Nicht zwingend die Freiheit, in seinen Gedanken umherzuschweifen, aber einen Zustand der Gedankenlosigkeit. Nichts konnte ihn stören.

Da noch so viel Blau vom Tag übrig war, wollte er erneut ins Hospiz fahren und herausfinden, ob er ein paar Zusatzstunden in der Küche ergattern konnte, um die monatlichen Kosten abzufedern. Er fragte sich, wie Leute mit Familie mit einem Stipendium auskamen. Er dachte an Gerard, einen Typen aus dem Fachbereich Literatur, der eine Frau und zwei kleine Kinder hatte.

Gerard studierte irgendetwas Nutzloses, Lyrik und literarische Gattungen des Mittelalters oder so etwas, und seine Frau kümmerte sich um die Kinder. Manchmal sah er sie an der Ecke der St. Mary bei der wöchentlichen Essensausgabe stehen. Die Wissenschaft war der Inbegriff der Dummheit. Man versank immer tiefer in Schulden, Verzweiflung und Hunger, damit man sich ein kleines bisschen besonders fühlen konnte, ein kleines bisschen brillant in der eigenen kleinen dunklen Ecke des Universums, in der man etwas wusste, das sonst keiner wusste. Kunst war vieles wert, aber war sie es wert, dass man seine ganze Familie an den Rand der Existenz trieb? Seamus verstand Gerards Rechnung nicht. Für ihn selbst war Lyrik zentral, aber oft genug brachte er sie nicht mit den wesentlichen Dingen des Lebens zusammen.

Jedenfalls war er sich nicht sicher, ob er, wenn er Familie und Verantwortung hätte, weiterhin die Lyrik an erste Stelle setzen würde. Und wenn er sich eine Reihe von Umständen ausmalen konnte, die es rechtfertigten, sich von der Lyrik abzuwenden, warum sich dann überhaupt die Mühe machen? Das hielt ihn nachts wach, die Frage, ob es ihm an Entschlossenheit fehlte, um die Art von Lyriker zu sein, die er sein wollte. Doch dann fiel ihm ein, dass er nur ein weiterer weißer Mann war, der über das Aussterben der Lyrik nachdachte, die das Ende der Welt schon unzählige Male überlebt hatte. Sie würde auch jede neue Apokalypse überleben, die er sich zusammenfantasierte. Die Lyrik brauchte ihn nicht. Vor allem nicht seine Elegien über ihren Tod. Es war eine Illusion, wusste er, die Illusion aller, deren Leben von der Lyrik berührt worden war, dass die Lyrik sie irgendwie brauchte, um weiter zu existieren. Aber das tat sie nicht.

Lyriker. Gott, *fucking* Lyriker.

Das Hospiz war ein Haus mit zehn Zimmern auf einem grasbewachsenen Stück Land am Rande der Stadt. Früher war das der gute Teil der Stadt gewesen, aber inzwischen drängten sich dort ein Einkaufszentrum, fünf Apothekenketten, ein Dialysezentrum, eine Plasmabank, ein Scheckeinlöseschalter und drei Fast-Food-Restaurants. Es gab einen Wohnhauskomplex, eine Reihe hellbrauner Backsteinhäuser, die zu allen Seiten an Straßen grenzten. Der Wald gegenüber war an den aufgeweichten, abschüssigen Hängen mit weißen Häusern und Trailern mit Schotterzufahrten durchsetzt. Das Hospiz war ursprünglich der Wohnsitz einer betagten Familie aus Iowa City gewesen, die irgendwann nach dem Zweiten Weltkrieg ausgestorben war. Die Erben, entfernte Cousins und Cousinen in New Hampshire, wollten das Haus nicht, das weit weg und alt war und Steuern verschlang. Sie wurden es los, indem sie es an ein Unternehmen verkauften, das von einem anderen Unternehmen gekauft wurde, das wiederum von einem anderen Unternehmen gekauft wurde. Das Haus ging durch die Hände einer Reihe von Briefkastenfirmen, wurde geschluckt und abgestoßen, bis eine landesweite Organisation es erwarb, die alte Häuser in Pflegeeinrichtungen und Hospize für alte und gebrechliche Menschen verwandelte. Die Idee dahinter war, dass Menschen nicht wie schlechte Möbel, die keiner mehr haben wollte, allein in Lagerhallen abgestellt werden sollten, sondern es verdienten, mit einem gewissen Maß an menschlicher Geborgenheit zu sterben.

Im Hospiz merkte Seamus, dass die Bewohner gern über ausgestorbene Tiere sprachen. Schildkröten und obskure Säugetiere, Vögel und Amphibien, Fische. Es hielt sie geistig fit, sämtliche Lebewesen aufzuzählen, die nicht mehr existierten. Einige der Pflegerinnen versuchten, dagegen anzugehen, weil sie es zu morbide fanden, aber die Bewohner ließen sich nicht davon abbringen. Jeden Tag zur Essenszeit, wenn sie sich an dem langen Tisch in der Küche oder draußen im Garten versammelten, aßen die Bewohner ihr weiches Essen oder schwenkten ihre Plastikbecher mit Wasser und unterhielten sich über den Rückgang der Artenvielfalt. Es erheiterte sie auf dieselbe Weise wie der Fund eines kostbaren Lutschbonbons in ihrer Hosentasche oder ein Anruf ihrer Kinder oder Nichten und Neffen. Kleine Anflüge von Freude.

Seamus schöpfte oft skurrile Fakten von ihren Gesprächen ab, die er Oliver später erzählte. Ob er zum Beispiel gewusst habe, dass von Zecken übertragene Krankheiten sich in warmen Wintern besonders stark verbreiteten? Oder dass die Wanderung der Hirsche von der Ostküste nach Westen eine Ausbreitung der Lyme-Borreliose und auch das Sterben von Eschen und Zedern zur Folge habe? Alles war in einem empfindlichen Netz miteinander verwoben. Zecken, Hirsche, Bäume und die Wärme der kurzen Wintertage.

Im Frühling pflanzten sie hinter dem Haus Blumen und Gemüse an. Im Herbst wechselten sich die Bewohner beim Zusammenharken des Laubs ab. Beim Absuchen des Bodens nach Kompostmaterial. Beim Versorgen der kleinen Rehfamilie, die im Wald lebte. Die Bewohner hier waren aktiv, verbrachten ihre Tage in Bewegung. Sie hatten einen Grund, morgens aufzustehen. Auch wenn das alles nur eine äußerst fein orchestrierte und sorgfältig gesteuerte Illusion war.

In den oberen Stockwerken litten sie. In dunklen Zimmern lagen sie in ihren Klinikbetten, während Pflegerinnen ihnen den Schweiß abtupften und Erbrochenes und Scheiße wegwischten. Ihre Knochen lösten sich auf, ihre Muskeln verkümmerten, sie zitterten und stöhnten. Anfangs waren alle immer so optimistisch, wenn sie ins Hospiz kamen. Sieh doch, schau mal, wie schön es hier ist. Sieh mal, man blickt auf diese Bäume da. Das ist ja beinahe, als wäre man auf der East Side. Ach, guck mal, da schwimmen Enten auf dem Teich. Es gibt hier jeden Tag einen Strickkreis. Und einmal im Monat kommt eine Gruppe Kinder zum Vorlesen und Basteln vorbei. Die geschäftige Höflichkeit, die man dem Gott der Sterbenden anbot, um kurz so zu tun, als würde man sich nur eine Auszeit nehmen und bald wieder in sein altes Leben zurückkehren. Aber das legte sich. Manche kamen heraus und nahmen an den durchgehend angebotenen Projekten des Hospizlebens teil: dem Garten, der Kompostpflege, der Rehfamilie, der Vogelbeobachtung, dem Stricken. Und manche nicht. Sie saßen an ihren Fenstern und warteten. Und dann starben sie.

Am Hospiz angekommen, lehnte Seamus sein Rad gegen die Mauer im Garten und nahm eilig die Treppen hinauf in den Vorratsraum. Eunice hatte Chet Baker im Radio laufen, während sie eine Lieferung Pilze von den hiesigen Sammlern begutachtete und putzte. Seamus klopfte mit dem Stiefel an den Türpfosten.

»Du stehst heut nicht drin«, sagte sie.

»Bin früher vor die Tür gesetzt worden.«

»Lass dir ja nicht einfallen, dein Seminar zu schwänzen.«

Seamus riss unschuldig die Hände hoch. »Durchsuchen Sie mich, Sarge. Ich habe nichts zu verbergen.« Eunice winkte ihn herein.

»Du kannst mit der Bisque helfen.«

»Wie vornehm«, sagte er.

»Mach es einfach ordentlich wie sonst auch.«

Seamus beugte sich über die am Tisch sitzende Eunice und tat so, als würde er ihre Arbeit überprüfen. Sie hatte Gicht im linken Knie und klagte oft über geschwollene Knöchel. Zur Erledigung dieser unscheinbaren, aber Sorgfalt verlangenden Arbeit saß sie auf einem Hocker. Sie fuhr mit dem Pinsel über die knopfartigen Hüte und die zarten Lamellen der Austernseitlinge. Die Morcheln sahen aus wie aus einem Märchen.

»Geht so durch«, sagte er.

Eunice verpasste ihm einen Klaps. »Raus.«

Er fand Lena an der Küchentheke, wo sie gerade Suppengemüse schnitt. Sie war Ende vierzig, aber sie hatte dünne Arme und diesen Stummelpferdeschwanz, den Seamus mit Mädchen aus seiner Mittelstufenzeit verband. Ihre Haare waren drogeriemarktkupferfarben, ihre Ansätze schwarz. Mit ihren wässrigen grünen Augen schaute sie zu ihm herauf und schenkte ihm ein Lächeln, das die zerklüfteten Krater ihres Zahnfleischs und die fehlenden Zähne auf der rechten Seite ihres Kiefers freilegte.

»Bisque«, sagte er.

»Du weißt, dass ich die Scheiße hasse.«

Seamus wusch sich die Hände und warf sich ein trockenes Geschirrtuch über die Schulter. Lena lehnte sich zur Seite und sah zu, wie er inspizierte, was sie auf dem Schneidebrett fabriziert hatte.

»Du hast den Knoblauch zu früh geschnitten«, sagte

er. »Da geht schon alles Gute verloren, bevor er es überhaupt in den Topf schafft.«

»Ich mache nur, was mir das Ding hier sagt«, antwortete sie und winkte mit ihrem Handy. Es war das PDF, das er letztes Jahr, als er neu dazugekommen war, auf ihre beiden Handys geladen hatte, eine Datei mit Rezepten und Ideen zum Kochen für die Sterbenden und Baldtoten. Eunice sagte, diese Datei wäre eine Zumutung für ihre Augen, darum brachte er ihr einen Ausdruck in extragroßer Schrift mit. Lena hatte keine Probleme mit dem Handy, aber ihr fehlte das Gespür für die innere Logik eines Rezepts. Wenn es nach ihr ging, bereitete sie immer schon alles vor und hakte es dann nacheinander ab. Sie konnte Angaben befolgen, aber sie konnte nicht – oder tat es jedenfalls nicht – verstehen, was die einzelnen Schritte bedeuteten.

»Mach dir mal keinen Kopf.«

Mit dem Handrücken schob Seamus den schleimigen, schlecht geschnittenen Knoblauch vom Brett in eine Metallschüssel mit Küchenabfällen. Dort hinein wanderten auch die von Lena massakrierten Zwiebeln samt ihrer Schale. Er schälte einen frischen Berg Zwiebeln und zog das Messer mit einer gezielten Bewegung durch ihre Rundung. Er liebte diesen ersten Schnitt des Messers, wie die Klinge von den Zutaten feucht wurde. Schon in diesem allerersten Moment konnte er den Geschmack des Gerichts erahnen. Es handelte sich nur um eine Zwiebel, aber indem er sie halbierte, kam er sich selbst ein winziges bisschen näher.

Die einzelnen Schnitte, erst senkrecht, dann waagerecht, um auf die billige Art einen Würfel zu erhalten. Heißes Öl in den Topf, danach warten, bis es flimmert. Das Brutzeln der Zwiebeln und des Selleries. Das Schwenken und geduldige Anschwitzen. Eunice' Radio unten im Vorratsraum, Chet Bakers perfektes, klares Horn, die süße Traurigkeit seiner Musik, die aus der tiefen Dunkelheit zu ihnen aufstieg.

Der Frust vom Seminar fiel von ihm ab. An diesem Ort war er frei von dem ganzen Dreck. Gab es nur ihn und die anschwitzenden Zwiebeln. Den Knoblauch entledigte er schnell seiner papiernen Hülle und zerdrückte ihn – ein fester Schlag mit dem Klingenblatt – zu Brei. Er fuhr mit dem Messer hindurch, um ihn aufzubrechen, damit er nicht zu klebrig wurde. Sofort war da dieser Lauchgeruch, süß und beißend. Ab in den Topf zu den Zwiebeln und dem Sellerie.

Er öffnete eine Dose ganzer San-Marzano-Tomaten und tunkte die Fingerspitzen in den breiigen Saft. Er mochte den metallischen Nachgeschmack. Die Tomaten zerdrückte er mit dem Holzlöffel. Das Zischen des Gemüses im Topf wurde lauter, darum gab er die Pilzbrühe hinzu, die er letzte Woche gekocht hatte. Sie dämpfte das Zischen und sorgte dafür, dass das Gemüse nicht mehr in unmittelbaren Kontakt mit dem Boden des Topfs kam. Nun ließ er es köcheln. Danach kamen die Tomaten hinein, alle zerdrückt wie Tatar. Und schließlich der Reis. Er gab etwas von dem Saft aus der Dose dazu. Salz. Ein klein wenig Zucker.

Lena hatte ihm die ganze Zeit zugesehen. »Ich hätte den ganzen Scheiß einfach da reingeschmissen und sich selbst überlassen«, sagte sie.

»Na ja. Stimmt. Ist irgendwie deine Art. Aber die Reihenfolge, die ist wichtig.«

»Hat deine Mama dir das beigebracht?«

»Nein.«

»Hat sie nicht für dich gekocht?«

Seamus setzte den Deckel auf den Topf.

»Ich mach mich jetzt mal an den Abwasch.«

»Dann hat sie dich bestimmt gern um sich gehabt. Wenn du das ganze Kochen übernommen hast.«

Seamus stapelte das Geschirr vom Mittag im Spülbecken und wischte alles sauber, was er bei seinen Vorbereitungen schmutzig gemacht hatte. Er ließ heißes Wasser in das tiefe Becken laufen und schäumte die Schüsseln und Tassen ein. Die Teller. Die Pfannen und Töpfe. Bis hinauf zu den Ellbogen im beißenden Wasser.

Nein, seine Mutter hatte nicht für ihn gekocht. Seine Mutter, wenn er jetzt mit der Gunst und Großzügigkeit eines Erwachsenen über sie nachdachte, hatte unter lähmenden Kopfschmerzen gelitten. Sie verbrachte ihre Tage im Bett. Sein Vater arbeitete auf dem Bau, schlug Steine zurecht und besserte im Sommer die Straßen aus, asphaltierte sie, damit er im Winter als schlechter Schauspieler mit kleinen Amateurinszenierungen von *Hamlet* und *Othello* durch den Mittleren Westen touren konnte. Meistens spielte er Iago, aber manchmal auch Desdemonas Vater.

Eines Abends trat sein Vater während einer Technikprobe falsch auf und brach sich den Fuß. Er heilte irgendwie nicht richtig, und es kam zu einer Entzündung. Sein Vater verlor das linke Bein. Und mehrere Finger. Fast wäre er an einer Blutvergiftung gestorben. Aus irgendeinem Grund gab seine Mutter sich die Schuld an der Verletzung und den daraus folgenden Komplikationen. Sie sagte, sie hätten ihn im Stich gelassen – seien nicht wachsam genug gewesen, hätten die Wunde nicht so versorgt, wie sie es hätten tun müssen. Sie gab sich die Schuld, weil sie nicht hatte aufstehen können, und sie gab Seamus die Schuld, weil sie ja nicht hatte aufstehen können und es seine Verantwortung gewesen wäre, seinem Vater zu helfen. Und offensichtlich hatte er nicht genug getan.

Seine Mutter liebte seinen Vater mehr, als sie ihn liebte. Den Großteil der Zeit verbrachten sie im Krankenhaus am Bett des Vaters. Seamus verpasste zwei Monate Schule, musste ein Jahr zurückgestellt werden. Sein Vater war nun arbeitsunfähig, und er wurde fett und hart.

Mit törichter Boshaftigkeit dachte Seamus, dass er, wenn er eine andere Art von Schriftsteller wäre, ein geschmackloser Schriftsteller, *darüber* schreiben könnte. Über den Geruch des verfaulenden Fußes. Über das Helle und zugleich Trostlose des beigen Zimmers, in dem sein Vater im Krankenhaus seine Übungen gemacht und er ihm dabei zugesehen hatte, wie er sich Plastikgliedmaßen anschnallte, die ihn zwickten und bissen. Oder ihm dabei zugesehen hatte, wie er die einzelnen Stummel seiner Finger so weit wie möglich spreizte, und der Wut in seinem Blick, wenn er merkte, dass er diese einfache Übung nicht länger ausführen konnte. Vor dem Fenster des Rehazimmers lag ein kleiner Garten mit einem Zedernbaum. Seamus hatte ziemlich viel Zeit damit verbracht, auf diesen Baum zu starren, während sein Vater beim An- und Abgeklettetwerden der provisorischen Prothesen fluchte. Oder er könnte über den Geruch der in ihren Plastikzylindern schwitzenden Tabletten schreiben, diese Mischung aus Meeressalz und Scheiße.

Einmal hatte sein Vater ihn gebeten, ihm das Bein mit Salbe einzuschmieren. Seamus drückte die ölige weiße Creme auf seine Fingerkuppen. Er bestrich die hellbraune, geflickte Oberfläche des Beins. Überrascht schreckte er zurück. Er hatte gedacht, das Fleisch dort wäre tot und kalt, aber stattdessen war sein Vater warm und leicht beharrt. Die dünne Haut, die lockere, faserige Beschaffenheit des Muskels darunter. Das kribbelnde Rauschen von etwas Lebendigem. Eindrücklich, schmerzhaft lebendig. Sein Vater fauchte.

»Nichts kriegst du hin«, sagte er.

»Es tut mir leid«, sagte Seamus. »Es tut mir so leid.«

»Lass mich in Ruhe. Verschwinde.«

Er könnte darüber schreiben, wie er den Sommer über zu seinen Großeltern nach Pennsylvania geschickt wurde. Ihr düsteres Haus mitten auf einem Acker mit vergilbtem Gras, als wäre das Land nicht gewillt zu glauben, dass erst der Frühling und dann der Sommer gekommen waren. Alles an diesem Haus in Pennsylvania war kalt und halb im Dunkeln.

Seine Großeltern begegneten ihm mit einer Höflichkeit, die sich anfühlte wie Abkehr. Er aß ihr bitteres Frühstück und ihr kaltes Mittag. Zum Abendessen gab es seltsame Pasteten mit Innereien und anderen Sachen darin. Das Haus roch nach Essig und Ethanol. Sie sprachen nicht oft mit ihm, und er verbrachte sehr viel Zeit damit, sich selbst vorzulesen. Er kam größer und blasser zurück nach Hause. Seine Eltern sahen aus, als hätten ihre Wut, ihr Schmerz und ihre Traurigkeit sie bis auf die Grundpfeiler niedergebrannt.

Doch niemand hatte eine glückliche Kindheit. Niemand hatte ein gutes Leben. Die Auswahl an menschlichem Schmerz war überwältigend, und alle bedienten sich daran, als wäre es Getreide in einer Scheune. Es gab Schmerz für dich und Schmerz für dich und Schmerz für dich – genug Leid für alle. Der Schmerz seiner Kindheit war derart gewöhnlich, dass er sich schämte. Vielleicht war es das, was ihn an der Arbeit seiner Altersgenossen störte. Es ging nicht darum, dass ihr Leben schlimmer war als seins oder dass sein Leben besser war als ihres –

es ging darum, dass sie alle den gleichen Schmerz, die gleiche Verletzung empfanden, und dass er meinte, niemand sollte herumlaufen und so tun, als wäre es mehr, als es war: der normale Gang des Universums. Kleine, alltägliche Sachen – verletzte Gefühle, grausame Eltern, schräge und zermürbende Probleme.

Sie waren sicher keine Lyrik wert. Doch er wusste, und das war eher ein Gefühl als eine Gewissheit, dass die anderen es genial nennen würden, wenn er ein Gedicht darüber schreiben würde, über sein Leben. Sie würden sagen, es sei seine beste Arbeit, als ob alles, was er zuvor getan hatte, einfach nur eine Illusion gewesen wäre, alles nur Blendwerk. Er wusste, sie würden es *gut* nennen, *verletzlich*, und was konnte schlimmer sein als das?

Seamus spülte das Geschirr ab und hängte es zum Trocknen in das Gitter. Er ließ sich Zeit bei der Anordnung, stellte die Teller in die Spalten über der Spüle. Gabeln und Löffel legte er schräg, sodass das Wasser an den Rillen des Gestells entlanglief, sich sammelte und in einem Strom in den Abfluss stürzte. Er mochte es sauber in der Küche, mochte das System. So hatte man es ihm im ersten Krankenhaus beigebracht. Alles an seinem Platz. Keine schmierigen Oberflächen. Keine Messer mit der Spitze in die falsche Richtung.

Unter dem T-Shirt war sein Rücken von der Hitze in der Küche schweißnass geworden. Er zappelte und zog sich das Shirt hoch bis zu den Schultern.

»Ich triefe«, sagte er im Vorbeigehen zu Lena. »Ich muss mich umziehen.«

Dann ging er hinunter in den Vorratsraum. Bei Eunice lief noch immer Chet Baker. Sie war ein gutes Stück vorangekommen. In der engen Toilette schälte er sich aus seinem T-Shirt, trocknete sich damit ab und zog sich dann ein frisches über, dazu einen frischen Pullover. Sein Zahnfleisch prickelte. Er tastete seine Hosentasche ab, aber seine Zigaretten steckten offenbar in seiner Jacke, die oben in der Küche am Haken hing.

Am Ende der Treppe spähte er durch die Tür zum Vorratsraum.

»So ein Kind. Der denkt echt, er weiß alles.«

»Habe ihn gerade gehen lassen. Hey, lieber er als ich.«

»Tja, wenn du *ihn* fragst, ist *er* besser.«

Seamus hörte, wie ihm das Blut in den Ohren pochte. Wie scheiße peinlich. Aber er konnte jetzt nicht hinuntergehen, ohne zu riskieren, dass die Stufen knarzten, und er konnte nicht hineingehen, ohne dass sie wussten, dass er sie gehört hatte. Eigentlich wollte er, dass sie es wussten, aber er mochte Eunice und Lena. Das machte es umso schlimmer. Er hielt einfach die Luft an und wartete schätzungsweise fünf Minuten, die aber genauso gut Jahre oder auch nur Sekunden gewesen sein konnten. Dann betrat er die Küche, lächelte sie an und fragte sich, ob sie ihm ansahen, dass er zu überspielen versuchte, wie er sich fühlte. Was sonst sollte er tun oder sagen. Das hätte alles nur noch unerträglicher gemacht. Wäre Schauspielerei gewesen. Aber er schauspielerte schon. Er war bereits in die Schauspielerei gedrängt worden. Sie alle hatten in diesem Moment ihre kleinen Rollen zu spielen.

»Hab meine Jacke vergessen«, sagte er. Er nahm die Chore-Jacke vom Haken und zog sie an. »Schön auf mein' Pot aufpassen.«

Lena lachte über seinen schlechten Witz. Eunice lächelte ihn an.

»Aber klar doch, Boss.«

Seamus wich zurück. Dann tauchte er ein in die Dunkelheit des Vorratsraums. Seine Nase brannte, und er betastete sie, um zu sehen, ob er Nasenbluten hatte. Seine Haut war so heiß vor Scham, dass er erschrak.

Seamus rauchte auf der Treppe im Garten. Die Kälte legte sich bleiern auf die Umgebung. Weit hinter der Baumgrenze die glitzernde Eigensinnigkeit des Stadtrands. Das grell leuchtende Rot der Apotheke auf der anderen Straßenseite verschwamm in der feuchten Luft zu schemenhaftem Weiß.

Rauchen war in der Nähe des Hauses eigentlich verboten, aber im Garten ließ man es durchgehen. Wurde die Regel ein wenig aufgeweicht. Schließlich waren sie hier im Barmherzigkeitsbusiness, und wenn man den geliebten Vater oder die geliebte Mutter oder wen auch immer sterben sah, drängte es einen schon mal zu rauchen. Doch es war Abend, und bis auf Seamus war der Garten menschenleer. Er fühlte sich mies beim Gedanken daran, wie er die Dichtermädchen angeschnauzt hatte. Musste dann aber doch lachen, als ihm einfiel, wie er zum ersten Mal seit Jahren das Wort *Möse* verwendet hatte. Es war ihm plötzlich so rausgerutscht: *Möse.*

So nah war er einem Gedicht seit Ewigkeiten nicht gekommen.

In seinem ersten Jahr hatte er drei Villanellen über einen jungen Jesuiten am Ende des Ersten Weltkriegs geschrieben, der vom Waffenstillstand just in dem Moment erfährt, als er aus einem feuchten Traum erwacht. Seamus wollte über das Banale und das Heilige, über das Fleisch und den Geist, den Tod Gottes und das Leben des Menschen und das Zusammenbrechen des Alten schreiben. Er wollte über die wunderlichen Umstände des Lebens und des Universums und über das ganze dunkle Mysterium schreiben. Er wollte so unglaublich viel, und er hatte es auf diese drei Gedichte eingedampft, aber als es dann Zeit für die Diskussion war, sagte niemand ein Wort.

Erst nachdem sein Professor einwarf, »nun, irgendjemand hat doch sicher irgendetwas empfunden«, hob Oliver die Hand und meinte, »das zweite Gedicht macht etwas Interessantes mit der Form«. Ein Schaudern ging durch den Raum, und jemand anderes sagte, »ja, absolut, ja«. Das Gespräch kam in Gang, und die Diskussion weitete sich auf die Tragweite der Geschichte aus und was es bedeutete, in der heutigen Welt der erzwungenen Migration, der Drohnenangriffe und der Hungersnot im Jemen über den Ersten Weltkrieg zu schreiben. Was es bedeutete, über den Ersten Weltkrieg und das Leid in der Alten Welt zu schreiben, wo es doch so viel Leid in der Neuen Welt gab, und Linda sagte: »Auf mich wirkt das ehrlich gesagt, als würde Westeuropa sich einen runterholen beim Gedanken an dieses eine Mal in seiner Geschichte, als es sich gefühlt hat wie die Beute und nicht wie der Jäger – buh-huh halt.« Helen warf ein, ein anderer interessanter Aspekt sei die fehlende Kritik an den Jesuiten, »und Kolonialismus, was ist damit?« Garza antwortete, »was genau ist mit Kolonialismus?«, und Helen erwiderte, »ja, echt!«, und Garza sagte: »Nein, ich meine, was genau meinst du in diesem Kontext mit Kolonialismus?« Worauf ein verlegenes Stühlerücken folgte und dann eine Verteidigung: »Die Katholiken? Lateinamerika? Hallo?!«

»Für mich«, warf jemand ein, »ist das größte Problem, dass der Autor auf formale Strenge statt emotionale Stärke setzt und offenbar nicht bereit ist, sich mit der politischen Dimension auseinanderzusetzen, die eine solche Entscheidung nach sich zieht.«

Seamus blickte von seinen hingekritzelten Notizen auf

und schaute mit zusammengekniffenen Augen zu der Person, die gesprochen hatte. Es war Ingrid. Sie sah ihn mit ihren hellblonden Brauen und ihren blassgrünen Augen an, aus denen reiner Hass sprach.

Nach dem Seminar war er nach Hause gegangen und hatte all seine Gedichte und Entwürfe zerrissen. Dann hatte er die Schnipsel aus dem Fenster geworfen, und sie waren wie so viele weiße Blätter auf das Dach der Veranda hinuntergerieselt.

Das war das erste und letzte Mal, dass er eines seiner Gedichte im Seminar zur Diskussion gestellt hatte.

Seither nahm er Abstand davon, der Seminarlektüre eigene Sachen hinzuzufügen, und sagte sich, die anderen hätten seine Arbeiten nicht verdient. Später redete er sich ein, dass es eigentlich ein Akt der Demut sei, bescheidener Respekt vor dem *Prozess*. Dass er sich in Wahrheit deshalb nicht unterwerfen wolle, weil er sich völlig der Natur des Schreibens unterwarf. Dass er erst dann etwas vorlegen würde, wenn es fertig wäre, und es ihm nicht darum gehe, sich sein Ego streicheln zu lassen, sagte er nur zu Oliver.

Nach dem Seminar hatten sein Professor und er sich auf einen Kaffee getroffen, um seine Arbeit zu besprechen. Seamus hatte indirekt zur Sprache gebracht, dass er nicht für das Heute oder an das Heute schreibe, sondern im Grunde für die Ewigkeit, für die Unendlichkeit, für das Gestern und das Danach, von Ewigkeit zu Ewigkeit, Amen, und sein Professor, über fünfundsechzig und unendlich dankbar für das Leben und die Freiheit und den American Way, der Wranglers trug und sich jeden Morgen bei Sonnenaufgang seine erste American Spirits ansteckte, schaute ihn mit stiller Zustimmung an.

»Manchmal ist es schwer«, setzte er an, und Seamus

holte scharf Luft, denn es fühlte sich so an, als stünde er kurz davor, zum ersten Mal in seinem Leben verstanden zu werden, doch dann schüttelte der Professor den Kopf und nippte an seinem schwarzen Kaffee. Seamus spürte, wie sich etwas in ihm zusammenrollte und verkroch.

»Was genau?«, fragte Seamus, aber sein Professor spielte schon mit dem Rand seiner Zeitung. Er wirkte überrascht, dass Seamus ihn bat, den Gedanken fortzuführen.

»Oh, ich dachte nur, dass es schwer sein kann im ersten Jahr, aber es wird leichter.«

Seamus kam sich dumm vor, weil er erwartet hatte, dass auf die Phrase *manchmal ist es schwer* noch etwas anderes folgen würde. Als wäre ihm vorgegaukelt worden, dass diese Person, dieser Professor sich für ihn interessierte.

Das war ein Problem in der Welt, fand er, dass Menschen umherliefen und vorgaben, sich für andere zu interessieren, obwohl sie es eigentlich nicht taten oder es nicht konnten und obwohl ihnen in ihrem Leben der Raum dafür fehlte. Das zumindest verstand er – dass das eigene Leben manchmal so mit anderen Sachen vollgepackt war, dass kein Raum für andere Menschen und ihren Kram blieb. Aber vielleicht machte er sich auch zu viele Gedanken, und vielleicht interessierte sich der Professor für ihn und seine Arbeit, und das war nicht nur etwas, was die Menschen sagten, um sich selbst leichter zu fühlen. *Es wird leichter.* Vielleicht war das ein Versuch, ein echter Versuch, in sein Leben einzugreifen. Vielleicht war das der Moment, auf den er zurückblicken und denken würde: Ja, und ab da hat sich alles geändert. Aber der zynische Teil seines Verstandes und Herzens konnte nicht anders, als die Ansicht seines Professors zu verwerfen, auch wenn er lächelnd nickte und sagte: »Sie haben ja recht.«

An diesem Tag im Café sprachen sie über die drei Villanellen und die Schwierigkeit, in alten Formen zu schreiben und sie möglichst so zu wenden und zu drehen, dass sie etwas Neues sagten, und Seamus hasste den Professor mit jedem Wort ein wenig mehr. Er verabscheute den Vorschlag, dass er mit seinen Gedichten etwas Neues aussagen sollte, weil es eine fortschrittliche Auffassung von Literatur verriet und die Bedeutung eines Gedichts an seiner Gegenwärtigkeit bemaß. Die Augen des Professors leuchteten in dem Bemühen, eine Verbindung herzustellen, und auch das war etwas, das Seamus störte. Warum konnte sein Professor ihn nicht als Gleichgesinnten, als Ebenbürtigen betrachten und nicht als pädagogische Aufgabe? Leise nippte er an seinem Kaffee, und als er den Boden seiner Tasse erreichte, tat er so, als hätte er noch mehr zu trinken. Der Professor verwies in losen Bahnen auf tote und lebende Dichter von heute und gestern, und Seamus dachte, Gott, wie geschmacklos. Wie verdammt geschmacklos. Einfach widerlich.

Als sein Professor am Ende des ersten Semesters gefragt hatte, warum Seamus aufgehört habe, etwas zur Seminarlektüre beizusteuern, hatte Seamus nur gesagt: »Ach, Sie wissen ja. Manchmal ist es schwer.«

Seamus drückte seine Zigarette aus und blies Rauch in die Luft. Das Tor an der Seite des Gartens wurde geöffnet, und er hörte, wie jemand auf ihn zukam. Das Gras zischte unter den Schritten. Er scannte die Hauswand ab, die blauweiß schimmerte.

»Hast du noch eine?«, fragte eine kratzige Stimme.

Der Mann trat in den Lichtschein des Küchenfensters. Er war groß und bullig mit seinem Trucker-Basecap und seiner altmodischen Brille mit Doppelsteg zwischen den Gläsern.

»Klar.« Seamus schnippte die Schachtel auf. Der Mann nahm sich eine Zigarette, aber statt sie sich anzustecken, schaute er sie an.

»Ist das eine von diesen seltsamen Dingern?«

»Was meinst du?«

Der Mann betrachtete die Schachtel in Seamus' Hand und zog dann die Stirn in Falten.

»Nie gehört.«

»American Spirits«, sagte Seamus, und dann plötzlich verlegen: »Sind einfach nur Kippen, Mann. Entspann dich.«

Der abschätzige Blick des Mannes wurde nicht weicher, aber Seamus trug es mit Fassung.

»Danke«, sagte er dann, zündete sie mit einem roten Feuerzeug an und nahm einen tiefen Zug. »Ist wie Potpourri rauchen.«

Da musste Seamus lachen. Er war inzwischen fast nasenblind für den Geruch von American Spirits, aber früher war es das gewesen, was er am meisten an ihnen gemocht hatte. Sein Englischlehrer an der Highschool hatte sie geraucht. Er hatte Seamus seine erste Schachtel gekauft. Mr. Fulton, ein schütter werdender Mann mit breitem Mund und tränenden Augen. Mr. Fulton, dessen Sperma nach feuchtem Heu geschmeckt hatte.

Auf dem College wurden American Spirits zum Synonym für einen bestimmten Typ von jungem Mensch, und sie alle wollten sein wie er. Stilecht ungepflegt wie die Leute in Greenwich Village in den Sechzigern, aber in entlegenen Collegestädten, wo es bis auf Affektiertheit nicht viel gab. Doch diese Aufmachung war Mitte der 2000er mit Stomp-Clap-Hey verschwunden und hatte sie in einem Meer aus kalter, steriler Ironie zurückgelassen. Jetzt galt es als überspannt, American Spirits zu rauchen, aber Seamus konnte nicht von der Gewohnheit lassen. Seine Eltern rauchten Menthol 100.

»Was für eine süße Pflanze Tabak doch ist«, meinte Seamus.

»Was du nicht sagst.«

Der Mann lehnte sich an die Hauswand neben dem Fenster, und Seamus beobachtete ihn.

»Arbeitest du hier?«

»Küche«, sagte Seamus.

»Muss ja gut bezahlt werden, wenn du diese Dinger rauchst.«

»Ist in Ordnung.«

»Hm-m«, der Mann lachte kurz, ein Auge im Rauch zusammengekniffen.

»Was machst du?«

»Oh«, sagte der Mann. »*Was machst du?* Bist wohl Student.«

»So offensichtlich?«

Der Mann aschte an der Wand ab, zog erneut an der Zigarette und zuckte mit den Schultern.

»Scheint so. Na gut.«

Seamus wusste oft nicht, wie er mit Städtern reden sollte. Ob er sich unterwürfig oder überheblich geben sollte, ob er so tun sollte, als wären Studierende keine Parasiten. Manchmal hatten Städter keine Lust, so zu tun, als sei ihnen höhere Bildung wichtig, manchmal aber schon. Seamus war einer, der folgte. Er wusste nicht, wie man führte. Wie man ein echtes Gespräch mit jemandem führte, dem nicht wichtig war, was ihm wichtig war.

Der Mann rauchte weiter. Er ließ die Augen zufallen. Auf den kalten Betonstufen fror Seamus der Hintern ab.

»Heute Nacht wird es arschkalt werden«, sagte der Mann.

»Ja, wahrscheinlich.«

»Ich habe meine Hühner noch nicht in den Stall gebracht. Ich geh mal besser weiter. Aber hey, danke für die Kippe.«

»Keine Ursache«, sagte Seamus.

Der Mann ging an der Hauswand entlang zurück, stützte sich mit der rechten Hand ab, in der linken die Zigarette, aber bevor er ganz verschwunden war, drehte er sich noch einmal um.

»Hey, du. Willst du was sehen?«

Seamus zog die Augenbrauen hoch.

»Was denn?«

Der Mann nickte hinüber zu der langen Einfahrt. Seamus schaute hinter sich durchs Küchenfenster, wo Lena gerade die Arbeitsflächen sauber wischte. Langsam stand er auf, schüttelte das Taubheitsgefühl aus seinen Oberschenkeln und folgte dem Mann in die Dunkelheit.

Sie gingen ein kleines Stück über den knirschenden Kies, entlang der hölzernen Zaunpfosten, die die Einfahrt säumten. Der Mann redete nicht, sondern rauchte im Gehen, wovon Seamus einen trockenen Hals bekam. Von der erwartungsvollen Stille. Er hatte eine Ahnung, was das alles zu bedeuten hatte. Worauf es hinauslief und warum. Sie kletterten über den Zaun und traten auf einen dunklen Weg. Seamus heftete den Blick auf den Hinterkopf des Mannes. Seinen weißen Nacken. Er setzte seine Schritte vorsichtig, aber der Mann bewegte sich mit einem so lässigen, ausladenden Gang, dass Seamus ihn ein wenig dafür bewunderte. Sie erreichten die Hügelkuppe und stiegen dann unbeholfen den gegenüberliegenden Hang hinunter.

Schließlich kamen sie zu einer Stelle, die aussah wie ein nicht asphaltierter Kreisverkehr.

Die Hände in die Hüften gestemmt, stand der Mann in der Mitte von etwas, das früher mal ein Trailerpark gewesen war, und begutachtete die langen weißen Trailer. Die Wohnwagen. Die Camper. Hoch über ihnen leuchtete ein Strommast gelb wie ein malader Bluterguss. Eine Reihe unbefestigter Wege führte zu den Ruinen dieser Heime, dieser Leben. Der Ort wirkte verlassen und traurig.

»Dieses Drecksloch hier gehört meinem Alten«, sagte der Mann.

»Was genau?«

»Dieses Stück Land. Früher hat er es vermietet, die Leute ihre Trailer hier hinstellen lassen. Die Blase, bevor sie geplatzt ist, du weißt schon.«

»Blase?«, fragte Seamus.

»Du weißt schon, unter Obama und Co. Diese ganzen Leute brauchten plötzlich eine Bleibe. Wir haben sie auf dieses kleine Stück Land gelassen, und sie sind geblieben und haben Miete gezahlt, aber dann wurde es noch mal schlimmer, und ohne Jobs, weil der alte Mullah die ins Ausland verlagert hat, ging es den Leuten mies. Und wir mussten aufhören, weil niemand mehr die Miete für die Dinger hier bezahlt hat.«

»Oh«, sagte Seamus. Er erwähnte nicht, dass die Rezession schon vor Obamas Amtsantritt begonnen hatte. Zum einen, weil das Argument keinen Sinn hatte, und zum anderen, weil die Wahrheit nichts an der konkreten Realität dessen änderte, was mit diesem Ort und diesen Menschen passiert war. Die eigentlichen Namen – die Namen der Geschichte – spielten keine Rolle. Wer wann wem was angetan hatte. Belanglose Fakten und Details. Aber wenn man mittendrin steckte. Bevor die Gegenwart zu Vergangenheit wurde und die Vergangenheit zu

Geschichte, wenn es deine Familie war, die Hunger litt, oder deine Stadt, die Jobs verlor und ausgelaugt wurde, spielte es keine Rolle, ob man die Schuld dem richtigen Scheißkerl anhängen konnte oder nicht. Es spielte keine Rolle, ob man die Glaubenssätze oder die Abstammungslinien der Klassenverräter aufsagen konnte. Das war nur heiße Luft. Republikaner. Demokraten. Konservative. Liberale. Liberalisten. Kommunisten. Sozialisten: Was auch immer einem nachts ein gutes Gefühl gab. Sie machten sich alle nur etwas vor. Seamus hielt den Mund. Schaute durch die kaputten Fenster der Trailer und in die Löcher, wo die Metallverkleidung entfernt worden war.

»Vor ein paar Jahren sind hier Junkies aufgetaucht«, sagte der Mann. »Die haben alles mitgenommen. Kupfer. Verkleidungen. Alles, was ihnen in die Finger kam. Wie ein Rudel Kojoten. Davor dachte mein Alter, dass wir diesen Scheiß mit der Abwrackprämie machen. Wahrscheinlich erinnerst du dich nicht mehr, aber eine Zeit lang hat man richtig was dafür gekriegt. Wir dachten, das machen wir. Oder lassen den ganzen Scheiß abschleppen. Aber wir sind nie dazu gekommen. Dann ist mein Alter krank geworden. Und jetzt siehst du ja, was daraus geworden ist.«

Seamus fühlte diese alte Marxistenschuld. Das reflexartige Mitleid und die Scham, ein kleines bisschen besser dran zu sein als sein Gegenüber. Doch dann ging ihm durch den Kopf, dass dieser Mann wahrscheinlich mehr Geld besaß als er, und das milderte die Schuld ein wenig ab. Sie besetzten also zwei unterschiedliche Systeme. Wie schräg. Diese Netzwerke menschlicher Beziehungen.

»Und das wolltest du mir zeigen?«

»Nein«, sagte der Mann. Dann drehte er sich um, öffnete kurzerhand den Reißverschluss seiner Hose und holte seinen Schwanz heraus. »Das hier.«

Die Nacktheit, das schonungslose Ende des Ganzen war für Seamus vage schockierend. Doch dann, leise über seine Zunge gleitend, spürte er etwas wie Verlangen. Zustimmung. Er trat an den Mann heran und fasste nach unten. Nahm die menschliche Wärme seines Schwanzes in die Hand und zog versuchsweise daran.

»Verstehe«, sagte Seamus.

»Und? Passiert jetzt noch was anderes als nur verstehen?«

Aus der Nähe sah Seamus seine struppigen Koteletten und die Haarsträhnen, die unter dem Basecap hervorlugten. Er roch jedenfalls nach American Spirits. Der Mann nahm den letzten Zug der Zigarette und schnippte sie in das trockene, kalte Gras. Sie versank in der Dunkelheit. Seamus ging auf die Knie, schloss die Augen und presste sein Gesicht gegen die moschusartige Oberfläche des Beckens. Der Mann roch streng nach Schweiß und einem langen Tag, aber unter dem Geruch lag etwas Puderiges und Sauberes. Er öffnete den Mund, und der Schwanz des Mannes glitt hinein, die feuchte Spitze schmeckte ein wenig nach Urin. Er hatte nicht gut abgeschüttelt.

Der Mann stöhnte vor Lust, und Seamus nahm das als Zeichen weiterzumachen, und er machte weiter. Bis der Mann mit seinem Rein und Raus in einen richtigen Rhythmus gefunden hatte. Seamus wurde gern auf diese Weise benutzt. Manchmal dachte er, das Einzige, was er im Leben wirklich brauchte, waren Gedichte und gelegentlich in die Zange genommen und gefickt zu werden wie Hundefleisch. Er schloss die Augen und legte die Hände auf die Hüften des Mannes, aber der Mann schlug sie ihm weg.

»Fass mich nicht an«, sagte er. »Auf keinen Fall fasst du mich an. Und jetzt reiß den Mund auf, ich will, dass du ordentlich schluckst.«

Seamus sank tiefer und ließ zu, dass der Schwanz des Mannes das zarte Gewebe tief in seinem Rachen dehnte. Der Typ war nicht üppig bestückt. Nicht beeindruckend jedenfalls. Es gab nichts Beeindruckendes daran, bis auf die Bösartigkeit, mit der er Seamus in den Mund fickte, und das war immerhin etwas. Seamus gefiel das. Sein Mund wurde klebrig. Und er spürte ein hartnäckiges Brennen im Hals, nahm aber auch das hin, wie man die dunkle Entfremdung von der Gnade hinnimmt.

Der Mann verkrallte sich fast schon zärtlich in Seamus' Hinterkopf, und Seamus öffnete die Augen und schaute auf. Im bernsteinfarbenen Licht des Strommasts sah er für einige Sekunden Mr. Fulton und dann den Professor seines Lyrikseminars. Aber das hier über ihm war keiner der beiden. Es war der Mann auf dem Trailerparkgelände, der ihn in den Mund fickte und keuchend murmelte, dass Seamus ein braver Junge war, einen braven Mund hatte und wusste, wie man es machte.

Der Mann stieß auf das Ziel zu. Runter, runter, runter in Seamus' Kehle, und Seamus musste sich beinahe übergeben. Tat es aber nicht. Er behielt es drinnen. Und der Mann stöhnte und kam, und als er ihn rauszog, schmierte er Seamus den Rest seines Spermas über das Gesicht. Wie eine Art Salbung, warm und klebrig, mit dem Geruch von Speichel und See.

Seamus stand auf. Wischte sich mit dem Arm über den Mund und versuchte, sich zusammenzunehmen. Er hatte den Mund voll. Er wollte es nicht schlucken, aber der Mann hatte die Augen auf ihn gerichtet. Und er hatte das Gefühl, dass etwas Schlimmes passieren würde, wenn er ausspuckte. Der Mann blickte auf ihn herab, beobachtete ihn einfach mit harten, zusammengekniffenen Augen.

Seamus schluckte. Der Mann zog Seamus an sich und küsste ihn. Darin steckte keine Liebe. Das tat es nie. Aber beim Küssen fand Seamus, wenn schon keine Nähe zu dem Mann, so doch wenigstens die Bestätigung, dass sie sich zusammen in etwas befanden, was auch immer es war. Es war lange her, dass Seamus sich mit irgendwem in irgendetwas befunden hatte. Nicht einmal flüchtig. Der Kuss war noch nicht einmal besonders angenehm. In einer ekelhaften Show von Verlangen und Lust schoben sie einfach nur Speichel hin und her. Seamus war nicht hart. Der Mann tatschte weiter zwischen seinen Beinen herum und versuchte, irgendetwas in Gang zu bringen, aber Seamus fühlte sich da unten kalt und schlaff. Vor allem tat es weh, so fest gepackt und begrapscht zu werden. Der Mann leckte ihm das Gesicht ab, und Seamus schloss die Augen und stellte sich eine kleinere, intimere Dunkelheit vor, in der er völlig allein war.

»Lass gut sein«, meinte er.

Auf dem Rückweg sagte der Mann, der wieder eine von Seamus' Zigaretten rauchte: »Das habe ich gebraucht.«

»Machen dich Sterbende geil, oder was?«

»Nein«, sagte er und brach ab. Dann bohrte er seinen Finger fest in Seamus' Brust. »Mach ja keine Witze über sterbende Menschen. Zeig gefälligst Respekt.«

»Du bist hier der, der gesagt hat, dass er es brauchte.«

Als sie kam, war die Ohrfeige eine Überraschung. Sie standen noch auf dem Weg im Wald. Zwischen den Bäumen hindurch sah man in der Ferne die Lichter des Hospizes. Seamus nahm ihre Abgeschiedenheit deutlich wahr. Der Mann packte ihn am Hals und drückte die Zigarette auf seiner Wange aus. Ganz langsam brannte sie sich durch die Haut.

»Mein Dad stirbt gerade in diesem scheiß Kasten. Er war ein Riese. Und jetzt siecht er vor sich hin wie eine Schwuchtel mit Aids. Man reißt keine Witze darüber, was das Sterben mit Menschen macht.«

Seamus versuchte, sich zu befreien, aber der Mann verstärkte den Griff um seinen Hals, bis Seamus wieder auf die Knie sank. Der Mann hockte sich zu ihm, und auf dem kalten Boden schoben sich ihre Gesichter dicht voreinander, der Mann drückte ihm die Luftröhre ab und sah ihn an, als wäre er ein Kind.

»Hast du dich in diesem Leben schon mal wegen irgendwas klein gefühlt? Dachte ich mir. Was diese Welt mit Menschen macht. Du weißt nicht das Geringste über Grausamkeit. Ich sollte es dir zeigen. Wenn es irgendeine Gerechtigkeit auf der Welt gäbe, würde ich es dir zeigen. Du glaubst, nur weil du gern Schwänze lutschst, hat die Welt dir den Rücken zugekehrt. Hat sie aber nicht. Das hat nichts mit echtem Leid zu tun.«

Während der Mann sprach, sah Seamus schäumende Speichelbäche um seine Eckzähne. Ausgeprägt. Gelb. Er hatte den Mund eines Raubtiers. Seamus roch die Zigaretten und die Wichse und den antrocknenden Speichel des Mannes auf seinem Gesicht. So nah waren sie einander. Wie es zwei Menschen nur sein konnten. Ihre Gesichter so dicht voreinander. Es war, als hätten sie sich zum Beten getroffen. Der Mann schaute ihm in die Augen.

»Ich sollte dir den Schädel einschlagen«, sagte er. »Ich könnte es. Ich könnte dich zurückbringen zu den Trailern und dir etwas Lustiges zeigen. Und dann zusehen, wie du lachst. Was hast du dazu zu sagen, lustiger Mann?«

Wie unzulänglich er sich in diesem Moment fühlte.

Was hatte er schon zu bieten angesichts seiner eigenen Auslöschung? Es war beinahe lustig. Er fühlte sich so dumm. Dumm und hilflos.

»Gute Nacht, Joe, gute Nacht, Joe, gute Nacht«, krächzte Seamus.

Der Mann ließ langsam los, als hätte er sich erschrocken.

»Ich hasse Schwuchteln wie dich.« Aber er ließ von Seamus ab. Er stieß ihn weg und stand auf. Er bespuckte Seamus, steckte sich dann wieder die Zigarette an und ging.

Seamus saß allein auf dem Boden. Behutsam berührte er die Brandwunde auf seiner Wange. Sie war klein. So klein. Schon jetzt konnte er spüren, wie viel schlimmer sie später noch schmerzen würde. Aber er war sicher. Er war allein, und er war sicher, und er schaute hinauf zu den Wipfeln der Bäume und versuchte, wieder zu Atem zu kommen. Dann lachte er und hustete – wie ging der Rest von diesem scheiß Tate-Gedicht?

In der Toilette im Hospiz tupfte er sich das Gesicht ab. Die kreisrunde Brandwunde von der Zigarette. Ihre gekräuselten, wütenden Ausläufer. Das nässende Gelb des Fettes und Fleisches darunter. Im Licht der Toilette wirkte alles ein wenig verschwommen. Ein bisschen wie in einem Horrorfilm. Das Wasser brannte. Genauso wie das Desinfektionsmittel aus dem Verbandsschrank. Der Schmerz beißend, aber auch fern.

Warum hatte er nichts getan, um sich zu rächen für das, was ihm draußen im Wald widerfahren war? Warum hatte er es geschehen lassen? Der Mann war stärker als er, schon klar. Aber etwas hätte er tun können. Irgendetwas. Er hätte versuchen können, sich loszureißen und wegzulaufen.

Der Anblick von ihm auf den Knien. Die Hände des Mannes um seinen Hals. Kurz die Kälte der Luft, der feuchte Moschus des Waldes. Der Geruch seiner eigenen Zigaretten hauchte ihn an. Jetzt ging es ihm gut. Jetzt war er sicher. Doch der Mann wollte nicht verschwinden. Seamus wusch sich das Gesicht und klebte sich ein Pflaster auf die Wange, so fest gespannt, dass er dachte, es würde gleich wieder abreißen.

In der Küche die feuchte Luft. Die Suppe brodelte vor sich hin. Eunice schnitt ein knuspriges Baguette auf. Lena schleuderte Salat. Sie redeten über das Wetter. Das Eis auf den Straßen. Es war ein verdammt langer Tag gewesen. Zu lang.

»Du siehst beschissen aus, Junge«, sagte Eunice.

»Fühl mich auch so.«

»Was ist denn passiert?«

»Nur ein Schnitt. Du weißt ja. Passiert manchmal.«

Eunice brummte, als würde sie ihm kein Wort glauben. Dummer Scheiß.

»Waren das Bert und du da vorhin im Garten?«

Seamus schaute hinab auf die glänzende, abgenutzte Küchentheke. Auf seinen Schatten. Die Lichtexplosion an der Decke strahlte von seinem Kopf ab wie ein zerschrammter Heiligenschein.

»Heißt er so?«

»Er hat bestimmt eine Zigarette von dir geschnorrt. Der schnorrt ständig irgendwas.«

»Hat er.«

»Sein Daddy ist oben auf der Drei. Ein gemeiner Kerl ist das.«

»Er oder sein Daddy?«, fragte Seamus, der gegen seinen Willen grinste. Was war das für eine Anwandlung?

»Du bist so im Arsch«, sagte Eunice.

»Er ist der gemeinste bald sterbende Mann, den ich je gesehen habe«, sagte Lena. »Das eine Mal ist mir auf dem Weg aus dem Zimmer sein Essen hinterhergeflogen, als ich da oben war. Eine Pflegerin kam vorbei und meinte was von: ›Er hat es lieber, dass man es draußen abstellt.‹ Unfassbar. Er hat fast die Wand damit bemalt.«

»Manche von denen wissen es nicht besser«, sagte Eunice. »Manche, du weißt schon, durchqueren dieses letzte Stück Weg und wissen nicht, was sie tun sollen. Und dann lassen sie es einfach an allen anderen aus. Ich kann's verstehen. Es ist schwer, diese Welt hinter sich zu lassen.«

»Ist es das?«, fragte Seamus. »Ich meine ... Manchmal würde ich es gern. Einfach alles hinter mir lassen.«

»Und dann was, Junge? Du hast die Welt doch noch gar nicht gesehen. Woher willst du wissen, dass du sie hinter dir lassen willst, wenn du noch nichts gesehen hast?«

Seamus legte die Hand ans Kinn und schaute zu Eunice.

»Die sollten dir die Leitung des Lyrikseminars übertragen«, sagte er.

Eunice hielt inne und drehte den Kopf, um ihn anzusehen. Ihre Miene wurde ernst, und ihr Blick verfinsterte sich, wurde kühl. Man hörte nur noch das Geblubber im Topf und das Geraschel der Salatblätter, als Lena sie in die Schüssel schüttete.

»Ich habe keine Ahnung von dieser Art zu leben«, sagte Eunice. »Ich hätte kein bisschen was dazu beizusteuern.«

Seamus hatte offenbar eine Grenze überschritten. Er hatte etwas Dummes und Naives gesagt.

»Ich habe es nicht so gemeint«, sagte er.

»Genau das ist das Problem.«

»Verstehe ich nicht.«

»Nein, tust du nicht«, sagte sie, schnitt den letzten Rest Brot und legte ihn auf das Backblech. Sie öffnete den Ofen und schob es unter den Rost.

»Schau mal nach der Suppe. Mach dich nützlich.«

Seamus rutschte vom Hocker und schaute nach der Bisque. Sie war fast fertig. Er nahm einen Becher Sahne und goss ihn hinein. Rührte um. Sah zu, wie die Suppe matt und sämig wurde. Er probierte sie und fand sie ein wenig zu süß, darum fügte er etwas Salz hinzu. Aber nicht viel. Wegen der Gesundheitsrisiken.

Als er zufrieden war, teilte Eunice ihn für die Zubereitung des Obstsalats ein. Mangos, Ananas und Pfirsiche würfeln. Weintrauben schälen und schneiden. In einer großen Glasschale Zitronensaft daraufträufeln.

Er dachte daran, was er zu Eunice über das Unterrichten von Lyrik gesagt hatte. Eigentlich hatte er etwas darüber sagen wollen, wie inadäquat sein Studium war. Er hatte sagen wollen, dass ihre Lektionen inhaltliche Substanz besaßen, dass sie ihm etwas bedeuteten. Dass sie ein Teil der realen Welt war, zu der er so gern gehören wollte. Doch jetzt, wo er die Zitronen auspresste und ihren Saft über das Obst träufelte, verstand er, wie dumm das in ihren Ohren geklungen haben musste. Hohle Phrasen. Eunice ging nicht mit dem Wunsch durchs Leben, Weisheiten verkünden zu wollen. Sie war im Geschäft des Lebens, des Über-die-Runden-Kommens. Eunice stand im Zentrum eines ganzen Universums, das er nicht einmal ansatzweise durchdrang. Es war eine bürgerliche Unachtsamkeit der Seele, die ihn etwas so Dummes hatte sagen lassen.

Eunice brauchte seinen Segen nicht. Sein Kompliment war eine Beleidigung.

Das kratzte an seiner Eitelkeit.

Vor der Ausgabe des Abendessens hatten sie eine kleine Pause, und Seamus kochte ihnen allen einen Espresso. Er goss ihn in kleine Tassen und bediente Eunice und Lena mit einem Geschirrtuch über dem Arm. Etwas, das er in einem Film gesehen hatte. Und mit einem schlechten französischen Akzent setzte er hinzu: »Mesdames.«

Sie tranken den Espresso an der Kücheninsel und seufzten zufrieden. Eunice nickte anerkennend.

»Du hast schon was drauf.«

Seamus nickte steif, aber dann, weil er es nicht unterdrücken konnte, grinste er.

»Wusst ich's doch«, sagte er.

Abendessen gab es an dem langen Tisch in der Küche. Sie deckten ein, Teller, Gläser und Besteck. Viele der Bewohner saßen im Rollstuhl, einige waren ans Bett gefesselt. Andere brauchten Pfleger und Betreuerinnen zur Unterstützung. Manchmal auch Angehörige. An diesem Abend war nichts Besonderes geplant. Ein kleines Abendessen mit Suppe, Brot und Salat. Ein Apfelwein, um die Jahreszeit zu feiern. Nur wenige Schlucke. Die Bewohner kamen in weicher Kleidung herein. Schals, Überwürfe, Strickjacken, Kaschmirhosen, Chinos, um die Köpfe Tücher oder Bandanas.

Diese graue Prozession der Sterbenden und ihrer ebenso aschfahlen Familien. Die alten, unverheirateten Töchter und Schwestern, die gebeutelten Brüder und Söhne. Enkel. Neffen und Nichten. Heute Abend waren sie zum Abendessen nur sieben oder acht. Bert saß am Kopf des Tischs neben seinem Vater, der recht dünn und ernst aussah. Gekleidet war er jedoch in voller Montur, mit Sakko und Anzughose. Bert in seinen Jeans und seinem Holzfällerhemd sah daneben seltsam unpassend aus. Aber sie hatten beide eine schwere, dunkle Intensität.

Das Abendessen war im Gange: das Klirren von Löffeln auf Porzellan. Seamus, der an der Küchentür stand und hinaus auf die versammelte Gesellschaft schaute. Ihre Köpfe über die tiefen Teller gebeugt. Dankbar vielleicht, dass ihre Hände endlich eine Aufgabe hatten. Eunice unten im Vorratsraum, Lena schon wieder am Abwaschen.

Da schaute Bert auf. Blickkontakt, eigenartig intensiv. Seamus dachte daran, was er draußen im Wald gesagt hatte. Darüber, dass er Schwuchteln wie Seamus hasste. Witze über die Sterbenden. Ah, dachte Seamus plötzlich, ah. Sein Vater wusste es nicht. Bert hatte sich nie geoutet. Das erklärte die fehlgeleitete Wut.

In Seamus stieg ein Gefühl von Macht auf. Das war das richtige Wort dafür. Macht.

Er lächelte Bert an und winkte ihm genau in dem Moment tuntig zu, als der Vater aufschaute und es sah. Dann zog er vielsagend die Augenbrauen hoch und verschwand in der Küche.

Lena beobachtete ihn.

»Wir haben schon genug Ärger«, sagte sie.

»Das gibt keinen Ärger.«

»Für dich vielleicht nicht.«

Seamus zuckte mit den Schultern.

Aber er fühlte sich gut.

Als hätte er am Schluss etwas zurückgewonnen.

Seamus fuhr die North First Avenue auf dem vereisten Bürgersteig hinauf. Dann bog er nach links ab und schlingerte unter Bäumen hindurch einen Abhang hinab. Er war auf Nebenstraßen unterwegs und nahm auf seinem Weg in die Stadt die eine oder andere Abkürzung durch einen

Hinterhof. Gelegentlich löste er das Bellen eines Hundes aus, der in einem Hof an seiner Kette riss, oder kam an einer Familie vorbei, die gerade beim Abendessen saß oder im Fernsehen die Abendnachrichten sah. Von diesen erleuchteten Fenstern anderer Leben und Familien wurde ihm schwindelig.

Dann schoss ein Fernlicht über ihn hinweg und senkte sich. Er wich auf den Bürgersteig aus, um Platz zu machen, aber stattdessen erloschen die Lichter, und er hörte das Auto auf der Straße hinter ihm, das mit einem langsamen Knacken dahinrollte. Er warf einen Blick über die Schulter. Ein schwarzer Pick-up fuhr langsam hinter ihm her. Ansonsten war die Straße leer. Ruhig. Häuser und Wohngebäude. Er überquerte die Straße und fuhr nach Osten. Der Wagen folgte ihm. Die Straße wurde enger und dunkler. Fiel ab. Seamus zog das Tempo an und machte einen Schlenker, bog ab und fuhr nach Norden. Er hörte ein Quietschen und ein Reifenrumsen, als wären Mülltonnen umgefallen.

Er gab noch einmal alles und trat fest in die Pedale, seine Schenkel brannten. Sein Rücken schmerzte. Der Schweiß stach unter dem Pflaster. Doch er fuhr weiter. War das Bert? Wollte er die Rechnung begleichen? Seamus erreichte die Kuppe des Hügels in der Nähe von College Green. Er atmete erleichtert aus. Jetzt wusste er, wo er sich befand. Er rollte am Co-op hinunter, bog in die Iowa Avenue ein, der er bis ins Zentrum der Innenstadt folgte. Die Studis hingen unter den Straßenlaternen vorm *Joe's* herum. Aus der Bar an der Ecke drang laute Musik. Er sah das *Prairie Lights* und das *Mickey's*. Überlegte, dort abzutauchen, bis er wieder klarkam. Dann fuhr er zur Market Street hinauf und stellte sein Rad vor dem *George's* ab.

Doch da fiel es ihm ein. Es war Seminarabend. Seine Kommilitoninnen würden da drinnen sitzen. Er spähte durch eines der schummrigen Fenster am Eingang. Sah Oliver. Ingrid und Linda. Helen. Ein paar von den Jungs aus der anderen Dichtergruppe. Lachend an der Bar, in den Sitzecken. Die Musik war laut. Ließ das Glas erzittern. Er konnte jetzt nicht da reingehen, am Ende des Abends einfach so auftauchen, in dem Wissen, dass er nicht eingeladen worden war und warum. Er war erschöpft. Hatte keine Nerven dafür. Er musste weiter auf der Hut sein. Er war sich nicht ganz sicher, dass er den schwarzen Pick-up abgehängt hatte, wer auch immer das gewesen war. Falls der Fahrer es überhaupt auf ihn abgesehen hatte, was nicht der Fall sein musste. Schluss mit dieser Paranoia. Schluss mit der Opferrolle. Das ließ ihn dastehen wie Beth mit ihrem Gorgonenhaupt.

Er lief die Straße zum *Fox Head* hinauf. Die Prosa-Bar, aber heute war ihr freier Abend, und damit war die Bar schriftsteller- und in diesem Moment auch anwohnerleer. Der Barmann war um die fünfundvierzig, kahlköpfig und knochig im Gesicht. Er trug gern alte Band-T-Shirts und polierte mit übertriebener Geste die Gläser. In der Bar war es schummrig und laut, der Billardtisch gerade frei. Seamus spürte die Leere der Bar ganz deutlich. Keine Wärme im Raum. Er bestellte ein PBR, aber der Barmann schaute weiter auf das Glas in seiner Hand, als hätte er Seamus nicht gehört. Nach einer Weile nickte er, zapfte ihm das Bier und schob es langsam über den Tresen. Seamus legte ihm die zwei Dollar hin. Der Barmann schaute sie schweigend an, nahm sich dann achselzuckend das nächste Glas und fing wieder an zu polieren.

Seamus hockte sich in eine Nische an der Seitenwand. Das schmierige Fenster gab den Blick auf die Straße und den Bürgersteig frei, und auf das *John's* gegenüber. Er trank sein Bier und versuchte, das Zittern seiner Hände in den Griff zu kriegen. Jedes Mal, wenn ein Auto die Straße entlangkam, rutschte er tiefer und spähte durch das Fenster, um herauszufinden, welche Marke und welches Modell. Nie irgendwelche Pick-ups. Nur kleine kompakte Autos, die wohl den Eltern irgendwelcher Studis gehörten oder vernünftigen Menschen mit echten Jobs. Studentinnen in hüfthohen Stretchhosen. Leuten auf dem Weg ins *John's*. Er warf einen Blick auf seine Uhr.

Das erste Bier half nicht. Das zweite schon. Zwei Männer kamen herein, die Basecaps tief ins Gesicht gezogen. Seamus setzte sich nach seinem dritten Bier an die Bar, sah keinen Sinn darin, zurückzugehen und sich wieder in der Nische zu verkriechen. Er setzte sich neben einen großen Typen in einem Overall. Der Typ trank langsam aus seiner Flasche. Hatte einen üppigen Bart.

Sie waren die Einzigen an der Bar, und sie tranken ganz entspannt. Der Freund des Typen kam aus dem hinteren Teil der Bar, wo sich die Toiletten befanden. Er versuchte, seinen Freund in ein Gespräch zu verwickeln.

»Ihr bekommt das sicher hin«, sagte er. »Etwas Gutes sollte man nicht aufgeben.«

»Es ist kein Aufgeben, wenn er ein Arschloch ist.«

Über ihren Köpfen lief ein bisschen zu laut *Hurts So Good* von John Cougar. Der Song dröhnte verzerrt aus den Lautsprechern. Seamus konnte die Musik in seinen Zahnfüllungen spüren. Der Typ neben ihm murmelte vor sich hin. Sein Kumpel blieb hartnäckig. Dann schlug etwas gegen seinen Arm, und er schaute auf. Es war der Kumpel des Typen.

»Hey, du. Sag ihm, dass er seinen Freund nicht abservieren soll.«

»Du sollst deinen Freund nicht abservieren«, sagte Seamus. Der Barmann schob Wechselgeld über den Tresen. Der Freund schob es zurück und legte noch zwei Dollarscheine dazu. Der Typ mit dem Freund, der abserviert werden sollte, guckte verlegen.

»Tut mir leid. Er ist total betrunken.«

»Bin ich auch«, sagte Seamus und zeigte mit der Flaschenöffnung auf die beiden. »Völlig blau, fürchte ich.«

»Kenne ich dich nicht?«, fragte der Freund. Er war groß, genauso wie sein Kumpel. Carhartt-Jacke, tief in die Stirn gezogenes Cap. Außerdem schlaksig und mit Zahnlücke.

»Nein, lässt sich aber leicht nachholen. Ich bin Seamus.«

»Hartjes«, sagte er.

»Zungenbrecher«, erwiderte Seamus trocken.

»Fjodor«, sagte der andere Typ.

»Noch krasserer Zungenbrecher.«

»Eltern«, sagte Hartjes.

»Seid ihr Russen?«

»Schwarz«, sagte Fjodor. »Nur schwarz.«

»Na ja«, setzte Hartjes an.

»Hauptsächlich schwarz.«

Seamus' Hals wurde rot. »Oh, das mit euren Namen habe ich nicht so gemeint. Tut mir leid.«

»Der Weiße zieht den Schwanz ein«, sagte Hartjes.

Fjodor zuckte mit den Schultern.

»Hör übrigens nicht auf mich. Wenn du deinen Freund abservieren willst. Mach das. Lass dich nicht von mir aufhalten.«

»Er ist ein guter Typ. Es ist nur schwer. Wahrscheinlich ist das immer so. Bei allen.«

»Ja«, sagte Seamus. »Junge. So ist es.«

»Das klingt verdächtig nach dem Anfang einer Geschichte.«

»Dann wäre ich wohl raus. Ich bin Lyriker.«

»Lyriker! Alter, echt jetzt. Wir mussten uns aus dem letzten Laden verziehen, weil es da von deinen Leuten nur so gewimmelt hat.«

»Ja. Was das angeht, sind sie ein bisschen wie Herdentiere.«

»Du meinst *wir.*«

»Ja, ich meine *wir*«, sagte Seamus lachend. Ein neues Lied setzte ein. Dylan. *Mr. Tambourine Man.*

Fjodor stellte seine Flasche ab und schloss die Augen. Er errötete leicht. Seamus wusste, dass es Zeit für ihn war, nach Hause zu fahren und sich ausnahmsweise mal um seine eigenen Angelegenheiten zu kümmern. Aber es war schön, hier mit zwei Menschen zu sitzen. Nach dem Abend, der hinter ihm lag.

»Mann, hast du auch manchmal Lust … ich weiß nicht. Dir einfach das Hirn wegzuballern, weil du so froh bist, dass der Tag vorbei ist?«, fragte Seamus.

Hartjes warf ihm einen Blick zu, und Fjodor lachte.

»Weiße Jungs haben echt einen an der Klatsche«, sagte Hartjes.

»Kann sein.«

Hartjes und Fjodor brachten Seamus noch zu seinem Fahrrad vor dem *George's.* Fjodor fuhr nach Hause zu seinem Freund, den er vielleicht abservieren wollte, schwer zu sagen. Hartjes drückte sich herum, während Seamus sein Rad abschloss. Er wolle Seamus noch bis zum Parkhaus unten am Iowa Memorial Union begleiten. Dort hatte er seinen Pick-up abgestellt. Seamus meinte, das liege auf dem Weg.

Sie gingen die Market Street entlang und kamen an der Wirtschaftshochschule vorbei. Es war dunkel, aber nicht spät, erst kurz nach elf. Der Wind vom Fluss wurde jedoch beißender. Unten am Parkhaus dieser Turm aus orangefarbenen Lichtern. Hartjes trat dicht an Seamus heran. Atmete auf seine Lippen. Saures Bier. Seamus küsste ihn, dann – beim Gedanken an Bert, beim Gedanken an den Espresso – wich er zurück. Sein Atem war ihm unangenehm. Er hatte sich den Mund zwar ausgespült, schmeckte Bert aber trotzdem noch. Hartjes lächelte rätselhaft. Legte die Hand auf Seamus' unteren Rücken.

»Du könntest mit zu mir kommen«, sagte er. »Oder …«

»Wahrscheinlich ist es besser … wenn ich einfach nach Hause gehe. Bevor ich mich in Schwierigkeiten bringe.«

»Na gut«, sagte Hartjes. »Aber gib mir deine Nummer.«

Seamus tippte ihm die Nummer ins Handy und gab es zurück. Hartjes schickte ihm eine Nachricht und sagte, dass sie sich mal wiedersehen könnten, wenn er wolle. Oder auch nicht. Seamus antwortete, ja, das wäre schön. Dann trennten sie sich, und Seamus war allein.

Mit dem Rad fuhr er über die Brücke. Der Wind war noch stärker geworden und schnitt ihm ins Gesicht. Er schaute nach oben. Die Sterne, dachte er, hatten ihn sein ganzes Leben lang beobachtet. Sie hatten gesehen, wie die ganze Sache immer weiterging. Ihn und den Rest aller Menschen, die je gelebt hatten und je leben würden.

Es war, als lebten sie in einem Museum oder einem Puppenhaus. Es war so leicht, sich vorzustellen, wie ein gewaltiger, gleichgültiger Gott das Dach von diesem Haus riss und sie beäugte, während sie ihrem Leben in den gewohnten Bahnen nachgingen wie kleine Aufziehmännchen in einer Ausstellung mit dem Titel *Die letzten Amerikaner.* Ein Gott mit einem Gorgonenhaupt, der über sie richtete.

Was sollte man da tun? Zu Stein erstarren? Verdammte Scheiße.

Er war so was von unbedeutend.

Seamus wohnte in einer Einzimmerwohnung auf den bewaldeten Hügeln mit Blick auf den Rest des Campus. Die Dielen knarzten unter seinen Schritten, und ab und zu entfuhr ihnen ein schriller Aufschrei, der an eine verängstigte Katze erinnerte. Seine Wohnung befand sich in einem alten Haus aus den Fünfzigern oder Sechzigern. Das Haus hatte etwas sehr Gedrungenes, bis auf seine Wohnung, die von einem größeren Raum abgetrennt worden war. Man konnte den Unterschied in der Stärke des Holzes spüren, wie es sich verzogen hatte und nachzugeben drohte.

Sie lebten alle in solchen Kästen, herausgeschnitten aus der größeren Masse der Geschichte. All der alten Leben.

In seiner Wohnung wärmte er etwas von der Suppe auf, die er aus dem Hospiz mitgenommen hatte, und setzte sich an seinen Schreibtisch. Ein Stapel verworfener Gedichte erwiderte seinen Blick mit trägem Urteil – sein Komposthaufen, wie er ihn nannte. Zu den hastig hingekritzelten Fragmenten, Vierzeilern und Couplets, die er aus anderen missratenen Sachen herausgerissen hatte, gehörte ein Sonettenkranz über elsässische Nonnen während des Dreißigjährigen Krieges. Er hatte einmal einen historischen Bericht über eine Gruppe von Kindern gelesen, die man in Fässer gestopft und einen Fluss hinunter hatte treiben lassen, um sie der katholischen Obrigkeit vorzuenthalten. Nur dass irgendwer einen schrecklichen Fehler begangen hatte. Die Fässer der Kinder waren mit Steinen zertrümmert worden, und die Kinder waren einen grausamen Tod gestorben. Eine Gruppe Nonnen hatte sich in der Nacht am Flussufer versammelt und war tief ins Wasser gewatet, um die Kinder herauszuziehen, oder was auch immer von ihnen noch übrig war. Es war wie in einem Märchen, die Vorstellung von einer Gruppe von Ordensschwestern, die mit allen Gewohnheiten brachen und in ihren weißen Gewändern ins kalte Wasser wateten, um nach ertrunkenen Kindern zu suchen. Noch Tage nach dem Lesen hatte ihn das Gewicht der Geschichte heruntergezogen, als wäre er selbst mit all seinen Sachen ins Wasser gegangen.

Die Gedichte waren zunächst ganz gut geraten, dachte er jedenfalls. Die Verse schimmerten wie kalte Sterne, hart und fern und vollkommen. Doch nachdem er sie beendet hatte, jedes Sonett die Geschichte einer Schwester und eines Kindes, Suchende und Verlorene, *Call and Response*, oder eher Stille, hasste er sie plötzlich. In der schöpferischen Aufregung, im verschwommenen Rausch des Niederschreibens war er von Wort zu Wort geprescht. Schlimmer noch, er war an die Grenzen seiner technischen Mittel geraten und hatte sich in Momenten größter Verzweiflung mit Wortspielen und billigen Tricks beholfen, mit emotionalen Ausweichmanövern. Die Gedichte hatten etwas Unaufrichtiges, das durch die Strenge der Form noch unterstrichen wurde. In einem Sonett konnte man sich nirgendwo verstecken, was bis dahin der eigentliche Sinn gewesen war.

Früher war es ihm immer so vorgekommen, als wäre das Schreiben über die Vergangenheit eine Möglichkeit, die Gegenwart zu verstehen. Doch seine Kommilitoninnen schrieben nur noch über die Gegenwart und ihre Dringlichkeit. Der eigentliche Akt des Verstehens oder der Kontextualisierung konzentrierte sich auf das Selbst, aber das durch eine schlecht verstandene marxistische Ideologie abstrahierte Selbst. Das Selbst in der zeitgenössischen Lyrik war in Wirklichkeit eine entwürdigte, abscheuliche Manifestation eines Systems von Unrecht und historischen Gräueltaten, die ihres historischen Kontextes oder eines wirklichen, rigorosen Verständnisses beraubt waren. Diese Gedichte waren Klagen über erlittene oder verdrängte Verletzungen. Niemand wollte seine Gedichte über Katholizismus, elsässische Nonnen oder die Apokalypse des Dreißigjährigen Krieges lesen. Die anderen wollten wissen, wie *er* in diese Sache hineinpasste. Dichtung war nur mehr ein Zuordnungsspiel, die Gedichte nichts als Karten.

Seamus starrte auf ein Notizbuch, das er mit Büroklammern offen hielt und mit einem Keramikbären beschwert hatte. Dann nahm er sich einen Stift und setzte die ersten Zeilen eines Gedichts aufs Papier, das ihm auf dem Heimweg eingefallen war:

*Wie gewaltig dein Werk, o Gorgonenhaupt –*
*die Nacht, das Jahrhundert, die Stille, der Schrei.*

## 2

# Tiere auf dem Feld

Fjodor, betrunken in seinem Pick-up, hörte zu, wie der Motor klickte und herunterkühlte. Im Wohnzimmer goldenes Licht. In der feuchten Kälte der helle Schein der Verandalampe. Das Glitzern von blauem Salz, auf die Eingangstreppe gestreut, falls so früh doch schon Schnee fiel.

Timo blieb über Nacht bei ihm.

Fjodor überlegte, zurückzusetzen und dann so lange zu fahren, bis ihm das Benzin ausging oder er von der Straße abkam und im Fluss landete. Es war nach Mitternacht. Timo noch wach. Was wahrscheinlich Streit bedeutete – wieder mal. Hinter ihm lag ein langer Tag in der Fabrik. Seine Zähne schmerzten vom Kreischen der hydraulischen Pressen, vom pneumatischen Zischen der Druckluftpistolen, mit denen sie den pulverisierten Schnee aus Knochenstaub und flockengetrocknetem Fleisch wegbliesen. Er steckte noch immer in seinem Overall, konnte noch den metallischen Geruch des Bluts riechen, den gewöhnungsbedürftigen Salzgehalt der Eisbäder, von denen seine Haut kreidig und empfindlich wurde. Wonach er sich jetzt sehnte, war eine warme Dusche und ein warmes Bett. Es war ein Fehler gewesen, noch mit Hartjes in die Bar zu gehen. Doch er hatte es getan, und jetzt war er betrunken, hatte einen Brummschädel und versuchte, den Mut aufzubringen, seine eigene Wohnung zu betreten.

Fjodor arbeitete mit Rind, als Zerleger. Er trennte das pinkfarbene Fett und Bindegewebe von dem dunkelroten Fleisch, das eher weich und zart war, wie Stoff oder Teig. Man musste seine natürliche Geometrie beachten, wie unregelmäßig Muskeln brachen, lagen und fielen. Wenn man zu fest oder zu schnell vorging, ruinierte man den Schnitt vielleicht und verwandelte ein Luxusstück Rind in etwas, das man besser zu Futter zerhackstückte. Anfangs irritierte es ihn, wie wenig das Fleisch überhaupt einem Tier ähnelte, wenn er es in die Hände bekam. Doch dann dachte er, wenn es die Menschen an die sanftmütigen Tiere erinnern würde, von denen es stammte, würde es niemand mehr essen.

Die Herausforderung seiner Arbeit lag darin, dass sie einen in Trance versetzte und dann für jede Unachtsamkeit bestrafte. Was man brauchte, war beiläufige Wachsamkeit. Der Lärm der Maschinen zwang einen zu Ohrstöpseln, aber man musste auch die Rufe der Vorarbeiter hören, weil sich die Umstände manchmal spontan änderten. Außerdem war es kalt. Außerdem wurden die Hände von dem Desinfektionsmittel aufgefressen. Den Nitraten und den Eisbädern, dem zischenden und sprühenden Flüssigstickstoff. Und es gab die Gefahr, die von den hydraulischen Pressen und der schimmernden Maschinerie ausging, die die Bänder antrieb. Manchmal kam man in einen richtigen Flow, flog nur so über die Maserung der Schnitte hinweg, und das Fett ließ sich ganz leicht abtrennen, wie nichts, sodass man sich selbst vergaß. Bis man zu nah an irgendeine Klinge kam und einem durch den Overall hindurch der Arm aufgeschlitzt wurde.

Am gefährlichsten war es zu glauben, dass man die

Kontrolle besaß, obwohl das nicht der Fall war. Der Job verlangte eine gewisse Demut. Andererseits war das Leben nun mal so.

Timo betrachtete diese Arbeit als eine Variante von Tierquälerei. Er sagte gern, dass Fjodor Teil eines Systems war, das Millionen von Tieren das Leben kostete.

Timo und er hatten sich über eine App kennengelernt, sie waren seit gut einem Jahr zusammen. Der Konflikt um Fjodors Job bildete eine Konstante, die anfangs noch die Stimmung zwischen ihnen angeheizt hatte. Es war ein Thema, an dem sie sich aufgeilen konnten und das ihr Sexleben aufpeppte, weil es ihrem Sex eine andere Dimension verlieh, eine gewisse Tiefe. Der Sex war eine Art zu streiten, ohne dass man sich stritt, oder das Streiten war eine Art zu ficken, ohne dass man fickte, die hoffentlich mit Ficken *endete*. Trotzdem fand Fjodor es immer wieder schräg, dass ihr Sexleben das Ergebnis eines ungelösten Konflikts darüber war, was er beruflich machte. Timo war Vegetarier.

Fjodor wagte sich hinaus in die Kälte. Der Himmel war klar und sanft. Die Straße leer, bis auf die wilderen Studierenden in dem Block von Wohnhäusern gegenüber vom Klinikparkhaus. Laute Musik, Geschrei und offene Fenster: Sie ließen es krachen. Sie brauchten keine Entschuldigung für irgendwas, dachte Fjodor. Sie lebten einfach nur, wie sie wollten. Zeit spielte für sie keine Rolle. Sie zog über sie hinweg wie ein Strom. Der Lauf der Zeit. Was bedeutet das schon, wenn man so viel davon besaß?

Er ging die Treppe hinauf und in die Eingangshalle des alten Hauses im Queen-Anne-Stil, das man in Wohnungen zerlegt hatte. Fjodor hörte so etwas wie klassische Musik. Er stand in dem kühlen Flur, drückte sein Ohr an die Tür und lauschte. Ein Klavierstück. Timo hatte ihm diesen Teil von sich nie mehr gezeigt, nicht nach diesen ersten Wochen, in denen sie frisch zusammen gewesen waren. Jetzt hütete er diesen Teil seines Lebens, als wäre es eine Art Verrat an einem sich selbst gegebenen Versprechen, wenn er ihn teilen würde.

Fjodor sah Timo im Wohnzimmer auf dem Rücken liegen, wie er der Musik lauschte, die aus einer auf dem Tisch stehenden kegelförmigen Box drang. Einen Arm hatte er über die Augen gelegt, die freie Hand bewegte sich im Takt. Die Musik klang melancholisch.

»Du bist noch wach«, sagte Fjodor.

»Ich habe nicht auf dich gewartet. Ich habe korrigiert und brauchte eine Pause.«

»Alles klar.« Timos Äußerung verletzte Fjodor ein wenig, aber er war sich nicht ganz sicher, warum. »Hast du schon gegessen?«

»Mit Goran.«

Fjodor nahm sich ein Glas Wasser, trank es an der Spüle und schaute hinaus auf die große Kiefer im Hof. Das blaue Licht von der Nachbarveranda fing die Spitzen der Nadeln ein. Die Spüle war leer. Er wusch das Glas aus und stellte es verkehrt herum in das Abtropfgestell.

»Muss schön gewesen sein, ihn zu sehen.«

»Ich höre gerade Musik«, sagte Timo. Die Musik war lauter geworden, aber auch düsterer. Fjodor öffnete die Schnallen an den Trägern seines Overalls und zog ihn hinunter bis zur Hüfte. Dann zerrte er an dem schwarzen Sweatshirt und dem Thermohemd darunter. In der Wohnung war es warm. Er sollte duschen, bevor die Heizung ausging. Er sah Timos Hand in der Luft, die der aus dem Lautsprecher strömenden Musik eine Gestalt zu geben schien. In der Melodie gab es helle Ausschläge, eine

Reihe schnell gespielter Töne, die dann langsamer wieder aufgenommen wurden.

Mit Goran gegessen – das erklärte jedenfalls die Stimmung. Fjodor entkleidete sich in dem kleinen Bad, das vom Wohnzimmer abging, stieg in die Dusche und drehte das Wasser so heiß und so hart auf, wie es ging. Die Musik ertönte unter dem Geräusch des Wassers, das auf seinen Hinterkopf hämmerte. Er versuchte, sie auszublenden, doch sie war nur umso präsenter in ihm. Dann brach sie ab, und ihm wurde klar, dass Timo die Box ausgeschaltet haben musste. Auch das verletzte seine Gefühle.

Das Abtrocknen verlegte er ins Schlafzimmer. Timo war inzwischen dabei, etwas in der Küche zu erwärmen. Fjodor roch Tomatensoße und hörte das Scheppern der Topfdeckel. Seine Füße taten so weh. Timo brachte ihm einen Teller Nudeln und saß am Fußende des Bettes, während Fjodor sie aß. Er war dankbar für das Essen – für das ölige Salz, das Säuerliche der Tomatensoße. Ohne die Musik hörten sie die Bewegungen des Nachbarn über ihnen. Zeichen außerirdischen Lebens. Timo schaute nach oben. Fjodor betrachtete die Sehnen an seinem Hals, das Hin-und-her-Huschen seiner Augen.

»Das klang schön, was da vorhin lief«, sagte Fjodor.

»Ich korrigier mal lieber weiter.«

Timo stand auf. In der Tür hielt er inne und wandte sich um.

»Es ist nur Musik«, sagte er. »Nichts Besonderes.« Dann ging er.

Timos Hang zur Zerstörung war anstrengend. Dass er alles als einen Kampf betrachtete, den es zu gewinnen galt. Fjodor aß seine Nudeln und dachte daran, wie er in der Bar mit Hartjes darüber gesprochen hatte, ob er Timo nicht einfach den Laufpass geben und ihnen beiden eine

Menge Ärger ersparen sollte. Diese Auseinandersetzungen – diese absolut belanglosen passiv-aggressiven Streitereien über nichts, die sich über Tage hinzogen. Warum? Und wofür?

Er wischte das rote Öl vom Teller und leckte sich die Fingerspitzen ab. Seine Fingernägel schimmerten fettig. Er lehnte sich gegen das Kopfteil. Jetzt, wo er gesessen hatte, schmerzten seine Gelenke. Das heiße Wasser hatte ihn erfolgreich weich geklopft. Er hätte jahrelang schlafen können. Doch er stand auf und trug seinen Teller in die Küche zur Spüle. Gerade hielt er den Teller unter lauwarmes Wasser, als Timo aus dem Badezimmer rief: »Hier drinnen riecht es wie in einem Vernichtungslager. Warum kannst du die Arbeitsklamotten nicht einfach in deinem Pick-up lassen?«

»Das ist mein Bad«, rief Fjodor zurück.

Sie wohnten nicht zusammen. Das war Timos Entscheidung, und Fjodor hatte kein Problem damit. Nur dass Timo sich manchmal aufführte, als würden sie eben doch zusammenwohnen. Timo sagte nichts. Aber dann kam er um die Ecke, lehnte sich an den Türrahmen und verzog das Gesicht wie ein verwöhntes Kind. Fjodor schüttelte sich das Wasser von den Händen. »Du hörst mir nicht zu«, sagte er.

»Du bist nur sauer auf mich, weil du weißt, dass dein Job moralisch nicht zu rechtfertigen ist.«

Fjodor lehnte sich an die Spüle und hielt sich an ihr fest. Sein Kopf hämmerte. Einer der Männer aus der Fabrik, Tom Stein, hatte sich böse geschnitten, und er hatte so laut geschrien, dass ihn jeder über das Dröhnen der Bänder und das Rattern der Pressen hinweg gehört hatte. Von dem Schrei hatte Fjodor der Zahnschmelz wehgetan. Er hatte Toms Arbeit übernommen, sodass es ein langer, blutiger Tag geworden war. Sein Rücken schmerzte. Seine Schultern schmerzten. Fjodor schlug mit der Faust auf den Rand der Spüle und brummte dreimal kurz.

»So sieht mein Leben aus. Du denkst, das ist nur vorübergehend, aber das ist es nicht. So sieht mein Leben aus. Was ich sein werde.«

»Das ist nicht wahr«, sagte Timo betont gelangweilt. »Du hast so viel Potenzial, und das ist einfach nur Mord, es ist schrecklich, dass du das machst. Es tut mir nicht leid, das zu sagen.«

Manchmal hielt Fjodor Timo für den klügsten Menschen, dem er je begegnet war. Aber andere Male hielt er ihn für einen Idioten. Oder, wenn nicht für dumm, dann einfach für sehr naiv, so wie es manchmal bei Schwarzen der Fall war, wenn sie mit Geld und Eltern aufgewachsen waren, die an sie glaubten. Sie hatten beide einen weißen Elternteil, aber abgesehen davon ähnelten sie sich kein bisschen, und das hatte Fjodor anfangs fasziniert. Jemand, der so sehr war wie er, dass er nicht erklären musste, warum es sich seltsam anfühlte, weder richtig das eine noch das andere zu sein, obwohl er trotz weißem Elternteil ganz offensichtlich schwarz war. Es war wie ein Rätsel, dessen vermeintliche Lösung falsch, aber auch unwiderlegbar blieb. Wenn man einen weißen und einen schwarzen Elternteil hatte, war man schwarz. Fjodor hatte kein Problem damit. Aber Timo zählte irritierenderweise zur Mittelschicht, und manchmal gab er sich Illusionen darüber hin, wie die Welt ihn sah.

Timos Naivität bei dem Thema war süß. Manchmal sexy, so wie wenn sich jemand dümmer stellte, als er war. Aber manchmal, wie jetzt, wollte Fjodor ihm den Hals umdrehen. Er sah so selbstgefällig aus, so *sicher*.

*Es tut mir nicht leid, das zu sagen*, konnte man nur

sagen, wenn man in der Überzeugung aufgewachsen war, dass man Optionen hatte. Nur, wenn man sie tatsächlich hatte. Aber es war auch nicht so, dass Timo völlig unwissend war. Er war auf dem College gewesen, das wusste Fjodor, und er war schlau – echt schlau. Timo war Logiker, was sich wesentlich abgehobener anhörte, als es war. Fjodor verstand die Bezeichnung nicht richtig, sondern nur, dass es etwas mit Mathe und eigenartigen Symbolen zu tun hatte. Timo spielte Klavier und kannte sich mit Musik und Kunst aus. Im Sommer stellte die Stadt Klaviere auf die Bürgersteige, damit Leute darauf spielen konnten, und manchmal, wenn sie auf dem Heimweg waren, die Luft in der hereinbrechenden Dämmerung perlte und prickelte, blieb Timo stehen und spielte ihm etwas vor. Nur ein kleines Stück aus etwas Erstaunlichem und Schönem. Das erste Mal war Fjodor so überwältigt davon gewesen, wie mühelos Timo einem der klapprigen Klaviere etwas Grandioses entlockte, dass er stehen geblieben war und sich an seinem Bier verschluckt hatte. Sie kamen gerade aus einer Bar. Fjodor diskret an seiner braunen Papiertüte nippend. Doch dann hatte Timo diese eine Sache mit dem Klavier gemacht, und die ganze Welt hatte sich verkehrt.

»Verdammt«, hatte er gesagt.

Timo hatte nur mit den Schultern gezuckt, war auf ihn zugegangen und hatte gesagt: »Das Ding muss gestimmt werden.«

Aber manchmal, wie jetzt in der Küche, sah Timo ihn einfach nur mit gelangweilter Feindseligkeit an, völlig unnahbar.

Fjodor hatte das Gefühl, wenn er jetzt noch einmal den Mund aufmachte, würde nicht seine eigene Stimme herauskommen, sondern Toms Schrei. Tom hatte Fjodor gezeigt, wie man das Fett mit dem Messer vom Fleisch trennte, wie man es abzog, ohne die Muskelfasern zu beschädigen, und worauf man achten musste, wenn man mit der Hand am Fettdeckel entlangfuhr. Tom mit den dunklen Haaren und der großen Zahnlücke. Kräftig und robust, die Hände so schnell wie feine Klingen. Tom. Wie hatte er sich schneiden können? Er war doch so geschickt.

Fjodor schloss die Augen. »Ich glaube nicht, dass wir es schaffen.«

»Warum willst du für immer so bleiben?«

»Ich will nicht«, sagte Fjodor. »Das hat nichts mit Wollen zu tun. Für manche von uns gibt es nichts zu wollen.«

»Ah, der Hochmut der Arbeiterklasse. Da ist er. Du musst nicht in dieser Fabrik arbeiten. Es gibt andere Jobs. Andere Dinge, die du tun kannst. Jeder von uns entscheidet selbst, Fjodor.«

»Da hast du recht«, sagte er. »Jeder.«

Fjodor stieß sich von der Spüle ab und durchquerte das Zimmer mit drei schnellen Schritten. Timo wich zurück. An der Tür holte Fjodor tief Luft. In der Wohnung war es muffig und übertrieben warm. Fjodor zog die Wohnungstür auf. Draußen auf der Veranda war alles kalt und finster.

»Ich will, dass du meine Wohnung verlässt«, sagte er. Timo sah ihn ungläubig an, doch Fjodor zog die Tür noch ein Stück weiter auf. »Bitte.«

Timo brach in dieser Nacht tatsächlich auf, und den Rest der Woche sprachen sie nicht miteinander. Auch die Woche darauf sprachen sie nicht miteinander. Und dann war es, als wären sie überhaupt nie zusammen gewesen.

Alles ging weiter.

Alles geht immer irgendwie weiter.

Fjodor saß in dem Café über der Buchhandlung. Dort bekam man im Zentrum den besten Espresso zum kleinsten Preis, und an seinen freien Tagen verbrachte er gern Zeit dort und beobachtete die Studis, deren Leben unaufgeregt und somit angenehm schien. Es war Mitte November, das Ende des Semesters, und die Studierenden wirkten fahrig und hibbelig. Sie waren auf Adderall und Speed. Lernten Atlanten des Körpers und Lexikoneinträge über verschiedene Kriege und Katastrophen auswendig.

Es gab eine Zeit, da hatte Fjodor so sein wollen wie sie. Als er noch gewissen Vorstellungen davon anhing, was alles in ihm steckte. Aber dann war er in Bars und Klubs auf Studierende gestoßen, und er hatte gesehen, wie sich ihr Blick verdunkelte, wenn sie sich mit ihm unterhielten und er versuchte, sich mit ihnen zu unterhalten. Wie ihnen nach einer Weile klar wurde, dass sie sich in verschiedenen Welten bewegten. Damals hatte er aufgehört, sie zu bewundern. Sie waren nur Kinder. Deshalb, begriff er jetzt, hatte es mit Timo nicht geklappt.

Er las ein Buch mit Erzählungen von Garschin. Fjodors Vater war Russe. Oder war Russe gewesen, entstammte einer langen Linie von Russen. Er hatte Fjodor nach seinem Urgroßvater benannt. *Weil du Russe bist, lass dir von niemandem einreden, dass du es nicht bist,* hatte sein Vater gesagt. Aber Väter sagen manchmal Dinge, die sie nicht meinen, oder Dinge, die sie meinen, die aber im großen Ganzen des Lebens keine Bedeutung haben. Er hatte seit einigen Jahren nicht mehr mit seinem Vater gesprochen. Dieses Leben lag hinter ihm. Unten in Alabama.

Trotzdem las Fjodor diese Erzählungen, um herauszufinden, ob da irgendetwas zu ihm zurückkam. Etwas Überliefertes, tief Verborgenes. An diesem Tag im Café passierte nichts. Nur saubere, heitere Beschreibungen des gewöhnlichen Lebens, das natürlich unmerklich und unwiderruflich aus der Bahn geraten war. Russische Dramen der profanen Art. Die Erzählungen hatten überhaupt nichts mit ihm, mit dem kalten Stahl der Fließbänder oder den kreisenden Klingen der Sägen zu tun. Nichts darin war so wie in seinem Leben, und trotzdem las er weiter.

Er war nicht der beste Leser. Timo und er stritten deswegen – Timo hielt Fjodor das Handy hin, um ihm etwas zu zeigen, und war es dann leid zu warten, bis Fjodor fertig gelesen hatte. Fjodor versuchte zu erklären, dass er langsam machen musste, weil ihm manchmal die Augenlider schwer wurden und die Worte um ihn herumwirbelten. Aber Erzählungen las er gern, und er merkte sich, was er las. Er konnte es für lange Zeit im Kopf behalten, es hin- und herwenden. Es zerlegen. Er hörte gern zu, wenn Timo ihm auf Englisch oder Französisch vorlas. Er verstand Französisch nicht wirklich, aber er spürte die Bedeutung im Klang der Wörter. Doch dann riet Timo ihm, sich ein Hörbuch-Abo zuzulegen oder sich auf Legasthenie testen zu lassen, er sei jetzt alt genug, das selbst anzugehen. Also nein, er war kein großartiger Leser. Aber er genoss die Anstrengung, die damit einherging. Und das langsame Einsickern der Geschichten in seine Gedanken.

Rückblickend, jetzt, wo sie schon ein paar Wochen getrennt waren, fand er sowieso, dass Timo irgendwie ein Arsch war.

In dem Moment, als habe er ihn heraufbeschworen, kam Timo mit Hartjes zur Tür herein. Hartjes winkte ihm zu, Fjodor winkte zurück. Timo winkte nicht, was Fjodor ein wenig verletzte.

Während Timo Kaffee bestellte, kam Hartjes zu Fjodor herüber. »Lange nicht gesehen«, sagte er. »Hey, was ist denn das mit eurer Trennung?«

Fjodor wollte nicht darauf eingehen, zum einen, weil Timo nur wenige Meter entfernt stand, zum anderen, weil er nicht wusste, ob er es gut erklären könnte. Jeder Teil davon fühlte sich unzureichend an: dass Timo ihn nicht ernst genommen hatte, dass Timo egoistisch war, dass sie einfach verschiedene Dinge wollten. Stimmte alles, aber Timo war auch großzügig und witzig, freundlich auf seine eigene kratzbürstige Art. Man konnte gut Zeit mit ihm verbringen, und ihre Streits hatten eine gewisse animalische Hitzigkeit, von der Fjodor hart und scharf wurde. Dieselbe Spannung, wegen der Fjodor ihn nachts weggeschickt hatte, war der Grund, weshalb Fjodor mit ihm zusammen sein wollte. Aber wie erklärte er das, ohne völlig bescheuert zu klingen?

Nichts würde überzeugend oder auch nur glaubwürdig genug klingen, und darum sagte Fjodor offen: »Es ist kompliziert, aber auch dumm.«

Hartjes grinste und setzte sich. Er schnappte sich das Buch, in dem Fjodor gelesen hatte. »Was ist das?«

»Nur ein paar Erzählungen«, sagte er.

»Garschin. Nie gehört«, sagte Hartjes.

»Ein Russe«, sagte Fjodor.

»Das passt. Auch wenn ich dich niemals für jemanden gehalten hätte, der auf Erzählungen steht.«

»Wofür hast du mich denn gehalten?«

Bevor Hartjes antworten konnte, kam Timo mit zwei Pappbechern Kaffee herüber. Er zog sich einen dritten Stuhl heran, und da saßen sie alle drei.

Nun schaute sich Timo den Erzählungsband an. Fjodors Gesicht glühte. Es fühlte sich an, als würde er geprüft. Plötzlich wünschte er sich, er wäre einfach in seiner Wohnung geblieben, wo er die letzten drei Tage krank verbracht hatte. Das Buch hatte er erst vor ungefähr einer

Stunde gekauft, und er hatte gerade mal die ersten Erzählungen gelesen. Ihm fiel auch nichts ein, womit er Timo und Hartjes hätte erklären können, warum er das Buch überhaupt gekauft hatte, und sie schienen sich ein wenig darüber zu amüsieren, so als würde er sich plötzlich als jemand anderes ausgeben. Hartjes lehnte sich auf dem Stuhl zurück, dessen dünne Beine leicht knarzten. Als Timo ihm das Buch hinhielt, schnappte er es sich und schaute verlegen auf seinen Kaffee hinunter.

»Ich wusste nicht, dass du dich für russische Literatur interessierst«, sagte Timo. In seiner Stimme schwang etwas Scharfes und Spöttisches mit. So sprachen auch einige ihrer Freunde mit Fjodor, wenn sie der Meinung waren, er hätte etwas Untypisches getan. Wenn er ihnen anbot, das Gemüse für die Suppe zu schnippeln, oder wenn er behutsam und liebevoll ihre zitternden Haustiere auf den Arm nahm und ihnen beruhigend ins Ohr flüsterte, sodass sie aufhörten zu zittern, oder wenn er feuchte Augen bekam, sobald am Ende eines Films sanfte und zuversichtliche Musik einsetzte, wie feiner Nieselregen auf einem hoffnungsfrohen Gesicht. In diesen Augenblicken sah er sich durch ihre Augen und begriff, dass sie ihn für etwas ganz anderes hielten – grob und dumm.

»Ich kann lesen, weißt du«, sagte Fjodor leise.

»Ich habe nicht gesagt, dass du Analphabet bist«, sagte Timo.

»Wie ist es dir denn so ergangen?«, fragte Hartjes.

Fjodor trommelte mit den Fingern auf den Tisch. »Die letzten Tage war ich ein bisschen krank. Aber jetzt geht es mir wieder besser.«

»Gut«, sagte Hartjes.

»Wie? Krank?«, fragte Timo. »Du wirkst gar nicht krank.«

»Weil ich wieder gesund bin«, sagte Fjodor. »Gesunde Leute wirken nicht krank, oder?«

»Wie du meinst.«

Hartjes seufzte. »Na, das ist doch schön.« Er trank seinen Kaffee. Stand dann auf, um sich nachschenken zu lassen, und ließ die beiden allein. Zunächst sah Timo ihn nicht an. Fjodor betrachtete die Struktur seines Barts. Er war dichter, als er ihn in Erinnerung hatte. Jetzt gerade dunkelrot, vor allem an den Seiten. Timos Haare waren leicht gewellt, besonders hinter den Ohren. Sein Hals war glatt, und Fjodor konnte sich genau an die Temperatur und die Beschaffenheit der Haut dort erinnern, wo er ihn immer geküsst hatte, vor allem abends vorm Einschlafen.

Fjodor hatte den Wunsch – wobei Wunsch vielleicht nicht das richtige Wort war, weil Wunsch etwas Bewusstes, etwas Steuerbares meinte, was so nicht vorhanden war, weshalb es vielleicht besser passte zu sagen, dass Fjodor irgendwo tief in sich den Drang verspürte –, Timo zu berühren. Fjodor schob die Hand über den Tisch, hielt aber inne, ehe er Timos Handgelenk berührte, und durch sein plötzliches Innehalten kräuselte sich der Kaffee in ihren Tassen. Kurz sahen sie zu, wie sich das Gekräusel ausbreitete. Zum ersten Mal seit Wochen starrten die beiden auf dieselbe Sache, nahmen denselben Raum ein und ließen es gemeinsam geschehen.

»Du fehlst mir«, sagte Timo. »Du fehlst mir, und ich weiß nicht, was ich dagegen tun soll, außer dass ich es sage. Also sage ich es. Da ist es.«

Fjodor berührte Timo an der Stelle, wo er den Ärmel hochgezogen und das Handgelenk freigelegt hatte. Die Knochen dort waren fest, die Härchen fein wie Maisgrannen. Feucht wirkten Timos Wimpern voller. Seine Nasenflügel bebten leicht. Timos Daumen lag auf der vor ihm stehenden Tasse. Fjodors Finger klebten dicht aneinander. Keiner von ihnen sagte etwas, denn was sollten sie schon sagen? Wie könnten sie diesen unüberbrückbaren Abstand überwinden? Der Bruch, der durch Schweigen entstanden war, war nur durch Schweigen zu heilen, bloß dass man mit Schweigen eigentlich nie irgendetwas heilte. Doch Schweigen und Zeit waren alles, was sie hatten. Timos Gesicht wurde rot. Es war ihm peinlich, das konnte Fjodor sehen. Er hatte gepokert und sich verzockt, doch Fjodor wollte ihn irgendwie trösten. Er löste Timos Hände voneinander, legte seine Handfläche um Timos rechte Hand, wie zum Gebet, und schloss die Augen.

»Du fehlst mir auch«, sagte Fjodor. Es war nur ein Teil der Wahrheit. Aber mit geschlossenen Augen konnte er das sagen, das war der Trick. Wenn er die Augen geschlossen ließ, konnte er etwas von dem sagen, was er fühlte, ohne dass es ihn belastete, Timos Gesicht zu sehen. Das war erbärmlich.

»Okay«, sagte Timo. Fjodor zog die Hand weg und räusperte sich. Hartjes kam zurück.

Sie unterhielten sich noch ein wenig auf diese holprige, halbherzige Art von Menschen, die eigentlich lieber gehen würden, aber das Gefühl haben, dass sie das nicht tun können, ohne dass es unhöflich wirkt. Letztlich machte Fjodor als Erster Anstalten zu gehen und sagte, er müsse aufbrechen. Er habe noch etwas zu erledigen. Und als er aufstand, zuckte Timo kurz zusammen. Hartjes lächelte und winkte. Sie umarmten sich. Und dann schlang sich Fjodor den Schal um und ging hinaus in das kalte, feuchte Grau des Winternachmittags.

Auf der anderen Straßenseite fuhren große weiße Lastwagen vom Parkdienst in die Fußgängerzone. Sie fällten die kranken Eschen. Er hatte in den Nachrichten etwas über die Bäume gesehen, darüber, dass in den Fünfzigern oder Sechzigern überall in Iowa City Ulmen gestanden hatten. Aber dann war es zum großen Ulmensterben gekommen, und als Ersatz wurden Eschen gepflanzt. Nun starben auch sie.

Fjodor hatte die Bäume in der Fußgängerzone nie groß beachtet. Doch jetzt begriff er, dass es dort im Sommer keinen Schatten mehr geben würde. Die Sonne würde herunterbrutzeln auf sie alle, die dort entlangschlenderten und shoppten und auf dem Platz Musik hörten. Die Vögel und Eichhörnchen würden nicht wissen, wohin. Das war traurig. Zu traurig. Das große Sterben der Dinge.

Er ging hinüber zum *Bread Garden* und kaufte zwei Äpfel. Dann stellte er sich unter die Wärmestrahler im Innenhof, aß einen und hörte zu, wie der Wind heulend über den leeren Spielplatz pfiff. Er setzte sich hin und versuchte, wieder zu lesen, doch es fiel ihm schwer. Immer wieder dachte er an Timo und daran, dass sie letztlich nur wenige Worte miteinander hatten wechseln können. Es war nicht fair, dass er sich darüber ärgerte. Es war seine Schuld, dass sie sich getrennt hatten. Aber trotzdem.

Als ihm klar wurde, dass das mit den Erzählungen keinen Sinn hatte, stand er auf. Den anderen Apfel steckte er sich für später in die Tasche, schmiss den Griebs in einen Mülleimer und ging. Das Buch ließ er dort auf dem Tisch liegen, zusammen mit dem Kassenbon für die Äpfel. Auf dem Heimweg überlegte er, sich vielleicht einen Film anzuschauen, doch ihm fiel nichts ein, was er sich hätte ansehen können. Nichts interessierte ihn. Nichts war gut. Außerdem erinnerten ihn Filme an seine Träume. Filme waren ihm unheimlich und fremd. Wie etwas Intimes, das sich im Außen abspielt. Er hatte immer so viele Fragen zu Filmen: Wie viele Menschen waren an dem Dreh beteiligt? Wo hatten die Kameras gestanden? Wie hatte man sie während des Drehs und der Tonaufnahmen bewegt? Seine Gedanken fühlten sich alle ausgesprochen konkret an, wenn er sich Filme ansah, und er konnte die Angewohnheit, so zu denken, nicht ablegen. Er war zwischen zwei beunruhigenden Gefühlen gefangen – dass er seinen eigenen Träumen zusah, die sich vor ihm abspielten, und dass er zugleich etwas Fiktivem zusah, das der Realität jedoch ziemlich nahekam.

In letzter Zeit hatte er immer wieder von Alabama geträumt. Es waren ähnliche Versionen ein und desselben Traums gewesen. Er war zu Besuch zu seiner Mutter gefahren und kam dort nicht mehr weg. Mal hatte er seinen Autoschlüssel verloren, mal seinen Führerschein, oder er war wieder ein Teenager und konnte noch gar nicht fahren. Die Träume hatten immer irgendeinen banalen, schrecklichen Twist. Eine Tante sagte etwas Gemeines, seine Mutter bestrafte ihn für irgendetwas Kindisches, oder alle behandelten ihn abweisend und taten so, als würden sie ihn nicht kennen. Ganz gleich, was er auch machte, er kam nicht weg. In dem Traum sagten sie Sachen wie: *Wir sind doch eine Familie, warum willst du von uns weg?* Und das, obwohl sie ihm furchtbare Dinge antaten. Dinge, die ihm im echten Leben niemand antat. Nicht wirklich.

Das Schlimmste, das ihm passiert war, tauchte nie in seinen Träumen auf.

Seit er krank geworden war, hatte er von Alabama geträumt. Und er fragte sich, was es damit auf sich hatte. Wahrscheinlich bedeutete es nichts. Träume – na ja, seine Mutter hatte früher an Träume geglaubt. Sie hatte Fjodor verboten, mit ihr über seine Träume zu sprechen. »Ich will das nicht auf mich nehmen«, hatte sie immer gesagt. Was so viel hieß wie: Was, wenn es wahr wird?

Fjodor sah sich keinen Film an. Als er nach Hause kam, setzte er sich auf die Veranda und aß in der Kälte den zweiten Apfel. Kaum war er fertig, warf er den Griebs über die Straße, wo er an einem Baum landete.

Er wünschte, er hätte etwas zu Timo gesagt. Aber er wusste nicht, was.

Fjodors Mutter rief am Tag nach Thanksgiving an.

Bis zu einem gewissen Grad hatte er ihre durch und durch pragmatische Sicht der Dinge geerbt – dass man überleben musste und dieses Überleben das Wichtigste im Leben war. *Härte* war das, was nur weiche Menschen Leben nannten. So ungefähr. Aber Fjodor wusste, dass seine Mutter etwas Nachgiebiges und Verschwenderisches in ihm sah. Als er klein war, hatte sie ihn regelmäßig dabei ertappt, wie er in der Küche gemalt oder irgendetwas in den Regalen zurechtgerückt hatte. Manchmal erwischte sie ihn dabei, wie er sich Kochsendungen auf dem Sondersender ansah, den sie gelegentlich auf ihrem Fernseher reinbekamen. In solchen Momenten schaute er auf und verstand, dass sie ihn enttäuscht und später eher ängstlich beobachtete. Sie hatte Angst vor dem, was sie in ihm sah, und ihre Stimme zitterte oft, wenn sie mit ihm über das Leben sprach. *Du musst etwas aus dir machen. Etwas Gutes und Ehrliches.* Wenn sie telefonierten, war sie immer kurz angebunden. Wollte möglichst schnell auflegen.

Und dennoch rief sie ihn an und rügte ihn, weil sie nicht häufiger miteinander sprachen. »Wenn ich dich nicht anrufen würde, würden wir nie miteinander sprechen.« Er wusste nicht, was sie wirklich von ihm wollte.

Aber er wusste, dass sie ihn liebte. Das war eine der grundlegenden Wahrheiten seines Lebens, auch wenn ihre Liebe manchmal nicht zu durchschauen war, nicht zu unterscheiden vom gewöhnlichen Rhythmus und Verlauf des Lebens. Die Liebe lag in der Spannkraft seines frisch aufgezogenen Bettlakens, in dem beißenden Reinigungsmittel, das sie im Bad und in der Küche benutzte. Liebe lag überall in ihrem Leben. Aber dann war er weggezogen.

»Junge, ich habe es satt, dir durch die gesamte Schöpfung nachzujagen, nur damit ich mal was von meinem eigenen Sohn höre.«

»Ma«, sagte er. Er lag im Bett und schwitzte, weil die Heizung viel zu warm war.

»Was hast du?«, fragte sie, und Fjodor drehte sich auf den Bauch. Ihm tat die Schulter weh, und seine Knie schmerzten. Er hatte einen Körper voller Beschwerden, eine ganze Liste an Gebrechen.

»Nichts.«

»Also für mich klingt das anders.«

»Aber ich habe doch gesagt, es ist nichts, oder?«

»Als ob du was sagen würdest. Du tust so, als ob dir jemand Vorschriften machen will.«

»Niemand macht mir Vorschriften«, sagte er.

»Ich jedenfalls nicht.«

»Das habe ich auch nicht gesagt.«

»Das musst du auch nicht sagen.«

»Ma«, sagte er, hatte aber das Gesicht ins Kissen gedrückt.

»Einer von den Jungen ist tot.«

»Was?«

»Ich habe gesagt, einer von den Jungen ist tot.«

»Welchen Jungen?«

»Den Jungen«, sagte sie langsam, als würde sie einen Vorhang zur Seite ziehen, um ihm einen Zaubertrick zu zeigen. Fjodor setzte sich auf. Er nahm die Hand ans Gesicht und rieb über die steife Maske aus Öl und Schweiß.

»Ich habe keine Lust auf Ratespiele, Ma. Ich fühle mich nicht gut.«

»Ich denke, du hast nichts«, sagte sie.

Da lachte Fjodor heiser und laut auf. Na schön, dachte er. Aber er spürte an einer anderen Stelle in seiner Brust, was sie versuchte, ihm zu sagen. Einem leisen Verdacht nach versuchte sie, ihm zu sagen, dass einer seiner Brüder tot war.

Es waren sowieso nicht seine echten Brüder.

Fjodors Vater hatte mit seiner Frau und ihren gemeinsamen zwei Kindern drei Städte weiter gewohnt. Fjodors Mutter hatte ihm das nicht verheimlicht. In seiner Kindheit verbrachte Fjodor jeden Sommer zwei bis drei Wochen mit der Familie seines Vaters in deren weißem Haus im Wald.

Aus dieser Zeit erinnerte er sich vor allem an den Geruch von Kiefernharz und frisch gemähtem Gras. Das Harz roch so stark, dass es Fjodor in den Augen und der Nase brannte. Seine Brüder waren zwei pummelige Jungs, die fast wie Zwillinge aussahen. Sie schwitzten andauernd und rochen nach Okra, was seltsamerweise ihr Lieblingsessen war. Der ältere der beiden Jungs war zwei Wochen jünger als Fjodor. Die Hitze in diesen Tagen war gewaltig, fast wie ein lebendiges Wesen. Das Haus war alt, und sie kühlten es mit großen Ventilatoren, die sie in die höchsten Fenster stellten. Aber die Luft rührte sich trotzdem nicht. Die Jungs verbrachten viel Zeit damit, durch schattige Abschnitte des Waldes zu rennen, bis der Jüngere eines Tages hinfiel und sich den Arm brach, was das Ende von Fjodors Zeit mit seinen Brüdern in ihrem Haus im Wald bedeutete. An diesem Abend packte der Vater Fjodors Sachen, auch die schmutzigen, in eine Plastiktüte und verstaute sie auf dem Rücksitz seines Wagens. Dann forderte er Fjodor auf, einzusteigen, und sie fuhren lange Zeit, ohne ein Wort zu sagen.

Die Fenster des Wagens waren heruntergelassen, und die Luft war kühl. Sein Vater hatte den Arm aus dem Fenster gestreckt, ein Aufblitzen von blassem Weiß. Die Schatten der Bäume, die aussahen wie eine Horde dunkler, verschworener Monster, stürzten manchmal plötzlich und heftig über ein weites, offenes Feld herein, flach und vollkommen im silbrigen Mond. Fjodor dachte an den Geruch des Rasierwassers seines Vaters, den Duft seiner Seife. An die Anspannung in seinem Kiefer während der Fahrt. Als sie das Haus von Fjodors Mutter erreichten, drehte sich sein Vater zu ihm um und sagte »bis zum nächsten Mal«, als ob nichts passiert wäre. Als ob nichts vorgefallen und alles in Ordnung wäre. Und Fjodor spürte, wie eine Last von ihm abfiel. Er merkte, wie sie sich auflöste und verschwand, und er beugte sich zu seinem Vater hinüber und umarmte ihn, so fest er konnte, und sein Vater ließ es zu. Dann stieg Fjodor aus, und sein Vater fuhr die lange Schotterzufahrt rückwärts hinaus und verschwand. Damit war alles vorbei, bis auf die Stelle, wo die Scheinwerfer durch die Luft geschwenkt waren – dort schien irgendwie eine hellere Dunkelheit zu herrschen, durchzogen graue Kanäle den dunklen Kontinent der Nacht.

Kaum erreichte Fjodor die Haustür, seine Plastiktüte über der Schulter, stand seine Mutter auch schon da und nahm ihn in Empfang. Er hatte Angst, sie würde ihm eine

Ohrfeige verpassen, aber das tat sie nicht. Stattdessen zog sie ihn in ihre Arme, küsste ihn auf die Wangen und die Stirn und sagte mit einer Stimme, die er nicht als die ihre erkannte und die ihm Angst machte, weil sie ihm eigenartig und fremd vorkam: »Du hast nichts falsch gemacht. Gar nichts.«

Fjodor hörte nie wieder von seinem Vater.

Doch nun sagte seine Mutter, dass einer dieser Jungen tot war, und Fjodor wusste nicht, wie er damit umgehen sollte, bis auf die Tatsache, dass er sein ganzes Leben mit einem weichen Schmerz unter den Rippen herumgelaufen war, wo er die Enttäuschung und Traurigkeit darüber verwahrte, dass sein Vater und seine Brüder ihn nicht hatten kennen wollen. Es war kein scharfer Schmerz. Kein harter. Aber eine beständige, weiche Wunde, so wie wundes Zahnfleisch, durch das ein Zahn zu stoßen droht. Und nun war einer dieser Jungen tot.

»Woher weißt du das?«, fragte er.

»Hab deinen Daddy gesehen. Er hat's mir gesagt.«

»Was hat er gesagt?«

»Dass einer der Jungen tot ist.«

»Nein – ich meine, was genau, wie hat er es gesagt?«

Seine Mutter seufzte. Die Fußleistenheizung klickte. Sie war an einem windigen Ort, wahrscheinlich auf der Veranda. Er hörte das Knittern von Papier und das leise Rauschen des Fernsehers im Hintergrund. Ihr Leben war ohne ihn weitergegangen. Das Abendessen war schon vorbei, wahrscheinlich schaute sie *Glücksrad* oder eine dieser Krimiserien und hatte das Fenster angekippt.

»Er hat gesagt, dass der Junge gestorben ist. Mehr nicht. Ich versuche nicht, dir etwas vorzuenthalten.« Sie klang verärgert, dass er sie so bedrängte. Er war verärgert, dass sie ihm nicht mehr erzählte. Einen Augenblick lang waren sie in ein verbissenes Schweigen verstrickt, und keiner der beiden wusste, wie er es auflösen sollte.

»Also dann«, sagte er.

»Also dann«, antwortet sie. »Ich mach mal besser weiter. Der Abwasch wartet.«

Fjodor brummte zustimmend, doch da hatte sie schon aufgelegt. Er sank zurück auf die Matratze. Seine Augen brannten vom Schweiß. Sein Magen rebellierte. Sein Bruder war tot. Ein Bruder, den er nie kennengelernt hatte, außer flüchtig und beiläufig in ihrer Kindheit. Er wusste nicht einmal, welcher Bruder es war. Der ältere oder der jüngere. Er hatte sie schon so lange nicht mehr gesehen, dass er sie wahrscheinlich ähnlicher erinnerte, als sie eigentlich waren. Vielleicht hatte einer ein Muttermal und der andere nicht. Vielleicht war einer Linkshänder wie Fjodor und einer nicht. Er konnte sie nicht auseinanderhalten. Sie waren gleich, nicht voneinander zu trennen, eine Masse weißer Jungenteig. Aber einer von ihnen war neunundzwanzig und der andere siebenundzwanzig oder achtundzwanzig.

Sie waren Männer, keine Jungen.

Es war schade, dass sie überhaupt nichts voneinander wussten. Aber es war nicht ihre Schuld. Wie alles, was ihre Familien betraf, war es etwas, das man ihnen angetan oder über ihre Köpfe hinweg getan hatte, oder so ähnlich. Sein Vater hatte es ihm nicht zum Vorwurf gemacht, dass der Jüngere sich den Arm gebrochen hatte. Es war die Mutter der Jungen gewesen, eine große, goldbraune Frau mit einem harten Gesicht und gemeinen Händen. Sie zwickte Fjodor, wenn niemand es sah. Sie kniff ihm unter dem Tisch so lange in die Haut, bis er einen schrillen Schrei ausstieß, hatte ihre Hände dann aber schnell wieder über dem Tisch. Früher beim Baden, als er noch ganz klein war, hatte sie ihn zwischen die Beine gezwickt. Sie ließ ihn nicht mit den anderen Jungen in die Wanne. Er musste nach den beiden baden und saß dann zitternd im kalt gewordenen, trüben Wasser. Ihre Grausamkeit Fjodor gegenüber war von der langweiligen, unspektakulären Sorte. Wenn es sich anbot, griff sie zu, wenn nicht, ließ sie es bleiben. Das heißt, sie behandelte ihn so lange gut, bis sie beschloss, es nicht mehr zu tun. Einmal kam sie herein, als Fjodor dem Jüngeren gerade seine Tasse gab, aus der er eben getrunken hatte, und sie schlug Fjodor die Tasse aus der Hand und sagte, das sei widerlich, eine schlechte Angewohnheit. Dann wandte sie sich an den Jüngeren und sagte ruhig: »Du trinkst nicht nach ihm.«

Trotzdem war es traurig, dass einer von ihnen tot war. Sie waren jung, zu jung, um zu sterben, und ihre Eltern waren zu jung, um ein Kind zu verlieren. Was für ein Unglück.

Fjodor stand auf und schob ein Fenster hoch. Die Luft draußen war dicht und kalt. Alles glitzerte. Der Schnee leuchtete hell. Die Kirchenglocke läutete tief und voll. Da stand eine Konifere vor dem Haus, ihre Äste schwer vom Schnee. Die Gehwege waren matschig und grau. Auf den Straßen war niemand zu sehen. Es war noch nicht spät, aber die Kälte hatte alle drinnen gehalten. Fjodor streckte sich, bis seine Gelenke knackten, dann setzte er sich wieder auf die Matratze und nahm das Buch in die Hand, das er zuletzt im Bett gelesen hatte. Aber immer wieder stellte er fest, dass seine Sicht alle paar Seiten verschwamm. Er sah die Buchstaben nicht mehr. Er weinte.

Das Zimmer kühlte sich ab.

Die Fußleistenheizung klickte lauter.

Waschsalontag.

Fjodor klopfte sich beim Eintreten den Schnee von den Stiefeln. Als er aufschaute, sah er irgendwo im hinteren Teil Timo. Sie hatten sich über einen Monat lang nicht gesehen, nicht seit dem Tag im Café. Timo trug noch immer seinen Bart, aber sein Körper hatte sich verändert. Seine Brust sah kräftiger aus, seine Schultern irgendwie breiter. Er wirkte noch mehr wie er selbst. In einem quantitativen Sinn, als gäbe es mehr von ihm. Er trug schwarze Jogginghosen und ein eng anliegendes Langarmshirt. Seine Haare waren kürzer, aber lockiger. Er sah Fjodor nicht, darum war sein Blick entspannt und offen, und er lächelte beim Zusammenlegen seiner Kleidung leicht vor sich hin.

Für Fjodor fühlte es sich an, als würde er etwas sehen, das er nicht sehen sollte. Ein heißes, sehnsüchtiges Pulsieren durchfuhr ihn. Feucht und lustvoll. Er schaute weg, hinunter auf die grauen Bodenplatten, auf die noch immer geschmolzener Schnee von seinen Sachen tropfte. Er blieb im vorderen Bereich, wo er seine Sachen vor einer der Waschmaschinen ablud und sie dann in zwei verschiedene Maschinen sortierte.

Zuerst ging es an die Overalls. Die Knorpelstücke und das weiße Fett, das er vom Stoff absammelte, schmolzen zwischen seinen Fingern oder lösten sich in einzelne Strähnen auf. Der Gestank der Overalls war so schrecklich, dass er die Luft anhielt, als er sie in eine der Maschinen stopfte. Das Licht war grell, zu grell, es bohrte sich in seinen Schädel. Der Kopf tat ihm weh. Fjodor zählte die Fünfundzwanzig-Cents-Münzen ab, die er in einer Plastiksandwichtüte aufbewahrte. Für die große Maschine mit seinen Overalls brauchte er doppelt so viele. Er warf sie eine nach der anderen ein. Es fühlte sich an wie ein

Spiel. Er schaufelte das Waschpulver in das entsprechende Fach. Wartete, dass sich die Maschinen in Gang setzten, und als es so weit war, schnappte er sich seinen Wäschesack und suchte sich einen Platz.

Timo schaute ihn an.

Fjodor winkte steif, nur mit dem Handgelenk. Timo winkte zurück.

Im Waschsalon war die Luft feucht, auch wenn es im vorderen Bereich, wo ständig jemand zur Tür hereinkam, kühler war. Ein wuchtiger Fernseher strahlte die Nachrichten und das Wetter auf sie herunter. Irgendwo musste es eine Fernbedienung geben, aber Fjodor hatte sie noch nie gesehen. Es war immer ein Sender mit Kabelnachrichten eingestellt, aber nie derselbe zweimal hintereinander. Gerade liefen die konservativen Nachrichten. Der Ton war ausgestellt. Die Untertitel hinkten hinterher, sodass über einer fröhlichen Hamburgerwerbung oft der Bericht über eine schreckliche Katastrophe schwebte oder die Nachricht über eine Massenschießerei in Florida eine Werbung für Potenzpillen rahmte. Manchmal fand Fjodor das lustig, aber meistens fragte er sich, warum die Dinge nicht einfach funktionieren konnten, wie sie sollten. Andererseits, dachte er, sollten die Dinge vielleicht genau so funktionieren. Vielleicht sollten sie miteinander verschmelzen.

Diesmal konnte er ohnehin nicht in der Nähe des Fernsehers sitzen, weil eine Gruppe Studis die Nische besetzt hielt – vier von ihnen, die fast identisch aussahen mit ihren Fleecepullis und Mokassins, ihren Chips und Diet Pepsis, und die eher quasselten, als was für die Uni zu machen. Anfang Dezember standen die Abschlussprüfungen an. Alles war voll mit Studierenden. Sie nutzten jeden zur Verfügung stehenden Platz für ihre Lernperformance. Eine Performance, die sie den Großteil des Semesters vernachlässigt hatten. Man erkannte das gleich, so wie Leute, die nur an Ostern und an Weihnachten in der Kirche auftauchen, um zu singen und zu jubilieren. Es hatte etwas Unaufrichtiges. Verzweifeltes.

Fjodor ging an den aufgereihten Maschinen vorbei und spürte Angst, weil er sich mit jedem Schritt dem hinteren Teil des Waschsalons näherte, wo Timo saß. Als er an Timos Tisch kam, blieb er stehen und lächelte sein bestes Lächeln. »Schön, dich zu sehen«, sagte er.

»Du kannst dich hier zu mir hocken, wenn du willst«, sagte Timo.

»Ich will dich nicht stören«, sagte Fjodor, aber Timo schüttelte nur den Kopf. Er faltete gerade seine Sachen und legte sie ordentlich auf verschiedene Stapel. T-Shirts und Hosen, Unterwäsche und Socken, alles aufgereiht wie die Teile eines Tiers. »Du siehst gut aus«, sagte Fjodor.

»Was? Oh, danke.«

Timos Hände bewegten sich langsam und bedächtig. Wie er alles zusammenfaltete, hatte eine gewisse Anmut. Er wusste genau, was er tat, wo es Spannung brauchte, wo Zug, was wo aufeinander gehörte, wie er ein Kleidungsstück zusammenlegen musste, dass es so blieb. Fjodor faltete seine Sachen nie richtig. Timo schielte auf Fjodors Hände, und der zog sie verlegen weg. Er hatte sich am Morgen beim Aussteigen aus seinem Pick-up zwei Knöchel der rechten Hand blutig geschlagen. Seine Haut war ohnehin schon trocken und spannte, und in der bitteren Kälte hatte es nicht viel gebraucht, damit sie aufriss. Er hatte gewimmert und gewütet, und der Schmerz, auch wenn er nicht so heftig war, hatte sich erst heiß und dann kalt angefühlt, als würde er ihm bis in die Knochen fahren. Nun waren seine Knöchel dunkelrot verkrustet. Seine Nägel waren schon immer in einem schlechten Zustand gewesen, brüchig und weiß verfärbt, doch im Neonlicht sahen sie abartig aus.

Es tat weh, war aber nicht so schlimm, wie es aussah.

»Wie geht es dir denn?«, fragte Timo mit konzentriertem Blick auf seine Wäsche. Er klang locker und unaufgeregt.

»Gut«, sagte Fjodor bedrückt. »Mein Bruder ist gestorben.«

»Oh, Fjodor, das tut mir leid.«

»Ist schon in Ordnung. Ich meine, das ist es nicht. Danke«, sagte Fjodor. Er kratzte an der Kruste auf seinen Knöcheln, was schmerzte und ihn zusammenzucken ließ.

»Und dein Dad?«

»Weiß nicht.« Fjodor lachte leicht auf. »Das muss sich seltsam für dich anhören.«

»Nein«, sagte er. »Es ist nicht seltsam.«

»Ach komm, du musst nicht so nett zu mir sein.«

»Fjodor.«

»Nein, sag ruhig. Wir sind nicht wie du und deine wunderbare Familie. Ist schon in Ordnung.«

»Das denke ich überhaupt nicht.«

»Okay. Gut. Okay.«

Timo hielt ein schwarzes T-Shirt hoch, größer als die anderen. Fjodor erkannte die grauen, angegriffenen Stellen unter den Achseln. Die mintgrünen Farbflecken.

»Das ist meins«, sagte er.

Timo wurde knallrot. Fjodor lachte.

»Du hast mein T-Shirt geklaut.«

»Du hast es mir gegeben.«

»Oh, habe ich das?«

»Ja«, sagte Timo. »Oder vielleicht hast du es auch bei mir liegen gelassen. Ich weiß es nicht. Ich habe es nicht geklaut.«

»Und du hast es angehabt?«

»Ja, habe ich.«

»Das muss an dir doch aussehen wie ein Kleid.«

»Ich bin größer als du.«

»Trotzdem, ich bin breiter.«

Timo summte, faltete das T-Shirt und legte es zu den anderen auf den Stapel. Fjodor grinste, weil er nicht anders konnte.

»Was gibt's da zu grinsen?«, fragte Timo.

»Mir gefällt die Vorstellung, dass du mein T-Shirt trägst.«

»Das hast du gesagt, als du es mir gegeben hast. Willst du es zurück?«

»Das habe ich nicht gesagt.«

»Doch, hast du.«

»Ich habe nicht gesagt, dass ich es zurückwill.«

Timo griff nach einem weißen T-Shirt, faltete es und legte es dann auf Fjodors Shirt.

»Das mit deinem Bruder tut mir leid«, sagte Timo. »Ich weiß, dass ihr euch nicht sehr nahe wart, aber trotzdem ist es hart.«

»Überraschenderweise ist es das«, sagte Fjodor. Er lehnte sich auf dem Stuhl zurück, dessen billiges graues Plastik sich unter seinem Gewicht leicht verzog.

»Was ist so überraschend daran?«

»Nur ... dass ich es nicht erwartet habe, schätze ich. Dass es so schwer sein würde. Ich meine, ich habe ihn nur ein paarmal gesehen. Und das Verrückte ist, dass ich noch nicht einmal weiß, welcher Bruder es ist.«

»Das sind nur Details«, sagte Timo. »Du fühlst, was du fühlst.«

Fjodor wollte lachen, und sei es auch nur, weil Lachen vielleicht die Tränen unterdrücken konnte. Es war wieder einer dieser Momente im Leben, in denen er das Gefühl hatte, etwas über sich selbst verstanden zu haben. Nur dass er nicht in Worte fassen konnte, was er verstand und warum. Plötzliche Erkenntnisse brachten ihn immer zum Weinen. Weil sie ein Gefühl der Erleichterung mit sich brachten – dass es okay war, dass er okay war, dass die Welt okay sein würde. Es war wie damals, an jenem Abend auf der Veranda, als seine Mutter gesagt hatte, dass er nichts falsch gemacht habe.

Als er Timo dabei zusah, wie er ein Handtuch ausschüttelte und viertelte, überkam Fjodor große Liebe und Bewunderung. Die Krümmung seiner langen Arme, die Präzision seiner Handgriffe, die gelangweilte Anspannung seines Blicks. Timo bemerkte, wie Fjodor ihn anstarrte, und ließ beinah das Handtuch fallen.

»Mann, Fjodor. Was ist?«

»Ich glaube«, setzte er an, brach dann aber ab, als wolle er unter dem, was er gerade gesagt hatte, einen Strich ziehen.

»Ja?«

»Es wird sich nicht richtig anhören«, sagte Fjodor.

»Versuch's«, sagte Timo lachend. »Komm schon. Du machst mir ein bisschen Angst. Was ist?«

Fjodor stand auf. Ganz am Ende des Waschsalons gab es eine knallrote Tür. Fjodor öffnete sie und betrat die kalte, dunkle Toilette. Er hielt die Tür auf und schaut Timo erwartungsvoll an. Timo blieb am Falttisch sitzen, von den vielen weichen Wäschestapeln umgeben. Er blinzelte, schien kurz zu überlegen – und dann schlagartig zu begreifen.

Ein Kanal hatte sich geöffnet, und etwas Klares und Helles ging zwischen ihnen hin und her. Fjodor machte einen Schritt zurück in die Toilette und ließ die Tür los.

Unter dem Druck der Scharniere schwang sie zu, aber Timo fing die Tür auf, bevor sie sich schloss. Er ging hinein, bis er direkt vor Fjodor stand. Die Tür schnappte zu. Sie standen in dem dunklen Raum, in den durch ein schmales Fenster über ihnen nur das Licht der Straßenlaternen fiel.

Timo packte ihn, zog an der Kordel seiner Hose. Fjodor packte Timo, die warme Haut an seinem Bauch unter dem engen Shirt. Timos Körper war früher weich gewesen, doch jetzt war er kompakt und fest. Nicht hart. Sie küssten sich nicht. Timo leckte an Fjodors Hals, und Fjodor biss in die knöcherne Verlängerung seines Schlüsselbeins. Timo grub seine Nägel in Fjodors unteren Rücken. Fjodor fasste Timo an der Kehle. Timo zog zu fest an Fjodors Hoden. Fjodor fuhr mit seinen Zähnen über Timos Oberschenkel. Sie knieten abwechselnd zwischen den Beinen des anderen und machten es sich gegenseitig. Timo schmeckte salzig und sauber. Er sah zu, wie Timos Kopf zwischen seinen Beinen auf- und abfuhr, und betrachtete den weichen Scheitel seines Kopfs. Die feuchte Wärme in Timos Mund fühlte sich nach Güte an. Timo stand auf und lehnte sich an die kalte weiße Wand unter dem Fenster. Fjodor stellte sich hinter ihn und drückte sein Gesicht in Timos Locken. Ein tiefes Stöhnen. Das feuchte Aneinanderpressen ihrer Körper. Timo schob sich ihm entgegen, er fasste nach hinten und führte Fjodor, bis Fjodor spürte, wie er durch den Widerstand von Timos Körper drang und in ihm versank. Er umfasste den langen Sicherheitsbügel vor Timos Hüften und benutzte ihn, um Timo richtig zu fixieren, und sie fickten dort auf der Toilette des Waschsalons in der kalten Dunkelheit, die Welt hinter ihnen hell schimmernd. Er kam in Timo, der keuchte und wimmerte und heiß, satt und klebrig in Fjodors Hand kam. Fjodor zog sich langsam aus ihm zurück. Die Toilette stank nach Pisse und Scheiße. Sie wuschen sich im Waschbecken. Das Wasser war kalt, und Fjodor zuckte zusammen, als er die nassen, groben Papierhandtücher an sich drückte. Sie verließen die Toilette nacheinander, erst der eine, dann der andere. Und nahmen ihre Plätze am Tisch wieder ein. Fjodors Körper bebte noch, war immer noch angespannt. Seine Schultern fest. Er war gekommen, aber trotzdem fühlte es sich an, als hätte sich etwas in ihm nicht gelöst.

Timo sah blass aus. Er sagte: »Ich habe dich vorhin nicht gefragt. Bist du … geht es dir gut?«

»Oh, ja«, sagte Fjodor. »Ich habe vor einem Monat einen Test gemacht.«

»Okay.«

»Und du?«

»PrEP«, sagte Timo.

»Oh, gut.«

»Solltest du auch nehmen. Denk mal drüber nach.«

»Versicherung«, sagte Fjodor. »Normalerweise Kondome.«

»Ja.«

»Ich meine, ich hab sowieso nicht.«

»Was nicht?«

»Na, nichts mehr gehabt. Seit dir. Seit uns.«

Timo nickte. Aber er sagte nicht dasselbe. Fjodor wusste, dass er ihm das nicht vorwerfen sollte, aber er konnte nichts anders. Er war irgendwie verärgert darüber.

Dann war ein lautes Summen zu hören. Fjodor sah nach seiner Wäsche. Sie war fertig. Er nahm die Sachen aus der Maschine, ihr nasses Gewicht, ihre Zähigkeit. Er warf sie in einen roten Wagen und schob sie nach hinten zu den Trocknern. Lud sie um und versuchte die ganze

Zeit über, nicht zu Timo zu schauen. Aber er konnte ihn trotzdem noch riechen, jedenfalls die Handseife von der Toilette. Sie haftete an ihnen beiden.

Noch nie hatten sie Sex an einem öffentlichen Ort gehabt. Es war seltsam, dass sie nach dem Ende ihrer Beziehung weiter Neues zusammen erlebten. Neue Wege fanden, um zusammen zu sein. Es fühlte sich seltsam an, eine neue Geschichte zu beginnen, wenn alles vorbei war. Er schloss den Trockner, bemerkte dann aber doch, dass Timo ihn ansah.

»Was?«, fragte er, ohne sich ganz zu ihm umzudrehen. Verlegen.

»Nichts«, sagte Timo.

»Schon komisch. Wir waren nie zusammen Wäsche waschen«, sagte er. »Früher, meine ich.«

»Und wir hatten diesen Streit wegen deinen Klamotten.«

»Diverse Streits«, korrigierte ihn Fjodor.

»Ich hasse dich nicht. Ich bin nicht sauer auf dich. Offensichtlich.«

»Warum offensichtlich?«

Da drehte Fjodor sich um. Er setzte sich wieder auf seinen Stuhl. Auch Timo setzte sich hin. Zwischen ihnen stapelten sich die Handtücher und Shirts.

»Na, wegen dem, was wir gemacht haben. Das hätten wir nicht gemacht, wenn wir sauer aufeinander wären oder uns hassen würden.«

»Menschen ficken Menschen, die sie hassen.«

»Wahrscheinlich hast du recht. Aber ich würde es nicht tun.«

Da musste Timo lachen und schnippte einen Knäuel Trocknerflusen vom Tisch.

»Hat dir das gefallen? Auf der Toilette?«

»Ja, hat es.«

Timo nickte, als hätte er einen Entschluss gefasst.

»Es ist schön, Sachen zusammen zu machen.«

»Ficken in der Öffentlichkeit zählt für die meisten wahrscheinlich nicht dazu, oder?«

»Du hast angefangen.«

»Touché«, sagte Fjodor.

An einem Nachmittag im neuen Jahr kam es in Alabama zu einer Schießerei.

Ein Mann war in eine Bank spaziert und hatte alle Angestellten und Kunden erschossen. Die Vorstellung war so surreal. Dass ein Mensch in eine Bank spazieren und jede einzelne Person dort erschießen konnte. Hatten sie alle in einer Reihe gestanden und waren erschossen worden? Hatten sie versucht wegzurennen, und er hatte einfach hervorragend gezielt? Es war eine Art Wunder, vollbracht von einem blutigen, unbarmherzigen Gott des Gemetzels.

Fjodor las die Nachrichten in seiner Mittagspause in der Fabrik. Er stand draußen auf dem Parkplatz. Der Himmel war friedlich blau. Die Bäume am Rand des Parkplatzes wiegten sich im Wind.

Die Bank befand sich in der Kleinstadt, in der seine Mutter wohnte. Er war seit Jahren nicht in Alabama gewesen.

Er rief sie an, aber sie nahm nicht ab. Er rief sie noch einmal an, aber sie nahm nicht ab. Er rief sie noch einmal an, und als sie abnahm, sank er vor Erleichterung beinahe auf die Knie.

»Was?«, fragte sie. Im Hintergrund hörte man Sirenen.

»Wo bist du?«, fragte er.

»Zu Hause«, sagte sie.

»Warum hört man dann Sirenen?«

»O Junge, keine Ahnung.«

»Die Bank«, sagte er.

»Ja«, sagte sie.

»Geht es dir gut?«

»Es war irgendein Junge«, sagte sie. »Irgendein dummer, dummer Junge. Hat alle erschossen. Sie sind alle tot.«

»Wie viele?«, fragte er.

»Sieben, acht, ich weiß nicht.«

»Er hat sie alle erschossen.«

»Na ja«, sagte sie, als würde sie noch etwas hinzufügen wollen, tat es dann aber nicht. Fjodor fühlte sich dumm, weil er sich solche Sorgen gemacht hatte. Es kam ihm dumm vor zu glauben, dass es Überschneidungen zwischen seinem Leben und dem größeren, Angst einflößenden Lauf des Lebens in der Welt geben könnte. »Geht's dir gut?«

»Ich hab dich angerufen, schon vergessen?«, sagte er.

»Das heißt nicht, dass es dir gut geht.«

»Ich komm schon klar«, sagte er.

Sie legten auf, aber Fjodors Hände hörten nicht auf zu zittern. Er stieg in seinen Pick-up und schaltete das Radio ein, suchte nach einem Sender, irgendeinem Sender, der half, die Stille zu ertragen. Er fand einen klassischen Oldie-Sender und rutschte tiefer in seinen Sitz. Die Fahrerkabine seines Pick-ups roch nach Öl und getrocknetem Blut. Er sah seinen Atem. Der Schnee war zu Matsch geworden, und der Parkplatz ertrank in dreckigem Wasser. Die Fabrik sah aus wie eine Grundschule. Nicht weit hinter dem Hauptgebäude ragten große silberne Türme und andere Stahlkonstruktionen auf. In dieser Hinsicht sah sie aus wie eine echte Fabrik und nicht nur wie ein

Ort, an dem man Tiere zerlegte. Fjodor umklammerte das Lenkrad. Die Musik kam ihm bekannt vor. Er versuchte, den Abend im Auto mit seinem Vater heraufzubeschwören, sich daran zu erinnern, was damals im Radio gelaufen war, doch es gelang ihm nicht. Wie konnte sein Gedächtnis ihn im Stich lassen, wenn er es am meisten brauchte? Wie konnte sein Gedächtnis nur – so voll mit leeren Versprechungen sein?

Fjodor hatte wirklich geglaubt, seine Mutter sei tot. In diesen langen Minuten, ehe sie abnahm, hatte er wirklich geglaubt, sie wäre erschossen worden. Doch sie begegnete der Gewalt genauso gleichgültig wie ihm. Die Gewalt hatte ihr Leben überhaupt nicht befallen.

Er versuchte zu atmen.

Seine Hände zitterten noch immer. Er würde jetzt kein Messer halten können. Er schloss die Augen. Das Telefon klingelte.

»Hey, ich habe gerade die Nachrichten gesehen. Hey. Geht es dir gut?« Timo war dran.

»Mir geht's gut. Meiner Mom geht es auch gut«, sagte Fjodor. »Ich habe sie gerade angerufen. Eigentlich klang sie sogar ziemlich genervt.«

Timo schnalzte mit der Zunge. »Also, ich bin froh, dass es ihr gut geht. Trotzdem, was für eine Scheiße. Ich hoffe, sie grillen den Typen.«

»Im Ernst?«, fragte Fjodor.

»Er hat an die zehn Menschen umgebracht. Ganz normale, gewöhnliche Menschen. Die gerade irgendwas erledigt haben. Ja, ich hoffe, dass sie ihn grillen.«

Fjodor packte das Lenkrad mit der linken Hand noch fester. Etwas störte ihn. Etwas Raues, wie grobe Schurwolle.

»Du hoffst, dass er stirbt?«

»Der Typ ist ein Mörder.«

»Oh«, sagte Fjodor.

»Ich meine, du findest doch nicht etwa, dass er es verdient hat zu leben, nach dem, was er getan hat, oder?«

Fjodor beobachtete einen Falken, der im Tiefflug über das Dach des Sandsteingebäudes schoss, bevor er abdrehte und wieder hinauf in den Himmel flog. Ein bedrückend schöner Tag.

»Es kommt mir einfach krass grausam vor, so was zu sagen, wenn die Situation sowieso schon so schmerzhaft ist.«

»Grausam ist es, Menschen zu ermorden.«

»Und Tiere«, sagte Fjodor.

»Was?«

»Das denkst du doch, oder? Dass es grausam ist, Tiere zu ermorden, um sie zu essen.«

»Verdammt. Diesen Streit werde ich jetzt nicht noch mal mit dir führen.«

»Ist es denn nicht genauso schlimm, jemanden auf dem elektrischen Stuhl oder durch eine Injektion oder was auch immer hinzurichten?«

»Nein, Fjodor, das ist es nicht, und wenn du das nicht verstehst, dann hat es auch keinen Sinn weiterzureden.«

Timo legte auf, und Fjodor saß da und hielt sich das Telefon weiter ans Ohr. Er konnte die Luft in seinem Kopf hören. Sein Ohr war warm und schweißnass. Er steckte das Telefon in die Hosentasche.

Seine Hände rochen nach dem aggressiven Reinigungsmittel, das sie verwendeten, wenn sie das Band verließen, so beißend, dass die Handflächen davon weiß und hart wurden und kribbelten. Auch jetzt noch konnte er spüren, wie es brannte.

Es war unfair von ihm gewesen, Timo gegenüber zu

sagen, was er gesagt hatte. Aber Fjodor hatte nicht versucht, einen Streit zu gewinnen. Er hatte versucht, etwas von dem auszudrücken, was er dachte und fühlte. Er hatte fragen wollen, warum es Menschen so viel leichter fiel, ihre Nächstenliebe auf namenlose Herdentiere auf dem Feld zu richten als auf andere Menschen. Menschen zu lieben war schwer. Manchmal fiel es schwer zu glauben, dass sie gut waren. Es war schwer, sie zu verstehen. Aber das hieß nicht, dass man einfach weitermachen konnte, ohne es zu versuchen. Er glaubte fest daran, dass Liebe mehr war als nur Güte und mehr, als den Menschen einfach das zu geben, was sie wollten. Liebe war mehr als nur das, was leicht und angenehm war. Manchmal war Liebe der Versuch zu verstehen. Liebe war der Versuch, all das zu überwinden, was schwer war. Liebe, Liebe, Liebe.

Fjodor stieg aus seinem Pick-up. Seine Schicht ging weiter.

Als Fjodor und Timo schon seit einer Weile wieder miteinander schliefen, besuchten sie eine Veranstaltung in einer der Galerien auf dem Campus.

Es sollte verschiedene Vorträge von unbekannten, aber charismatischen Künstlern geben, zu denen Timo eine Woche lang im Internet recherchiert hatte. In jener Woche hatte Timo kleine Anspielungen auf die Bilder der Künstler oder auf ihren Ansatz in ihre Gespräche eingebaut, und Fjodor, müde von der Arbeit und voll vom Abendessen, hatte genickt und sich von dem Gespräch mitnehmen lassen. Das war Teil seiner Bemühungen, ein anderer Mensch zu werden, sodass Timo nicht mehr ganz so sehr das Gefühl hatte, er sei schlecht oder dumm oder was auch immer. Fjodor hielt Kunst nicht für prätentiös. Er hielt sie nicht für überbewertet. Er wollte Kunst wirklich gern mögen, fühlte sich aber fast immer außen vor, wenn er sie betrachtete. Bei Skulpturen fiel es ihm leichter, weil er das Handwerkliche an der Arbeit verstand. Aber Gemälde, egal wie konventionell, fühlten sich für ihn immer kalt und leblos an. Nicht, dass er ihre Schönheit nicht zu schätzen wusste. Es fehlte ihm nur an Kontext. Manchmal ertappte er sich dabei, dass er die geometrischen Arbeiten der Nachkriegszeit, für die sich Timo so sehr begeisterte, mit bestimmten Schnitten von Fleisch vergleichen wollte, die er an diesem Tag vorgenommen hatte – die Marmorierung, der Fettdeckel, die reichhaltigen, rautenförmigen Fettablagerungen, die so schön und klar strukturiert waren, dass sie aussahen, als wären sie von Hand gezeichnet worden. Aber als er es das eine Mal versucht hatte, war Timo so wütend auf ihn geworden, dass sie den Rest des Abends nicht mehr miteinander gesprochen hatten. Sie hatten schweigend in Fjodors überheiztem Schlafzimmer gelegen, geschwitzt und geschmort. Timo hatte gedacht, er würde versuchen, die Leistung irgendwie abzumildern. Doch darum war es überhaupt nicht gegangen. Fjodor wollte einfach Kontext.

Aber nun waren sie hier bei dieser Veranstaltung in der Galerie. Fjodor hatte seine beste Jeans und ein Chambray-Hemd ohne Brandlöcher oder Farbkleckse angezogen. Alle sahen schick und smart aus. Er fühlte sich behäbig und dumm. Sie tranken Champagner aus kleinen Plastikbechern. Fjodor nahm sich zwei auf einmal und goss sie in einen. Timo stand so, dass er seinen Arm berührte, seine Schultern und sein Kiefer wirkten angespannt. Fjodor stupste ihn sanft an und versuchte, seinen Blick einzufangen, zu lächeln oder zu lachen. Während der Begrüßung berührte er einmal seinen Handknöchel, aber Timo wich zurück wie ein aufgeschrecktes Tier. Sie waren mit Timos Wagen gekommen, darum konnte Fjodor nicht einfach gehen, auch wenn er es wollte. Sein Hemd war zu eng und seine Kehle die ganze Zeit über trocken vom Champagner und später von dem Gin Tonic, den er sich bestellte. Durch eine der Seitentüren ging er ins Freie und stellte sich auf die Betonterrasse. Von dort aus blickte er über den zugefrorenen grünen Teich auf den Hang, der hinter der Galerie anstieg. Die Lichter im Inneren warfen einen nebulösen Schein, und er sog die kalte Luft tief in sich ein.

Manchmal dachte Fjodor noch an die Schießerei in Alabama. In den letzten Monaten hatte es ungefähr vier weitere Schießereien im Süden gegeben, die sich jeweils für einen kurzen Moment aus dem Lärm und dem Getöse der Nachrichten erhoben und das ganze Land in eine Richtung hatten blicken lassen. Die ein Loch in das feine Gewebe ihrer Kultur gebrannt hatten. Doch dann, schon am nächsten oder übernächsten Tag, wandten sie sich in Gedanken wieder den alltäglichen Anforderungen des Lebens zu. Alle kehrten in den anonymen Strudel zurück, sicher in ihrer Bedeutungslosigkeit. Manchmal dachte er auch an seinen toten Bruder. Von seiner Mutter hatte er erfahren, dass es der Ältere war, der plötzlich an einem Herzfehler verstorben war. Er war nach der Arbeit mit Freunden in einer Bar gewesen und hatte wie so oft nach der Arbeit noch etwas getrunken. Und dann, einfach so, war er tot umgefallen.

Fjodor ging über die Terrasse auf den Rasen und das mit Kies bedeckte Ufer. Er hockte sich neben den Teich und beugte sich vor, bis er seinen Schatten auf der Oberfläche sehen konnte. Er legte die flache Hand aufs Eis und ließ sie dort liegen, spürte, wie kalt und nass es war. In der Mitte des Teichs gab es eine nicht zugefrorene Stelle.

Es brodelte und schäumte, als ein Hahn dort Wasser ausspuckte. Ihm war, als könnte er spüren, wie sich das Wasser unter der Eisschicht bewegte. Als könnte er spüren, wie sich das Eis selbst bewegte. Vielleicht konnte er das tatsächlich. Er schwankte in der Hocke. Seine Oberschenkel brannten. Der Hügel entpuppte sich als blanke Felswand, brüchiger Lehm und Glimmer, heller Stein, in rechteckigen Platten herausgeschnitten. Fjodor warf einen Blick über die Schulter. Im goldenen Licht der Galerie sahen die Partygäste aus wie Fische in einem Aquarium. Timo war nirgendwo zu sehen. Er sah anonyme, elegante Menschen, die zu einer anderen Spezies zu gehören schienen. Nicht wie die an Bäume erinnernden Männer in der Fabrik, die durch zu viel Wind und nicht genug Wasser verkrüppelt waren. Harte Brocken von Männern, ihre gelben Zähne, ihre schartigen Hände, ihre gebräunte und verbrannte Haut, fast schon ledrig. Nichts in seinem Leben hatte auch nur annähernd etwas mit diesem Ort zu tun.

Fjodor stand auf. Er wischte sich die Hände an seiner Jeans ab und dachte mit dumpfem Lachen, dass er in diesen Teich hätte springen und im Eis und Wasser hätte versinken können, ohne dass es irgendjemand gemerkt oder irgendwen gekümmert hätte. Er ging zurück zur Party, lehnte sich diesmal an die Wand und beobachtete Timo von der anderen Seite des Raumes aus, über all die schönen Köpfe hinweg. Timo sah gut aus, lächelte oder lachte hin und wieder mit verschiedenen Leuten, die er aus der Universität zu kennen schien. Doch er sah sich kein einziges Mal nach Fjodor um. Stattdessen beobachtete Fjodor an ihm ein klares, dunkles Streben, das sich nach innen richtete, weg von ihnen allen. Fjodor kannte das schon von Timo. Eine Art klarzukommen, ohne irgendetwas von irgendwem zu brauchen. Es war seine ganz eigene Art von Egoismus. Fjodor trank noch mehr Champagner. Trank Weißwein. Trank noch mehr Gin Tonic. Er wurde immer betrunkener, was er an dem immer dunkler werdenden goldenen Licht im Raum ablas, an den immer verschwommener werdenden Gestalten. Als die Künstler ans Podium geführt wurden, um ihre Vorträge zu halten, ein dröger Monolog nach dem anderen, eine Aneinanderreihung grauer Standbilder oder Zeitlupenvideos, fielen seine Augen ihm fast schon zu. Es zog alles an ihm vorbei. Als es endlich vorbei war, fröstelte er. Und er merkte, dass er überhaupt nicht an einer Wand lehnte, sondern an einer Fensterscheibe, und dass er schwitzte, wodurch sein Rücken feucht geworden war und kalt.

Gegen Ende des letzten Vortrags schaute Timo doch noch auf und sah Fjodor. Er guckte grimmig und hart. Fjodor nickte ihm mit trüben Augen zu. Winkte. Timo drehte sich weg. Fjodor war müde. Sein Körper schmerzte. Timo zeigte ihm wieder die kalte Schulter, aus undurchsichtigen Gründen. Das war nicht fair. Womit hatte er das verdient? Mit nichts, dachte er. Er hatte nichts getan, um irgendetwas davon zu verdienen. Er lachte still in sich hinein. Und dann nicht mehr ganz so still, und erst recht nicht mehr ganz so still, bis er laut lachte und sich alle zu ihm umdrehten. Er bog sich vor Lachen. Die Hitze in seinem Magen dehnte sich aus, reichte bis in seine Brust, und er lachte einfach weiter, so sehr, dass es ihn schüttelte und schmerzte. Scharfe Schmerzen zogen sich über seinen gesamten Rücken, entlang der Wirbelsäule und dann nach vorn bis zum Halsansatz. Fjodor lachte, und dann war es nicht länger lustig, und er richtete sich auf und wischte sich die Tränen aus den Augen. Die Leute starrten ihn an, versuchten aber zugleich, seinem Blick auszuweichen. Timo kam auf ihn zu und sagte ungerührt: »Das reicht.«

Auf der Fahrt nach Hause lehnte Fjodor den Kopf gegen die kühle Fensterscheibe des Wagens. Er hielt die Augen geschlossen, nur manchmal, wenn sie eine Spurrille erwischten, öffneten sich kurz seine Lider, und er sah eine Straßenlaterne aufblitzen oder den Lichtschein eines vorbeiziehenden Gebäudes. Manchmal brach die Dunkelheit auf, und er schaute in das Leben eines Menschen – der die Wäsche zusammenlegte, spazieren ging, zu Abend aß, solche Sachen, alles in Rechtecken aus orange-goldenem Licht. Menschen wie Tiere in ihren Terrarien. Die kalte Luft half gegen seine Kopfschmerzen, gegen das Brennen in seinen Augen. Es war eine Erleichterung.

»Was für eine Scheiße. Wir können echt nichts zusammen machen, ohne dass es in einem verdammten Drama endet«, sagte Timo. Die Musik im Radio, einen alten Klassiker, hörte Fjodor nur gedämpft, wie aus der Ferne. Er setzte sich aufrecht hin. Das Auto schaukelte ihn hin und her. Er versuchte, das Lied mitzusummen, fand aber nicht in den Takt.

»Echt ätzend«, sagte Timo.

»Ich bin betrunken«, sagte Fjodor wie zur Erklärung, doch Timo schüttelte einfach nur den Kopf.

»Offensichtlich.«

»Tut mir leid«, sagte Fjodor, musste dabei aber lachen.

»Das ist nicht witzig.«

»Ich weiß«, sagte er, doch das Lachen hielt an. Er hustete. Lehnte den Kopf wieder gegen das Fenster. »Hattest du einen schönen Abend?«

»Nein, wenn du's genau wissen willst, hatte ich das nicht.«

»Das tut mir leid.« Fjodors Hände waren schweißnass.

Sie lagen gefaltet in seinem Schoß, und er fuhr mit dem einen Daumen über die Seite des anderen. Seine Hände fühlten sich schmierig und fettig an. Der Wagen roch nach Kiefernholz-Lufterfrischer.

An einer roten Ampel beugte Timo sich vor und stellte die Heizung an. Sie ratterte leise und erwachte dann zum Leben. Die Luft strömte warm auf Fjodors Knie und Oberschenkel. Er hätte auf der Stelle einschlafen können. Timo schaute ihn an. Fjodor sah ihn in der Scheibe, sein fast durchscheinendes Spiegelbild. Er erkannte den Weg, den sie nahmen. Sie fuhren zu Fjodors Wohnung. Über ihnen ragten Bäume auf, direkt am Straßenrand aneinandergereiht. Schnee tropfte herab, beinahe wie Regen. Es war Ende März.

»Was sollte das vorhin?«, fragte Timo.

»Erinnerst du dich an den Tag, an dem wir über die Schießerei gesprochen haben?«

»Was?«

»Du hast gesagt, du hoffst, dass sie den Mann grillen. Dass er hingerichtet wird für das, was er getan hat.«

»Ich will nicht darüber reden.«

»Damals habe ich nichts gesagt«, erwiderte Fjodor. »Aber ich bin nicht deiner Meinung. Ich finde es falsch, Menschen zu töten. Es ist immer falsch. Selbst dann, wenn jemand etwas wirklich Schreckliches und Abscheuliches tut. Niemand sollte einen anderen Menschen töten dürfen.«

»Du lebst davon, Tiere abzuschlachten. Also erspar mir deine Belehrung in Sachen Todesstrafe.«

»Aber, siehst du, das meine ich. Du tust so …«, und an der Stelle schloss Fjodor die Augen. Sein Mund fühlte sich säuerlich an. Er schmatzte einige Male mit den Lippen, als ob das helfen würde, die Worte hervorzubringen.

Er fühlte, wie sein Hirn nach ihnen tastete, die Konturen dessen ausfindig zu machen versuchte, was er sagen wollte. Doch irgendwie fühlte sich alles sinnlos an. Als ob nichts, was er sagte, von Bedeutung wäre. Sie waren an der alten Kirche an der Ecke vorbeigekommen, was hieß, dass sie sich in der Nähe seiner Wohnung befanden. Er seufzte. »Ich meine, willst du mich etwa auch töten? Wegen meinem Job? Meiner Ernährung? Wo du mich doch für einen Mörder hältst.«

»Du hast recht«, sagte Timo. »Ich halte dich für einen Mörder. Und ich hasse deinen Job. Und wenn du in eine Bank spazierst und eine Reihe von Menschen erschießt, dann hast du es meiner Meinung nach verdient zu sterben. Wie ein Tier.«

Fjodor nickte langsam. Da war sie. Er streckte die Hand aus, als könnte er sie sich schnappen und sie festhalten. Er umschloss sie mit der Faust. Sie fühlte sich fest an in seiner Hand, und er drehte sich zu Timo und hielt sie ihm unter die Nase. Er öffnete die Hand.

»Das ist sie«, sagte er. »Das ist Grausamkeit.«

»Was?«

»Du hast gesagt *zu sterben wie ein Tier*. Aber du findest, Tiere sollten nicht getötet werden. Also ist das grausam. Oder etwa nicht?«

»Raus aus meinem Auto, Fjodor. Den Rest kannst du laufen.«

Fjodor nickte. Er schloss die Hand wieder und stieg aus dem Wagen. Sein Gleichgewicht war in Ordnung. Er würde es schaffen. Die Schneewehen waren inzwischen schmutzig und löchrig. Er trat etwas von dem brüchigen Schnee ab, der trocken und hart auf den Boden fiel wie Schuppen. Er brummte zufrieden.

Tiere lebten, und Tiere starben. Sie waren Freunde,

und sie waren Nahrung. Sie hatten einen Anfang und ein Ende. Das Einzige, was Menschen von Tieren unterschied, war hämische Heuchelei. Sie alle waren nur aufrecht gehende Tiere, die sich auf ihren Hinterbeinen fortbewegten und elektrische Monde anheulten. Sie waren nichts. Aber in sich trugen sie die Würde des Lebens, das Recht zu sein. Das war ihm nicht immer klar gewesen. Aber jetzt war es das.

Als er zu seinem Haus kam und gerade den Schlüssel ins Türschloss steckte, fiel das Licht von zwei Scheinwerfern auf ihn. Er drehte sich um und beschirmte die Augen, um etwas sehen zu können. Da stand Timos Auto, an seinem üblichen Platz auf der Straße. Timo stieg aus und stand da, die Hände in den Taschen. Und Fjodor begriff. Timo war ihm die drei Häuser bis nach Hause gefolgt. Das war Güte. Gleichmütig wie die Liebe.

Fjodor hob die Hand. Er stieß die Tür auf. Im Eingangsbereich roch es muffig. Die Sterne über ihnen schienen kalt und weiß.

Am Morgen dann wieder die Arbeit.

# 3

# Iwan der Schreckliche und sein Sohn

Iwan und Goran sprachen nicht darüber, wie lange sie es schon nicht mehr miteinander getrieben hatten. Sie sprachen nicht darüber, wie lange sie sich schon nicht mehr im Arm gehalten hatten und zusammen eingeschlafen waren. Sie schliefen zusammen, wachten zusammen auf, aßen zusammen und gingen sonst ihrem Leben nach, als ob sich nichts geändert hätte, obwohl sich de facto alles geändert hatte.

Es war keine Verleugnung. Es war etwas anderes – Angst vielleicht oder fehlendes Interesse.

Sie stritten sich über banales Zeug, darüber zum Beispiel, wer mehr Strom oder mehr Wasser verbrauchte. Aber eigentlich ging es in jedem Streit darum, dass sie es nicht miteinander trieben. Immer wenn Iwan einen Schritt Richtung Sex machte, war Goran müde. Immer wenn Goran einen Schritt Richtung Sex machte, fand Iwan sich kalt und weit weg von sich selbst. Sie fanden einfach nicht zueinander. Ständig gab es Fehlzündungen. Iwan schlief auf dem Sofa, was seine Gelenke belastete. Goran versteckte seine Schmerztabletten. Iwan ließ Wassergläser auf Gorans E-Piano stehen.

Das ausbleibende Ficken hatte einen Grund, auch wenn sie nicht bereit waren, ihn sich einzugestehen. Sie machten beide gerade ihren Master, Goran in Musik und

Iwan in Finanzwirtschaft, aber Goran hatte Geld von seiner Familie. Das war der Ausgangs- und Endpunkt all ihrer Probleme. In gewisser Weise machte Geld vieles einfacher, wenn man ohne aufgewachsen war. Wie der erste tiefe Atemzug nach einem langen Lauf. Doch dann folgte der Kater.

Iwan hatte das Gefühl, dass er nie Oberwasser bekam. Goran bezahlte den Großteil ihrer Miete und ihrer Rechnungen, bezahlte ihr Essen und ihre Hygieneartikel. Was Iwan abzweigen konnte, schickte er nach Hause zu seinen Eltern, oder er sparte es kleckerweise für die nahe Zukunft auf. Goran machte nie eine große Sache daraus, dass er alles bezahlte, es sei denn, er war betrunken oder wütend oder ärgerte sich über etwas, das Iwan nicht genau nach seinen Vorstellungen gemacht hatte. Dann hieß es, *du könntest wenigstens dies, du könntest wenigstens das*, immer in diesem passiv-aggressiven Vorwurfston. Iwan erinnerte sich kaum noch, warum sie überhaupt zusammen gekommen waren. Aber wenn er jetzt zur Tür hinausspazierte, wohin sollte er dann gehen? Eine eigene Wohnung konnte er sich nicht leisten. Und auch sonst konnte er sich nichts leisten. Er befand sich am Ende einer trostlosen Phase seines Lebens, schloss gerade sein BWL-Studium ab, in der Hoffnung, irgendwo einen guten Job zu finden, ganz egal, wo, ein Job, der es ihm erlauben würde, sich bei seinen Eltern für all das zu revanchieren, was sie für ihn getan hatten. Goran verstand das nicht. Er hatte Geld. So viel Geld, das wie Staub oder Schnee auf ihn niederfiel, bündelweise von seinen Eltern und Großeltern auf ihn herabrieselte.

Goran sagte, er gehe deshalb so freigiebig mit dem Geld um, weil es eigentlich nicht ihm gehöre. Er war adoptiert, der schwarze Sohn einer weißen Familie, der nun im Mittleren Westen Musik studierte. Der versuchte, ein Musiker zu sein, und sich fragte, was das in der heutigen Welt eigentlich bedeutete. Das Geld, sagte er, sei für ein weißes Kind vorgesehen gewesen, das nie geboren worden war. Und so war er an die Stelle dieses Kindes gerutscht. Jedes Mal, wenn Goran über *race* sprach, darüber, schwarz zu sein, fühlte Iwan sich schlecht, weil er sein Schwarzsein vergaß. Goran brachte das Thema auch nur dann auf, wenn er traurig oder betrunken war und darüber sprach, wie viel Geld er für sein Mittagessen und Abendessen oder für die Winterjacke eines Freundes ausgegeben hatte. Auf den ersten Blick wirkten die Geschenke großzügig, und Iwan betrachtete sie auch so, aber bei genauerem Hinsehen hatten sie etwas Bemitleidenswertes, und Goran vermittelte ihm, dass es damit zu tun hatte, dass er schwarz war, das Geld aber von seiner reichen weißen Familie stammte.

Das hatte er Goran einmal gesagt, gleich am Anfang, als sie durch die Fußgängerzone gebummelt waren und Frozen Yogurt gegessen hatten. Auf der einen Seite des Pavillons sang ein Jazz-Trio, auf der anderen sang ein Schwarzer mit geglätteten Haaren Akustikcover von Michael Jackson. Goran hatte darüber gesprochen, wie sehr er sich wünschte, dass seine Eltern verstehen könnten, wie schwer es war, die Nachrichten über den schwarzen Jungen zu sehen, der in Ohio von der Polizei erschossen worden war. Wie schwer es für ihn war, das zu sehen. *Wir verstehen das nicht*, sagten sie immer wieder. *Wir haben versucht, alles richtig zu machen mit dir. Wir lieben dich.* Goran ahmte auf grausame Weise ihre Stimmen nach. Und Iwan sagte: »Ich hätte gern Eltern wie deine. Reiche weiße Leute klingen gerade so richtig nett.« Und Goran war stehen geblieben und hatte Iwan seinen Frozen

Yogurt an den Kopf geschmissen. »Fick dich«, hatte er gesagt. »Meine Leute sterben, und du ertrinkst in Selbstmitleid.«

Fast hätte Iwan gesagt, dass das nicht Gorans Leute waren – nicht der schwarze Junge in Ohio, der gestorben war, weil er mit einer Spielzeugpistole gespielt hatte, nicht der schwarze Junge in Florida, der gestorben war, weil er im Regen nach Hause gegangen war, nicht der schwarze Mann in New York, der erwürgt wurde, oder der schwarze Mann, der in seinem Auto erschossen wurde, wo seine Kinder zusehen mussten, wie er verblutete. Sie gehörten zu einer dunklen Bruderschaft moderner Märtyrer, und Goran gehörte zu einer reichen Familie aus einem Vorort von Chicago, die durch ihre frühe Erfindung zentraler Fertigungstechnologien und der Wiedereinführung der amerikanischen Sklaverei, in diesem Fall der Ausbeutung der Arbeitskraft von Industriearbeitern, obszön reich geworden war. Doch das sprach er nicht aus. Was wusste er schon. Stattdessen sagte er: »Tut mir leid. Du hast recht. Ich kapiere es nicht. Und es tut mir leid, dass es so ist.«

Er versuchte, sich sowohl in ihrer Beziehung als auch in ihrer Wohnung zurückzunehmen. Er versuchte, das Geschirr zu spülen und die Wäsche zusammenzulegen und sich um den Müll zu kümmern. Er versuchte, alles möglichst gut und reibungslos am Laufen zu halten, und was er dachte, behielt er für sich. Goran hatte schon genug um die Ohren. Goran sagte gern, dass er Mühe habe herauszufinden, wohin er gehöre. Wo in der Welt sein Platz sei. Die meiste Zeit wirkte er einfach wahnsinnig traurig und verloren, und Iwan wollte ihn trösten. Doch es gelang ihnen nicht, und so trieben sie weiter ziellos dahin.

Sie hatten eine Einraumwohnung im ersten Stock eines alten Hauses an der Ecke Iowa Avenue und Van Buren Street. Die Nachbarn unter ihnen waren eine Zweier-WG, beide studierten Malerei. Der Mann war blass und sah aus, als würde er dauerhaft unter Schlafentzug leiden. Die Frau war mürrisch und muskulös, mit platinblonden Haaren. Sie waren kein Paar, auch wenn Iwan sie oft in identisch aussehenden Latzhosen oder Jumpsuits in dem Co-op an der Ecke antraf. Iwan sah den Mann manchmal auf der gemeinsamen Veranda vorm Haus sitzen und rauchen, ein Bein an die Brust gezogen, das andere über den Büschen baumelnd. Die Frau ging immer mit einem großen, tonnenschweren grauen Hund spazieren, der aber nicht ihr gehörte. Iwan wusste, dass es nicht ihrer war, weil er ihn nie hörte. Was er jedoch hörte, war ihre Musik, die von unten heraufdrang. Sie spielten Jazzstandards und bluesige Interpretationen von Songs aus dem *Great American Songbook*, vor allem aber bekannte Musicalsongs. Sie liebten Cole Porter. *Anything Goes* mit Patti LuPone spielten sie immer und immer wieder. Er spürte es unter seinen Füßen.

An manchen Abenden ging Goran in die Bar der Dichter, und Iwan blieb zu Hause. Goran schlief mit einem verheirateten Lyriker, der zwei kleine blonde Kinder hatte. Iwan hatte sie einmal in ein Gespräch vertieft im Café sitzen sehen. Goran hatte den Unterarm des Mannes berührt, und der Mann hatte sich verstohlen umgesehen und den Arm dann weggezogen. Iwan ging davon aus, dass die Dichter, genau wie die Tänzer und Tänzerinnen, alle miteinander ins Bett stiegen. Als wären sie im Winter ein rastloses Rudel, das sich aneinander rieb, um sich zu wärmen. Und Iowa war so etwas wie ein kultureller Winter – sie alle waren in diesen Fleck von Stadt in der

Mitte eines Staates in der Mitte der USA gezogen, um Kunst zu studieren und sich und ihre Ideen zu perfekten, furchterregenden Waffen zu schärfen, und in der fast schon klösterlichen Entbehrung, die sie hier vorfanden, wandten sie sich einander zu. Jede aussterbende Art sucht ihre eigene Form des Trosts.

Wenn er allein war, setzte sich Iwan an Gorans E-Piano. Er konnte Teile von Songs aus dem Radio spielen, aber kein vollständiges Stück. Einmal, als Goran gerade den Abwasch machte, hatte er sich an das E-Piano gesetzt und etwas von einer Band gespielt, die er mochte, doch noch ehe er das wenige, das er konnte, zu Ende gespielt hatte, hatte Goran von der Küche aus ein Glas an die Wand über Iwan geschmissen. Es zersprang, und die Scherben fielen auf das E-Piano und auf Iwans Haare.

»Goran!« Iwan erhob sich langsam und vorsichtig.

Goran stand im Küchendurchgang, mit Seifenschaum an den Händen, der auf den Teppich tropfe. Seine Miene war hart und grausam. Er sagte: »Lass den Scheiß.«

Iwan hatte Tage damit zugebracht, das Glas aus dem Teppich zu lesen. Wochenlang war er jeden Tag mit dem Staubsauger über die Stelle gegangen, aber trotzdem konnte er weiter das Glas unter seinen Füßen spüren, das zwischen den Fasern hervorstach.

Iwan lebte von einem Studentenkredit, häufte also bergeweise Schulden an, um die Meteorologie des Geldes zu studieren. Seine Eltern konnten ihm nicht helfen, denn sie hatten ihrem Leben jeden Penny abgerungen, um ihn auf die Ballettschule zu schicken, zuerst in Boston und später dann in New York, wo es ihm gelingen sollte, sich ein Leben aufzubauen – bis sich herausstellte, dass seine Sehnen unwiderruflich lädiert waren, und er im Alter von siebzehn Jahren gezwungen war, sich völlig neu zu orientieren.

Seine Mutter war Grundschullehrerin, sein Vater war als Mechaniker bei der Stadt Boston angestellt und reparierte die Busse und Lastwagen und Maschinen, die in der Wasseraufbereitungsanlage kaputtgingen. Die Belastung, die über zehn Jahre hinweg mit der Bezahlung seines Schulgeldes verbunden war, blieb vor ihm verborgen, außer in den Weihnachts- und Sommerferien, wenn er nach Hause kam und seine Eltern ausgelaugt und müde antraf. Sie kratzten zusammen, was sie nur konnten. Auch Geld von der Kirche und ihren Eltern nahmen sie an. Sämtliche Ressourcen steckten sie in ihn, bis nichts mehr für sie übrig war. In dem Sommer, als er siebzehn wurde, erinnerte sich Iwan, hatte er wach in seinem Bett gelegen und gedacht, wie dumm das alles schien. Sich so abgestrampelt und so viel gegeben zu haben, um sich dann mit den harten biologischen Fakten konfrontiert zu sehen. In jenem Sommer hatte er endlose Stunden im Bett gelegen und vor Wut gekocht, bis er regelrecht bebte. Was für eine grausame Tatsache, dass man sein ganzes Leben in Sichtweite dessen zubringt, was man sich am meisten wünscht, aber es wegen irgendeiner fiesen Macke des eigenen Körpers trotzdem nie erreicht.

Er entschied sich für Finanzwirtschaft, weil er so ein gutes Einkommen erzielen würde, ausreichend, um ihn und seine Eltern zu versorgen. Neben seinem Studium arbeitete er in Restaurants und auf dem Bau, bei Kälte und Hitze und in dem ekelerregenden Morast der Bostoner Vororte. Er gewöhnte sich daran, einen ganzen Tag bis zu einer Baustelle zu brauchen und dann die gewundenen, unübersichtlichen Straßen nach Somerville zurückzufahren, nur um am nächsten Morgen aufzuwachen und wieder das Gleiche zu tun.

Aber er arbeitete und studierte und sparte Geld, er machte seinen Abschluss und stand nun mit fünfundzwanzig am Ende seines Masterstudiums. Er musste den Sommer in New York oder San Francisco überbrücken, weil er in Iowa keinen Job im Finanzsektor bekommen würde, es sei denn, er würde dauerhaft hierbleiben wollen, was nicht der Fall war. Er besaß nicht genug Geld für diese Art von Sommer und war doch so sehr darauf angewiesen. In dieser Hinsicht hatte sich Iwans Leben nicht groß verändert.

Im Januar half er seinem Freund Noah, auf dem Land einen Stall zu bauen. Das Grundstück gehörte Bert, der in Iowa City und im Umland mehrere solcher Grundstücke besaß. Er kaufte alte Häuser auf und funktionierte sie zu Wohnungen um, die er an Horden von Studierenden vermietete. In einer dieser Wohnungen lebten Iwan und Goran, auch wenn Bert nicht ihr Vermieter war. Noah aber gehörte zu seinen Mietern. Bert war weiß, schwabbelig und trug eine Brille mit dicken Gläsern. Er sah aus wie einer dieser Männer aus *America's Most Wanted*. Manchmal schaute Iwan, während er am Boden hockte und versuchte, etwas an einen Pfahl zu binden, auf und bemerkte, dass Bert ihn anstarrte. Noah lachte dann und sagte: »Kümmer dich nicht um ihn.«

Der Wind riss ihm die Handknöchel auf, aber die Arbeit war gut, verlangte ihm alles ab und machte ihn müde. An sonnigen Tagen lag er rücklings auf der Ladefläche des Pick-ups und lauschte dem grauen Wind, der die Gräser platt fegte. Die Felder waren schlammig. Die spindeldürren Bäume am Waldrand schwankten.

Noah studierte in Iowa Tanz. Er war in West Des

Moines aufgewachsen, halb Japaner, halb Weißer und den Großteil seiner Kindheit Leistungsturner, bis es ihn irgendwann gelangweilt hatte. Die anderen Jungen fand er ermüdend, zu engagiert und verkrampft, und ihre Eltern warfen ihm ständig seltsame Blicke zu, als würden sie herausfinden wollen, ob er ihre Kinder übertraf. Beim Ballett war jeder Junge ein kleiner Prinz. Iwan kannte sie gut, die Art und Weise, wie die Lehrer die Jungen umschwärmten, selbst die mit schlechten Füßen und mäßiger Ambition. Beim Ballett war man als Junge ein kostbares Gut, selten und außergewöhnlich, selbst wenn man mittelmäßig war, und er sagte, die Musik sei ohnehin besser. Er mochte den Tanz. Der Tanz passte zu ihm.

Iwan hatte Noah das erste Mal bei einer Herbstaufführung gesehen. Irgendein modernistischer Unsinn, und die Choreografie war nicht besonders gut, aber Noah war gut darin. Sein Tanz besaß Geschmeidigkeit und Leichtigkeit, etwas Natürliches, das sich andere abringen mussten. Für Iwan war es schwer, anderen Menschen beim Tanzen zuzusehen. Es fehlte ihm so sehr, dass sich sein Magen zusammenzog. Außerdem ermüdete ihn das Zusehen, weil er sich dabei ertappte, wie er sich die Choreografie einprägte und die kleinen Schattenbewegungen machte, die es brauchte, um sie perfekt zu erfassen. Doch an diesem Abend hatte er Noah einfach nur beim Tanzen zugesehen und ihm später an der Bar ein paar Drinks spendiert.

Noah erzählte, dass jetzt, da er seinen Abschluss machte, bald verschiedene Vortanzen anstünden. Vortanzen, die darüber bestimmten, welchen Kurs er einschlagen würde. Iwan sagte, dass er das gut verstehen könne. Auch ihm stünden verschiedene Bewerbungsgespräche bevor. Wenn er Glück habe – scheiße, ja, wenn er Glück habe. Noah sagte, dass er erst sehr spät mit dem Tanzen angefangen habe, aber so sei das Leben halt, was könne man da tun. Manchmal schleiche es sich einfach an einen heran. Iwan lachte. Ja, genau so war es.

Ein großer hellbrauner Hund streifte durch den Kleingarten. Noah nannte ihn Dota, nach dem Computerspiel, und gab ihm Futter aus einem Beutel, den er hinten auf dem Pick-up deponiert hatte. Er meinte, dass Bert ihm davon abgeraten habe, weshalb es ihm besondere Freude mache, den Hund zu füttern und herumzufahren. Bert habe gesagt, der Hund sei wild und voller Flöhe und Zecken, und Noahs Augen leuchteten, während er Iwan davon erzählte, als wären sie Komplizen. Manchmal sprang Dota zu Iwan auf die Ladefläche und legte sich auf ihn. Unter dem Gewicht des Hundes war es warm, und so schlief Iwan trotz der Kälte ein.

Eines Tages, nachdem sie die Arbeit niedergelegt und Mittag gegessen hatten, ging Noah auf einen seiner Spaziergänge in den Wald. Iwan und Dota kletterten für ein Nickerchen auf die Ladefläche des Pick-ups. Ziemlich genau in dem Moment, als er die Augen schloss, schreckte Iwan von einem Geräusch hoch, das wie entfernter Donner klang. Dota sprang hinunter und stieß ein langes Heulen aus. In der Ferne ertönte ein weiterer scharfer Knall. Das war kein Donnern, sondern Gewehrfeuer. Die Erinnerung fegte, so heftig wie das Geräusch selbst, auf Iwan zu, wie über eine weite Ebene. Dota drehte sich im Kreis, kläffte und trippelte ängstlich hin und her.

Iwan rief Noah an, aber das Klingeln kam aus dem Fahrerhaus hinter ihm. Er sprang neben Dota auf den Boden. Ein weiterer Schuss, der krachend anbrandende Knall. Sollte er Noah in den Wald hinterherlaufen? Oder bleiben, wo er war? Er hatte keine Ahnung, ob er sich in

Gefahr befand. Er wartete. Der Wind änderte erneut die Richtung. Bitterer Schwefelgeruch wehte ihm entgegen. Kam dicht heran. Seine Angst wuchs.

Doch dann drang ein anderes Geräusch über die Wipfel der Bäume – Gelächter. Noahs Stimme. Iwan rannte und sprang über den niedrigen Graben, um ihn am Waldrand zu erwischen. Noah war größer als Iwan, hatte dicke, dunkle Haare. Ein schiefes Lächeln und eine kleine Narbe in der Mitte der Lippe.

»Fuck«, sagte Iwan und packte ihn an den Schultern.

»Oh, hey«, sagte Noah.

»Hast du das Geballer nicht gehört?«

Noah lachte noch lauter. Sein Atem traf warm auf Iwans Wangen. Iwan schüttelte ihn, und Noah lachte einfach noch lauter.

»Das war kein Geballer.«

»Was?«

»Bert hat ein paar Druckluftbehälter in seiner Feuertonne liegen lassen. Der Idiot.«

Iwan grub seine Finger noch fester in Noahs Schultern. Der Wind hatte sich gedreht und strich jetzt wieder zwischen den Bäumen hindurch. Dota zappelte zu ihren Füßen herum, sprang an ihnen hoch und stemmte die Vorderpfoten gegen Noahs Bauch. Der Hund bellte zweimal, schaute dann zurück zu Iwan und bellte auch ihn an. Seine lila Zunge war von rosa Flecken durchzogen wie die eines Reptils.

»Boah«, sagte Iwan. »Ich dachte schon …«

Noah lachte und packte Dota dabei am Fell.

»Du müsstest mal dein Gesicht sehen«, sagte er.

»Gott«, sagte Iwan.

Nachdem sie von Berts Grundstück gefahren waren, fanden Noah und Iwan ein verlassenes Stück Straße und hielten an. Sie knöpften einander die Karohemden auf, und während Dota ihnen warm ins Gesicht hechelte, holten sie sich dort im Fahrerhaus von Noahs Pick-up gegenseitig einen runter. Ihre Hände waren noch ganz steif vom Bau des Schuppens, Splitter saßen ihnen unter der Haut, getrockneter Schlamm färbte ihre Fingernägel, aber unter ihrer Kleidung waren sie sauber und rochen nach Meer. Iwan beugte sich über die Mittelkonsole und nahm Noahs Schwanz in den Mund. Sein Schamhaar war dunkel und borstig. Es kitzelte Iwan an der Nase und an den Lippen. Noah erzitterte und fragte, ob es okay wäre, wenn er in Iwans Mund käme, und Iwan nickte nur und brummte. Und da war es auch schon, warm und schleimig auf seiner Zunge und am Gaumen. Noah machte das Gleiche bei ihm, doch Iwan wurde schlaff, und nach einer Weile zog er einfach die Hose hoch und sagte: »Ist schon okay.«

Dota legte den Kopf in Iwans Schoß. Der Hund war eigentlich zu groß, um bei ihnen im Fahrerhaus zu sein, aber für eine Fahrt auf der Ladefläche war es zu kalt. Noahs Pick-up war alt und hatte keinen CD-Spieler, aber irgendein Typ, den Noah über seinen Grasdealer kannte, hatte es hinbekommen, dass man über das Handy Musik abspielen konnte. Noah stützte beim Fahren das Kinn auf die linke Hand, die rechte lenkte träge. Sie hörten Rachmaninow, den Iwan nicht besonders toll fand, den Noah aber so ziemlich allen anderen vorzog, mit Ausnahme von Tupac.

Die Straße war ruhig, ein Stück glatte Dunkelheit, das zwischen gelben und braunen Feldern hindurchführte. Gelegentlich kamen sie an Häusern vorbei, die sich im einsetzenden Dämmerlicht zu ducken schienen, was aussah wie ein Gemälde des dunklen Inneren dieses Landes. Von Wind und Unglück verwüstete Häuser:

weiße Holzverschalungen und bröckelnde Ziegel, flache dunkle Dächer, riesige Fensterfronten oder Schlitze goldenen Lichts im anbrechenden Abend. Hinter jeder Kurve stiegen hier und da Hügel an, aus deren Rücken wild wucherndes Gras herausplatzte wie Fell. An dürren Ästen hingen ausgefranste Seile, und in Höfen oder an Schuppen lehnten große Autoreifen. Vor ihnen lag die ganze Alltäglichkeit der Welt.

»Es ist deprimierend hier draußen«, sagte Iwan.

»Findest du?«

»Sieh doch«, sagte er und zeigte auf die vorbeiziehenden Häuser auf beiden Seiten der Straße, aber Noah zuckte nur mit den Schultern.

»Ich weiß nicht. Sieht einfach nach Menschen aus.«

»Das ist Amerika. Warum leben die so?«

»Du bist Amerikaner. Wie lebst du denn?«, fragte Noah scharf.

»Nicht so«, sagte Iwan.

»Bist du sicher?«

»Ach, was weiß ich«, sagte er, obwohl er wusste, dass das keine Antwort war.

»Ich habe es dir schon mal gesagt. Es gibt Wege, um an Geld zu kommen.«

»Ich werde nicht für Kohle rumhuren«, sagte Iwan.

»Das meinte ich nicht, und du weißt, dass ich das nicht mache. Nicht mit Bert.«

»Ach so, dann ist es eine Verbindung aus Liebe?« Iwan lehnte den Kopf an die Scheibe.

Noah hielt auf dem Schotterstreifen der Landstraße. Sie waren ein wenig in den Straßengraben gerutscht. Unter ihnen brummte der Motor wie ein dösendes Tier. Dota hob leicht den Kopf. Iwan streichelte ihn.

»Sei nicht so naiv«, sagte Noah und beugte sich vor,

um sich gegen das Lenkrad zu lehnen. »Ich meine ja nur, dass es da diese Seite gibt. Man kann sich anmelden. Videos hochladen. Kohle kassieren. Es ist leicht. Ich mache es. Ein paar von den anderen Jungs beim Tanzen machen es auch. Geht supereinfach.«

»Pornos? Dein Plan sind Pornos?«

»Tja, sorry, aber einige von uns haben keinen Trust: dich eingeschlossen.« Iwan atmete aus. Es war nicht das erste Mal, dass Noah ihm vorschlug, Videos von sich zu machen, aber Iwan hasste selbst die banalsten sozialen Medien. Online zu sein fühlte sich für ihn an, als würde er sich den Launen und Gefühlen anderer Menschen ausliefern, und es fiel ihm schwer genug, das im persönlichen Kontakt und mit echten Menschen zu tun. Er konnte sich nicht vorstellen, von unzähligen Unsichtbaren begafft zu werden, ihre Augen die ganze Zeit auf ihm, während sie eine perfekte Aufnahme schon gelaufener Action verfolgten.

»Du hast einen megakrassen Körper. Warum nutzt du das nicht?«, fragte Noah.

»Mein Körper ist ein Haufen Scheiße. Meine Knie brennen wie verrückt, nur vom Bauen eines Stalls. Ich bin kein Tänzer mehr.«

Noah stieß warme Luft durch die Nasenlöcher. Er trommelte mit den Fingern auf das Armaturenbrett.

»Du machst mich fertig«, sagte er nach einer Weile. »Du machst mich echt fertig. Warum jammerst du rum, wenn du keine Lust hast, aktiv zu werden?«

»Ich habe nicht rumgejammert.«

»*Warum leben die so?*«, ahmte Noah giftig Iwans Stimme nach.

»Warum bist du so fies zu mir?«

»Weil du alles vergeudest.«

»Was vergeude ich denn?«

»Alles«, sagte Noah. Doch dann legte er den Gang wieder ein und setzte zurück auf die Straße.

Iwan wusste nicht, was er dazu sagen sollte. Er hatte gedacht, er verstünde etwas von seinem Leben, aber jetzt glaubte er, überhaupt gar nichts zu verstehen.

Noah setzte ihn ab und verschwand.

Iwan stand auf der Veranda, bis er taub vor Kälte war.

Goran und Iwan gingen zu einer Party bei Noah, ein Stück die Straße hinauf. Der Himmel war klar und dunkel, und über ihnen funkelten einige wenige Sterne. Goran war gerade von einem späten Training gekommen, und seine Augenbrauen glänzten noch feucht. Gelegentlich zitterte er oder sagte etwas unter dem sichtbar werdenden Atem, das nicht an Iwan gerichtet war, sondern an jemand anderen. Wenn Goran von seinen Trainingseinheiten kam, entwichen die Gespräche des Tages aus ihm wie Dampf. Widerlegungen und Weiterführendes, scharfsinnige Neuinterpretationen von Fakten sprudelten spontan aus ihm heraus.

Iwan hatte den Tag damit zugebracht, Bewerbungen für Sommerpraktika zu schreiben. Ihm schwirrte der Kopf von den Details seines Lebenslaufs, die Schrift in sauberen Spalten, die sich wie Hologramme vor seinen Augen überlagerten. Ihre Schuhe schlurften und schrappten über den Boden. Goran umfasste ihn. Seine Hand legte sich auf Gorans Rücken und hielt ihn fest. Ein guter, sicherer Kontakt.

Sie schwiegen.

Noah wohnte im ersten Stock eines Hauses auf der Jefferson Street. Im Eingangsbereich strömten lauter Leute die Treppe in Richtung Veranda hinunter und dann weiter in den Hof. In der Wohnung im Erdgeschoss brannte Licht, aber die Rollos waren heruntergelassen. Als Iwan und Goran die Einfahrt entlanggingen, zeigte Goran auf die Silhouette eines Mannes, der sich bewegte.

»Da wohnt Timos Freund.«

»Ist Timo auch auf der Party?«, fragte Iwan.

»Vielleicht. Vielleicht haben sie sich aber auch getrennt. Bei denen lief es noch nie besonders gut.«

Goran war mit Timo befreundet, vielleicht auch mehr als das. Sie hatten etwas miteinander gehabt, bevor Iwan auf der Bildfläche erschienen war. Timo machte irgendetwas mit Mathematik und war mit einem Nichtakademiker zusammen. Dauernd trennten sie sich und kamen dann wieder zusammen, was Iwan gut verstand. Manchmal war es einfach so. An manchen Tagen verabredete sich Goran mit seinem verheirateten Lyriker in dem Café, in dem Iwan arbeitete, und an diesen Tagen sah er Timo kommen, wenn der Lyriker gegangen war. Sie nickten einander zu, Timo und er, und das war auch schon alles an Kommunikation. Goran traf sich oft mit Timo. Sie aßen zusammen zu Abend und gingen zu Konzerten im Auditorium. Einmal war Timo zu ihnen nach Hause gekommen, um eine Schallplatte zurückzubringen, aber Goran war nicht da, sondern noch auf dem Heimweg. Iwan bot Timo ein Glas Wasser an, aber Timo lehnte ab. Die fünfzehn Minuten, die Goran für den Heimweg brauchte, standen sie unbeholfen im Flur herum. Dann verließen Goran und Timo die Wohnung. Die Schallplatte lag auf dem Tisch. Es war eine Aufnahme von Rubinstein mit einem alten, vergilbten Plattencover. Iwan legte die Platte auf und lauschte der langen Anfangspassage des Stücks. Sie klang düster und heiter zugleich.

Iwan fehlte die Musik. Ihm fehlte es, sich zur Musik

zu bewegen. Ihm fehlte es zu tanzen. Er hörte sich die ganze Aufnahme an und spielte sie dann noch einmal ab. Als Goran zurückkam, ein bisschen betrunken und ein bisschen überdreht, kletterte er auf Iwans Schoß und küsste ihn. Sie trieben es miteinander, während die Platte lief, und schliefen dann ohne Rücksicht auf die hicksende, knisternde Stille ein.

Als Goran am nächsten Morgen wach wurde und bemerkte, dass sich die Schallplatte noch immer drehte, wurde er sauer. Das war ungerecht. Sie war schließlich schon gelaufen, als Goran zurückgekommen war, und er hätte den Plattenspieler genauso gut ausschalten können. Iwan sah es so, dass sie beide die Schallplatte nicht mehr beachtet hatten und schuld daran gewesen wären, wenn sie oder die Nadel beschädigt worden wäre. Doch Goran sah es offenbar anders. Von dem anderen Zimmer aus sagte er: »Du hättest wenigstens …«. Aber dann verfiel er in Schweigen. Er verließ die Wohnung und kam den ganzen Tag lang nicht zurück. Es war das letzte Mal, dass Timo bei ihnen aufgetaucht war. Das letzte Mal, dass sie es miteinander getrieben hatten.

Goran behielt seine Freunde für sich. Iwan und er hatten es nicht so mit der Verschmelzung ihrer Freundeskreise. Ihre Leben waren wie diese dämlichen kleinen Figuren, die man aus Öl, Lebensmittelfarbe, Mehl, Essig und manchmal auch Wasser in der Schule machte. Sie lagen eines auf dem anderen, aber mischten sich nie.

Die Silhouette blieb in der Mitte des Fensters stehen, drehte sich um und ging zurück ins Innere der Wohnung, sodass der Schatten verschwand. Goran und Iwan stiegen die Stufen zur Haustür hinauf. Goran klopfte an das Fenster, um zu sehen, ob jemand reagierte, aber nichts geschah. Sie betraten den Eingangsbereich, stiegen die

Treppe zu Noahs Wohnung hinauf und quetschten sich auf den Stufen an Menschen vorbei, deren schimmernde Gesichter von guten Zeiten und guten Drogen erzählten. Das erinnerte ihn an die Ballettschule, wo die Partys spontan gewesen waren, ungehörig und ohne viel Aufhebens. Ein paar der älteren Tänzer hatten immer ältere Freunde oder Freundinnen oder irgendwen, den sie fickten. Das Ergebnis war eine Karawane aus Zigaretten, billigem Wodka, billigem Bier, billigem Ecstasy und nicht besonders billigem Ketamin.

Zu Anfang waren die Drogen ein Teil davon. Eine Art, die Kontrolle über ihren Körper, ihre Eltern, die väterliche Ordnung ihrer Ausbilder und die Erfordernisse des Tanzes zu bewahren. Ihre Art, unabhängig und in ihrem Fleisch lebendig zu sein, bis sie im ersten grauen Morgendämmern aufstehen, sich in ihre Strumpfhosen quälen und vor dem Unterricht aufwärmen mussten. Zu Anfang waren die Drogen nur ein anderer Weg, sich in dem Fell zu zeigen, in dem sie gesehen werden wollten. Wunderschön und jung, aber älter als ihre Jahre, insofern weise, als sie ihren Körper dazu bringen konnten zu tun, was sie wollten. Iwan erinnerte sich sehr deutlich, wie er mit vierzehn auf die eine Seite des Studios geschaut und dort Jungen gesehen hatte, nur wenig jünger als er, die Spaß hatten und ihre Dehnbarkeit austesteten, um zu sehen, wer es schaffte, sich so weit wie möglich nach hinten zu beugen und die Knöchel zu fassen, wobei sie umkippten und lachten wie Kinder. Einfach Kinder *waren*. Wie er dann auf die andere Seite des Studios geschaut und die Jungen gesehen hatte, höchstens ein Jahr älter als er, die durch die Studiofenster auf die Straßen hinunterblickten, etwas Erwachsenes in ihrer gleichgültigen Lässigkeit, und miteinander flüsterten – Pläne ausheckten, um in der Mittagspause zu rauchen. So jung waren sie noch, dass sie Pläne ausheckten, etwas *Verbotenes* zu tun.

Als er auf Noahs Party die Treppe hinaufstieg, die Hand auf Gorans Rücken, konnte Iwan auch in den Augen dieser jungen Leute sehen, wie sehr sie *sein* wollten – und wie sehr das davon abhing, *gesehen* zu werden. Wenn einen niemand in absoluter Freiheit sah, war man auch nicht frei. Iwan kam das wirklich traurig vor. Er wollte sie an den Schultern packen und ihnen sagen, dass sie die Party verlassen, dass sie weggehen und einfach sein, einfach verdammt noch mal von hier abhauen und etwas mit sich anfangen sollten. Sie hatten noch Zeit, sie waren so jung. Aber mit welchem Recht? Er war nicht älter als sie. Nicht alt genug, um ihnen von den Ufern seines zweiten Lebens aus rätselhafte Ratschläge zu geben. Und doch wusste er etwas darüber, wie man mit einem Teil seines Lebens abschließen wollte, bevor man wirklich bereit dazu war, wie man sich selbst vormachen konnte, dass man so viel wusste, obwohl man im Grunde gar nichts wusste. Diese Tänzer. High, völlig drüber, unterwegs auf einer Welle der Lust. Sie waren so verflucht lebendig. Und schon beinahe tot. Es brach ihm das Herz.

O Mann, dachte er.

Die Musik war nicht laut, aber übertrieben basslastig. Iwan spürte das Wummern in der Brust und in den Wangen. Alles ungebundene Wasser in seinem Körper brauste und bebte. Goran trug ihre Jacken quer durch die Wohnung ins Schlafzimmer. Iwan suchte in der Küche nach Bier.

Ungefähr zwanzig Leute waren auf der Party, aber weil Noahs Wohnung klein war, wirkte es mehr. Jeder berührte jeden. Als sich Iwan über die Spüle beugte, um zwei Bier aus dem Wasser voller Eismatsch zu nehmen, spürte er im Nacken den warmen Atem einer anderen Person, so intim, als ob ihm jemand die Hand unter das Hemd geschoben hätte. Er stand da, die Hände ins Wasserbecken getaucht, die Flaschen umklammert, und immer wieder traf der Atem auf seine Haut. Zwischen seinen Schultern und im unteren Rücken spürte er einen Druck, den kompakten Oberkörper einer anderen Person, die Festigkeit eines Menschen. Die dunklen, feinen Haare in seinem Nacken wurden unter dem Atem des anderen schwer und feucht, und als er zum Fenster hinaufschaute, in dem sich das Zimmer spiegelte, sah er, dass es Noahs Freund Bert war, der sich an ihn drückte. Ihre Blicke trafen sich in der Scheibe, und Bert atmete tief ein, so nah an ihm dran, dass Iwan die Nässe seiner Lippen und den glatten, festen Knorpel seiner Nasenspitze spüren konnte. Sie streifte Iwan, landete am Ansatz seines Nackens, so zielstrebig wie ein Finger. Dann trat Bert zurück.

Iwan schob sich mit dem Bier durch das Gedränge in der Küche und sah Goran auf einer der Sofalehnen sitzen. Er reichte ihm ein Bier – leicht, billig und noch tropfend. Goran nahm es ihm ab und hielt Iwan den Flaschenkopf hin. Iwan klemmte sich sein eigenes nasses Bier unter den verschwitzten Arm und streckte die Hand aus, um den Deckel von Gorans Bier abzudrehen. Es ließ sich leicht öffnen, und Iwan steckte den Deckel in seine Hosentasche. Sie stießen an, und Iwan stellte sich unbeholfen neben Goran, musste aber immer wieder zur Seite treten, wenn Leute zur Tür hinein- oder hinauswollten.

Auf Partys konnten sich die Leute nie entscheiden, wo sie sein wollten. Noah war nirgendwo zu sehen. Aber man sah Tänzer und Dichterinnen, Malerinnen und Möchtegernautoren – ein zusammengewürfelter Haufen. Noahs Grasdealer war da, und in der Luft hingen zerklüftete

Marihuanaschwaden wie ein eigenes kleines Wolkenfeld. Die Lampen waren gedimmt und verbreiteten ihr warmes Licht, sodass alle Gesichter zugleich vertraut und fremd aussahen. Iwan hatte das Gefühl, allen hier schon einmal begegnet zu sein, und gleichzeitig kam es ihm so vor, als hätte man ihn auf einem fremden Planeten ausgesetzt.

Noah tauchte doch noch auf, mit Fatima, einer Tänzerin aus seinem Studienjahr, auf der einen Seite und dem Maler von unten auf der anderen Seite. Sie lachten und stolperten übereinander. Noah streckte die Hand aus und legte sie Iwan auf die Schulter.

»Du hast es geschafft«, sagte er.

»Ja, klar.«

»Goran!«, rief Noah.

Der Maler – wie hieß er noch mal? Howard? Richard? Pritchard? Leonard? Lennart? Irgend so etwas. Fast fiel es Iwan wieder ein. Fatima war die einzige Schwarze in ihrem Studienjahr, was sie abhob von den anderen. Wie sie alle hatte sie mit Ballett angefangen, war dann während ihres Bachelors aber zu Modern Dance gewechselt. Die Modern-Tänzer waren ein eingeschworener Kern von fünf bis sechs Leuten, die sich von den anderen absonderten, als wären sie überlegen, und vielleicht waren sie das auch. Modern Dance war viel Technik und darum fordernd – teils Schauspiel, teils Kontaktsport, teils Nervenzusammenbruch. Der Typ, der den Bereich leitete, war einer dieser philosophischen Künstler, der die Tänzerinnen und Tänzer mit Wittgenstein zubrüllte, während sie sich durch den verworrenen Knoten einer seiner Choreografien kämpften. Modern Dance war kein Tanz, sondern eine institutionalisierte Zerstörung des Selbst.

Iwan sah Fatima oft im Café, wo sie nebenbei als Barista arbeitete. Die anderen Tänzer setzten ihr deshalb schwer zu, denn irgendwie wirkte sie dadurch weniger ernsthaft in ihrer Kunst, zugleich aber auch entschlossener. Sie wehrten sich gegen die implizite Unterstellung, dass sie es weniger wollten als Fatima, weil sie nicht so hart dafür arbeiteten wie sie. Die Vorstellung, dass man den Wert von Kunst an der Strenge und Hingabe eines Künstlers maß – sie entsprach einer träumerischen Logik.

Fatima legte den Arm um Noahs Taille, und er küsste sie auf den Kopf, als würde er ihr seinen Segen geben. Iwan lachte.

»Sind denn alle hier längst high?«, fragte Goran.

»So ist das halt, wenn man zu spät kommt«, sagte Noah mit etwas Singsang in der Stimme.

»Das hier ist 'ne Party. Zu einer Party kann man nicht zu spät kommen.«

»Würde ich auch sagen, wenn ich zu spät wäre«, erwiderte Fatima.

Goran tat so, als wäre er eingeschnappt. Er verschränkte die Arme vor der Brust und schmollte. Iwan fuhr mit den Fingern durch Gorans Haare, bemerkte aber, wie Fatima ihn dabei beobachtete. Mit einem konsternierten und kurz auch irritierten Blick. Sie brummte kehlig. Goran schob Iwan weg.

»Wie schnell wir Gründe bei der Hand haben, das zu billigen, was uns gefällt«, sagte der Maler von unten. Noah lachte laut und zwickte ihm von unten in die Seite.

»Jane Austen. Wer hätte gedacht, dass Maler lesen können?«

»Und nicht nur Kant, oder? Schockierend!«, rief der Maler.

»Okay, das ist mir zu hoch«, sagte Fatima, die sich aus Noahs Umarmung wand und Goran die Hand entgegenstreckte. »Komm, wir suchen dir was, das knallt.«

Goran griff nach ihrer Hand und erhob sich vom Sofa. Noah nahm seinen Platz ein und klopfte sich auf den Schoß. Iwan legte sich auf das Sofa, den Kopf auf Noahs Knie. Der Maler nahm Iwans Platz auf der Lehne ein und beobachtete die beiden Männer wohlwollend und amüsiert. Er trug eine schwarze Latzhose und einen pinken Wollpullover. Seine Haare waren verwuschelt und in einem schlechten Kupferton gefärbt. Außerdem hatte er dunkle Ringe unter den Augen und spröde, zerbissene Lippen.

»Scheiße, ey, ihr zwei seht aus wie ein Gemälde.«

Noah freute sich über dieses Kompliment, und Iwan spürte, wie sich die Muskeln seiner Schenkel anspannten. Er schaute auf und beobachtete, wie Noah sich in Pose warf, die Schultern vor- und zurückschob und sich erst von ihm weg- und dann zu ihm hinneigte. Bei jeder dieser Posen nickte der Maler energisch, als würde er sie prüfen und für gut befinden.

»Ja, genau wie Repin. ›Iwan der Schreckliche und sein Sohn‹.«

»Ich heiße nicht Iwan, sondern Noah.«

»Es ist eine Anspielung. Eine Hommage«, sagte der Maler lachend. »Tänzer! Nehmen immer alles wörtlich.«

»Was ist das für ein Gemälde?«, fragte Iwan. Der Maler sah kurz überrascht aus und errötete dann.

»Schwer zu … Also, es ist wie … Hmm«, sagte er.

»Na los, kneifen ist nicht!«, sagte Noah.

»Tue ich nicht«, sagte der Maler, aber das tat er.

»Erwischt«, sagte Iwan.

»Nein, nein. Es gibt wirklich ein Gemälde, das ›Iwan der Schreckliche und sein Sohn‹ heißt. Es ist so eine Art Pieta, würde ich sagen.«

»Pieta? Geht's da nicht um Jesus und die Jungfrau Maria?«

»Ich bin aber keine Jungfrau mehr«, sagte Noah.

»Das wissen wir«, sagte der Maler. »Ohne Grundwissen in russischer Geschichte lässt es sich schwer erklären.«

»Ich bin Russe«, sagte Iwan.

»Du bist in Boston aufgewachsen.«

»Schon, aber meine Eltern sind Russen. Ich bin Russe. Sozusagen.«

»Eine Anspielung«, sagte Noah.

»Nein. Ja. Ich meine …«, sagte der Maler und rieb sich den Nacken. Iwan richtete sich auf und legte den Arm auf die Sofalehne. Noah lehnte sich zurück, sodass er mit dem Kopf Iwans Arm streifte. Noah sah so einladend und glücklich aus, dass Iwan sich, ohne darüber nachzudenken, zu ihm hinüberbeugte und ihn auf den Mund küsste. Als er sich von ihm löste, sah er, dass Noah die Augen geschlossen hatte und lächelte. Der Maler war ganz still. Iwan hockte im Fersensitz auf dem Sofa, den Arm unter Noahs Kopf eingeklemmt, der Wärme seines Körpers, und die fernen Geräusche der Party hüllten sie ein.

»Für mich ist es eher ein Gemälde über die Unmenschlichkeit des Menschen gegenüber dem Menschen.«

»Das ist von Sartre«, sagte Noah, ohne die Augen zu öffnen.

»Eigentlich ist es von Burns«, mischte sich jemand ein. Ein Typ mit rötlichen Haaren und traurigen braunen Augen. Er sah nicht so aus, als würde er zu irgendwem gehören.

»Oh, ein Dichter. Jemand hat einen Dichter hier reingelassen«, sagte der Maler. Dann stand er auf und umarmte den anderen kurz. »Das ist Seamus.«

Noah nickte abwesend. Seamus winkte kurz. Iwan folgte Noahs Beispiel und nickte ebenfalls. Ein Dichter.

Er war in seinem Leben noch nicht vielen Dichtern begegnet. Oder überhaupt welchen. Vielleicht nur ein paar. Ein paar wenigen. In New York hatte er Dichter gesehen, auf Partys und bei Vernissagen, die er besucht und auf denen er sich als älter und als interessierter ausgegeben hatte, als er war. Hatte sich von diesem ganzen Leben der glänzend weißen Zimmer und des Champagners und des Koks in Badezimmern berieseln lassen, ohne dass es Spuren hinterlassen hätte. Aber jene Dichter waren Erwachsene gewesen. Dieser Dichter hier trug eine Jeansjacke und einen weit sitzenden weißen Pulli und sah noch nicht ganz fertig aus. Stafford. So hieß der Maler.

»Tja, Seamus, willkommen in der Halbwelt«, sagte Stafford.

»*Du* hast den Dichter mitgebracht«, erwiderte Noah. Seamus wurde rot.

»Ich habe ihn nicht *mitgebracht*. Ich meine … Ich habe ihn eingeladen. Wie andere auch. Eine bunt zusammengewürfelte Truppe.«

»Gott, nicht gleich der ganze Kindergarten.«

Iwan tat Seamus ein wenig leid. Andererseits wirkte er okay, wenn auch ein wenig verlegen.

»Eines von Seamus' Gedichten erscheint demnächst in einer *sehr* renommierten Zeitschrift.« Stafford hob vielsagend die Augenbrauen. »Das Gedicht ist der Wahnsinn.«

»Worum geht es?«, fragte Noah und gähnte.

»Das kann man eigentlich nicht …«

»Es ist kein Memoir«, sagte Stafford. »In einem Gedicht geht es nicht um irgendwas, hab ich recht? Ein Gedicht *ist* einfach.« Er lächelte Seamus zu, der aussah, als müsste er sich gleich übergeben.

»Ich wollte nur höflich sein«, sagte Noah gedehnt.

»Eigentlich ist es mir scheißegal. Aber hey, Glückwunsch. Das ist cool.«

»Ich würde gern mehr über dein Gedicht hören«, sagte Iwan. Noah lachte. Seamus nickte.

»Ja, cool. Vielleicht erzähle ich dir später alles darüber.« Er verdrehte übertrieben die Augen und senkte mit großer Geste den Kopf.

Wieder lachte Noah. Iwan hasste die Falschheit dieses Lachens. Die Gemeinheit. Noahs Wimpern glitzerten vom Schweiß. Seine Haut war makellos und glänzend. Iwan küsste ihn erneut, diesmal seitlich auf den Mund, und Noah öffnete den Mund nur leicht, sodass Iwan das warme, metallische Innere seines Körpers schmecken konnte. Obwohl es kein guter Kuss gewesen war, hing da, als Iwan sich löste, etwas Aufgeladenes und Heißes zwischen ihnen in der Luft. Noah öffnete die Augen ganz leicht, und Iwan sah, wie die glatte Schwärze seiner Iris hin und her huschte.

Sie hatten nicht noch einmal über das letzte Mal vor ein paar Wochen im Pick-up gesprochen, als Noah ihn gefragt hatte, ob er wirklich glaube, dass sein Leben so anders sei als das der Menschen in den Häusern, an denen sie vorbeifuhren. In Noahs Augen und seiner Mundpartie lag eine Frage. Eine Frage, die Iwan nicht beantworten konnte. Beziehungsweise schon beantworten konnte, es aber nicht tat, weil er noch immer ein bisschen gekränkt war. Stattdessen ließ er zu, dass Noah sich mit dem Kopf an ihn lehnte, denn das war das Einzige, was ihm an Entschuldigung möglich war, ohne dass er vorher selbst eine hörte. Noah schloss wieder die Augen: Belassen wir es dabei.

»Garschin, der Schriftsteller, stand Modell für den jüngeren Iwan auf dem Gemälde. Er stürzte sich eine

Steintreppe hinunter. Und starb dann. Später erst, aber er starb.«

»Gott«, sagte Noah. »Geht das wieder los?«

»Was für ein Tod!«, sagte Seamus.

»Puh.«

»Das ist heftig«, sagte Iwan. »Das ist verdammt heftig.«

Noah musterte Seamus. Iwan hielt Noah die Augen zu.

»Du benimmst dich daneben.«

»Ist schon in Ordnung«, sagte Seamus. »Kein Problem.«

»Was hast du gemacht?«, fragte Noah.

»Ich hab mich verbrannt«, antwortete Seamus. Er beugte sich zu ihnen und zeigte mit dem Finger auf eine kreisrunde, fast verheilte Narbe. Noah kniff die Augen zusammen und berührte die Narbe mit der Fingerspitze.

Seamus machte einen Satz und jaulte auf, und auch Noah zuckte zurück. »O Scheiße, tut mir leid!« Doch dann lachte Seamus einfach. Und schnappte mit den Zähnen nach Noah.

»Reingelegt.«

Noah zeigte ihm den Mittelfinger und schlug ihm gegen die Brust.

Iwans Herz raste, tief im Rachen schmeckte er Säure. Auch ihn hatte Seamus hereingelegt.

»Okay, jetzt kann ich dich ein kleines bisschen besser leiden«, sagte Noah. »Warum bin ich eigentlich nicht high? Warum?« Er drückte sich vom Sofa hoch und legte den Arm um Staffords Hals, der sie mit amüsierter Abgeklärtheit beobachtet hatte. Dann griff Noah auch nach der Hand von Seamus. »Los, wir dröhnen uns jetzt zu.«

Iwan sah ihnen hinterher und fühlte sich mit einem Mal so schwer und müde. Er sank auf dem Sofa tiefer, schloss die Augen und versuchte, wieder zu Atem zu kommen.

Goran kehrte ohne Fatima zurück, schwebte aber offensichtlich auf einer himmelblauen Wolke. Iwan hatte sein immer wärmer werdendes Bier zwischen die Schenkel geklemmt. Die Nässe zog in seine Hose und in das Kissen. Ein kleiner, feuchter Fleck in der Welt.

»Da bist du ja. Wie festgefroren«, sagte Goran.

»Jepp«, sagte Iwan. Er hatte die Stiefel ausgezogen und hockte da mit seinen grauen Socken. Die Party war in eine ruhigere Phase eingetreten, oder vielleicht hatte sich Iwan einfach an den Lärm gewöhnt, jedenfalls war es inzwischen nicht mehr so schlimm. Goran setzte sich neben ihn und legte ihm den Arm um den Hals. Und tatsächlich, an ihm haftete der muffige Geruch von Marihuana. Iwans Knie fingen an zu brennen.

»Wie findest du die Party?«

»Ganz okay, würde ich sagen. Wie jede andere Party.«

Goran brummte.

»Wie findest du sie denn?«

»Passt schon«, sagte Goran. Er legte die Füße auf den Beistelltisch aus Glas. Ihnen gegenüber standen zwei Frauen dicht voreinander, unterhielten sich und hielten Händchen. Der Abend neigte sich dem Ende zu. Die Veranda hatte sich schon vor einer halben Stunde geleert, aber in der Küche drängten sich noch verschiedene Körper zu einem überfüllten Kern zusammen. Irgendwann würden sie sich aufspalten. Sich auf dem Heimweg der Nacht hingeben, ihre Gerüche und Ausdünstungen und Stimmen hinter sich herziehen, einen Kometenschweif der Zeit, die sie verlebt hatten.

»Du wirkst nicht besonders glücklich«, sagte Iwan.

»Bin ich auch nicht.«

»Das tut mir leid.«

»Muss es nicht, wenn es nicht so ist.«

»Ist es aber.«

Goran seufzte. »Das ist ermüdend.«

Iwan rückte näher an Goran heran, aber Goran drehte sich weg. Iwan fuhr mit der Hand über die Wölbung an Gorans Hals. Ein kurzes, unterdrücktes Lachen entfuhr ihm.

»Hey«, sagte Iwan.

»Mach dich nicht über mich lustig.«

»Tue ich nicht«, sagte Iwan. »Warum glaubst du ständig, dass ich mich über dich lustig mache? Das tue ich nicht. Hey. Ich meine es ernst. Das tue ich nicht.«

Goran drehte sich zu ihm und sah ihm direkt in die Augen. Beunruhigend direkt. Es fühlte sich an, als hätten sie sich schon seit Jahren nicht mehr so angesehen. Gorans dichte Wimpern. Seine Augen. Der gespielt genervte Zug um seinen Mund. Seine zusammengezogenen Brauen. Ein unscheinbares menschliches Gesicht, aber doch so vertraut. Gorans Nasenflügel blähten sich leicht.

»Dann verhalt dich auch so.«

An ihrer Tür klemmte ein kleiner, starrer Umschlag. Iwan drehte ihn um und entdeckte den Namen des Malers: Stafford. In dem Umschlag steckte eine Postkarte, auf die der Maler eine kurze Notiz geschrieben hatte:

*Menschlichkeit!*
*~ S*

Die Postkarte zeigte die kleine Reproduktion eines Gemäldes. Ein alter Mann umklammert einen jüngeren Mann. Im Blick des Alten sieht man benommenes Entsetzen, die Heftigkeit des Ausdrucks wirkt fast schon überzeichnet. Der jüngere, sterbende Mann hat eine blutende Wunde am Kopf. In der Art, wie sich der jüngere Mann auf dem Boden abstützt, zeigt sich eine unheimliche Spannung in seinem Arm. Die Gesichter sind schaurig verängstigt. Vor den beiden Männern liegt ein großer Stab. Die Männer wirken besessen von der Angst vor dem, was sie getan haben und was nun vor ihnen liegt. Der alte Mann will alles rückgängig machen, das kann Iwan sehen. Er wünscht sich, ungeschehen zu machen, was er getan hat. Die Oberfläche der Karte fühlte sich glatt und klebrig an. Iwan steckte sie sich in die Jackentasche.

Goran war wieder mit seinem verheirateten Lyriker unterwegs.

Iwan hängte seine Jacke auf. Es würde eine Weile dauern, bis er Antwort auf seine Bewerbungen erhielt, bis er erfahren würde, ob er einen Platz oder ein Vorstellungsgespräch bekam. In der Zwischenzeit quälte er sich durch seine Seminare und nickte regelmäßig zu den langatmigen Ausführungen seines Professors über Buchhaltungstechniken und Mittel zur Unternehmensgründung ein. Am besten gefielen ihm noch die Fallstudien, dicke Datenpakete von Unternehmen, die im großen Gedränge des Markts aufgestiegen und abgestürzt und zerstört worden waren. Er fand es eigentlich recht unterhaltsam, sich mit den Daten zu beschäftigen, die einem solchen Absturz vorausgingen, und in dem Meer von Zahlen zu entdecken, wo sich das Blatt zuerst, wenn auch noch unmerklich, gegen das Unternehmen gewendet hatte. Wo die Schwachstelle im Organismus lag.

Er hatte sich bei verschiedenen Firmen und Banken in New York mit ihren über Manhattan verstreuten Büros beworben. Er war ewig nicht mehr in der Stadt gewesen.

Nicht, seit er von der Ballettschule abgegangen war. Nicht seit der langen, beschwerlichen Zugfahrt nach Boston mit dem alten, mit Klamotten und Ballettstrumpfhosen vollgestopften Armeeseesack seines Vaters, den er unter dem Sitz verstaut hatte. Wie ein Soldat, der aus dem Krieg zurückkehrte. Damals hatte es geschneit.

Auf eine schräge Art vermisste er den Sommer in der Stadt. Die in den gläsernen Fassaden der Wolkenkratzer schimmernde Hitze und die kühlen Schatten von Chinatown und der Lower East Side. Den Gestank, der im Sommer vom Fluss aufzog, vermisste er nicht. Aber etwas an der Art, wie die Menschen in der Sonne lagen, ungeschützt und verletzlich. Die ganze Stadt schien sich radikal zu öffnen, um die Hitze zu vertreiben. Das vermisste er sehr. Der Sommer in Iowa – denn für Heimreisen nach Boston fehlte ihm das Geld – fühlte sich deprimierender an. Er war eher ein radikales Sich-Verschließen und Einkapseln. Ganze Straßenzüge waren in der Hitze des Tages menschenleer, die Einkaufspassage eine weiße Wunde aus Beton und sterbenden Bäumen. Der Sommer in Iowa glich einer geschlossenen Faust. Man konnte nirgendwo hingehen, außer ins Kino, wenn man denn das nötige Kleingeld dafür hatte. Aber selbst dann. Selbst dann.

Andererseits war er damals in New York noch jung gewesen. Na ja, jünger. Wenn man so jung war, zählte einzig und allein der Körper und was man mit ihm anstellen konnte. Er hatte ganz von diesem Körper gelebt. Bis der sich gegen ihn gewendet hatte. Doch eine Zeit lang, o Mann.

Aber nach New York zurückgehen? Selbst wenn er einen Job in einer dieser Banken bekäme, müsste er sich eine Wohnung suchen. Und bezahlen: Miete, Kaution. Die Hinfahrt. Die Rückfahrt. Den Transporter für den Umzug, es sei denn, er entschied sich, seinen ganzen Kram zu verkaufen. Die Einlagerung. Nicht zum ersten Mal überlegte er, Goran um Hilfe zu bitten. Aber er hatte Goran schon so oft um Hilfe gebeten. Brauchte ihn schon für so vieles. Manchmal konnte er nicht mehr unterscheiden zwischen dem, was er für Goran empfand, und dem, was Goran für ihn tat. Er brauchte ein bisschen eigene Kohle. Ein bisschen Magie.

Und da kam Noah ins Spiel. Noahs Rat.

Im hinteren Teil seines Sockenfachs bewahrte Iwan eine Kamera auf, mit der er sich in seiner Ballettzeit selbst gefilmt hatte. Gekauft von dem Geld, das er bei einem Tanzwettbewerb gewonnen hatte. Die Anschaffung damals war bescheuert gewesen. Jetzt kam sie ihm noch bescheuerter vor. Immerhin hatte er sie ein paar Jahre lang genutzt. Und holte sie jetzt, beim Gedanken an Noahs Worte, aus ihrem Versteck. Er platzierte sie auf der Kommode und hockte sich davor. Seine Knie brannten. Seine Oberschenkel schmerzten.

Die Kamera hatte ein rotes, blinkendes Licht. Es sah aus wie ein wild gehender Puls.

Iwan holte tief Luft, wartete. Die beiden Kunststudenten unter ihm spielten die Filmmusik aus *Evita*. Iwan wusste nicht, was sein Gesicht im Auge der Kamera tat, ob er traurig aussah oder wütend, gelassen oder ängstlich. Er wusste nur, was er fühlte: Ein gespanntes Zittern in seinem Magen, wie bei einer gezupften Saite, der schmerzende Druck in seinen Knien, die nachzugeben drohten, und das Stop-and-go seines Herzschlags. Er fühlte sich unwohl in seiner Haut. Uneins mit seinem Körper, als wäre der nicht einverstanden mit dem, was er ihn tun ließ. Sein Körper war ein rebellisches Ding geworden, mürrisch und unkooperativ. Aber das galt auch für seine

Ansprüche. Als Tänzer hatte er gewusst, was er von sich verlangen konnte, aber jetzt fühlte er sich unförmig und ungelenk. Was sollte er jetzt und in Zukunft mit sich anfangen? Acht Jahre waren vergangen. Inzwischen hätte er doch einen Plan haben müssen. Aber nein. Sein altes Leben war vorbei, und an seine Stelle war nur eine Reihe vager Ansprüche getreten, die aus der Dunkelheit seines Selbst aufstiegen: essen, schlafen, ficken. Das war alles.

Er könnte neu ansetzen, dachte er. Könnte in all dem vielleicht etwas finden. Ein kleines menschliches Etwas. Iwan entkleidete sich vor der Kamera, und dann hockte er sich wieder davor. Er würde es versuchen, ja, das würde er. Er würde sich erlauben, das hier zu tun.

Schließlich war es möglich.

Iwan war überrascht, dass es gar nicht so schwer war, die Videos aufzunehmen, sobald die Kamera einmal lief. Er streifte alles ab, sämtliche Erwartungen und Bedenken. Ließ die Bewegung kommen, von wo auch immer, ließ sie machen, was sie machte. Er berührte sich selbst und fühlte nichts. Er schlüpfte aus seinen Sachen und fühlte nichts. Die Kamera fing alles ein. Jede aufblitzende Emotion, jeden Schatten. Er bewegte sich ohne Ziel. Entschied sich für nichts. Es begann im Körper, und es endete im Körper. Wenn er seinen Schwanz packte und sich streichelte, war es der Körper. Iwan beobachtete sich wie von außen und empfand eine kühle Befriedigung angesichts der Geschmeidigkeit seiner Bewegungen, das Ungezwungene seiner Person. Er führte seine feuchten Finger ein, füllte sich damit aus. Rutschte auf Gummispielzeugen herum, und an der Stelle, wo er eng und heiß war, schob er sie in sich hinein und zog sie wieder heraus.

Manchmal kam er, manchmal nicht, aber Genuss lag darin nicht. Es lag überhaupt nichts darin, außer der Zufriedenheit, in Bewegung gewesen zu sein. Er nahm sich nur für kurze Zeitspannen auf. Es war diese Beschränkung, die die Clips mit Bedeutung auflud. Wenn er sie abspielte und sich anschaute, war es, als würde er den Körper eines anderen sehen. Er schnitt die Clips an ungewöhnlichen Stellen, sodass sie unerwartet abbrachen oder in Schwärze kippten, während der Ton noch weiterlief. Manchmal befand er sich außerhalb des Bildausschnitts, und man sah nur den schwachen Umriss seines Schattens an der Wand und die Andeutung von Bewegungen. Er postete den ersten Clip auf einer Microblogging-Seite, saß allein in der Dunkelheit der Wohnung und wartete darauf, dass irgendetwas passierte.

Ein paar Minuten später löschte er den Clip, lud ihn dann aber erneut hoch. Er hielt den Atem an. Er löschte den Clip. Er lud ihn erneut hoch.

Am nächsten Tag wurde er darüber benachrichtigt, dass der Clip ganze fünfzig Mal aufgerufen worden war und er einen Abonnenten hatte. Als er merkte, dass langsam, aber stetig Leute hinzukamen, lud er noch einen Clip hoch und noch einen. Drei Clips schwirrten frei auf den Servern dieser Microblogging-Seite umher, und sie alle zeigten Teile von Iwan. Sein Gesicht und seinen Schwanz und seinen Bauch und seinen Rücken, alles Fragmente von ihm, digitalisiert und übertragen. Es fühlte sich albern und leicht an. Dass er diese Clips postete und dass andere monatlich dafür bezahlten, Zugang zu ihnen zu erhalten. Sogar die, die er kostenlos rausgegeben hatte. Sie bezahlten ihn trotzdem.

Wie dumm. Wie irre dumm.

Anfang März schickte Iwan seinen Eltern zwei Schecks über je dreihundert Dollar. Das war bei Weitem nicht genug. Aber es war etwas. Es fühlte sich gut an, ein bisschen was abzuzweigen und an sie weitergeben zu können. Seine Mutter rief an, um sich bei ihm zu bedanken. Iwan saß gerade auf der Ruderbank im Fitnessstudio und musste heruntersteigen, um den Anruf entgegenzunehmen. Er stand draußen in der Kälte unter dem Vordach des Studios. Schnee fiel und türmte sich zu Haufen und Verwehungen. Hinter und über sich sah er das Krankenhaus, düstere Ziegel und Steine vor einem tief hängenden grauen Himmel.

»Du sollst doch nichts schicken«, sagte sie. »Sollst du nicht. Wovon willst du denn leben, wenn du uns was schickst?«

»Ist schon okay«, sagte er. »Ich hatte was übrig.«

»Wie denn übrig?« Sie klang misstrauisch. Zweifelnd. »Isst du etwa nichts? Wovon bezahlst du denn dein Essen, wenn du uns was schickst?«

Iwan lachte, aber seine Mutter ärgerte sich über sein Lachen. So war es auch in der Ballettschule gewesen, als sie ihn angefleht und sich Sorgen um ihn gemacht hatte. Einmal, als er sie nicht zurückrief – er hatte sein Telefon in ein Gitter fallen lassen –, war sie in den nächsten Zug gestiegen und von Boston nach New York gefahren. Nach dem Training stand sie besorgt vor seiner Tür. Als sie ihn sah, nickte sie, berührte sein Gesicht und sagte, sie sei froh, dass es ihm gut gehe. Froh, dass er am Leben sei. Sie kochte ihm in seiner Sozialwohnung eine Suppe auf der Heizplatte, stieg danach wieder in den Zug und war verschwunden, als er zu seinem Abendtraining aufbrach.

»Mir geht's gut«, sagte er. »Alles gut. Versprochen. Ich hatte einfach ein bisschen was übrig.«

Sie schwieg eine Weile. Dann sagte sie, sie würde es für

das Osteressen in der Kirche verwenden. Um ein großes Festmahl zuzubereiten.

»Du sollst es für dich ausgeben«, sagte er leicht gereizt. »Für solche Sachen ist es nicht gedacht. Sondern für dich.«

»Es ist für mich, ja.«

»Nein, nicht für die Kirche. Für dich.«

»Ja, für mich.«

Kräftig schüttelte Iwan seinen linken Arm, der ganz taub geworden war. Er kühlte im Schnee zu schnell aus.

»Aber wenn das Geld für die Kirche ist, ist es doch nicht für dich!«

»Es ist nicht für die Kirche, es ist für mich. Für Gott. Für dich.«

»Okay«, sagte er. »Schon klar, du kannst es verwenden, wofür du willst. Und Papa? Freut er sich?«

»Papa geht es gut. Er freut sich. Sehr.«

»Schön. Dann freue ich mich auch.«

Seine Mutter verabschiedete sich, und Iwan legte auf. Er stand noch eine Weile in dem herabfallenden Schnee, schaute in den Himmel und redete sich ein, dass es gar nicht so schlimm sei, was er da machte.

Zurück im Fitnessstudio legte er das Handy unter die Ruderbank und setzte sich wieder in Position. Er hatte die Kamera-App geöffnet und drückte auf Aufnahme. Er ruderte ein paarmal, um seine Muskeln erneut aufzuwärmen und wieder in den Rhythmus zu finden. Als sich seine Schenkel locker anfühlten und seine Muskeln leichter nachgaben, holte er tief Luft und gab sich hin. Er schaute nicht in das winzige, dunkle Auge der Kamera. Stattdessen richtete er den Blick auf die Wand, an der ein Banner der Hawkeyes hing. Er starrte so fest auf das Banner, dass alle, die kurz sein Blickfeld kreuzten, nur verschwommene Gestalten waren. Die Härte des Griffs, der Geruch der Schnur, die sich beim Auf- und Abwickeln um das Schwungrad erhitzte. Er machte dennoch weiter, glitt über den Lauf des Geräts, pumpte sich auf, immer größer, schneller, härter. Seine Haltung war aufrecht und makellos, wie es ihm beigebracht worden war. Sein Knie brannte wie verrückt, aber er fühlte sich locker und gut und machte weiter.

Zu Hause angekommen, zog er sich aus und duschte. Dann schnappte er sich seinen Laptop und öffnete das Rohmaterial. Er regelte nach, reduzierte den Bildausschnitt und legte einen Schwarz-Weiß-Filter darüber. Er ersetzte den Ton durch einen Audioclip, den er aus einem ASMR-Kanal mit Fitnessstudio-Geräuschen geklaut hatte. Das Geräusch seines eigenen Atems verschwand und wurde durch das gestohlene Audio ersetzt, dem der Kontext genommen wurde. Aber dadurch wirkte sein Clip authentisch. Mehr wie er selbst.

Der fünfminütige verpixelte Clip zeigte seine angewinkelten Oberschenkel, im Zentrum die dunkle Weite seines Schritts. Seine imposante Brust samt Oberarmen. Was außer der Andeutung von Sex würden andere noch in diesem Video sehen? Das, was man manchmal empfand, wenn man auf der Straße an Menschen vorbeiging und durch ihre Kleidung hindurch die vagen Konturen ihrer Körper erahnte, ihrer Stärke, oder wenn man ihre Blicke einfing, weil sie sich gerade umdrehten, und sich vorstellen konnte, wie sie aussehen würden, versunken in Lust?

Das Leben war voller solcher Momente, das Selbst zeitweise entblößt. Er und all die anderen Menschen auf dieser Website ernteten solche Momente nicht durch Zufall oder Koinzidenz, sondern mithilfe eines Apparats der Massenproduktion. So wie die vielen, vielen Mais- und Sojafelder rings um Berts Haus.

Die Beziehung zwischen Sex und dem, was er in den Videos machte, glich in seinen Augen der zwischen der früheren Art der Bewirtschaftung von Land und dem, was heute als Agrarwirtschaft bezeichnet wurde. Er sah das Raffinierte und Ausgeklügelte, das mit großem Maßstab und Verkettung einherging. Im Bankgeschäft war es das Gleiche. Er hatte kein Interesse an *Geschäften*, an diesem ganzen Unternehmerscheiß, der eigentlich nur ein Wohlstandsevangelium für Atheisten war. Nein, er wollte mehr als das: Er wollte Teil dieser exklusiven Gruppe sein, die das Geld vom Geld abschöpfte. Die die unsichtbaren Gesetze festlegte, die den Lauf der Dinge bestimmten. Iwan war in dem Glauben aufgewachsen, dass Tänzer und Choreografen und die ganz großen Genies – Balanchine, Robbins, Joffrey, Ailey und Djagilew – die Nachfolger der Priesterklasse waren, Bewahrer der Kultur und des Vermächtnisses. Doch jetzt verstand er, dass die neuen Priester die Banker waren. Die Finanziers. Was war schon Kultur im Vergleich zur brachialen, schrecklichen Macht des Geldes und seiner Fähigkeit, Welten zu gestalten und umzugestalten?

Iwan lud das Video von der Ruderbank hoch, streckte sein schmerzendes Knie aus und sah zu, wie der Fortschrittsbalken wuchs. Als der Clip vollständig hochgeladen war, schloss er das Fenster und stellte seinen Laptop zur Seite. Dann lag er auf seinem Bett und dachte an das Gespräch mit seiner Mutter.

*Dein Vater freut sich. Ich freue mich. Wir freuen uns.*

Iwan rollte sich zusammen und dachte, wie gut, dass sie sich freuten. Das hatte er mit seinem Körper erreicht. Er hatte etwas getan, das gut und richtig war.

Iwan war mit Noah zusammen, als er eine Antwort auf die Praktikumssache bekam.

Sie luden gerade Blechschrott auf Noahs Pick-up, zusammen mit Bert. Der schnaufte vor Anstrengung, sein fleckiges Gesicht wurde noch fleckiger, und seine Brille war beschlagen. Der Wind ging an diesem Tag besonders heftig und peitschte in grauen Wellen auf sie herab. Manchmal wehte er Schotter von der Straße heran. Er traf auf das Blech wie Hagel.

Noah und Bert trugen den Schrott durch den Graben und legten ihn neben dem Pick-up ab, und Iwan musste dann in die Hocke gehen und ihn auf die Ladefläche hieven. Immer wieder blieben lose Fäden seiner Handschuhe an dem Blech hängen, und er wünschte sich, er hätte die ledernen mitgebracht. Bert richtete sich auf und pfiff.

»Mann, was für ein Sauwetter heute.«

Noah schlug ihn vor den Bauch und sagte: »Aber deinetwegen musste es ja unbedingt heute sein.«

Bert gab ihm einen Schubs, dann lachte er, und sie stiegen zurück in den Graben und warfen das Blech auf der anderen Seite hinauf. Es schepperte. Iwan schaute auf sein Handy und sah die E-Mail-Benachrichtigung. Sie kam von einer der kleineren Banken in Manhattan – nicht seine erste Wahl, aber weit über dem, was er sich erhofft hatte. Der Betreff war nicht eindeutig, lautete nur »Re: SIDOROV, IWAN D.«. Sein Magen zog sich zusammen. Wenn es eine gute Nachricht wäre, hätten sie bestimmt angerufen. Bestimmt.

Noah lugte über den Rand des Grabens und rief seinen Namen. Doch Iwan starrte nur auf sein Handy, bis das Display dunkel wurde.

»Ich glaube, ich habe gerade eine Praktikumsabsage bekommen.«

»Ach Mist«, sagte Noah.

»Mach doch hier dein Praktikum«, sagte Bert.

Iwan betrachtete die beiden im Graben. Noah mit Kapuzenpulli und Latzhose und überdimensionierten Lederhandschuhen. Bert mit einem weißen, dreckbeschmierten Sweatshirt und einer tief in die Stirn gezogenen roten Fischermütze. Er wirkte alt neben Noah. Einen Augenblick dachte Iwan, dass das sein Leben sein könnte: Schrott aus irgendwelchen Gräben zu verladen. Blech zu schleppen. Schichtarbeit, um wenigstens nicht in einem dieser Gräben zu versinken.

Noah lachte nicht mehr, sondern runzelte die Stirn.

»Hey, hey, Iwan. Komm schon.«

Er sah, wie sich seine gesamte Zukunft vor ihm verschloss. Aber dann, aber dann, aber dann – schluckte er.

»Sorry.«

»Hast du sie geöffnet?«

»Nein«, sagte er. »Es ist nur ... Sie hätten doch angerufen, oder? Wenn es eine Zusage wäre, hätten sie bestimmt angerufen.«

Noah nickte. Dann stieg er aus dem Graben und zog die Handschuhe aus. Seine Handflächen waren trocken und schuppig. Iwan reichte ihm das Handy.

»Wie ist deine PIN?«

»Neun sieben drei null fünf«, sagte er.

Noah gab die PIN ein. Iwan hielt es nicht aus, ihn anzusehen. Sein Mund war trocken, sein Herz raste. Er drehte sich weg. Schaute auf den Blechschrott auf der Ladefläche des Pick-ups. Bert war nun ebenfalls aus dem Graben geklettert.

»Was ist los?«

Noah antwortete nicht. Iwan betrachtete den flachen Horizont. Den dunklen Schlamm und das platt gedrückte

Gras, das bis zu dem alten Haus führte. Dota sprang vom Pick-up, und Bert klatschte laut und fest in die Hände.

»Ab mit dir, na los!« Er stampfte auf, und Dota kläffte fröhlich. Er stürzte sich auf sie, und Dota flitzte wie ein heller Blitz um den Pick-up herum und dann hinaus aufs Feld. Iwan drehte sich zurück zu Noah.

»Und?«, fragte er. »Was ist, musst du die Mail erst noch entschlüsseln, oder was?«

Noah schaute ihn an, dann hinunter auf das Handy und dann wieder auf.

»Du hast es bekommen«, sagte er.

»Du lügst.«

Noah grinste. »Stimmt. Ich lüge.«

»Nein, tust du nicht«, sagte Iwan. Er schnappte sich sein Handy. Es war eine lange E-Mail. Eine, die nicht mit Glückwünschen begann, sondern mit einer langen Beschreibung des Bewerber-Pools. Wie viele Bewerber es gegeben hatte, aus wie vielen Ecken des Landes und der Welt. Dann kam eine Beschreibung der Bank und ihrer Produkte, ihrer Geschichte und ihres Kundenstamms, gefolgt von einigen Erläuterungen zu Eignung und Befähigung der Mitarbeiter, die sie suchten. Der Text hörte gar nicht mehr auf, durchsetzt mit gefetteten und unterstrichenen Wörtern und Wendungen, Datumsangaben in der Zukunft, die ihm Bauchschmerzen bereiteten, weil sie Möglichkeiten versprachen. Und dann, ganz am Ende der E-Mail: *Bitte bestätigen Sie den Erhalt dieser Nachricht, damit wir für die kommenden Wochen ein Vorstellungsgespräch vereinbaren können. Wir hoffen, dass Sie es einrichten können, und freuen uns darauf, von Ihnen zu hören.*

War er das? War. Er. Das? War das der Augenblick, in dem alles möglich wurde?

»O mein Gott«, sagte er und drehte sich zu Bert und Noah, der ihn noch immer angrinste.

»Ich hab's dir doch gesagt!«

»Du musst dich riesig freuen. Aber New York … so teuer.«

»Er macht das schon«, sagte Noah.

»Ja, aber das wird nicht billig. Das ist der Punkt.«

»Halt doch mal den Mund und lass ihm seine Freude.«

Iwans Hände zitterten. »O mein Gott.«

»Das hast du eben schon gesagt«, meinte Bert.

Goran saß an seinem E-Piano. Er hatte gerade Chopin für das Frühlingskonzert der Musikfakultät geübt, als Iwan ihm von dem Praktikum erzählte. Goran hörte auf zu spielen und starrte an die Wand über dem E-Piano. Dort, wo er im Winter das Glas dagegengeschmissen hatte, sah man eine dunkle Vertiefung. Iwan setzte sich auf die Sofalehne, schaute ihn an und wartete auf eine Reaktion.

»Ich versteh's nicht«, sagte Goran schließlich. »Heißt das, du ziehst nach New York?«

»Es wäre erst im Sommer, aber ja, sieht so aus.«

»Interessant.«

»Was für eine schräge Art zu gratulieren.«

»Ich mein ja nur. Du hast mich nie gefragt, ob ich vielleicht mitkommen will. Oder es überhaupt *könnte.*«

»Goran, du machst dieses Jahr deinen Abschluss. Ich meine, *come on.* Ich überrumple dich nicht damit. Ich erzähle dir davon, weil ich hoffe, dass es etwas ist, was wir machen. Zusammen.«

»So war es kein bisschen«, sagte Goran. »Du bist damit angekommen und hast es mir vor die Füße gekippt und gesagt: *Überraschung! Mir ist was Tolles passiert!*

*Es ist großartig!* Das hat absolut *nichts* mit mir zu tun. Du hast das allein geplant, und es hat null mit mir zu tun. Das ist so was von scheiße von dir.«

Das stimmte nicht. Na ja, es stimmte nicht ganz. Na ja, es entsprach schon den Tatsachen, aber zugleich war es die am wenigsten kulante Lesart dessen, was passiert war. Goran drehte sich um und sah zu ihm hoch, die schmalen Augenbrauen nach oben gezogen. Sein Gesichtsausdruck wirkte ruhig, aus ihm sprach eine stille Wut.

»Ich finde, das ist eine unfaire Lesart, aber okay.«

»Was wäre denn deine?«

»Dass meinem Partner etwas Gutes passiert ist und ich mich für ihn freue. Es wäre zu schön, wenn du dich ausnahmsweise mal für mich freuen würdest.«

»Wow, der Rührseligkeitsquotient ist gerade ziemlich in die Höhe geschossen.«

»Leck mich.«

»Das wäre doch mal toll, so zur Abwechslung«, sagte Goran und breitete überschwänglich die Arme aus.

Iwan hielt sich die Wangen und versuchte, sich zu beruhigen. In seinem Rachen zuckte es wieder, eine scharfe, anhaltende Vibration.

»Und kannst du dir ein Leben in New York überhaupt leisten? Ich bezweifle, dass Noahs Zuhälter euch für die stümperhaften Bauarbeiten so viel Kohle bezahlt.«

Goran grinste. Iwan ging in die Küche, um sich aus dem Schrank über der Spüle eine Aspirin zu holen. Er zerkaute das Aspirin und schluckte es mit warmem Wasser hinunter.

»Ich habe Geld«, sagte Iwan.

»Ach, hast du das? Und woher? Trägst du Zeitungen aus?«

»Warum machst du alles so schlecht?«, fragte Iwan.

Goran stand in der Küchentür. Er zuckte mit den Schultern. »Mache ich nicht. Ich bin nur realistisch.«

»Nein, du bist ein Arsch. Und ich verstehe nicht, warum. Ich laufe hier die ganze Zeit rum wie ein geprügelter Hund. Ich komme dir nicht in die Quere. Ich nehme dir keinen Platz weg. Wir sehen uns so gut wie nie. Ich habe nicht mal das Gefühl, dass du mich überhaupt noch magst, Goran. Aber das ... Das hier ist einfach ... jenseits von Gut und Böse.«

»Vielleicht mag ich dich tatsächlich nicht.«

»Ja, fühlt sich so an.«

»Dann mag ich dich halt nicht. Na und? Wir sind zusammen. Manchmal mag ich dich eben nicht, okay. Manchmal finde ich es furchtbar, wie du aussiehst oder riechst. Okay. Gut. Ich bin ein Arsch. Aber trotzdem will ich mit dir zusammen sein. Das zählt doch auch, oder? Das ist doch was.«

Iwan schloss die Augen. Er versuchte, sich daran zu erinnern, wie es war, als es ihnen noch gut miteinander gegangen war, als sie gern zusammen gewesen waren und es schön gehabt hatten. Er versuchte, die Erinnerung wachzurufen, wie es war, als sie sich das erste Mal über die App geschrieben und abends vor dem Auditorium verabredet hatten. Sie hatten auf der Brücke gestanden und sich die Lichter des Auditoriums angeschaut, golden ansteigend wie eine zarte Felsformation. Dann waren sie am Fluss entlangspaziert und hatten die ganze Nacht geredet, über Musik, Ballett, ihre Nachmittagsaktivitäten, Lieblingscafés und darüber, wie man den Bachelorstudierenden aus dem Weg ging.

Diese Nacht war so schön gewesen, fast wie aus einem Traum. Und jetzt waren sie so weit davon entfernt.

»Ich kann dich nicht glücklich machen«, sagte Iwan.

»Du machst mich aber glücklich. Das hier ist mein glückliches Ich. Ich bin glücklich.«

»Das kann nicht sein. Wenn das für dich Glück ist, verstehe ich offenbar nicht, was Glück überhaupt bedeutet.«

»Scheiße, ey, manchmal ist Glück einfach, dass man Menschen erlaubt, das zu fühlen, was sie fühlen«, sagte Goran.

Er sah alles andere als glücklich aus. Wütend. Verärgert. Er sah aus, als würde er gleich weinen. Ihm stiegen Tränen in die Augen. Und er biss sich auf die Wange, setzte sich mit einer abrupten Bewegung an den Küchentisch und versuchte durchzuatmen. Iwan setzte sich neben ihn, griff nach seiner Hand, und zum ersten Mal seit langer Zeit ließ Goran es geschehen.

»Ich glaube, du brauchst das Gefühl, gebraucht zu werden«, sagte Iwan. »Und das kann ich nicht mehr leisten.«

»Oh, toll«, sagte Goran. »Du hast also auch beschlossen, dass du mich nicht mehr brauchst, und nun machst du dich aus dem Staub. Cool.«

»Was soll das heißen? Red doch mal Klartext.«

Goran schwieg. Er starrte einfach auf den Tisch. Da begriff Iwan.

»Dein Lyriker. Es geht um deinen verkackten Lyriker«, sagte er. Iwan stand auf. Goran folgte ihm in das kleine Schlafzimmer.

»Ich bin nicht stolz darauf.«

»Tja, ich tue auch Sachen, auf die ich nicht stolz bin. Aber ich mache sie nicht zu deinem Problem.«

»Ach ja, was denn? Schrott transportieren?«

»Mich beim Wichsen filmen, zum Beispiel, damit ich meinen Eltern Geld schicken kann. Wie wäre es damit?«

Goran starrte ihn an, den Mund leicht geöffnet, und dann, als er ihn wieder geschlossen hatte, sagte er: »Du machst was?«

»Wie gesagt, ich habe das Geld. Ich brauche deine Almosen nicht. Und auch nicht deinen Segen.«

»Ich kann's nicht fassen. Du drehst Pornos?«, sagte Goran.

»Na und? Du schaust Pornos. Wir schauen Pornos. Pornos sind nicht schlimm.«

»Nein, aber ... Das ist was anderes. Du *machst* sie? Mich fickst du nicht, aber du machst Pornos?«

»Dafür fickst du einen verheirateten Lyriker. Oh, entschuldige. *Hast* gefickt.«

»Jetzt bist du scheinheilig.«

»Ach komm, Goran. Sei nicht so selbstsüchtig.«

»Du bist selbstsüchtig!«

»Ich bin selbstsüchtig?«, fragte Iwan. »Ich? Ich bin selbstsüchtig? Echt jetzt?«

»Ja, echt. Das ist selbstsüchtig. Hör auf damit, sofort.«

»Jetzt reicht's aber.«

»Warum tust du das? Willst du Aufmerksamkeit? Ist es das?«

»Nein«, sagte Iwan.

»Ein Pornodarsteller. Unglaublich. Das wird den Investmentbankern gefallen.«

Iwan wusste, dass es keinen Sinn hatte, Goran irgendetwas über den finanziellen Aspekt des Ganzen zu erklären. Goran hatte einen Trust. Er kam aus einer wohlhabenden Familie, bewegte sich in diesem Wohlstand, als wäre er eine andere, bessere Art von Element. Goran würde nicht verstehen, warum jemand wie er, wie Iwan, Geld verdienen musste, um über die Runden zu kommen und sich und seiner Familie eine Zukunft zu ermöglichen.

Goran musste nicht an die Zukunft denken, denn die Zukunft barg kein Geheimnis für ihn, außer in ästhetischer Hinsicht. Allein von Ästhetik konnte Iwan nicht leben. Wut blitzte in Gorans Augen auf. Ekel und Hass.

»Warum ist das so schwer für dich? Was habe ich falsch gemacht? Ich bin nicht dein Besitz«, sagte Iwan. »Ich bin ein Mensch. Ich gehöre dir nicht.«

»Da hast du recht«, sagte Goran, und damit war das Gespräch beendet.

Iwan saß auf der Sofakante, und Goran spielte weiter Chopin. Jetzt war ihm klar, warum Noah gesagt hatte, was er im Pick-up gesagt hatte. Er verstand jetzt, wie grausam und einfach die Frage gewesen war: Warum leben diese Menschen so? Die Antwort lautete: Weil sie müssen.

Es war Ende März – ein kalter Frühling.

Nachdem Iwan Goran von den Videos erzählt hatte, wurde es nur noch schlimmer zwischen ihnen. Iwan zog aus, und einige Wochen lang sprachen sie im Grunde überhaupt nicht miteinander. Dann fragte Goran, ob sie reden könnten, ob sie gemeinsam einen Weg suchen könnten, um wieder zusammen zu sein. Iwan war unsicher, was er wollte, aber nachdem er Goran so lange alle Rechnungen hatte zahlen lassen, hatte er das Gefühl, es wenigstens versuchen zu müssen.

Sie trafen sich in dem Café, in dem Gorans erste aufregende Dates mit seinem verheirateten Lyriker stattgefunden hatten. Fatima spendierte ihnen einen Espresso.

»Wie geht es dir?«, fragte Goran. Iwans Auszug war jetzt ein paar Wochen her.

»Unverändert. Und dir?«

»Dito.«

»Gut«, sagte Iwan.

»Da bin ich mir nicht sicher.«

»Tut mir leid.«

»Gilt das nicht für uns alle?«, sagte Goran. Er stützte das Kinn in die Hand. Löffelte die Crema von seinem Espresso. »Oh, du hast was vergessen.«

»Was denn?«

Goran zog eine kleine Postkarte aus seiner Jackentasche. Iwan erkannte sie sofort als die Karte, die ihm der Maler von unten geschenkt hatte. Er konnte nicht anders und musste lachen.

»Die habe ich in meiner Jacke gefunden.«

»Soso. Ich dachte, ich hätte sie in meine Jacke gesteckt«, erwiderte Iwan.

Goran lachte. Es fühlte sich wie eine Versöhnung an.

»Danke«, sagte Iwan, nahm die Karte und faltete sie.

»Autsch«, sagte Goran.

»Was? Ach, schon gut.« Er faltete sie ein weiteres Mal und dann noch einmal, bis sie so klein war, dass man sie unmöglich noch einmal falten konnte. Dann ließ er sie in seiner Brusttasche verschwinden.

»Das war ein interessantes Gemälde«, sagte Goran.

»Für den jüngeren Iwan hat damals ein Schriftsteller Modell gestanden. Garschin. Er hat sich später eine Steintreppe hinuntergestürzt«, sagte Iwan.

»Echt? Krass!«

»Im echten Leben hat Iwan der Schreckliche seinen Sohn getötet.«

»Voll Shakespeare.«

»Manche behaupten, dass es verflucht ist – es gibt immer wieder Leute, die es zerstören wollen. Das Gemälde, meine ich.«

»Ein verfluchtes Gemälde«, sagte Goran lachend.

»Ich glaube nicht an Flüche«, sagte Iwan. »Ich glaube, das ist alles nur schlechtes Timing.« Das war gelogen. Iwan glaubte sehr wohl an Flüche und an Schicksal. Er glaubte fest daran.

»Vielleicht hast du ja recht«, sagte Goran.

Es war das erste Mal, dass Goran ihm je bei irgendetwas recht gegeben hatte. Keine große Sache. Nur ein Klecks Gnade. Doch Iwan wusste, dass es Gorans Art war, sich zu bemühen. Ein besserer Mensch zu werden. Die Wochen des Getrenntseins hatten Goran auf eine beinahe unmerkliche Weise weicher werden lassen. Die borstigen Umrisse seines Wesens dienten nur der Abwehr einer inneren Unruhe.

»Du kannst dein Schwert ablegen«, sagte Iwan. »Wenn es funktionieren soll, wenn wir das wirklich wollen, müssen wir entscheiden, dass wir es wirklich wollen. Nicht, weil du mich brauchst oder weil ich dich brauche. Sondern darum. Weil wir es wirklich wollen. Es darf nicht wieder so werden, wie es war.«

»Ich weiß«, sagte Goran und nickte.

»Nein, sag nicht einfach nur *ich weiß*, weil du diesen Teil hinter dich bringen willst. Wir haken das hier nicht einfach ab, nur weil du willst, dass es wieder so ist, wie es war.«

Goran nickte, dann fing er sich und hielt inne. Er holte tief Luft und legte eine Hand ausgestreckt auf den Tisch.

»Okay«, sagte er. »Okay, wir gehen es langsam an. Ganz in Ruhe. Ich will ein besserer Mensch werden.«

»Ich mag dich, wie du bist«, sagte Iwan. »Ich will nur, dass du nett zu mir bist.«

»Ganz schön viel verlangt«, sagte Goran.

»Bitte.«

»Okay. Okay.«

Iwan legte seine Hand in Gorans. Als Goran die Hand schloss, dachte Iwan, dass alles gut werden würde zwischen ihnen. Dass sie es schaffen würden. Dass sie zusammen nach New York gehen und glücklich werden würden. Sie mussten nur bis zum Ende des Semesters durchhalten. Bis zum Ende der Seminare. Zum Ende der Arbeit. Zum Ende dieser besonderen Phase ihrer Geschichte.

»Ich werde es versuchen. Was die Videos angeht. Ich werde es versuchen«, sagte Goran.

»Ich weiß«, sagte Iwan. »Ich verstehe.«

## 4

## Die Könige von Norwegen

Goran hasste Pornografie nicht aus Prinzip.

»Wenn du Pornos machen würdest, wäre mir das ganz egal. Wenn es jemand anders wäre, egal wer – toll. Prima. Wunderbar. *I love it.* Glückwunsch. Selbst ist der Mann. Ja. Aber es ist nun mal Iwan«, sagte er.

»Das ist logisch kohärent, aber trotzdem irgendwie scheiße«, sagte Timo und lachte. Er mochte Iwan, der einen melancholisch-düsteren Sinn für Humor hatte, wie Charlie Chaplin oder I-Aah.

»Komm schon, sei ein Freund.«

»Ich sagte doch, es ist logisch kohärent, was unter diesen Umständen ein kleines Wunder ist.«

»Ein normaler Freund würde sagen: *Schieß ihn ab.*«

»Ach ja?«, fragte Timo.

Goran zuckte mit den Schultern, aber Timo überlegte, ob das stimmte, ob andere tatsächlich sagen würden, dass sie sich trennen sollten, weil Iwan Pornos machte. »Ich meine, worum genau geht es denn hier? Dass er es dir verschwiegen hat?«

»Ich *wünschte*, er hätte es mir verschwiegen!«

Die Clips, insgesamt wohl zehn bis fünfzehn, dauerten zwischen dreißig Sekunden und zehn Minuten. Bild und Ton waren makellos. Wenn man das Video anhielt, konnte man die Sommersprossen auf Iwans Brust zählen.

Die dargestellten Handlungen waren fast schon schockierend banal: Muskelgeprotze, Iwans Hände, mit denen er sich über Bauch und Schultern fuhr, eine Reihe anzüglicher Posen in hauchdünner Unterwäsche und, später dann, wie er stöhnend masturbierte, sich langsam Finger und andere Dinge einführte und wieder herauszog.

Timos Eindruck war, dass es in den Clips eigentlich gar nicht um Sex ging. Sie bezogen den Zuschauer nie wirklich mit ein. Iwan strahlte etwas zornig Zurückweisendes aus, so als sollten die Zuschauer auf jeden Fall spüren, was sie mit ihrem Versuch, an seiner Lust teilzuhaben, getan hatten. Selbst seine Orgasmen waren hasserfüllt und parteiisch.

Timo hatte sich den ersten Clip angesehen, nachdem Goran ihm den Link weitergeleitet hatte. Ein kurzes, fast nachlässig gemachtes Video, das in Nahaufnahme die untere Hälfte eines größtenteils im Schatten liegenden Männergesichts zeigte. Unmöglich zu sagen, ob es Iwan oder jemand anderes war. Der Ausdruck des Mundes lässig und gelangweilt. Dann, etwa bei der Hälfte des Videos, stand der Mann auf, die Brust und der Bauch schoben sich langsam durchs Bild, danach die Arme. Schließlich kam die Spitze seines Penis auf der Kommode zu liegen, wie ein Ärmel. Sie lag einige Sekunden lang da, kurz darauf endete der Clip. Timo spielte ihn bestimmt ein Dutzend Mal ab. Er nahm die Nuancen des Schattens wahr, den Iwans Schamhaar warf. Die kaum merkliche Bewegung seiner Bauchdecke beim Atmen. Das Flattern eines Stück Papiers am Rand der Kommode, auf der sein Penis lag. Das leichte Zittern der Kamera, als Iwan sich in den Stand hochdrückte, ein minimaler Wackler.

Im Hintergrund sah man das Bett, von dem die Decke halb auf den Boden hing. Die Tonspur enthielt deutliche Zimmergeräusche, aber da Iwan sich so nah vor der Kamera befand, konnte man sein Atmen und das Knacken seiner Ellbogen beim Aufstehen hören. Mit jedem Abspielen des Clips veränderte sich die Textur des Videos, vertiefte sich, wie ein Wort, das anfängt zu zerfallen, wenn man es zu oft wiederholt – anstatt immer mehr wie es selbst zu klingen, klingt es irgendwie fremder. Je öfter sich Timo den Clip anschaute, desto trauriger wurde er, und als er sich schließlich auch die anderen Clips ansah, verwandelte sich seine Traurigkeit in etwas anderes, etwas Komplizierteres, als wäre der Prozess des Anschauens ein Sieb, durch das sein Gefühl wieder und wieder hindurchlief, bis der eigentliche Charakter des Gefühls hervortrat.

Eigentlich war Timo nicht erregt gewesen. Allerdings – was war Erregung, wenn nicht das Erzeugen von Gefühl? Vielleicht war er dann doch erregt. Das hatte er Goran aber nicht gesagt, denn dann hätte der sich nur noch schlechter gefühlt. So oder so hatte er den Verdacht, dass Iwans Videos überhaupt keine Pornografie darstellten. Es schien, als hätte er etwas anderes damit im Sinn gehabt. Trotzdem war die Plattform, auf der Iwan die Clips gepostet hatte, eine Social-Media-Seite für Amateurpornos. Für zwanzig Dollar im Monat konnten die Leute seinen Kanal abonnieren, womit sie Zugriff auf all seine Clips erhielten. Der Link, den Goran Timo geschickt hatte, führte zum einzigen Clip, der kostenlos verfügbar war. Um auch die anderen Videos zu sehen, hatte Timo unter einem fiktiven Benutzernamen per PayPal ein Abo abgeschlossen. Laut der Website hatte Iwan etwa achthundert Abonnenten. Als Timo es ausrechnete, wurde ihm angesichts des Betrags fast schwindelig.

Es reichte, um davon zu leben.

»Ach Goran«, sagte Timo. Sie saßen im Café am

großen Fenster. Es war einer dieser grauen Samstage zwischen Winter und Frühling – die Luft kompakt vor Kälte, der Himmel opak, leuchtend wie eine leere Kinoleinwand. Goran hatte den Kopf auf den Tisch gelegt und schmollte, was eine schlechte Angewohnheit war, und Timo bemitleidete ihn, was eine nicht minder schlechte Angewohnheit war. »Willst du gehen?«

»Ja. Nein. Ja«, sagte Goran. »Ich muss eh üben.«

»Macht es dir was aus, wenn ich mitkomme?«

»Was Besseres hast du nicht vor?«

Timo schüttelte den Kopf.

Letzten Freitag hatte Timo Fjodor gefragt, ob er mit ihm einen Film im FilmScene sehen wolle, der dort als Teil einer queeren Reihe lief. Der Film handelte von zwei schwulen deutschen Polizisten, der eine offen schwul, der andere nicht, und den Problemen, die sich daraus ergaben. *Du weißt doch, dass ich keine Filme mag,* hatte Fjodor gesagt. Er bekomme davon Kopfschmerzen. Außerdem habe er am Samstag Frühschicht, es dürfe also nicht zu spät werden. Zumindest für ihn, für Timo gelte das natürlich nicht. Aber er komme mit, wenn Timo wolle.

Timo meinte, wie bekloppt, außer essen und schlafen und ficken würden sie nie irgendetwas zusammen machen, und wenn sie doch einmal was zusammen machten, fühle es sich an, als müsse er vor einer Bewährungskommission um Begnadigung flehen. Das sei keine Beziehung, das sei ein beschissener offener Vollzug.

»Als wüsstest du was von offenem Vollzug«, sagte Fjodor und presste die Kiefer aufeinander. »Du redest ständig von Zeug, von dem du überhaupt keine Ahnung hast.«

»Bitte verschon mich, heilige Jungfrau der Arbeiterklasse«, sagte Timo.

»Wieso muss eigentlich«, fragte Fjodor, »alles immer

nach deiner Nase laufen? Und wenn es mal nicht so läuft, bist du superekelig zu mir. Ich bin doch nicht dein Sündenbock.«

»Jetzt bist du beleidigt.«

»Ich bin mit zu dieser dämlichen Kunstausstellung gekommen, oder etwa nicht? Ich bemühe mich ja. Ich bemühe mich so was von, nicht einfach alles hinzuschmeißen. Weil ich mit dir zusammen sein will. Ich will es. Aber du musst mir auch ein Stück entgegenkommen, Timo. Das musst du.«

Timo hielt den Atem an, versuchte, ein anderer Mensch zu sein. Aber er ertrug es nicht, die Sache einfach so unkorrigiert stehen zu lassen.

»Die war nicht dämlich, und es war noch nicht mal eine Ausstellung. Es war ein Gespräch.«

»Echt jetzt?!«, hatte Fjodor gesagt.

Timo fragte sich, ob sie gleich wieder Schluss machen würden. Er sah, wie Fjodor mit gesenktem Kopf versuchte, sich zu beruhigen. Auch Timo versuchte es. Er saß am Fußende des Bettes und legte Fjodor die Hand auf den Arm. Mehr konnte er nicht tun. Er hatte es nicht über sich gebracht, Fjodor fühlen zu lassen, dass er bei ihm *sicher* war. Es war so ermüdend, einem erwachsenen Mann das Gefühl vermitteln zu müssen, er hätte etwas zu bieten.

»Es ist nicht leicht, mit dir zusammen zu sein«, sagte Fjodor. »Vielleicht sind wir einfach zu verschieden.«

Sie gingen ins Bett. Und sie standen auf, Fjodor in der schwarzen Kälte des frühen Morgens, Timo viel später. In den Tagen danach schrieben sie sich erst Nachrichten, hier und da ein paar Worte. *Hey, hey, wie geht's, okay, und dir, okay, Bett, ciao.* Fjodor ging es offenbar gut – er arbeitete zu viel, aß zu wenig und schlief nicht annähernd genug. Sie hatten sich erst kürzlich wieder zusammengerauft, nach längerem Getrenntsein. Es waren schwierige und seltsame Monate ohne den anderen gewesen, in denen Timo sich fragte, warum sie überhaupt je ein Paar gewesen waren. Er hatte Fjodor in dieser Zeit schrecklich vermisst. Aber kaum waren sie wieder zusammen, war alles wie immer. Fjodor war schweigsam. So gut wie unmöglich, mit ihm zu reden. Er gab nichts von sich preis. Gab bei nichts nach. Und manchmal war die einzige Möglichkeit, überhaupt etwas aus ihm herauszubekommen, einen Streit vom Zaun zu brechen. Streiten fiel ihnen in ihrer Beziehung am leichtesten. Streiten und Ficken. Aber sie waren zusammen.

Nein, Timo hatte tatsächlich nichts vor, jedenfalls nicht unbedingt. Er musste die Hausarbeiten der Bachelorstudenten aus dem Logik-Einführungsseminar korrigieren, das er unterrichtete. Und dann war da noch sein eigenes Studienpensum. Jeder Promotionsstudent am Institut war verpflichtet, ein jeweils vom aktuellen Gastdozenten vorgegebenes Paper zu lesen und sich eine Frage dazu zu überlegen, die zwei Tage vor der Veranstaltung im Institutssekretariat eingehen musste. Die Fragen wurden dann an den Gast sowie alle Promovierenden verteilt, damit jeder Zeit hatte, sich mit den Beiträgen der anderen auseinanderzusetzen. Meist folgten allerdings Tratsch und Demütigungen der billigsten Sorte. Timo wusste nie so recht, was am besten war: Ironisch reagieren und die Aufgabe nicht so ernst nehmen? Etwas Dummes und Simples einreichen? Oder es als Übung sehen, sich richtig reinhängen, exakt recherchieren, alle Aufsätze des Dozenten lesen und die eigene Frage mit Belegen unterfüttern? Wie auch immer man es anging, die Leute machten sich über einen lustig. Weil man entweder zu viel oder zu wenig machte.

Timo konnte in die Kunstbibliothek gehen, wenn Goran nicht wollte, dass er mitkam. Er konnte ein paar Sachen lesen. Oder korrigieren. Oder so tun, als würde er korrigieren. Aber lieber würde er Goran beim Üben zuhören. Goran trank den Rest seines Kaffees mit einem Schluck aus und zuckte mit den Schultern.

»Mach, was du willst.«

Timo warf seinen Kaffeebecher in den Plastikmülleimer neben dem Tisch, und sie gingen hinaus in die graue Kälte. Goran trug eine Wollstrickjacke und wickelte sich seinen dicken schwarzen Schal um den Hals. Timo zog den Reißverschluss seiner Bomberjacke zu, die dem Wind kaum etwas entgegenzusetzen hatte. Aus der gegenüberliegenden Straßenecke hatte man vor Kurzem eine Baustelle gemacht: Das alte Gebäude, eine Bank, war abgerissen worden, das Grundstück ausgehoben und in eine schlammige Grube mit geschottertem Rand verwandelt. Nur ein wackliger Zaun und einige Betonbarrieren sorgten dafür, dass niemand hineinstürzte. Die beiden Männer gingen den Bürgersteig entlang, ihre Schuhe kratzten über den Boden.

»Ist heute der Chopin dran?«, fragte Timo.

»Nein«, sagte Goran. »Ich muss ein blödes Stück für den Ballettkurs üben. Debussy.«

»Oh. Na ja. Auch schön.«

Goran seufzte und schüttelte den Kopf. Er hatte dichtes Haar, das ungekämmt war, und trug eine runde Brille. Sein Gang war komisch, als würde sich sein Körperschwerpunkt bei jedem Schritt verschieben. Eine Aneinanderreihung von Beinahe-Vornüberstürzen, wie ein Betrunkener, der versucht, nüchtern zu sein, oder ein Nüchterner, der vorgibt, betrunken zu sein. Goran hasste Debussy, das wusste Timo. Aber er begleitete die

Tanzkurse, weil er das Geld und die Übung gebrauchen konnte und weil es ihm ein gewisses Gefühl der Überlegenheit verschaffte. *Ein Haufen schwuler Muskelprotze ist das, mehr nicht*, sagte Goran über die Tänzer. *Nix in der Birne, trampeln nur rum.* Manchmal, wenn sie etwas getrunken hatten, erhob sich Goran vom Boden, vollführte eine Pirouette oder einen Fouetté und sah dabei für einen Moment so anmutig und schön aus, dass der Anblick schmerzte. Aber dann wankte er leicht und ließ sich zu schnell, zu plump wieder auf den Boden fallen, sodass der Tisch wackelte und Timo die Augen vor dem Schreck verschließen musste.

Timo verstand, warum Goran den Job als Ballettpianist hasste. In einer anderen, jetzt vergangenen Phase seines Lebens hatte er sehr ernsthaft Klavier gespielt. Er hatte immer noch die Hände, Handgelenke und Haltung eines Pianisten. Oft sagte Goran, dass ihm das als Erstes an Timo aufgefallen sei, als sie sich bei einer Kennenlernparty für schwule Master- und Promotionsstudenten begegnet waren: *Du hattest einen Stock im Arsch, wie alle Pianisten, die ich kenne.* Aber das war lange her, und Timo hatte seit fast zwei Jahren kein Klavier mehr gespielt. Das Klavierspielen war zwar nicht der Grund, warum seine Eltern sich getrennt hatten, aber in seinem Kopf waren die beiden Dinge untrennbar miteinander verbunden. Je besser er am Klavier wurde, desto heftiger stritten sich seine Eltern und desto schneller zerrann ihnen das Geld zwischen den Fingern, bis schließlich der Punkt kam, an dem er ans College gehen sollte und nichts mehr da war, weder von der Ehe noch vom Ersparten. Seine Eltern waren Chirurgen, das stimmte, und Timo war in der sogenannten schwarzen oberen Mittelschicht in Washington D.C. aufgewachsen, die sich von der normalen, also *weißen*, oberen Mittelschicht dadurch unterschied, dass weniger Geld vorhanden und dieses Geld insgesamt weniger konstant verfügbar war. Wohin verschwand es, das ganze Geld? Hierhin und dorthin – und dann hatte das Jahr 2008 sie endgültig ausgesaugt und ausgepresst, ihren Wohlstand vernichtet. Timo hatte an einem soliden College in Ohio studiert, die Gebühren finanziert durch einen Trust seines Großvaters, welcher ein winziges, für die Maisernte inzwischen unerlässliches Maschinenteil erfunden hatte. Mehr war nicht mehr übrig geblieben. Alle anderen Kosten bestritt Timo mit der Begleitung von Ballettklassen, und irgendwann fing er an, das Repetitive dieser Arbeit zu mögen. Manchmal genoss er es auszutesten, wie weit er es treiben konnte, ehe der Ballettmeister ihm einen strengen Blick zuwarf und in spitzem Ton sagte: *Noch einmal.* Die Tänzer hatten eine unnahbare, wilde Art an sich, wie Kojoten im Zoo. Ihre Schuhe quietschten auf dem Boden, wenn sie sich abstießen und durch die Luft katapultierten. Wenn sie wieder landeten, klapperten lose Schrauben und wackelten die Spiegel. Sie bemerkten ihn nicht, sahen nicht in seine Richtung. Immer blieben sie auf Distanz zu ihm, so wie sie auch zueinander auf Distanz blieben, selbst wenn sie sich in Reihen aneinanderquetschten, Formationen bildeten und wieder auflösten.

Goran dagegen hasste die Wiederholung. Er nannte die Stücke *aufgeblasene Tonleitern, mehr nicht. Ich soll reinkommen, ihnen einen Scheißwalzer spielen und wieder abhauen, das war's.* Timo hatte das damals wenig ausgemacht, als er noch gespielt hatte. Es war eine Möglichkeit gewesen, sich aus allem rauszuziehen. Aber das war jetzt vorbei.

Gorans Proberaum befand sich im zweiten Stock der Sayers Hall, drei Hausnummern von Timos Arbeitsplatz entfernt, wo er jeden Montag, Dienstag und Donnerstag »Einführung in die Logik« und »Grundlagen der Analysis« unterrichtete. Oft aßen sie gemeinsam Mittag auf den Bänken, die den viereckigen Campusrasen säumten, und beschwerten sich über ihre Studierenden und Kurse, ihre Stundenpläne und Institute. Heute war der Platz leer und windig. Der Rasen war aufgeweicht vom Tauwasser, die dunklen Zweige der Bäume schwankten lustlos hin und her. Sayers lag auf dem Hügel, der sich über dem nördlichen Teil dcs Campus und dem Fluss erhob, ein prunkvolles graues Gebäude mit einer schweren abweisenden Eichentür, die sich kaum öffnen ließ, sodass Goran sich beim Eintreten mit der Schulter dagegenstemmen musste. Sie stiegen die Treppe hinauf, umgeben von kühler Stille.

Es war eine künstliche Stille – die Räume der Sayers Hall waren abgeschlossene, schallisolierte Kammern, gefüllt mit warmer, wiederaufbereiteter Luft. Goran stieß die Tür mit der Hüfte auf. Der Raum war in hartes Licht getaucht. Rosa Schaumstoffplatten, die an Eierkartons erinnerten, hingen an den Wänden. In der Zimmermitte stand ein Flügel, glänzend und streng.

»Schönes Teil«, sagte Timo und pfiff.

»Jaja«, sagte Goran.

»Im Ballettstudio haben sie sicher keinen Flügel, nehme ich an?«

»Nein, nur ein popeliges Pianino«, sagte Goran mit finsterem Blick. Sie warfen ihre Jacken auf einen Stuhl in der Ecke. Timo setzte sich neben Goran auf die Klavierbank, und Goran reckte die Arme über den Kopf nach hinten. Ihre Stimmen klangen plüschig, gedämpft.

Erst als Timo angestrengt horchte, nahm er das dünne, mückenartige Sirren der Deckenlampen wahr. Es war die Art von Raum, in der man am liebsten nur flüstern wollte. Die Luft verschlang einfach die Stimme.

Timos Handflächen schmerzten. Seit Ewigkeiten hatte er auf keiner Klavierbank mehr gesessen. Er spürte die vertraute, unfreiwillige Anspannung seiner Finger, das Zusammenziehen der Muskeln im unteren Rücken. Er sah weg.

»Willst du mal probieren?«, fragte Goran.

»Nein, mach du.«

»Na dann«, sagte Goran. Er hatte den Arm um sich geschlungen und dehnte sich.

»Du weißt, dass ich nicht mehr spiele.«

»Keine Angst, ich hatte nicht vor, dich ans Klavier zu prügeln«, sagte Goran.

Timo lachte kurz und war überrascht von der Klarheit des Geräuschs.

»Gott«, sagte er.

»Ich weiß. Das kann echt nerven«, sagte Goran. Er saß da, die Hände im Schoß, und betrachtete die Tasten. Timo setzte sich auf seine Hände, die Schultern gestrafft.

Nachdem Goran seine Tonleitern gespielt hatte – mit denen fing er immer an, wie aus Loyalität zu einem alten Lehrer –, ging er zu Debussy über. Timo bewunderte die kraftvolle Leichtigkeit, mit der Goran spielte und durch die schwierigen Passagen preschte. Ein paarmal berührten sich ihre Arme, und Gorans Kopf fuhr leicht nach oben, als wäre er erschrocken darüber, dass Timo neben ihm saß. Aber er beschwerte sich nicht, was Timo als großzügig empfand. Timo spürte die Vibrationen der Musik unter sich in der Sitzfläche und vor sich in der Luft, die schwer vor Klang wurde. Die dunklen Härchen auf seiner

Oberlippe und am Kinn summten. Die Körperlichkeit der Töne erfüllte ihn. Er konnte die Musik fast schmecken. Sie war wie ein konkreter Gegenstand, der in der Welt existierte wie sie. Seine Fingerknöchel schmerzten. Goran stupste ihn an. Timo drückte das Kinn an die Schulter und blickte hinab in die schmale Lücke zwischen Goran und ihm. Goran hatte eine Hand auf Timos Bein gelegt. Die Bank war abgewetzt, und im schwarzen Lack zeichneten sich gelbliche Stellen ab, die an die Wirbel eines Fingerabdrucks erinnerten.

»Alles ist okay«, sagte Goran.

»Ich weiß.«

Goran sah ihn direkt an. Timos Gesicht begann zu glühen. Er versteckte sich hinter seiner Schulter. Goran drückte einmal kurz sein Bein und ließ es los. Dann fuhr er mit dem Debussy fort, aber für Timo kam die Musik nun aus weiter Ferne. Er verfolgte, wie Gorans Finger schwer die Tasten drückten. Spielen war auf gewisse Weise wie tanzen – die gleiche Körperlichkeit, die präzisen Abstände im Raum und zwischen den Tasten, alles war so unerbittlich wie die Seiten eines Vielecks auf Papier. Das war der Grund, warum Timo das Klavierspielen für die Mathematik aufgegeben hatte – weil es sich anfühlte, als würde man die eine brutale Beschäftigung mit dem Raum gegen die andere eintauschen. Er hatte ein Gespür für die Anordnung finiter physikalischer Größen. Goran beendete das Stück, und Timo erhob sich von der Bank.

»Das war gut«, sagte Timo.

»Scheiße war das. Fraß für die Schweine.«

»Vielleicht.« Timo lachte. Er setzte sich auf die Kante eines Stuhls an der gegenüberliegenden Wand. Goran kniff die Augen zusammen, streckte die Arme nach ihm aus und beugte die Finger.

»Du bist so weit weg«, sagte er.

Timo schlug die Beine übereinander. Goran lehnte sich an den Flügel und stützte das Kinn auf die Arme.

»Denkst du immer noch an Iwan?«, fragte Timo. Goran brummte zustimmend. »Hast du mit ihm darüber gesprochen?«

»Nein«, sagte Goran und seufzte. »Was soll ich da schon sagen?«

»Wie wäre es mit: *Bitte lass das mit den Pornos*?«

»Aber es ist doch sein Körper, oder? Sein Recht?«

»Klar. Er muss nicht auf dich hören«, sagte Timo.

Goran schlug sich mit dem Handballen an die Stirn.

»Geld gegen Sex.«

Timo bereute jetzt, etwas gesagt zu haben. Wie dumm war er bloß, sich einzumischen, wenn es ihn nichts anging. Goran fixierte ihn mit dem Blick eines treuen Bluthunds, der etwas Lebendiges und Verängstigtes wittert. Timo suchte in sich nach Halt, nach einem Punkt zum Festhalten, aber da war nichts. Er glitt an der glatten Oberfläche seines Inneren hinab wie eine Eidechse in einem Glas. Ihm blieb nichts anderes übrig, als zu sagen: »Tut mir leid.«

Goran schnaubte und hämmerte dann einen brüllenden Akkord in die Tasten, dann noch einen, legte beide übereinander. Es klang harsch und unangenehm, wie Topfscheppern, aber Timo erkannte die Akkorde wieder. Sie stammten aus dem grandiosen Mittelteil von Chopins Ballade in g-Moll und waren an Timo gerichtet, nicht entschuldigend oder tadelnd, sondern in der unverfänglichen und doch absichtsvollen Art, mit der man nach langer Abwesenheit ein Gespräch mit einem Freund beginnt und so tut, als hätte es die Abwesenheit nie gegeben. Goran spielte zu gewaltsam, zu wild – das hörte selbst Timo –, aber er spielte nicht zur Übung oder um der Schönheit oder Freude willen. Er spielte den Chopin, um etwas rauszulassen, so wie manche Menschen sich die Haare hinters Ohr streichen oder an den Nägeln kauen. Es war eine Angewohnheit, so beiläufig wie nur irgendetwas.

Timo drückte sich an die Lehne des Stuhls und hielt den Atem an, denn obwohl die Musik laut und krachend war, war sie auch schön. Schön wie Gorans Spiel. Auch hier gab es ein Sieb, das Gefühle filterte. Goran schickte sein Gefühl durch das innere Geflecht der Musik, ihre Regeln, ihre Takte, ihre Tonfolgen, den irrwitzigen Fingersatz, er goss sich in sie und rann rein und unverfälscht wieder heraus. Gorans Schultern spannten sich auf wie ein Paar Flügel. Seine Hände waren groß und schnell, während sie dahinglitten und hinabstießen. Sein Gesicht eine Maske aus Ärger und Faszination. Am liebsten hätte Timo Goran gesagt, dass das hier wie Iwans Pornografie war, alles halb so schlimm, er müsse sich keine Sorgen machen. Timo lachte leise, während sich die Haare an seinen Armen aufrichteten – Goran konnte nicht anders.

Am Schluss der Ballade soll die Raserei sich in Zärtlichkeit verwandeln, in Wehmut. Aber Goran ignorierte das. Er spielte selbst die leisen Teile mit derart wilder Intensität, dass es klang, als würde sich der Wahnsinn einfach fortsetzen, ohne Ende, bis er sich schließlich emporschwang in die wartende Stille des Raumes, der bebte wie nach einem Donnerschlag.

Sie aßen im Zentrum, obwohl keiner von ihnen viel Geld hatte. Sie bestellten jeder eine Charcuterie- oder Käseplatte und zwei Gläser Wein. Es war früher Abend, und trotz der Jahreszeit hatte Goran die Bedienung dazu überredet, sie draußen sitzen zu lassen: *Hier, die Stühle stehen doch schon da, nur noch ein Tisch, nein, kein Problem, den tragen wir schon, nein, bitte keine Umstände.* Timo war es immer peinlich, wenn Goran so etwas tat, wenn er so lange alles und jeden bearbeitete, bis die Dinge genau seinen Vorstellungen entsprachen. Er selbst war es gewöhnt, das zu nehmen, was man ihm gab, und es nicht infrage zu stellen.

Über ihnen hing ein niedriger Himmel wie aus Wolle. Der Wind hatte etwas Raues, Strafendes an sich. Sie tranken Rotwein und aßen Käse, Wurst und Brot, Oliven und eingelegte Gurken. Goran hatte Parmaschinken. Timo war Vegetarier. Auf einem kleinen Beilagenbrett waren verschiedene Sorten Senf arrangiert, von sehr süß bis erdig und scharf. Sie leckten sich das Fett von den Fingern. Sie bestellten nach. Walnüsse in Traubengelee und pfefferige gekochte Erdnüsse. Gebackene Tomaten und Feta. Es war keine komplette Mahlzeit, aber das Essen machte Freude.

Der Wein schmeckte passabel, was genau die Art von Aussage über Wein war, die Master- und Promotionsstudenten von sich gaben. *Passabel*, als blickten sie auf eine lange und geheimnisvolle Vergangenheit als Weintrinker zurück und könnten die diversen Nuancen und Aromen herausschmecken. Aber Timos Kommilitonen tranken – manchmal als ironische Geste, manchmal ernst gemeint – alle dieselben billigen Weine, weshalb er sich wunderte, dass sie sich so leichtfertig verstiegen. Sie verdammten den Wein, den sie tranken, zwar nicht unbedingt, verwehrten ihm aber doch die Wertschätzung. Timo fand, dass sie es hätten sagen können, wenn sie den Wein verabscheuten oder ihn für schlecht hielten. Oder sie hätten schweigen können. Aber wenn jemand etwas aufrichtig missbilligte, sagte er oder sie es nur selten. Warum auch? Bei dem Qualitätsurteil ging es, wie ihm schien, nicht um das bewertete Objekt, sondern einzig und allein ums Herausstreichen des eigenen Urteilsvermögens. Alle waren ständig damit beschäftigt, sich selbst zu beweisen und den Prozess um den eigenen Wert zu gewinnen.

*Schaut her, schaut doch mal her – ich bin wichtig, oder?*

Bei Timo war es nicht anders. Er trank sein Weinglas bis zur rußigen Neige aus. Goran rollte die kleinen Gurken auf seinem Teller hin und her.

Geld und Sex. Angst vor Einsamkeit. Stille und Lärm. Goran starrte angestrengt auf sein Telefon. Timo summte träge, sein Blick huschte rastlos umher. Autos schlitterten über die feuchten Straßen. Der Baustellenkran auf der anderen Straßenseite. Sein Haupt, andächtig geneigt wie zum Gebet, irgendwie unheimlich. Die Baugrube mit ihrem Schotter und der verfestigten Erde lag vor ihnen wie eine aufgegebene Zivilisation.

»Du hast gar nicht korrigiert«, sagte Goran.

»Nein«, sagte Timo.

»Solltest du das nicht besser machen?«

»Mach ich noch«, sagte er. Der bittere Nachgeschmack des Weins kam ihm in der herabsinkenden Nacht fast noch schärfer vor.

»Und wie geht's Fjodor?«

Timo lächelte und schüttelte dann den Kopf. Fjodor war kein Thema, über das Goran und er sprachen. Überhaupt sprachen sie wenig über Timos Leben. Die Basis ihrer Freundschaft war nicht der ausgewogene Austausch von Informationen – sie waren erst Freunde geworden, nachdem sie gefickt hatten. Bei ihrem ersten Treffen war Goran derjenige gewesen, der von sich erzählt hatte. Und schon waren sie, einfach so, vielleicht erst recht nach dem

Sex, in ein Muster verfallen, das so strikt war wie die Thronfolge der Könige von Norwegen.

Wie auch immer. Goran interessierte es nicht wirklich, wie es Fjodor ging. Er interessierte sich für gar nichts so richtig, außer für sich selbst und das, was ihn beschäftigte. Es war, das wusste Timo, eine Variante des Verhaltens, das Fjodor auch an ihm wahrnahm: Egozentrik. Trotzdem war Goran talentiert und witzig. Es musste doch auch Menschen geben, die selbstsüchtig waren, oder? Sie waren besonders, und ihre Selbstsucht war Teil dieser Besonderheit.

»Es geht ihm gut«, sagte Timo.

»Schön«, sagte Goran und wechselte sofort das Thema. »Hey, macht es dir was aus, wenn Iwan dazukommt?«

»Was?«

»Ja, sein Seminar ist gerade zu Ende. Er will vorbeikommen. Ich hab ihm gesagt, das ist okay.« Goran ließ sein Telefon auf den Tisch fallen. Wollte er, dass Timo Nein sagte? Wollte er, dass Timo Ja sagte? Dass er Iwan untersagte vorbeizukommen? Nichts verriet, was Goran wollte. Er hatte gefragt, *nachdem* er Iwan eingeladen hatte, vielleicht war es also egal. Aber dann, ein paar Sekunden später, hörten sie einen Ruf von der anderen Straßenseite, und da war Iwan auch schon, joggte auf sie zu, in einem schwarzen Anorak und schwarzen Leggings. Er nahm sich einen Stuhl, setzte sich neben Goran und zog die Jacke aus. Sein Pullover war leuchtend orange. Sein Bart dicht. Seine Stimme heiser, als hätte er eine Erkältung.

Timo hatte sich so oft die Videos angeschaut, dass es seltsam war, Iwan nun in natura zu sehen. Seinen warmen animalischen Körper, das Beben seiner Nasenflügel, die roten Untertöne seines Haares, betont von der orangen Innenbeleuchtung des Restaurants, der sinnliche

Bogen seines Mundes. Er legte den Arm auf die Rückenlehne von Gorans Stuhl und ließ sich auf seinem eigenen zurücksinken. Etwas Rohes, eine Art Hitze ging von ihm aus. Er sagte, er sei nach dem Seminar direkt losgerannt und hergekommen. Als Timo merkte, wie er Iwan anstarrte, senkte er den Blick auf seinen Teller, auf dem die leeren Schalen der gekochten Erdnüsse an die Gehäuse von Weichtieren erinnerten.

Iwan besaß noch immer die Anmut und athletische Statur eines Tänzers. Seine Bewegungen waren präzise, aber geschmeidig, wie eine lange eingeübte Angewohnheit. Er strich drei verschiedene Senfsorten auf eine Scheibe Brot, klappte sie zusammen und aß sie wie ein Kind in der Schulcafeteria. Er kaute mit qualvollem Genuss. Unwillkürlich dachte Timo an Iwans letzten Clip, in dem er scheinbar gegen seinen Willen gekommen war, mit einem dünnen, entschlossenen Schrei in der Kehle. Unwillkürlich dachte Timo daran, wie er *selbst* beim Anschauen des Clips gekommen war, wie er durch den Netzstoff seiner Laufshorts seinen Schwanz gepackt hatte, überrascht vom Orgasmus, auf den sein Körper nicht vorbereitet gewesen war. In dem Moment waren sie beide wie durch einen unsichtbaren Kanal miteinander verbunden gewesen, durch ein seltsames, dunkles Glück dieser Welt, und ihre Lust hatte sich zusammengefügt wie eine Permutation in einer Stochastikaufgabe. Timo wurde hart und errötete, als er sich daran erinnerte.

Goran stützte das Kinn in die Hand und sah zu, wie Iwan beherzt in die Cornichons biss.

»Du isst wie ein Hund«, sagte Goran.

»Ich habe Hunger.« Iwan aß noch mehr Brot und mehr Fleisch. Er umwickelte vier Gurken mit Schinken und schluckte sie hinunter, ohne zu kauen.

»Das sehen wir«, sagte Goran.

Iwan trank den Rest von Gorans Wein, beugte sich dann hinüber und küsste ihn auf die Schulter. Timo fröstelte. Es wurde immer kälter.

»Was hast du heute gemacht? Gefaulenzt?«

»Ich habe geübt.«

»Und du …?« Iwan richtete seine Frage an Timo. Sein Blick war warm.

»Ich habe zugesehen«, sagte Timo.

»Ich wette, du siehst gerne zu.«

»Jepp.«

»Er sollte spielen«, sagte Goran. »Er hat mal gespielt.«

»Das weiß ich«, sagte Iwan. »Ich würde dich gern mal spielen hören, irgendwann. Bei Goran darf ich zuhören, wenn er übt, aber eigentlich nie, wenn er richtig spielt.«

»Manchmal ist das Üben besser«, sagte Goran. Iwan sah ihn kurz an, kehrte dann aber wieder zu Timo zurück.

»Das wird wohl nichts. Ich spiele eigentlich gar nicht mehr.«

»Du machst Mathe, oder?«

»Ja«, sagte Timo.

»Welche Richtung?«

Timo zuckte bei der Frage fast schon gewohnheitsmäßig mit den Schultern, da sie ihm oft gestellt wurde, wenn die Leute nicht wussten, was sie sonst zu ihm sagen sollten. Ein sinnloser Versuch der Spezifizierung, der nirgendwo hinführte. In Amerika herrschte immer mehr die Vorstellung, dass Mathematik eine einfache, konkrete Sache zu sein habe. Etwas Pragmatisches. Und es waren nicht nur bockige Teenager, die sich über das Lernen von Theoremen und Beweisen aufregten. Die Frage beeinflusste auch die Beantragung und Evaluierung von Stipendien. Die Öffentlichkeit beäugte es misstrauisch, ja feindselig, wenn sogenannte öffentliche Mittel in etwas gesteckt wurden, das in ihren Augen eine Frivolität war. Die amerikanische Wirtschaft wurde angetrieben vom *Was nützt mir das?*. Aber es gab keine einfache Übersetzung für Timos Forschung, keinen Hochglanzlack, den er schnell darübersprayen konnte.

»Logik«, sagte er. »Ich dachte, Goran hätte dir das erzählt.«

»Ah … Mengenlehre und so 'n Kram?«

»Langweilig«, brummte Goran.

»Ja, genau, so 'n Kram.«

»Du weißt, dass du echt Geld verdienen könntest, wenn du stattdessen ins Finanzwesen gehen würdest?«, fragte Iwan.

»Wie du?«

»Ja. Ich meine, ich bin nicht annähernd wie du oder so, aber bei uns gibt es auch jede Menge Mathe. Würde dir wahrscheinlich gefallen.«

»Ist wegen euch nicht 2008 die Wirtschaft abgeschmiert?«, fragte Goran.

Timo lachte. Iwan nickte nüchtern.

»Ja, aber jetzt ist alles reguliert. Das wird so nicht noch einmal passieren. Und außerdem haben 2010 schon wieder alle Profit gemacht. Lies mal ein Buch.«

»Stimmt, weil das hier ja Amerika ist und wir es lieben, die Märkte zu regulieren«, sagte Timo.

»Mal ernsthaft, hast du noch nie drüber nachgedacht? Ich meine, das könnte der Hammer sein.«

»Timo ist lieber Akademiker«, sagte Goran. »Ein später Verfechter der großen Bourgeoisie.«

»Wohl eher der aussterbenden Bourgeoisie«, sagte Timo.

»Das meine ich nicht. Ich spreche von *Geld*. Vom Verdienen. Ich bin gut im Verkaufen, denke ich. Das hab ich drauf. Das kann ich. Die Zahlen, na ja. Das Zeug ist mir ein Rätsel. Aber verkaufen. Anrufe. Entscheidungen. Zack, zack. Ich glaube, das hab ich drauf.«

»Und das ist dein Lebensziel? Zackige Anrufe und ein Haufen Kohle? Sachen entscheiden?«

»Nein«, sagte Iwan und lächelte wieder mehrdeutig.

Timo nickte, obwohl er weder Iwans Lächeln noch das Gespräch, in dem es nicht mehr um ihn ging, richtig verstand. Die Wahrheit war: Ja, er hatte über seine Zukunft nachgedacht. Sogar sehr ausgiebig. Aber er hatte das Gefühl, dass ihm für eine Entscheidung noch Informationen fehlten. Nichts wünschte er sich mehr als eine klare Antwort, die einfach auftauchte wie aus dem Nichts. Er hatte das Gefühl, dass ihm vielleicht etwas aufgehen würde, wenn er nur weiter auf den Anfangszustand seines Lebens starrte. Sonst würde ihm am Ende keine Wahl mehr bleiben, und sein Schicksal wäre von selbst besiegelt. Seine Zukunft war so verworren.

»Aber es ist schade, dass du das Klavierspielen aufgegeben hast«, sagte Iwan. »Scheint ja ein echter Verlust zu sein. Goran hat jedenfalls gesagt, du hast Talent.«

»Ich habe es nicht *aufgegeben*. Ich habe nur … keine Ahnung. Was anderes angefangen«, sagte Timo. Er setzte sich wieder auf seine Hände und schlug die Beine unter dem Tisch übereinander. Iwan beugte sich ihm entgegen. Timo konnte seinen Schweiß riechen. Sein Haar war dick vor Feuchtigkeit. Goran lehnte sich zurück.

»Und wo ist der Unterschied?«, fragte Iwan.

»Lass ihn in Ruhe.«

»Ich habe es nicht genug geliebt«, sagte Timo ruhig. Er zuckte gelassen mit den Schultern. Aber etwas in ihm verkrampfte sich bei den Worten, die gleichgültige Coolness, die er ausstrahlen wollte, stürzte in sich zusammen. Er fühlte sich schutzlos und zittrig. Wie ein Kind bei dem Versuch, Tiefsinnigkeit vorzuspielen.

An der Wasserkaraffe rannen Tropfen hinab. Der Kellner kam zurück, ein blasser, blonder Mann. Ob sie noch Essen wollten, noch Wein. Iwan bestellte ein Glas und eine weitere Platte mit Wurst. Timo war satt. Goran aß die restlichen Gurken.

»Ich jedenfalls habe in letzter Zeit öfter gedacht, dass ich vielleicht einfach Jura studieren sollte«, sagte Iwan.

»Hast du nicht ein Vorstellungsgespräch bei einer Bank in New York?«, fragte Timo. Goran schaute gelangweilt drein, als hätte er das alles schon einmal gehört. Die Leute in den Master- und Promotionsstudiengängen redeten ständig davon, Jura studieren zu wollen, außer denen, die Jura studierten und davon redeten, ins Immobiliengeschäft zu gehen. Maler, Tänzer, Schriftsteller, selbst Naturwissenschaftler träumten an ihren Schreibtischen vom Recht, von einem kodifizierten System, das ihr ganzes Leben durchzog und sie vor Unheil und Schmach bewahrte. Sie sehnten sich nach etwas, das Sinn ergab und Geld brachte und ihr augenblickliches Leiden in etwas Stabileres, Besseres verwandelte.

Goran war in einer Familie von Anwälten und Zahnärzten aufgewachsen. Für ihn war das nichts Neues. Timos Eltern waren Chirurgen. Was Iwans Eltern machten, wusste Timo nicht. Sie stammten alle von Menschen der Praxis ab, durchlebten gerade den feuchten amphibischen Prolog ihres Erwachsenenlebens und träumten vom Jurastudium. Trotzdem klang es schräg, Iwan so reden zu hören.

»Ja klar, und dann? Ich hab das Vorstellungsgespräch, aber denen könnte ja auch einfallen, dass sie mich scheiße finden. Der ganze quantitative Kram ist nicht mein Ding. Heutzutage wird so viel berechnet. Wenn ich da reingehe und die mich nicht wollen, was dann?«

»Du bist fast fertig mit deinem Master.«

»Sicher«, sagte Iwan unbekümmert. »Ja, bin ich. Aber es geht um die nächsten Schritte. Wenn du nicht das richtige Praktikum in der richtigen Firma bekommst, frisierst du für den Rest deines Lebens die Bücher bei irgendeinem Viehbauern. Jura könnte perfekt sein. Ein Anwalt ist immer ein Anwalt.«

Timo sagte nichts, dachte nur an die Clips, an den damit verdienten Batzen Geld. Alles ergab auf irgendwie brutale, feige Weise Sinn.

»Jura ist teuer«, sagte Goran.

»Ich weiß«, sagte Iwan scheu. Er schaute Goran von der Seite an. Wie ein Kind, das um Erlaubnis bittet. Timos feuchte Handflächen klebten am Stuhl, taub vom Daraufsitzen. Er zog sie hervor und legte sie in seinen Schoß. »Vielleicht ist die Idee doch schlecht.«

»Nein, das meine ich nicht. Ich finde, mach es, wenn du es willst.«

»Nein, nein, schlechte Idee.«

»Nein, nein.«

»Nein, nein.«

»Nein, nein.«

»Nein.«

Es war wie im Proberaum. Der Klang ihrer Stimmen war wie ein Festkörper, der sich zwischen ihnen hin- und herbewegte und sie durchdrang. Die Stimmen von Goran und Iwan liefen ineinander, bis sie einen einheitlichen Strom aus Sprachlauten bildeten. Die Vorstellung war unerträglich, dass dies alles war, was die Menschheit besaß, um ihre Gefühle aufzunehmen. Diese armseligen

Klangkörner. Es war grausam. Timos Mund füllte sich mit säuerlicher Hitze. Er versuchte, durch die Nase zu atmen. Er versuchte, präsent zu sein. Da zu sein.

Nein, nein, nein, nein, nein, nein, nein, nein, nein, nein – was für dämliche, mickrige Worte.

Goran und Iwan lachten. Sie lehnten sich aneinander und sagten immer wieder *nein.* Sie rieben die Arme des anderen, küssten ihn am Hals. Sie umarmten einander. Iwan kitzelte Goran, der sich wand und aufbäumte, bis einer von ihnen an den Tisch stieß.

Timo fegte mit dem Handrücken die Wasserkaraffe auf den Boden, wo sie mit einem lauten Klirren zerbrach. Glas glänzte im Dunkel unter dem Tisch, erfasst vom weißen Licht der Straßenlaternen. Goran sah ihn wie aus weiter Ferne an. Iwans Augen wurden groß.

Aber wenigstens hatten sie aufgehört.

Es war gelogen, dass Timo das Klavierspielen nicht genug geliebt hatte. Er hatte es sehr geliebt, aber auf eine Art, die schwer zu beschreiben war. Es war wie eine Apophase – er konnte die Liebe nur durch ihre Verneinung beschreiben. Er hatte erst verstanden, wie sehr er das Klavierspielen liebte, nachdem er es aufgegeben hatte. Selbst die Entscheidung an sich erschien ihm im Nachhinein willkürlich, eine bloße Laune. Ein Akt des Trotzes. Dabei hatte er es geliebt, und er liebte es immer noch. Jeden Tag fühlte er sich wie eine angeschlagene Stimmgabel, die permanent weiterschwingt. Nur dass er nicht auf einen Kammerton gestimmt war, sondern auf etwas anderes, eine grauenvolle Frequenz, die das Universum entzweischnitt. Verlust, dachte er. Das war Verlust.

Nachdem er sich von Iwan und Goran verabschiedet hatte, ging Timo nicht nach Hause. Stattdessen machte er sich auf den Weg zu dem kleinen Büro, das er sich mit den anderen Lehrassistenten teilte. Leise stieg er die dunkle Treppe hinauf, betrat das Büro und schloss die Tür hinter sich ab, ohne das Licht einzuschalten. Er setzte sich an seinen Platz und zog sein Telefon hervor.

Seine Mutter und sein Vater hatten ihm Sprachnachrichten geschickt. Außerdem waren da drei Textnachrichten von Fjodor – zuerst *Happy Birthday*, dann *Ich liebe dich* und dann *Ruf mich an, wenn du Zeit hast.*

Er rief noch einmal das erste von Iwans Videos auf, und als es zu Ende war, sah er sich das zweite und das dritte an. Er schaute alle fünfzehn Clips ohne Pause, sodass sie eine Art Film ergaben. Hintereinander weg wirkten sie wie aus einem Guss, wenn auch mit kleinen Brüchen. Derselbe Filter. Sie wurden länger, als würden sich die Clips ihrer Existenzfähigkeit immer gewisser. Das Sexuelle der gezeigten Akte verlor immer mehr seine Abstraktheit und wurde konkreter. Bis zum letzten Clip, der erst wenige Stunden zuvor hochgeladen worden war und in dem sich Iwan dabei filmte, wie er sich die Leggings und den Pullover auszog, dieselben Sachen, die er vorhin beim Abendessen getragen hatte. Er filmte sich dabei, wie er nackter und nackter wurde. Er wandte sich von der Kamera ab und streifte die Hose ab. Sein Rücken war lang und glatt, der untere Teil weich behaart wie bei einem sanften Säugetier. Seine Arme wirkten straff und stark. Man sah die Arbeit seiner Muskeln, die Adern, die sich über seine Unterarme zogen, die pralle Rundung seines Hinterns. Sein Körper war schön und lebendig. Die Schulterpartie zwei schwingende Schaufelblätter. Das Zimmer war sein Zimmer, so wie es immer sein Zimmer war. Dieselben leeren Wände, dieselbe Bettdecke auf dem Boden. Das leise Rascheln seiner Kleidung, das Schnappen des

Elastikstoffs, der gedehnt und losgelassen wurde. Iwan richtete sich wieder zu voller Größe auf. Man konnte die langsame, sich steigernde Bewegung seiner Hand sehen, die an seinem Schwanz arbeitete, aber nicht den Schwanz selbst. Nur seinen Arm, gleichmäßig pumpend wie ein Kolben. Dann eine Verschiebung der Hüfte, ein anderer Winkel, Iwan drehte sich wieder zum Zuschauer. Als er den Blick hob, um in die Kamera zu blicken, und der Schatten seines Schwanzes ins Bild flatterte, wurde plötzlich alles dunkel, es folgten fünf Sekunden knisternde Dunkelheit, dann endete der Clip. Diese knisternde Dunkelheit, die eine andere Qualität besaß als die Dunkelheit im Raum. Die Schwärze des Bildschirms strahlte aus in die Dunkelheit von Timos Büros. Die glänzende Dunkelheit des Handybildschirms züngelte an der Luft. Timos Unterarme waren kühl und feucht. Er fröstelte.

Timo wurde wieder hart. Er legte die Hand auf die Wölbung zwischen seinen Beinen. Drückte zu. Er spürte das eigentümlich nasse Kribbeln, den Auftakt zur Lust. Er presste die Beine zusammen, was es nur noch schlimmer machte. Er öffnete seine Hose. Nahm seinen Schwanz in die Hand, den Schwanz dieses warmen Tieres, das er war. Sein Puls schlug, als wollte sich in ihm etwas nach außen kämpfen.

So saß er da, hier in seinem Büro, in dem er unterrichtete, seinen Kaffee trank, sich ab und zu mit den anderen Promovierenden unterhielt, und hielt sein hartes, pochendes Fleisch. Er befriedigte sich nicht. Er kam nicht. Ihm war kalt. Der Wind schlug gegen das Fenster. Er steckte seinen Schwanz zurück in die Hose.

Das Korrigieren dauerte etwa zwanzig Minuten. Die Fehler glichen einander. Er hatte es ihnen falsch erklärt, sah er jetzt, er konnte genau erkennen, wo er sich bei seinen Ausführungen zu den Beweisen verrannt hatte – sie waren völlig überfordert gewesen.

Er wusste, dass er als Lehrer ungeeignet war. Unter seinen Studierenden befanden sich viele mit vorläufiger Zulassung, die noch Defizite aus der Highschool aufholen mussten. Sie waren nicht dumm, aber sie waren ganz sicher auch nicht klug, und er verabscheute es, dass sie ihn für ihre Bildung brauchten. Er wollte von niemandem gebraucht werden, niemand sollte etwas von ihm fordern dürfen. Denn dann hätte er dieses Gefühl nicht haben müssen, dieses panische Entsetzen darüber, selbst versagt zu haben.

Er legte den Kopf auf den Schreibtisch und hasste, wie er sich fühlte.

Es war kurz vor acht, als Timo sein Büro verließ. Er ging die Treppe hinunter, überquerte den Platz und ging die Jefferson Street entlang an St. Mary's vorbei. Das Licht brannte in dem hohen Fenster unter der Kirchturmspitze, die sich in das hohe, glatte Himmelsgewölbe erhob. Auf der anderen Straßenseite stand das Haus des Pfarrers, untersetzt und bodenständig. Ein Haus des Mittleren Westens, wie es authentischer nicht sein konnte. Im Vorbeigehen spähte er durch die Fliegengitter des Vorbaus und sah zwei schemenhafte Gestalten Karten spielen und an großen Tassen nippen. Ein Heizstrahler glühte im Dunkeln.

Am Ende der Jefferson Street trabte er über die Straße zu Fjodors Haus. Die breite Fensterfront war gespenstisch grau. Er stieg die Stufen zur Veranda hinauf und betrat den Flur, der nach Salz und Schimmel roch. Alten Schuhen. Er konnte die Tänzer oben hören. Irgendeine Party.

In Fjodors Wohnung schien auf den ersten Blick niemand zu sein. Doch dann bog er um die Ecke in die Küche, und auf dem kleinen Tisch stand ein Kuchen mit drei brennenden Kerzen. Davor saß Fjodor mit dem Kopf auf den Armen und schlief.

Timo blieb in der Küchentür stehen und betrachtete die Szene. Den schlafenden Mann. Den blöden Kuchen, für den er im Co-op wahrscheinlich viel zu viel Geld bezahlt hatte. Er sah so friedlich aus. Timo setzte sich Fjodor gegenüber und sah zu, wie die Kerzen schmolzen. Es waren die üblichen Trickkerzen. Aber sie waren schon fast heruntergebrannt. Das flüssige Wachs kam dem Kuchen gefährlich nahe. Er befeuchtete Daumen und Zeigefinger und drückte die Dochte aus. Es knisterte und brannte leicht an seinen Fingerspitzen.

Fjodor schnarchte laut auf und erwachte davon. Er schaute verschlafen hoch und zuckte zusammen, erschrocken von Timos Anwesenheit. Jetzt, da die Kerzen aus waren, saßen sie fast völlig im Dunkeln, nur das blaue Licht der Nachbarveranda drang noch zu ihnen herüber. Fjodor wischte sich mit dem Handrücken über den Mund. »Alles Gute zum Geburtstag«, sagte er.

»Danke«, sagte Timo.

»Ich wusste nicht, wann du zurückkommst. Ich dachte, früher, aber dann … weiß nicht. Bin ich irgendwie eingeschlafen.«

»Das bist du.«

»Entschuldige.«

»Sehr schön.«

»Das scheint mir eine doppeldeutige Bemerkung zu sein«, sagte Fjodor misstrauisch. Aber dann stand er auf und machte das Licht an, damit sie einander sehen konnten.

Sich zu entschuldigen fühlte sich abgeschmackt und billig an. Wie etwas, das Leute in einem Film angesichts einer netten Geste tun. Doch sie waren keine Filmfiguren. Sie waren keine kleinen Züge, die auf Gleisen einer festen Route folgten. Hier spielte freier Wille eine Rolle. Selbstbestimmtes Handeln. Ein Hang zu chaotischer, banaler Verkomplizierung. Vor ihm saß Fjodor, den er liebte. Den er kannte. Fjodor, ein Mensch wie er, der atmete, dachte und fühlte. Wie sollte er ihm seine eigenen Gefühle vermitteln? Wie sagen: *Ich sehe dich, ich liebe dich, Entschuldigung?* »Entschuldigung« war nur ein mieses kleines Wort. Es setzte eine geordnete Welt voraus. Es setzte voraus, dass es überhaupt möglich war, etwas Vergangenes wiedergutzumachen.

Stattdessen stand Timo auf und zog ein Messer aus dem Halter. Er schnitt ein Stück aus dem Kuchen. Möhre. Vegan. Es war wirklich der Kuchen aus dem Co-op, schwer und üppig, aber er schnitt ihn und legte das Stück auf einen Teller, den er Fjodor hinschob. Dann schnitt er sich selbst ein Stück ab und setzte sich wieder, nicht Fjodor gegenüber, sondern neben ihn.

Sie aßen schweigend, ohne sich anzuschauen, und als sie fertig waren, wusch Timo die Teller ab. Dann setzten sie sich auf Fjodors Sofa, und Timo las ihm eine Erzählung von Garschin vor, dem Autor, den Fjodor kürzlich gelesen oder es zumindest versucht hatte. Die Erzählung hieß »Der Bursche und der Offizier«. Fjodor lag mit dem Kopf auf Timos Schoß und hörte zu. Er war eingeschlafen, ehe die Geschichte zu Ende war.

Timo rührte sich nicht. Er ging nicht ins Bett und ließ Fjodor schlafen. Er saß mit Fjodors Gewicht auf dem Schoß da und schaute durch das Fenster auf den leeren Rasen neben dem Haus. Über ihnen ging die Party der Tänzer weiter. Ihm war ein bisschen nach Weinen zumute. Nicht, weil er unglücklich war. Sondern weil er zum ersten Mal seit langer Zeit das Gefühl hatte, das Richtige getan zu haben. Er hatte sich dafür entschieden, etwas Gutes zu tun. Er hatte einen anderen Menschen fair behandelt und nicht nur an sich selbst gedacht.

Er sah auf Fjodor hinunter und fragte sich, wie es möglich war, dass jemand ihm so sehr vertraute, dass er seinen Kopf auf seinen Schoß legte, ohne Angst, er könne ihn verletzen oder ihm etwas Furchtbares antun. Dass ein Mensch ihm vertrauen konnte, selbst nach all den dummen Kämpfen und Streitereien. Das berührte ihn. Den meisten Menschen wäre es egal gewesen. Oder sie hätten es nicht wahrgenommen. Aber Timo nahm es wahr. Timo war es nicht egal. Der schlafende Fjodor.

In der Wohnung wurde es kalt. Aber Timo saß weiter mit Fjodors Kopf auf dem Schoß da. Langsam wich das Gefühl aus seinen Beinen, sie kribbelten und verabschiedeten sich dann ganz. Er lehnte den Kopf an die Rückenlehne der Couch und schlief ebenfalls ein.

Oben ging die Party weiter.

»Ich nehme die Sachen einfach nie richtig ernst. Das will ich nicht mehr«, sagte Goran. Sie saßen in einem Café. Es war Montag. Kalter Regen fiel, aber der Himmel war hell, fast silbern. Der Boden vereist.

»Auf mich wirkst du gerade ziemlich ernst«, sagte Timo.

»Ich meine im Leben.«

»Ach so«, sagte Timo. »Ach so.«

Das Café war erfüllt vom Lärm der Studis. Timo beobachtete sie von seinem Platz in der Ecke aus. Sie sahen alle gleich aus. Wie kleine verzweifelte Kreaturen, ängstlich und allein auf der Welt. Ein Barista hämmerte auf den Tresen, um das festsitzende Espressopulver zu lösen.

»Mit Iwan ist Schluss«, sagte Goran.

»Das tut mir leid zu hören. Echt.«

»Nicht wegen der Pornosache«, sagte Goran. »Sondern wegen der Jurasache. Oder wegen New York, was weiß ich. Er geht weg.« Timo musste lachen, aber Goran schüttelte nur den Kopf. »Er weiß einfach nicht, was er will. Und mir ist dadurch klar geworden, dass ich mich mal auf eine Sache konzentrieren und mit dem Rumeiern aufhören muss. Ab jetzt keine Ballettbegleitung mehr.«

»Du meinst, du willst dich ab sofort nur noch aus deinem Trust bedienen«, sagte Timo.

»Fick dich.« Für Goran war das Geld, das seine Großeltern ihm hinterlassen hatten, ein Problem. Er fühlte sich schuldig, weil er es besaß, und manchmal deutete er an, dass sein Schuldgefühl etwas mit seinem Adoptiertsein zu tun hatte. Timo bereute nicht, was er gesagt hatte. Aber der Schmerz in Gorans Augen tat ihm leid. Er meinte es ernst.

»Entschuldige.«

»Wie auch immer, ich kann meine Zeit nicht einfach vergeuden. Ich muss mich reinhängen. Ich bin kein junger Hüpfer mehr.«

»Du gehst quasi am Stock.«

»Ich war mal ein Wunderkind.«

»Weiß ich doch«, sagte Timo. Es stimmte, Goran war ein Wunderkind gewesen, mit minderer, aber solider Begabung. Man hörte, dass er von klein auf ein Konservatorium besucht hatte. An der Art, wie er spielte, als würde er Regeln befolgen, selbst wenn er sie brach. Er hatte ein beeindruckendes Gehör. Aber auch Timo war ein Wunderkind gewesen. Oder vielleicht war einfach jeder ein Wunderkind, wenn er oder sie nur hart und lange genug an etwas arbeitete und es darin schon in jungen Jahren zu einer gewissen Kompetenz brachte. Vielleicht war das, was die Leute für wundersames Talent hielten, in Wahrheit nur unerwartete Kompetenz.

»Fick dich. Du glaubst mir nicht«, sagte Goran.

»Doch, doch.«

»Tust du nicht.«

»Doch.«

»Tust du nicht.«

»Doch.«

»Wie auch immer. Ich finde, du solltest dich auch auf etwas konzentrieren. Warum fängst du nicht wieder mit Klavierspielen an?«

»Der Zug ist abgefahren, fürchte ich«, sagte Timo. »Das weißt du doch.«

»Ach, komm schon, Mann. Das ist doch nicht mehr so wie damals, als wir Kinder waren. Da draußen wartet eine ganze verdammte Welt auf uns. Nicht nur Chopin-Wettbewerbe und Studium. Mit Musik kann man heute so viel mehr machen, als wir früher mal dachten. Du könntest …«

»Was denn? Klavierlehrer auf YouTube werden?« Timo lachte bitter auf. »Soll ich einen Kanal aufmachen und Leuten erklären, was eine Tonika ist? Vielleicht sollte *ich* diese Scheißpornos machen?«

»Jetzt sei doch nicht so, das meinte ich nicht. Und das weißt du.«

»Du meinst, du machst die Konzertkarriere, für die du ausgebildet worden bist, und ich darf dafür sorgen, dass die Schweine ihren Fraß bekommen.«

»Wenn dir Musik etwas bedeutet, tust du alles dafür. Das muss ich dir doch nicht sagen.«

Timo hörte in Gorans Stimme etwas, das auch in seiner Stimme gelegen haben musste, wenn er sich mit Fjodor gestritten hatte. Die schrille Überzeugung, dass ein bestimmter Weg der moralisch richtige war. Eine Gewissheit, die man nur entwickelte, wenn man zum Wahn neigte.

»Nein, danke«, sagte Timo. »Aber es freut mich, dass du deine Musik jetzt ernster nimmst.«

»Ich dachte, das wäre vielleicht etwas, das wir teilen könnten.«

»Was? Wir gründen eine Band? Ein Duo?« Timo lachte wieder. »Nette Idee.«

»So abwegig finde ich das nicht. Das machen doch viele Leute.«

»Leute, die sich Instrumente leisten können. Die Beziehungen haben. Proberäume. Geld. Die, ja.«

»Du bist nicht arm«, sagte Goran. »Warum tun immer alle so furchtbar fromm, sobald es um Geld geht? Du bist genauso in einem fetten Speckgürtel aufgewachsen wie ich.«

Timo trommelte mit den Fingern auf den Tisch. Nein, nicht genauso wie Goran. Sie hatten Geld gehabt, ja. Mehr als andere Leute. Mehr als die meisten, um genau zu sein – aber es war ihnen immer gleich zwischen den Fingern zerronnen. Wie durch ein Sieb war es geronnen und in einem schwarzen Loch verschwunden. Es war das eine, Geld zu haben und zu wissen, dass es auch morgen und übermorgen und überübermorgen da sein würde. Und es war etwas anderes, Geld zu haben und zusehen zu müssen, wie es von Tag zu Tag versiegte und schwand, zu wissen, dass es bald weg sein würde. Und noch etwas ganz anderes war es, nie genügend davon zu haben. Die ganze Welt war bloß eine Abfolge ineinander verschachtelter Hütchenspiele, bei denen es so lange um immer kleinere Geldsummen ging und man immer ein bisschen schlechter dastand als die Person neben einem, bis man ganz unten ankam, wo manche Leute gar nichts mehr hatten.

Er hatte das anfangs nicht verstanden. Selbst nachdem er es durchlebt hatte, hatte er es nicht wirklich verstanden. Er hatte nur seine eigene persönliche Not verstanden. Und dass das, was sich für ihn sicher anfühlte, sich für alle sicher anfühlte. Dass seine Werte die *echten* Werte waren. Aber jetzt sah er ein, wie dumm das war.

Die weißen Männer im Fernsehen sprachen doch ständig davon, oder? Vom großen Schwund der amerikanischen Mittelschicht. Zu ihr gehörten seine Eltern. Sie hatten Vermögen gehabt, aber dann war das Fundament dieses Vermögens erodiert, durch Steuern und Zölle, die Verlagerung von Kapital und Arbeit ins Ausland. Durch den Niedergang der Landwirtschaft und Industrie, die bröckelnde Infrastruktur, einst geschaffen vom amerikanischen Wohlstand der Jahrhundertmitte, der dann im Hype der neoliberalen oder auch neokonservativen Neunziger verbrannt worden war. Reagan, Bush, Clinton, und jetzt Obama: Es war alles weg. Alles verbraucht. Oder zumindest umstrukturiert und weggeschlossen hinter immer strengeren Regelungen und Gesetzen. Man brauchte Geld, um an das Geld heranzukommen, und was ihnen blieb, den Hunderten und Tausenden von Familien, die einst genug Geld besessen hatten, um der nächsten Generation ein komfortables Leben zu garantieren – was ihnen blieb, war nichts. Nur die bittere Erinnerung an die Häuser, die ihnen einmal gehört hatten, an die Grundstücke, die einst So-und-so im Stammbaum besessen hatte. Ganz zu schweigen von der Geschichte mit der Hautfarbe. Die Generationen von beigen Oberschicht-Schwarzen, die beige Oberschicht-Schwarze geheiratet hatten, all die Frauen mit ihren Perlenketten und die Männer mit ihren Harry-Winston-Uhren. Das unablässige Betonen, dass man einer langen Linie freier Menschen entstamme, seit zehn, zwölf Generationen von der Sklaverei befreit, ohne den alten Makel der Knechtschaft. Immer das Bemühen um Assimilation und Respektabilität. Die junge, aber sehr verbreitete Vorstellung, dass die Sklaven gar nicht erst unterjocht worden wären, wenn sie wirklich zu etwas getaugt hätten. Dieser ganze hirnverbrannte Unsinn, weitervererbt zusammen mit dem Geld, das mit der Zeit immer weniger wurde. Aber Goran kannte das alles nicht. Seine Familie war weiß. Gorans Familie hatte noch Geld. Timos Familie hatte keins. Deshalb: Nein, ganz sicher nicht genauso wie Goran.

»Für mich hängt an Musik aber noch der ganze andere Mist dran«, sagte Timo. »Das weißt du doch. Da hab ich keinen Bock drauf.«

»Alles Ausreden!«, sagte Goran lächelnd, anscheinend amüsiert. »Das ist doch nur ein Vorwand, um es nicht auszuprobieren! Aber ich werde dich nicht zwingen. Du kannst ja noch drüber nachdenken.«

Timo lächelte zurück. »Okay. Ja. Ich werde drüber nachdenken.«

Sie lächelten sich weiter an, doch beide wussten, dass es eine Lüge war und sie das Ende von etwas erreicht hatten. Timos Liebe war verflogen. Und Goran fühlte es. Aber sie brachten es nicht über sich, es auszusprechen. Es anzuerkennen. Also lächelten sie weiter, bis sie schließlich lachten, dort an ihrem Tisch in der Ecke, während es draußen regnete und kälter wurde und das Café erst laut wurde, dann heiß und dann leer und die Welt sich weiterdrehte, all die Ereignisse ihren Lauf nahmen, ohne auch nur einen Gedanken daran zu verschwenden, dass hier in diesem winzigen, unbedeutenden Partikel der Galaxie die Herzen zweier Menschen wieder und wieder brachen.

## 5

# Gorgonenhaupt

Nachdem Seamus die ersten Verse seines Gedichts geschrieben hatte, geschah etwas Eigenartiges, wenn auch nicht Ungewöhnliches: Das Gedicht zog sich vor ihm zusammen und verschloss sich.

Die Zeilen waren ihm in dieser Form und diesem Klang gekommen, und er hatte das Gefühl, wenn er das Gedicht nur einen Spalt öffnen könnte, gelänge es ihm, auch den Rest herauszuschälen. Viele Stunden am Stück saß er an seinem Schreibtisch und wartete darauf, dass das Gedicht sich öffnete und ihm wieder offenbarte, doch nichts dergleichen geschah. Die Anfangszeilen waren ihm wie das Ende einer langen Phase der Stille in seinem Schreiben erschienen. Doch stattdessen waren sie nur eine Illusion gewesen, oder irgendeine andere Art der Stille.

Trotzdem konnte er sich nicht dazu durchringen, sie seinem Komposthaufen zu übergeben. Noch fühlte sich etwas an ihnen lebendig an, und was es auch war, es ließ ihn nicht los. Und so ging er zum Seminar und ging zur Arbeit. Schnee fiel und schmolz und fiel erneut. Eis überzog die Straßen. Im bergigen Westen brannten uralte Bäume, und im Süden legte Kälte die Leitungen lahm, sodass die Menschen weder Lebensmittel noch Strom oder Wasser hatten.

In der Hoffnung, das neue Gedicht auf diese Weise

hervorlocken zu können, versammelte Seamus seinen Sonettenkranz über die elsässischen Nonnen um sich herum. Beim erneuten Lesen der Gedichte hatte er den Eindruck, dass doch etwas in ihnen stecken könnte – oder zumindest in dem ursprünglichen Drang, sie zu schreiben. In seinem ersten Jahr hatten seine Kommilitoninnen seine Gedichte völlig abgelehnt. Sie hatten sich über ihn lustig gemacht und ihn einen Kolonisator und Sympathisanten des Katholizismus, einen Verfechter der imperialistischen Gräuel genannt. Wo waren die Drohnenangriffe? Wo war die Kapitalismuskritik? Reichte es aus, dass man sich alter Formen bediente, wenn sie der atomisierten Welt von heute nichts entgegenzustellen vermochten? Wie spielte *race* in all das hinein? Wo wurde Weißsein angeklagt? Aber vielleicht war es auch nur ein Ausdruck seiner Angst, seinen Kommilitoninnen das alleinige Sagen zu überlassen.

Durch all das hatte sich Seamus gefangen gefühlt, tief im dunklen Gestrüpp des Lyrikseminars eingesperrt. Doch da draußen gab es eine Welt. Bert hatte sie ihm ins Gesicht gebrannt. Und vielleicht, vielleicht war dieser ganze Scheiß mit dem Studium nur ein Vorwand. Wenn er nicht an seine Gedichte glaubte. Wenn sein Glaube nicht stark genug war, um diese Zweifel zu überwinden. Diese Angst. Dann war er kein Lyriker. Es musste etwas außerhalb von all dem geben, und er musste daran glauben.

Was er brauchte, war ein Zeichen, dass er von seinem Studium in diese größere Außenwelt aufbrechen konnte.

*Einreichung*. So nannten sie es, wenn man seine Arbeiten verschickte. Wenn man den Hals auf den Steinblock legte und auf die kalte Klarheit der Klinge wartete. Man musste an die Ewigkeit glauben. An das, was dann folgte, wenn sie einem den Kopf abgehackt und ihn johlend in die Höhe gereckt hatten. Man musste daran glauben, dass man in diesem Augenblick zu etwas Größerem, Erhabenerem und Prächtigerem wurde. Einreichung bedeutete Unterwerfung, und die erforderte Glauben.

Er stellte die Gedichte über die elsässischen Nonnen zusammen und mailte sie einer bekannten Lektorin bei der *Paris Review*. Nachdem er auf Senden geklickt hatte, wollte er sich übergeben und die E-Mail am liebsten zurückholen. Aber er fand nicht heraus, wie man das Senden rückgängig machte. Es war völlig illusorisch. Sein ganzes Bachelorstudium über hatte er Gedichte an die *Paris Review* geschickt, aber kein einziges Mal auch nur eine förmliche Absage erhalten. Trotzdem, dachte er, vielleicht würde sich durch das Verschicken der Sonette irgendetwas lösen. In Bewegung geraten. Stattdessen fühlte er sich einfach nur elend. Nun war er nicht nur unfähig zu schreiben, sondern schaute auch noch alle zehn Minuten in seine Mails.

Woche für Woche saß er im Seminarraum und schaute über die Kronen der Bäume unten am Fluss oder beobachtete, wie sich Adler auf abgelenkte Raben stürzten und sie aufspießten. Drinnen sprachen seine Kommilitonen über Gedichte, in denen es um ihre Großmütter beim Baumwollpflücken ging oder um die Silberminen in Utah. Linda brachte ein Gedicht über eine Abtreibung mit. Ingrid und Garza saßen links und rechts von ihr und hielten ihre Hände, als sie die Geschichte hinter dem Gedicht erzählte.

»Ich war allein. Daran erinnere ich mich am meisten: wie ich allein auf dem Bett lag, die Füße oben, und mich so einsam gefühlt habe wie noch nie. Und ganz kurz dachte ich echt: Lösche ich gerade den einzigen Menschen auf der ganzen Welt aus, der mich je lieben wird?«

Seamus sah sich im Raum um. Die Augen der anderen waren alle gerötet, sogar die von Oliver. Lindas Art zu schreiben war nicht schlecht. Sie war okay. Manchmal sogar gut, hier und da. Aber es war keine Lyrik, und er konnte sich auch nicht dazu durchringen, Linda wenigstens als Essayistin zu betrachten. Oder zu sagen, dass sich ihre Gedichte, mit den Worten eines fiktiven Robert Lowell in einem Biopic von Elizabeth Bishop, wie »zu Zeilen heruntergebrochene Beobachtungen« lasen. Das war keine Schande. Es brauchte eine gewisse Begabung, gute Sätze zu schreiben und gute Beobachtungen zu machen. Die immerhin besaß sie. Keine geringe Gabe. Die Fähigkeit zur Beobachtung. Es fehlte ihr nur an poetischer Intelligenz.

Doch Linda hatte gelernt – wahrscheinlich hier irgendwo –, dass poetische Intelligenz durch gewisse Taktiken umgangen werden konnte. *Das* war das Wort: Taktik. Emotion. Gefühl. Ihr Gedicht brachte viel Gefühl zum Ausdruck, und es bezog sich auf etwas Schmerzhaftes und Wahres in ihrem Leben. Aber deshalb war es noch lange keine Lyrik. Autobiografie war nicht genüg.

Seamus saß da, die Arme verschränkt, und schaute in den weißen Himmel und die sich vor ihn schiebenden dunklen Zweige.

»Hast du was dazu zu sagen?«, fauchte Linda. »Willst du mir vielleicht sagen, dass meine Abtreibung fake ist?«

»Ich habe deine Abtreibung nie kennengelernt«, sagte Seamus, doch dann wurde er ernster: »Wahrscheinlich habe ich einfach das Gefühl, dass da nicht viel drinsteckt.«

»Wow.«

»Nein, ich meine es ausnahmsweise mal ernst«, sagte Seamus. »Das ist kein Gedisse oder so. Ich will nichts von dir.«

»Wollen und gewollt werden ist wahrscheinlich eh ein Riesenproblem für dich«, sagte Ingrid.

Der Professor räusperte sich. »Bitte.«

»Vergesst es einfach«, sagte Seamus.

»Ich will es hören.«

»Tu dir das nicht an. Nicht von dem«, murmelte Ingrid.

»Ja, weiße Männer haben nicht das Recht, über unsere Körper zu sprechen«, fügte Noli hinzu.

»Gut, dann halte ich mir einfach die Augen zu, sodass ich dich nicht sehe.« Seamus hielt sich tatsächlich die Augen zu, aber niemand lachte. Er ließ die Hände sinken. »Ich sage ja nur, dass es sehr bewegend ist. Es ist sehr, sehr bewegend. Aber was ist es noch? Ist es ein Gedicht? Technisch gesehen ist es vergleichbar mit einem Slasher-Film. Oder mit einem Gruselmärchen.«

»O wow, fick dich«, sagte Linda.

»Das glaube ich jetzt nicht«, sagte Helen.

»Es ist nicht meine Absicht, euch zu provozieren«, sagte Seamus.

»Vielleicht …« Der Professor brach ab.

»Ja, klar, toll«, sagte Seamus. Er war bereits dabei, aufzustehen und sich seinen Rucksack zu schnappen.

Dann also ein weiterer Tag mit Oliver auf der Brücke, ein weiteres frühzeitig beendetes Seminar.

»Die können uns doch nicht ständig rausschmeißen«, sagte Oliver. »Das macht mich echt fertig, Seamus.«

»Diesmal habe ich es gar nicht drauf angelegt. Das sind solche Mimosen.«

»Ist jetzt nicht so, als hättest du ihnen einen Grund gegeben, dich besonders wohlwollend zu betrachten.«

Seamus seufzte. Er hatte nicht die Nerven, sich jetzt auch noch mit Oliver zu streiten. Er lehnte sich gegen das

Geländer. Der Fluss war komplett zugefroren und mit Schnee bestäubt. Seine Augen tränten vom Wind.

»Boah, du musst echt down sein, wenn du nicht auf meine Steilvorlage eingehst. Was ist los?«

»Mann, ich bin so blockiert. Ich bin so megablockiert. Ich hatte ... Also, vor ein paar Wochen, da hatte ich dieses Gedicht. Es kam einfach so. Verstehst du? Ich hatte es schon. Und dann habe ich es verloren. Und jetzt ... ist es weg.«

»Das ist das Schlimmste.«

»Ja. Das Schlimmste.«

»Aber es ist auch nicht so, dass du dich anstrengen würdest, oder?«

»Was?«

»Du hast schon seit ungefähr einem Jahr nichts mehr eingereicht, Seamus. Ich meine, ist es diesmal wirklich was anderes?«

Seamus wusste nicht sofort, wie er darauf antworten sollte. In gewisser Hinsicht war es anders, ja. Doch dann, in einem umfassenderen Sinn, war es das auch wieder nicht. Er hatte nichts geschrieben. Er hatte versucht zu schreiben, aber hatte schon ewig nichts Lebendiges mehr zustande gebracht. Doch er hatte an etwas gerührt. Er streckte die Hand über dem Fluss aus. Er war so nah dran gewesen.

»Ja, diesmal ist es anders«, sagte er.

»Na dann«, sagte Oliver, der sich nach vorn über das Brückengeländer beugte, »musst du dranbleiben.«

Oliver richtete sich wieder auf und joggte zum Ende der Brücke.

Seamus folgte ihm langsam und spürte, wie die Brücke unter ihnen schwankte. Am Ufer kletterte Oliver hinunter auf den zugefrorenen Fluss und reckte die Arme in die Luft. Er holte tief Luft und schrie, so laut er konnte.

Bis auf die beiden war der Fluss menschenleer. Kalt. Die Luft war beißend. In der Stille verdoppelte sich Olivers Schrei und wurde zu einem ganzen Bataillon schreiender Stimmen. Er winkte Seamus heran, und Seamus kletterte vorsichtig über die Steine und den gefrorenen Schlamm nach unten. Er stellte sich auf das Eis. Es fühlte sich fest an. Schwer. Aber über das Eis konnte er auch Olivers Gewicht spüren. Es ächzte unter seinen Füßen. Über ihnen kreisten Adler, die über die Dächer der North Hall und darüber hinaus flogen. Die Wohnheime mit ihren glänzenden Glasfronten. Und auf der gegenüberliegenden Seite des Flusses die Häuser und Studentenverbindungen. Was für ein Frieden.

Oliver keuchte von seinem Geschrei. Seine Lippen waren rissig und rot. Er schlidderte hinüber zu Seamus und packte ihn an den Schultern.

»Bleib dran. Jag ihm nach.«

»Wir reden nicht von einem Reh, sondern einem Gedicht.«

»Gedichte und Rehe, Alter, ein und dieselbe Scheiße.«

»Jetzt klingst du schon wie ich.«

»Dann warst du wohl ein guter Lehrer«, sagte Oliver. Er umarmte Seamus. Die Wärme dieser Geste, die Kraft seiner Arme – Seamus hätte am liebsten geweint. Es war das genaue Gegenteil von dem, was er neulich abends im Wald mit Bert erlebt hatte.

Nein. Bloß nicht daran denken.

Seamus wandte sich ab, so wie er es immer machte, wenn Bert ihn wieder überkam. Er wandte sich von dem Gedanken ab und tilgte ihn aus seinem Gedächtnis. Nein. Nicht das.

»Jetzt lass es raus. Und mach dich wieder an die Arbeit.«

»Nein. Das tue ich nicht.«

»Ich lass dich erst los, wenn du auf mich hörst«, sagte Oliver. Er nahm Seamus in die Mangel, und Seamus schrie ihm lauthals ins Gesicht. Am Ende hatte Seamus eine raue Kehle. Doch er fühlte sich besser. Auf der Brücke waren Schritte zu hören. Zwei Leute reckten ihre Köpfe über das Geländer.

»Scheiße, was war das?«, fragte einer von ihnen.

»Das geht euch einen Dreck an«, rief Seamus hinauf.

Wenige Monate nach der Sache mit Bert war Seamus mit Stafford, dem Maler, zu einer Party gegangen, den er nur deshalb kannte, weil Stafford Papier aus dem Büro des Lyrikseminars im geisteswissenschaftlichen Gebäude geklaut hatte. Stafford unterrichtete einen Einführungskurs in Kunst, der Studierenden aller Fächer offenstand, und manchmal redeten sie über sein Fach. Manchmal redeten sie über Musik. Manchmal fickten sie einfach nur miteinander. Aber dann hatte Stafford ihn zu einer Party von den Tänzern eingeladen, was außergewöhnlich war, weil man Lyriker auf denen normalerweise nicht sah.

Auf dem Weg dorthin hatte Seamus beiläufig erzählt, dass die *Paris Review* ein Gedicht von ihm angenommen hatte – eines seiner Sonette über die elsässischen Nonnen während des Dreißigjährigen Krieges. Stafford erzählte auf der Party allen möglichen Leuten davon, was Seamus verlegen machte, aber auch glücklich. Stolz irgendwie, als hätte er mit seiner Kunst etwas erreicht – auch wenn es nichts Demütigenderes gab, als stolz auf die Veröffentlichung eines Gedichts zu sein. Es zeigte, wie bedürftig man war. Wie ausgehungert. Aber diese Veröffentlichung war die erste echte, wahre Sache, die er mit seiner Lyrik zustande gebracht hatte. Dadurch wirkte die Stille des neuen Gedichts noch seltsamer, noch kurioser und brutaler.

Dort auf der Party, im Dunst von Alkohol und Gras und im Gespräch mit Tänzern, denen er in Wirklichkeit nur auf die Nerven ging, hatte er im Augenwinkel eine bekannte Gestalt entdeckt: Bert. Der Schmerz des Erkennens schoss durch die Narbe in seinem Gesicht, wo sich langsam schon der Grind löste, eitriges Grün in der Mitte und dunkles wütendes Rot an den Rändern. Der Schmerz der Verbrennung. Bert.

Seamus schwankte, ihm verschwamm die Sicht. Stafford fasste ihn am Arm und brachte ihn zum Durchatmen nach draußen, und als er fragte, was los sei, dachte Seamus kurz, er habe sich das alles nur eingebildet. Dass Bert überhaupt gar nicht da war und er nur fantasierte.

Seitdem hatte er nicht mehr schreiben können. Das Gedicht war ihm abhandengekommen. Irgendwie waren das Gedicht und Bert durcheinandergeraten. Noch immer glaubte er manchmal, wenn er mit dem Fahrrad vom Hospiz nach Hause fuhr, er würde den Pick-up hören, der hinter ihm herfuhr und auf ihn zuraste, unsichtbar zwar, aber da. Er träumte von Bert. Wenn er wach wurde, hatte er den Geschmack von Bert im Mund. Er konnte ihn immer noch riechen.

An diesem Abend hatte er Stafford geantwortet, es sei nichts.

Das war der Winter mit Bert. Er lauerte ihm auf. Durch jede dunkle Fensterscheibe und aus jedem Winkel schielte er zu Seamus. Beim Abendessendienst im Hospiz konnte Seamus Berts lautes Lachen manchmal bis in die Küche schallen hören. Und jedes Mal fand er einen Vorwand für einen Gang in den Vorratsraum, wo er sich auf der Toilette einschloss und wartete, bis die Bewohner wieder auf ihren Zimmern waren und die Besuchszeit endete.

Im Frühjahr standen die Abschlussarbeiten an, und weil ihn sonst keiner annahm, saß Seamus wieder einmal im Seminar seines Professors. Zusammen mit seinen Kommilitoninnen, denn sie alle hatten dieselbe Beraterin. Seiner Ansicht nach war das sowohl Pech als auch eine schlechte Entscheidung der Verwaltung. Aber er würde zurechtkommen. Er wusste, wie man zurechtkam. Nach der ersten Sitzung wollte ihn der Professor kurz alleine sprechen.

»Das ist dein letztes Semester«, sagte er.

»Ja. Sie wollen mir doch nicht etwa mit Spaß drohen. Nein, ich weiß schon.«

»Das Abschlusssemester.«

»Ja, ich weiß.«

»Seit über einem Jahr beteiligst du dich nicht, Seamus. Ich kann nicht … Du kannst nicht. Es geht nicht. Du musst etwas einreichen.«

»Ist das irgendein Trick?« Seamus lachte. Sie standen auf dem Gang. Seine Kommilitoninnen gingen an ihnen vorbei und beäugten sie.

»Nein, ist es nicht.«

»Ich verstehe nicht, warum du nicht einfach schreibst«, sagte Stafford. Sie lagen auf dem Boden und schnappten nach Luft.

»Klar, als ob das so einfach wäre«, sagte Seamus. Stafford war gerade noch auf seinem Bauch gekommen. Eine Pfütze wie eine Perle, die abkühlte und in seinen Nabel sickerte. Stafford zündete sich eine Zigarette an, und Seamus zeigte auf das Fenster über dem Schreibtisch. Stafford stand auf, um es zu öffnen, wobei seine Knie und Knöchel knackten. Seine Schritte wirkten träge. Mit dem Zipfel des Lakens wischte sich Seamus das Sperma vom Bauch.

»Ich denke nur, dass es nichts bringt, wenn du es dir noch schwerer machst. Das ist alles.«

»Dir sitzt ja auch nicht ständig ein Rudel Hexen im Nacken.« Seamus drehte sich auf die Seite und vergrub das Gesicht im Kissen. Stafford setzte sich auf den Schreibtisch und blies Rauch aus dem Fenster. Die kühle Luft tat gut. Sie wirbelte den strengen Geruch des Geschirrs und der schmutzigen Decken auf. Seamus musste einen Weg finden, besser zu leben. Was die Wohnung anging, aber vielleicht auch die Lyrik. Er konnte nicht länger so herumlaufen, sein Innerstes nach außen gekehrt, sich krank und mies fühlen und an etwas herumzerren, das nicht nachgab.

»Vielleicht bist du einfach kein Lyriker«, sagte Stafford. Er schnippte Asche zum Fenster heraus. Seamus drehte sich um und sah ihn an.

»Das ist schon ziemlich abgefuckt, so was zu sagen, meinst du nicht?«

»Ich mein ja nur: Wir sind so fixiert auf diese Labels, Lyriker, Maler, Tänzer, Student – und das nur, weil wir gottlose Schwuchteln sind und unsere Welt sich nicht mehr an einer über allem stehenden poetischen Ordnungsinstanz orientiert.«

»Das trifft es fast«, sagte Seamus.

»Fast? Fick dich.« Stafford grinste. »Nein, im Ernst. Das ist genau wie bei Marx. Der totale Verfall der Werte. Was bleibt, sind Arbeit und Kapital.«

Stafford mit seinem kompakten Körper und seinen platinblonden Haaren. Seinem kräftigen Nacken und seinen starken Schultern, der sich lässig zum Fenster drehte, um hinauszuaschen. Auf seiner Schulter sah man ein Lichttrapez, ein grelles Fragment, das aus einer größeren Einheit herausgerissen schien.

»Kann schon sein, aber Lyrik ...«, begann Seamus. Er lag wieder auf dem Rücken und verschränkte die Hände hinter dem Kopf. »Lyrik ist es wert, dass man sein Leben riskiert. Ich meines jedenfalls.«

Stafford zog an seiner Zigarette und schaute ihn an. Das Licht veränderte sich. Das Trapez verschwand. Plötzlich herrschte eine andere Stimmung.

»Ja dann, wenn es dir das wert ist«, sagte Stafford und legte sich wieder zu Seamus auf den Boden, »jag einfach alles in die Luft, was dir im Weg steht.«

Seamus nahm ihm die Zigarette ab und zog selbst daran. Er schmeckte Stafford am Filter. Stafford beobachtete ihn und wartete, dass er ausatmete. Er hielt die Luft an.

Seamus versuchte, nicht an Bert zu denken.

Er versuchte, an seine Mutter und seinen Vater zu denken. An seine Großeltern. An Mr. Fulton. Eunice und Lena. Er versuchte, an die Frauen in dieser ersten Küche in Rhode Island zu denken. An Michigan im Sommer. An die Shakespeare-Aufführungen seines Vaters bei den Sommerfestivals. Er ging die lange Liste an Dingen durch, die er in dem Gedicht sagen wollte, und was er sich von ihm wünschte. Er dachte an das schlechte Gedicht von Beth. Das lag jetzt schon so viele Monate zurück. Es schien belanglos zu sein, jetzt, wo er sich für diesen Weg entschieden hatte. Aber er musste schreiben. Mehr war es nicht. Er musste schreiben. Immerzu schreiben.

Das Problem war nur, dass er mit diesen ganzen Vorstellungen davon herumlief, was Schreiben bedeutete.

Was, wenn er etwas schrieb und sich herausstellte, dass er ein Niemand war?

Würde ihn das wirklich so sehr überraschen, ein Niemand zu sein?

Wäre das wirklich so ein Schock?

Nein.

Diese Lektion hatte er schon gelernt.

Er dachte an Oliver auf dem zugefrorenen Fluss vor den Semesterferien. An seine gellenden Schreie. Genau das brauchte er. Es einfach loszulassen. Rauszulassen. Erneut schlug er sein Notizbuch bei den ersten Versen auf. Er hatte die Zeilen Dutzende Male auf Dutzenden von Seiten wiederholt, durchgestrichen und wiederholt und dabei viele Notizbücher gefüllt.

Wieder schrieb er sie nieder, nur einmal noch, als wollte er sich selbst an sie erinnern:

*Wie gewaltig dein Werk, o Gorgonenhaupt –*
*die Nacht, das Jahrhundert, die Stille, der Schrei.*

Bis zum Ablauf der Einreichungsfrist für die nächste Seminarsitzung arbeitete Seamus drei Tage lang an dem Gedicht. Er ballerte drauflos, schrieb zuerst lange und dann kurze Verse, ausgedehnte Strophen und dann einen einzigen riesigen Absatz. Er versuchte es mit einem Prosagedicht. Er versuchte es mit einem Sonett, aber es wollte nicht aufgehen. Er versuchte, das Gedicht in eine Sestine zu zwängen, im Glauben, dass er es dann knacken könnte wie einen Zauberwürfel, doch es verschloss sich weiter vor ihm. Er schrieb am Computer und auf einem Block. Er versuchte es mit Tinte und mit Grafit. Er zeichnete das Gedicht. Er schrieb es. Er träumte es. Er aß Teile seiner Entwürfe und dachte, das würde irgendwie helfen. Aber sein Magen schmerzte, und er konnte nicht aufs Klo. Er trank kalten und abgestandenen Kaffee. Er trank Whiskey. Er rauchte draußen im Schnee, der schließlich gefallen war, nach tagelangem Drohen. Sein Rücken fing an zu schmerzen. Seine Beine wurden taub. Seine Fingerspitzen waren vom Feuerzeug versengt. Er hatte Zigarettenstummel in den Hosentaschen. Er masturbierte wie verrückt, bis seine Unterwäsche vom Sperma ganz steif wurde. Sein Schwanz roh und wund. Immer wieder starrte er ihn minutenlang an und dachte, dass er sich bei Bert vielleicht etwas eingefangen haben könnte. Er schrieb lange E-Mails an seine Lehrer an der Brown und an Mr. Fulton, von dem er später erfuhr, dass er zwei Jahre zuvor gestorben war. Was er deshalb herausfand, weil er im Internet nach verschiedenen Menschen aus seiner Vergangenheit suchte und dabei ihre Todesanzeigen entdeckte. Er sah sich Zeitraffervideos von blühenden Pflanzen an. Er entwarf einen Plan für einen kleinen Garten vor seinem Haus. Er informierte sich über die Preise für tropische Pflanzen. Er las erneut *Othello*. Er las die ersten fünf Seiten Proust. Er masturbierte weiter. Wenn er kam, verkrampfte sich sein Körper, und er dachte kurz, er würde in zwei Teile zerbrechen. Er schmierte sein Sperma auf dem Laken breit. Er schmierte es in seine Brusthaare, wo es fest wurde und schillerte wie das Innere einer Muschel. Er rief Oliver an, aber Oliver ging nicht ran. Er schickte ihm Nachrichten, aber Oliver antwortete nicht. Er schickte ihm ein Foto von sich, auf dem er nackt war, aber Oliver antwortete nicht. Und dann, nach dem Nacktfoto, schickte er eine weitere Nachricht: *war nur spaß, mann, geh ran.*

Er schrieb Stafford. Er schrieb Hartjes. Sie kommunizierten mit den Textbrocken schwuler Männer: *hey, hey, was geht, und bei dir, nichts, hart, müde, schönen tag dir, morgen, hey, was geht, nichts, schreibe gerade, cool, und du, nichts, mittagspause, gut, arbeite, schreibe, was geht, und du?* Es gab Momente, in denen sich Seamus in seinem Schwulsein alles andere als eloquent fühlte, aber er mochte auch die aufgeheizte Spannung daran. Wo es vielleicht noch hinführte. In diesem Fall zu nichts. Sie schickten sich nur ein paar Dickpics und Fotos ihrer Körper und sagten: *bin krass hart, will dich so sehr.* Und einmal riefen Hartjes und er sich über FaceTime an und holten sich keuchend einen runter, während sie einander beschrieben, wie sie sich berührten und streichelten. So richtig hart wurde Seamus, als Hartjes sagte: *Ich kann dich spüren. Du bist so warm, wenn du dich ganz eng um mich schließt. Ich kann dich spüren* – das fühlte sich so nah an. So rein und gut. Als Seamus kam, schämte er sich. Nach dem FaceTimen schrieben sie sich keine Nachrichten mehr.

Aber das alles gehörte zum Schreiben. Das alles, diese drei Tage, war Schreiben. Sogar das Nichtschreiben. Sogar das Wichsen, um nicht nachzudenken über das Schreiben. Über die Unmöglichkeit des Schreibens. Der Versuch, eine Form für das Gedicht herauszumeißeln. Für das Gefühl. Für die Sache, die er an diesem Abend durchgemacht hatte. Bert. Den Pick-up auf der Straße, der ihm nach Hause gefolgt war. Hartjes vor dem Parkhaus. Die seltsame Einsamkeit in seinem Leben. Seine Eltern. Sein Vater. Er versuchte, ein Gedicht zu schreiben, das all das enthielt und doch nichts von alldem preisgab. Denn das war ein wahres Gedicht. Etwas, das keine Spuren von dem trug, was es hervorgebracht hatte. Darauf kam es ihm an. Die Unsichtbarkeit dessen, was in das Gedicht eingeflossen war. Es war keine Feigheit. Es war keine

Angst. Es war Vorsatz. Es war Zweck. Es war das, was er am meisten wollte. Sich verstecken. Etwas sehen, ohne selbst gesehen zu werden.

Es dauerte drei Tage, aber am Ende kam das Gedicht. Er mailte es seinem Seminar mitten in der Nacht, und am nächsten Morgen hinterlegte er einen Ausdruck am Empfang des Instituts. Nachdem er das Gedicht eingereicht hatte, blieb er auf dem Heimweg auf der Brücke stehen. In der Nacht war ein wenig Schnee gefallen, und an diesem Morgen durchzog die Welt etwas Feuchtes und Wollenes.

Der Himmel hing schwer und tief über dem Ufer, und die Luft auf seinen Wangen fühlte sich dicht und kalt an. Der grüne Fluss floss träge und blank unter der Brücke hindurch. Sein Gesicht war von der Kälte ganz steif und auch davon, dass er noch nicht geduscht hatte. Er konnte sich selbst deutlich riechen, den Moschusduft und den Geruch davon, zu lange im eigenen Saft geschmort zu haben.

Als er zu Hause ankam, stand Oliver auf der Eingangstreppe und wartete auf ihn, die Hände tief in den Taschen seiner dunklen Jacke vergraben. Er schaute auf und sah Seamus.

»Hey«, sagte Oliver.

»Hey«, sagte Seamus, der verlegen und nervös war, wegen der Nachrichten, wegen des Nacktfotos, wegen der Verzweiflung, die sich jetzt wie die schlimmste Art von Geständnis anfühlte.

»Das war ja mal unerwartet, oder?«, sagte Oliver.

»Das mit dem Foto tut mir leid, Mann.«

Oliver blinzelte, kurz lag Verwirrung auf seinem Gesicht. Seamus atmete durch die Nase aus, und sein Atem wurde zu einer weißen Wolke. Er spürte den Belag auf seinen Zähnen.

»Was?«, fragte Oliver. »Oh, nein. Ich meinte das Gedicht. Es ist verdammt gut.«

»O Scheiße«, sagte Seamus. »O Scheiße.« Er hockte sich auf den Boden und fuhr sich mit den Händen durch die fettigen Haare. »O Scheiße.«

Oliver ging auf ihn zu und hockte sich neben ihn. Er legte Seamus die Hand auf die Schulter. »Geht's dir gut?«

»Nein«, sagte Seamus. »Scheiße.«

Wie seltsam. Auf dem Rückweg zu seiner Wohnung hatte er nicht eine Minute daran gedacht, dass andere das eingereichte Gedicht natürlich auch lesen würden. Sie würden Bescheid wissen. Das war Teil des Plans gewesen, aber beim Schreiben hatte er es aus dem Blick verloren. Er wollte sich zusammenrollen. Sich klein und unsichtbar machen. Er zitterte. In dem Gedicht ging es zu sehr um ihn. Es ging zu sehr um Bert und den Trailerpark und seine Eltern und seine Großeltern und zu sehr darum, wie heftig es wehtat, nicht so gewollt zu werden, wie man gewollt werden wollte. Zu sehr um die Dinge, die er in sich vergraben und weggeworfen hatte. Es war gemein und grob, und es steckte zu viel von seinem Fleisch und Blut darin. Er hasste das Gedicht, aber viel mehr noch hasste er, wie zufrieden er mit dem Gedicht gewesen war. Wie es ihn ausgebremst hatte. Man sollte die Kontrolle über die eigene Lyrik behalten. Über ihre Mechanismen. Aber er konnte nicht alles kontrollieren. Und das hasste er.

»Seamus, Mann. Dieses Gedicht ist unglaublich. Du musst dir überhaupt keine Sorgen machen. Was ist los mit dir?«

Er konnte es nicht sagen. Nicht zu Oliver. Er schwankte in der Hocke. Er zitterte. Die Welt verschwamm. Die Kälte steckte in seinem Mund. Er fuhr sich mit der Zunge über die Lippen.

Was konnte er sagen? Er lachte heiser.

»Ja, es war, na ja, egal. Danke.« Er stand auf, seine Knie knackten. »Ich habe es in letzter Minute geschrieben.«

»Echt?«, fragte Oliver. »Für mich las es sich *durchgearbeitet*. Es ist toll.« Olivers Hand lag auf seinem Handgelenk. Seamus wurde warm.

»Willst du mit hochkommen?«, fragte Seamus.

»Ja«, sagte Oliver. »Gern.«

Als Seamus aus der Dusche kam, saß Oliver am Fenster in dem falschen Eames-Stuhl, den er sich vom Schreibtisch herangezogen hatte. Er ließ einen Bleistift auf den Fingern kreiseln. Er hatte die Jacke ausgezogen und trug ein grünes Karohemd und eine graue Jogginghose. Mit den überschlagenen Beinen sah er aus wie ein Professor.

Seamus war noch ganz warm vom Wasser. Seine Haare waren nass. Er setzte sich auf seine Matratze. Oliver kam und hockte sich zu ihm. Anfangs küssten sie sich unsicher. Seamus' Hand fand Olivers behaarten Bauch und glitt dann in seine Hose, wo er halb hart war. Ihre Küsse wurden sicherer, wie ein langsam dunkler werdendes Stück Stoff. Oliver legte sich auf die Matratze und zog Seamus auf sich. Er schob das Handtuch zur Seite, und dann streifte Seamus Oliver die Hose von den Beinen, und schon waren sie nackt. Im Zimmer war es feucht und kalt. Das durch das Fenster einfallende Licht war schwach und fahl. Wie etwas Seltsames und Unbegreifliches. Mal schnell, mal langsam holten sie sich gegenseitig einen runter. Oliver schaffte es nicht, hart zu bleiben. Immer wieder entschuldigte er sich und wendete den Blick von Seamus' Schwanz ab. Seamus war hart, aber sein Schwanz war wund. Als er auf Olivers Oberschenkel kam, schoss etwas Heißes und Brennendes durch ihn hindurch. Oliver packte ihn. Er stemmte die Hüften in die Höhe. Sein Blick war wild und verzweifelt. Keuchend sagte er immer wieder, *bitte, bitte hör nicht auf*, und Seamus packte ihn noch fester und machte es ihm mit der geschlossenen Faust. Im letzten Moment beugte er sich hinunter und nahm Oliver in den Mund. Er schmeckte frisch und rein wie Schnee. Dann kam der glitschige Schleim seines Spermas. Oliver stieß einen leisen, zufriedenen Laut aus.

Bert war mit ihnen im Zimmer. Erst vor ein paar Monaten hatte Seamus in genau dieser Position – genau dieser Haltung der Unterwerfung – zugelassen, dass Bert seinen Mund benutzte. Er hatte sich von Bert benutzen lassen. Er hatte benutzt werden wollen. Über die Wunschklinge einer anderen Person geführt werden wollen, um sie zu schärfen. Aber Oliver krallte sich nicht in seinen Hinterkopf und fickte ihn auch nicht in den Mund. Stattdessen streichelte er Seamus' Ohrmuschel, er flüsterte *bitte* und flehte um Gnade. Es war das Gegenteil der Begegnung mit Bert. Dieser Szene in der Dunkelheit und Kälte des Waldes. Seamus schaute auf und sah, wie sich Olivers Gesicht vor Lust verzerrte. Als würde er von einer fernen, göttlichen Kraft berührt. Es war die Vorahnung, die er vor Monaten auf der Brücke gehabt hatte. Schmerz und Not und Bedürftigkeit und Lust, alles auf einmal. Er sank tiefer über Olivers Schwanz, bis er ihn tief im Rachen spürte und sich öffnete und versuchte, Oliver ganz in sich aufzunehmen. Nicht nur diesen Teil von ihm, nicht nur diesen Moment. Sondern alles von ihm und alles, was er je gewesen war und je sein würde. Als Akt der Rache. Er wollte Oliver auslöschen. Es ihm heimzahlen dafür, dass er hergekommen und auf ein Gedicht hin aufrichtig gewesen war. Ein beschissenes Gedicht.

Aber Bert war mit im Zimmer, und Seamus war auf den Knien, Oliver in seinem Mund – es war alles falsch und alles richtig und alles verkorkst. Oliver stöhnte, und dann kam er in Seamus' Mund, und Seamus schluckte und dachte sich *Amen*.

Danach lagen sie nebeneinander auf der Matratze. Im Zimmer war es still. Es war später Nachmittag. Seamus machte Oliver etwas Suppe warm, die er nur so verschlang. Das Licht färbte sich blau, und sie berührten sich wieder, und diesmal schlang Oliver die Beine um Seamus' Hüften und bat ihn, sein Gedicht aufzusagen, während er in ihn eindrang.

Das war Seamus zu peinlich. Er sah auf Oliver hinunter, der auf dieser schmutzigen, tristen Matratze lag, und konnte sich nicht dazu durchringen, sein eigenes Gedicht zu rezitieren. Stattdessen lachte er nervös und sagte: »Halt den Mund.«

Sex mit Oliver war nichts, von dem Seamus gewusst hatte, dass er es unbedingt wollte. Sex mit Oliver war ihm als Möglichkeit nie in den Sinn gekommen. In ihrem ersten Jahr hatte Oliver etwas mit diversen Frauen aus dem Studiengang und aus der Kunstgeschichte gehabt, wo er oft Seminare besuchte. Oliver wirkte durch und durch heterosexuell. Und trotzdem hatten sie ihre Münder und Hände jetzt überall. Seamus war in Oliver gewesen, dem langen, dunklen Gang seines Körpers. Sie hatten sich mit Speichel und Sperma und Schweiß und anderen, dunkleren Flüssigkeiten beschmiert. Sein Rücken schmerzte an der Stelle, wo ihm Oliver die Fersen fest ins Fleisch gegraben hatte. Oliver verbarg sein Gesicht hinter seinem Arm. Es schneite wieder.

»Ich wusste nicht, dass du zu so einem Gedicht fähig bist«, sagte Oliver schläfrig. »Ich hatte keine Ahnung.«

»Lass gut sein«, sagte Seamus. »Es ist sowieso billig.«

»Ist es nicht«, sagte Oliver, und dann noch einmal so viel leiser, als Seamus für möglich gehalten hätte: »Ist es nicht.«

»Was war das hier überhaupt?«, fragte Seamus. »Bist du hergekommen, um mich zu verführen?«

»Nein – glaube ich jedenfalls nicht. So war es nicht. Ich wollte eigentlich nur sagen, wie gut mir das Gedicht gefallen hat.«

»Fickst du jeden, dessen Gedichte dir gefallen?«

»Nein«, sagte Oliver. »Das war es nicht. Ich weiß nicht. Du sahst vorhin so traurig aus. Draußen. Ich konnte nicht anders.«

»Na toll«, sagte Seamus. »Sex aus Mitleid.«

»Tut mir leid«, sagte Oliver. »Und nein, es war kein Mitleid.«

»Klingt aber danach.« Seamus setzte sich auf. Er war wütend. Er stieß gegen Olivers Suppenschüssel, und der Löffel darin klirrte laut. Der Boden knarzte.

»Ich habe dich nicht bemitleidet. Ich habe nur gesagt, dass du vorhin so traurig aussahst.«

»Das ist Mitleid. Großartig, danke«, sagte Seamus. Er zog sich ein langes T-Shirt an und stieg in seine schmutzige Unterhose.

Jetzt richtete sich auch Oliver auf der Matratze auf, das dünne Laken über die Beine gezogen. Sein Körper war weich und blass. Er glühte fast. Seamus räusperte sich.

»Du solltest vielleicht duschen oder, keine Ahnung, gehen.«

»Seamus«, sagte er.

»*Oliver*«, äffte Seamus ihn nach. Eine ungezügelte, körnige Hitze stieg in ihm auf. Mitleid, dachte er, Mitleid, was war schlimmer als Mitleid?

Oliver seufzte. Er stand auf und überragte Seamus für einen kurzen Moment. Er zog sich an und drehte sich dann, zum Schluss, noch einmal zu ihm um.

»Ich fand dein Gedicht wahnsinnig toll«, sagte er. »Ich fand es mutig.«

Seamus schlug die Tür hinter ihm zu.

Mut hatte nichts mit Lyrik zu tun, dachte er. Er pfefferte Olivers Schüssel in die Spüle, wo sie laut krachend zerbrach. Mit langsamer, wütender Vorsicht wusch er beide Teile ab und dachte, *der kann mich mal, der kann mich mal, der hat doch keine Ahnung.*

Im Seminar nahm er wie üblich seinen Platz neben Oliver ein, der ihn nicht ansah. Er versuchte, Olivers Aufmerksamkeit zu erhaschen, aber sobald sich ihre Blicke trafen, schaute Oliver weg. Linda saß neben ihm und bedachte ihn mit einem angedeuteten, abschätzigen Lächeln, das er ihr irgendwie übel nahm. Helen ließ sich neben Linda nieder und schaute ihn genauso wenig an. Jemand hatte eine Kanne Kaffee aufgesetzt, und der kleine Raum füllte sich mit dem Geruch von billigen, bitteren Bohnen.

Sie saßen alle da in ihren Jacken und Schals, Pullis und Jogginghosen, alle mit roten und feuchten Gesichtern – vom Schnee, von der Anstrengung, vom Schweiß –, und er konnte ihre Seife riechen und was unter ihrer Seife lag, die Hitze ihrer animalischen Körper. Ingrid kam mit dem Professor herein. Ihre Haare leuchteten im Winterlicht. Die beiden lachten leise, und seine Hand lag auf ihrem Rücken, als führte er ein Pferd. Die Stimme des Professors klang tief und rau. Er setzte sich Seamus gegenüber, und kurz trafen sich ihre Blicke. Seamus hatte das Gefühl, dass alles zwischen ihnen ausgeräumt sei, ihr

Blickkontakt wie eine gespannte Schnur, die sie verband. Der Professor summte vergnügt.

»Die Seminarlektüre dieser Woche war ziemlich stark«, sagte er und schaute sie nacheinander mit dümmlichem Stolz an. »Es ist mir eine Ehre, eure Arbeiten zu lesen.«

Das waren die heiligen Worte, mit denen er jede Sitzung begann, damit sich die Anspannung legte. Es war Seamus peinlich, wie erleichtert er sich fühlte, das zu hören. Er grub den Daumen in die Seite seines Oberschenkels und drückte fest zu, auch wenn er es nur im Gelenk seines Fingers spürte, das sich zurückbog und zu verrenken drohte.

»Und es gab auch ein paar neue Namen in der Sammlung«, sagte er, und Seamus' Nacken glühte. Oliver hüstelte leise.

»Na dann, fangen wir an? Mit einer Lesung, vielleicht …?«

»Entschuldigen Sie«, sagte Helen. Der Professor blinzelte und nickte dann träge. »Ein paar von uns haben sich vorhin unterhalten, und … na ja, es fühlt sich nicht fair an.«

»Was fühlt sich nicht fair an?«, fragte der Professor, und die Stimmung im Raum schien umzuschlagen, Gemurmel setzte ein.

»Ähm, also, wir finden es nicht fair, dass wir Gedichte lesen müssen, die eindeutig böswillig sind und unsere Arbeit niedermachen.«

Seamus beobachtete das Mienenspiel in den Gesichtern der anderen: Manche rissen überrascht die Augen auf, manche grinsten frech, manche schauten schadenfroh zu. Andere sahen ihn mit etwas an, das mehr als die übliche Abscheu zu sein schien. Er war es gewöhnt, dass Menschen ihn nicht leiden konnten, ihn für gemein oder engstirnig oder überheblich hielten. Er kannte das. Er kannte es, dass Menschen die Augen verdrehten, aber bisher hatte er noch nicht einmal etwas gesagt. Je länger das Schweigen anhielt, desto sicherer war sich Seamus, dass die Leute ihn anstarrten. Oliver malte eine Reihe konzentrischer Kreise in sein Notizbuch.

»Würdest du das bitte weiter ausführen, Helen?«, erkundigte sich der Professor, doch sie schüttelte nur steif den Kopf.

»Ehrlich gesagt möchte ich dem Gedicht nicht noch mehr von meiner Zeit widmen. Es ist unfair. Und das wollte ich deutlich sagen.«

»Um wen geht es denn?«, fragte Seamus scharf. »Raus damit.«

»Sprich mich nicht an«, sagte sie. »Du darfst nicht mit mir sprechen.«

»Ich finde, wir sollten uns alle ein bisschen beruhigen«, sagte Oliver.

»Wehe, du nennst sie hysterisch«, sagte Linda.

»Tue ich nicht. Ich finde nur, wir sollten uns ein bisschen beruhigen, das ist alles«, sagte Oliver.

»Wir *sind* ruhig«, sagte Linda.

Oliver schaute von einer Seite zur anderen, und als er sah, dass auch er scharf beobachtet wurde, verstummte er.

»Was ist das für ein gemeines Gedicht?«, fragte Seamus. »Beziehungsweise: Sind wir nur hier, um Sachen zu lesen, mit denen wir uns gut fühlen? Das kommt mir absurd vor.«

»Ich sage nichts mehr dazu«, sagte Helen. Sie schüttelte den Kopf.

»Okay, alle miteinander. Also. Nehmen wir uns doch einen Augenblick zur Reflexion, ja?«

Beth saß still neben dem Professor. Ihre Fäuste waren

so heftig geballt, dass man von der gegenüberliegenden Seite des Raumes aus fast die Rillen in den Knochen ihrer Fingerknöchel erkennen konnte. Seamus begriff sofort.

»In dem Gedicht geht es nicht um dich, falls du das glaubst«, sagte Seamus.

»Sprich sie nicht an«, sagte Ingrid. »Du hast nicht das Recht, mit ihr zu sprechen.«

»Tut mir leid, aber: Was soll das? Ich darf nichts sagen?«

»Darfst du schon. Nur nicht zu Leuten, denen gegenüber du gewalttätig geworden bist«, sagte Garza gleichmütig.

»In meinem Gedicht geht es nicht um sie. Oder um ihr Gedicht. Es geht darin um keine von euch«, sagte er. »Ich gebe hier nicht den Sozialarbeiter.«

Oliver zuckte zusammen.

»Sozialarbeiter«, sagte Ingrid und nickte vieldeutig. »Also gut.«

»Ich bitte euch, wir verlieren aus dem Blick, warum wir hier sind: Wir wollen Texte bezeugen«, sagte der Professor, doch Seamus bebte. Er stand auf und legte die Seminarlektüre auf den Stuhl hinter ihm.

»Ja, Sozialarbeiter«, sagte er. »Genau.«

»Und trotzdem, Seamus, sitzen wir irgendwie … im selben Seminar? Was also bist du dann?«

»Gelangweilt«, sagte er scharf. »Und zwar so richtig, zu Tode gelangweilt.«

»Ich schlage vor, du mäßigst deinen Ton«, sagte Linda.

»Leute, bitte …«, sagte der Professor.

»Oder was? Lässt du mich sonst wegen *Gewalt* rauswerfen?«

»Wow, echt jetzt? So weit geht das hier? Dass wir Überlebende verhöhnen?«

»Was?«, sagte Seamus und fuhr herum. Beth hatte gesprochen. Seine Augen pochten, und die Ränder seines Gesichtsfelds verfinsterten sich.

»Überlebende verhöhnen. Echt jetzt? Wenn du *Gewalt* sagst, klingt es, als würde es die nicht geben.«

»Natürlich gibt es Gewalt«, sagte er.

»Nein, so meine ich es nicht. Ich meine, dass es bei dir so klingt, als sei sie ein objektiver Zustand und nicht … zutiefst persönlich und subjektiv.«

»Entweder etwas ist gewaltvoll oder nicht«, sagte er, obwohl er wusste, dass das nicht stimmte. Er hasste es nur, in einer Diskussion den Kürzeren zu ziehen. Beths Augen weiteten sich. Er konnte sehen, dass ihr die Situation etwas abverlangte, aber ihm verlangte sie auch etwas ab, und es war nicht gerecht. Ihr gegenüber, ihm gegenüber, allem und jedem gegenüber, das war alles nicht gerecht.

»Was dir passiert ist, tut mir leid«, sagte sie ruhig, und im Zimmer wurde es still.

»Geht's noch? Wovon redest du?«, fragte er.

»Von deinem Gedicht«, sagte sie, nahm es aus ihrem Notizbuch und faltete es auseinander. Sie las es ihm und den anderen vor, und während sie es vorlas, fühlte er sich wie betäubt. Ein lautes Dröhnen in seinen Ohren dämpfte ihre Stimme.

*Wie gewaltig dein Werk, o Gorgonenhaupt –*
*Die Nacht, das Jahrhundert, die Stille, der Schrei.*
*Ein Festaltar wartet, der alte Gott weiß,*
*Wie dürftig unser Mahl, das kleine, das große.*
*Hast du sie warten sehen? Hoffen?*
*Nein, schau dort, neben dem Fluss, auf den*
*Platten aus Eis,*

*Löst sie sich auf, in Zeit, in Licht, es ist vorbei.*
*Ich kannte sie einst – vor langer Zeit, frag nicht,*
*Denn dann müsste ich dir alles erzählen,*
*Und das ist kein Geschenk, nur Schweigen.*
*Die Nacht, das Jahrhundert, die Stille, der*
*Schrei –*
*Endlich antwortet sie und spricht:*

»Es ist nur ein Gedicht«, sagte er, als Beth fertig war, doch sie schüttelte den Kopf.

»Ist es nicht«, sagte sie. »Es ist nicht nur ein Gedicht. Was dir passiert ist, tut mir leid.«

»Das ist doch verrückt«, sagte Seamus und lachte laut. »Mir ist nichts passiert.«

Der Professor hatte den Finger an die Lippen gelegt und nickte, als würde Beths Lesung noch nachhallen.

»Besprechen wir das Gedicht, ja? Nicht die Person. Das Gedicht. Seamus, bitte, nimm wieder Platz.«

Seamus ließ sich auf den Stuhl sinken. Ingrid nahm ihre Aufzeichnungen heraus. Oliver schob seinen Schuh an die Innenseite von Seamus' Schuh. Es war eine Geste des Trosts, aber Seamus stand zu sehr neben sich, um darauf einzugehen. Er brummte.

»Es geht offensichtlich um ein unverarbeitetes Trauma«, sagte Noli. »Wie es unter traditionellen Vorstellungen von Männlichkeit und männlichem Stolz begraben wird. Aber ist das neu? Ist es interessant?«

»Ich meine, das weiße lyrische Ich des Gedichts zeigt kein Mitgefühl, und vielleicht ist es das, was das Gedicht versucht? Oder? Doch noch unser Mitgefühl zu erregen?«

Seamus merkte, wie er seinen Körper verließ, während sie sein Gedicht zerpflückten. Ein feuchtes Frösteln saß ihm im unteren Rücken, und er spürte, dass er dennoch schwitzte. Er beobachtete Beth auf der anderen Seite der Tische, beobachtete, wie sie ihn beobachtete, ihren ruhigen und nachsichtigen Blick.

Ingrid sagte: »Aber glauben wir ihm? Glauben wir seinen Schmerz? Ist er echt?«

»Ich meine, ist das nicht eine Art Vergewaltigungskultur?«, fragte Linda.

»Das ist eine interessante Kritik«, sagte Ingrid und nickte.

»Das lyrische Ich ringt eindeutig mit seinem Geschlecht und seiner Sexualität, und damit, wie ein Körper durch Trauma gezeichnet wird und wie dieses Trauma im Ich codiert ist – aber auch, dass die Art, wie unsere Gesellschaft dieses Trauma entschlüsselt und liest, in direkter Spannung zur Identität des lyrischen Ichs steht. Also könnte man meinen, dass das Trauma seine Männlichkeit sozusagen untergraben hat.«

»Auf den Punkt«, sagte Helen. Jemand schnaubte zustimmend.

»Und was ist mit der Form?«, fragte der Professor. »Eine eigenartige, beinahe klassische Form, wenn auch eindeutig freier Vers? Ich muss zugeben, die Skandierung ist ... schlicht. Beinahe wie von einem Kind.«

»Die Unschuld«, sagte Beth. Seamus spürte etwas Scharfes und Warmes an der Unterseite seiner Zunge.

»Ich wollte ...«, setzte er an.

»Seamus? Hast du eine Frage?«, antwortete der Professor.

»Nein«, sagte Seamus.

»Okay, wenden wir uns etwas anderem zu. Wer ist eurer Meinung nach dieses *sie* im Gedicht?«

»Höchstwahrscheinlich seine Mutter. Irgendetwas ist da eindeutig beschädigt, oder?«, sagte jemand. »Ich meine, sie ist kaum noch als Körper vorhanden. Wie die Chiffre einer Mutter.«

»Chiffre einer Mutter ist mein Drag-Name«, sagte Noli.

Linda lachte. Dann lachte Beth. Sie alle lachten, außer Oliver, der noch immer Kreise zeichnete. Seamus hatte keines der anderen Gedichte aus der Seminarlektüre gelesen. Er war zu sehr mit sich beschäftigt gewesen. Er atmete durch die Nase aus.

»Okay, okay«, sagte der Professor, der selbst ein wenig lachte. »Chiffre einer Mutter. Und der Titel?«

»Eine Hommage«, sagte Beth bitter.

»Ich würde sagen, der Titel leistet ziemlich viel«, sagte der Professor. »Denn die Gorgone ist eine Frau, die Menschen allein mit ihrem Blick zu Stein erstarren lässt. Und hier, in diesem Gedicht, gibt es eine mysteriöse Frau, die ein Geheimnis hütet, richtig? Und das lyrische Ich erinnert sich an eine Begegnung mit diesem ... Wesen. Die offenbar mit einer Versteinerung endet. Was meint ihr dazu?«

»Ich glaube, Sie treffen es schon ziemlich gut, Prof«, sagte Linda.

»Ich glaube, das Gedicht lechzt nach Bedeutung«, sagte Ingrid. »Das Gedicht versucht verzweifelt, etwas zu fassen zu kriegen, aber der Titel ist, glaube ich, letztlich nur ... leerer Intellektualismus.«

»Ich finde, es ist wie Pop-Art«, sagte Helen. »Oder? Es spielt mit Kontext. Es spielt mit Genre. Es ist meta. Es verweist. Ich glaube, es bleibt im Gedächtnis.«

»Ich nicht«, sagte Ingrid.

Seamus kniff die Augen zusammen. Er beugte sich vor und stützte die Ellbogen auf die Knie. Er war es leid mitzuerleben, wie sie sich über sein Gedicht ausließen. Es fühlte sich nicht so an, als hätte er ihnen eins ausgewischt, sondern vielmehr, als hätte er sich selbst eins ausgewischt und etwas getan, das er jetzt bereute. Er selbst konnte das Gedicht kaum entziffern. Er verstand es selbst kaum. Kurz schloss er die Augen und erinnerte sich daran, wie die Verse nach diesen drei Tagen endlich gekommen waren, wie gut sich das angefühlt hatte, aber auch, wie geheimnisvoll sie ihm erschienen waren. Sie fühlten sich richtig an, ohne dass er sie durchdringen konnte, und das war wie ein Verrat an dem Projekt. Trotzdem war er stolz auf diese Verse gewesen, sich ihrer sicher. Sie hatten sich richtig angefühlt.

Aber während sie sich über sein Gedicht stritten, verstand er etwas, das er zuvor nicht verstanden hatte. Je richtiger sich etwas für ihn anfühlte, desto weniger hatte das in Wahrheit damit zu tun, wie es sich für andere anfühlte. Er hatte auf naive und kindische Weise versucht, die Welt davon zu überzeugen, dass er im Recht war, obwohl es ihm hätte genügen müssen, selbst daran zu glauben. Und schuld daran war sein Stolz.

Ihm tat der Bauch weh. Ihm taten die Arme weh. Er lehnte sich auf seinem Stuhl zurück. Und ließ sie los. Ihre Stimmen wurden immer schwächer. Ihr Gerede dumpf. Oliver legte ihm die Hand auf den Oberschenkel, und Seamus verfolgte die Kontur seiner Hand von den Fingern bis zum Handgelenk, vom Handgelenk bis zum Arm, vom Arm bis zur Schulter und zu seinem Gesicht. Oliver schaute ihn an. Oliver lächelte. Seamus schüttelte den Kopf und zuckte mit den Schultern.

»Ich habe euch ja gesagt, dass es krass gut ist«, sagte Seamus, als er sich wieder seinen Kommilitoninnen zuwandte. Die Gesichter von Linda und Ingrid glühten. Beth war den Tränen nahe. Jede Woche derselbe Anblick.

Er hatte das Gefühl, dass er sich im Zentrum einer großen Maschine befand. Jeder von ihnen war ein Teilchen, das man mit geringem Aufwand ein- und ausbauen konnte. Er kam sich dumm vor, weil ihm das alles so viel bedeutet und er sich über Ingrid oder Beth geärgert hatte. Es hatte weder mit ihnen noch mit ihm zu tun. Ob er ein Gedicht einreichte oder nicht, ob er ein Gedicht schrieb oder nicht, ob er sich vormachen konnte, dass irgendetwas von all dem wichtig war oder nicht, die Welt ging weiter. Die Geschichte nahm ihren Lauf. Keiner von ihnen war von Bedeutung.

Seamus überschlug die Beine und hatte das Gefühl, auf Nadeln zu treten. Wenn er atmete, rasselte es schwach in seiner Brust. Alles würde gut werden. Seine Schulter schmerzte. Er hob die Hand und biss fest auf den Knorpel zwischen Daumen und Zeigefinger. Ein stechender Schmerz durchzuckte ihn, gefolgt von einem dumpfen Brennen. Olivers Hand lag fest auf seinem Oberschenkel. So oder so schien es niemanden zu kümmern.

In der Pause gingen Seamus und Oliver zum Rauchen nach draußen in die Kälte. Normalerweise rauchte Oliver nicht, aber er sei nervös, sagte er, wegen seines Gedichts. Der Rauch um sie herum hing tief. An dem Stamm der Zeder im Hof türmten sich Schneewehen auf. Beth und Helen standen mit ihren Zigaretten in der Nähe und beobachteten Seamus aus der Entfernung.

»Ich hoffe, dass es einigermaßen gut ist«, sagte Oliver.

»Ach, ich wette, das ist es«, antwortete Seamus und bereute es sofort, denn damit hatte er verraten, dass er das Gedicht noch nicht gelesen hatte.

»Ja«, sagte Oliver. »Wahrscheinlich hast du recht.« Doch er klang verletzt und ließ die Schultern ein wenig hängen. »Es ist einfach das erste Mal, dass ich, du weißt schon, über diese Sachen schreibe.«

»Was für Sachen?«, fragte Seamus mit hochgezogenen Brauen.

»Über den Krebs meiner Mom – ich ... wir haben darüber gesprochen.«

»Haben wir das?«, fragte Seamus. Irgendwo in der Geschichte ihrer Freundschaft lag diese Information wie eine glühende Kohle. Seamus spürte die von ihr ausgehende Hitze. Er wusste, dass es stimmte, doch die Fakten blieben schwammig. »Gott, es tut mir leid.«

Oliver schwieg. Sein Blick verschloss sich, wurde kühl. Seamus griff nach seinem Arm, aber Oliver wich unauffällig vor ihm zurück.

»Na ja, egal. Wir werden sehen, wie es läuft«, sagte er.

Genau in dem Moment kamen Beth und Helen an ihnen vorbei und gingen wieder hinein. Beth sah zu Seamus. Sie lächelte ihn an, und dann, als hätte sie es sich anders überlegt, senkte sie den Blick.

»Wir sehen uns gleich drinnen«, sagte sie. Helen brummte nur. Sie waren in ihre Jacken und Schals gemummelt. Seamus und Oliver standen in ihren Sweatshirts im Schnee.

Oliver hob kurz die Hand und ließ dann die nur halb gerauchte Zigarette in den Schnee fallen. »Wir sollten uns beeilen«, sagte er.

Seamus spürte, wie der Schnee in seine Sneakers zog. Er spürte die ganze feste Wucht der Kälte um ihn herum, als stünde er mitten im Meer. Er schloss die Augen, breitete die Arme aus und holte tief Luft. Zigarettenrauch und Schnee und Zedernharz, alles so sauber und rein und echt.

Seamus trat nach Oliver wieder auf den Gang, und sie klopften sich den Schnee von den Schuhen. Ihr Professor kam gerade von der Toilette. Er legte Seamus die Hand auf den Arm und sagte: »Klasse Arbeit, Seamus. Das Gedicht ist gut.«

»Ist es das?«, fragte Seamus. Die Miene des Professors klarte leicht auf. Oliver klopfte Seamus auf den unteren Rücken und ging in den Seminarraum zurück. Nun standen Seamus und der Professor allein auf dem Gang. Seamus merkte, wie kaltes Wasser von seinen Hosenbeinen auf den Abtreter tropfte.

»Brauchst du das? Dass dir jemand sagt, dass deine Arbeit gut ist?«

Seamus wurde rot.

»Ich weiß nicht, was ich brauche. Ich weiß nicht, was ich tue. Es fühlt sich an, als würde ich meine Zeit vergeuden«, sagte er.

»O Seamus«, erwiderte der Professor, und Seamus sah ihn an.

»Woher weiß man das?«, fragte Seamus.

»Woher weiß man was?«, fragte der Professor, wobei er den Kopf ein wenig hin und her wiegte, als wäre es ein Spiel oder ein Rätsel.

»Woher weiß man, dass man nicht einfach nur seine Zeit vergeudet?«

»Wenn du darauf keine Antwort hast, kann ich nichts für dich tun«, sagte der Professor mit einem gedämpften Lachen.

Seamus fühlte sich, als hätte man ihm einen Klaps verpasst und ihn kindisch genannt. Die Welt wurde mit einem Mal tief und satt. Es fühlte sich an, als hätte etwas Großes, etwas Göttliches den Schleier von seinem Leben gelüftet und in ihn hineingeblickt. Er war herumgelaufen und hatte auf der Suche nach Zuspruch und Anerkennung seine ganze Macht aus der Hand gegeben. Aber so etwas machten nur Kinder. Seamus hatte sich wie ein Kind verhalten, auf seine Art egoistisch und stur.

Oliver steckte den Kopf durch die Tür des Seminarraums.

»Beeil dich«, sagt er. »Du bist spät dran.«

## 6

# Lasst uns auf die Erde setzen

Die Wohnung füllte sich mit kaltem, grauem Licht – bald begann der Frühling. Noah und Bert lagen im Bett, rauchten und sahen zu, wie sich auf dem Dach der Veranda seitlich am Haus der Schnee auftürmte. Das Haus in der Ecke der Jefferson und Van Buren Street gehörte Bert, und Noah mietete eine der Wohnungen im ersten Stock. An diesem Abend jedoch trafen sie sich in einer der leeren Wohnungen, die Bert als Büro nutzte, bis er einen Mieter gefunden hatte.

Ihre Glieder waren ganz steif, sie rochen nach Moschus vom Sex. Berts Fingerknöchel waren aufgerieben, weil er sich gegen die Wand gestemmt hatte. Und Noahs Schenkel brannten von Berts raspelndem Bart.

»Das Haus macht nicht viel her, aber das Grundstück ist ordentlich«, sagte Bert.

»Oh – klingt gut.«

»Es sollte zu einem fairen Preis weggehen.«

»Weiß dein Alter, dass du hinter seinem Rücken sein Haus verkaufst?«

»Er liegt im Sterben.«

Noah nahm Bert die Zigarette aus der Hand. Der Filter war feucht und schmeckte sauer wie das Bier, das Bert getrunken hatte. Noah setzte sich auf der extrem weichen Matratze auf und schaute hinunter auf die Wölbung von

Berts Bauch, das Geflecht der dunklen Dehnungsstreifen, die Einbuchtung seines Nabels. Er sah nicht aus wie irgendjemandes erste Wahl. Er hatte etwas Hartherziges und Verzweifeltes an sich, die Glatze, die dicke Brille, die unironischen Truckerkäppis. Noah fand, er sah wie der absolute Durchschnitt aus.

»Dann ist ja alles geklärt«, sagte Noah, in dessen Rachen sich der Rauch sammelte.

Bert schnappte sich die Zigarette mit seinen geschundenen, dicken Fingern. »Ist es. Du musst kein Mitleid mit ihm haben. Er ist kein guter Mensch.«

»Na dann«, sagte Noah. Bert hatte ihm wieder zwischen die Beine gefasst und versuchte, ihn noch einmal hart zu kriegen. Seine Berührung war fließend, tastend, wie ein Flehen. Dann packte er fest zu. Das Bett unter ihnen ächzte. Bis auf dieses Bett und eine Kommode war das Zimmer leer. Im Schrank hingen ein paar verwaiste Kleiderbügel, bei deren Anblick Noah der Schmerz in die Brust fuhr.

»Er war nicht gut zu uns«, sagte Bert. »Zu meiner Mom und mir. Er war ein schlechter Mensch. Kein Grund also, mich für kaltherzig zu halten. Er war nicht gut.«

Noah drehte sich auf den Bauch, um Berts Hand nicht wegschieben zu müssen. Bert legte sie auf Noahs feuchten Rücken. Es wurde kalt im Zimmer. Das lustlose Rot der glühenden Zigarettenspitze zog in der Luft einen Bogen, als Bert sprach. Noah beobachtete ihn aus der dunklen Wiege seiner Arme heraus.

»Ich verurteile dich nicht«, sagte Noah.

»Er war ein beschissener Vater. Ich bin nicht froh, dass er stirbt. Aber traurig bin ich deswegen auch nicht. Er ist alt.«

»Warum fühlst du dich so angegriffen?« Noah lachte.

»Weil du keine Ahnung hast, wie schlimm das damals war. Du bist wie alt? Dreiundzwanzig? Du hast keinen Plan. Jungen wie du. Ihr habt keine Ahnung.«

»Ist das ein historisches Argument? Ich dachte, moderne Schwule gäben nichts auf Geschichte. Ist PrEP nicht genau dafür da?«

Bert zuckte zusammen und riss die Hand weg. Er nahm einen kräftigen Zug von der Zigarette.

»Du weißt, dass ich das Wort hasse«, sagte er.

»War nur ein Witz.«

»Es sind Leute gestorben«, sagte Bert, »damit wir dieses Wort nicht mehr hören müssen.«

»In *Iowa* sind Leute gestorben?«

Bert drückte sich vom Bett hoch. Er war riesig, groß und breit, sein Schatten reichte über Noahs ganzen Körper. Noah sah zu, wie er in sein Karohemd und seine Jeans schlüpfte. Asche fiel auf das Laken. Berts Bewegungen wirkten hektisch und doch langsam, und in der beiläufigen Art, mit der sie sich vollzogen, sah Noah ein Zeichen, dass er sich besser aus dem Staub machen sollte. Auch er setzte sich auf.

Als sie an der Tür standen, küssten sie sich nicht. Noah trat in den kühlen Flur hinaus. Das Licht aus dem Bad traf auf die Wand und bildete eine kleine Pfütze aus goldenem Licht. Bert stützte sich gegen den Türrahmen.

»Ja dann, tschüss«, sagte Noah.

Bert schwieg. Er stand eine Weile stumm da, und Noah wartete darauf, dass er doch noch etwas sagte. Es war dieses Warten und Vorenthalten, das der Sache zwischen ihnen eine Form gab. Noah durchquerte den Flur, und er hörte, wie Bert die Tür hinter sich schloss.

Die Brücke war mit einer Eiskruste bedeckt. Unter ihnen tobte grau und silbern das Wasser, Eisschollen stießen dumpf aneinander.

»Es war nicht meine Absicht, ihn zu provozieren.«

»Aber sicher, natürlich nicht«, sagte Daw. Schneeweiße Möwen kreisten über ihren Köpfen. Aus dem Industriegebiet zogen fluffige Wolken herüber. »Schon klar.«

»Hör doch auf. Wer hat dich gefragt?«, schimpfte Noah, aber Daw lachte ihn nur aus.

Sie stiegen zusammen den Hügel hinauf. Daw hatte das schroffe Gesicht eines Bauernkindes aus Indiana, dabei kam er aus Connecticut, und seine Eltern waren beide Professoren – sein Vater für Psychologie, seine Mutter für Business Development. Sowohl Daw als auch Noah machten in Iowa ihren Master in Tanz. West Des Moines, Noahs Heimatstadt, war berühmt für seine Turner, und manchmal nannten ihn die anderen Tänzer aus ihrer Gruppe einen *Lokalmatador*. Von den dürren, dunklen Bäumen rieselte das Wasser, während sie den weichen Schnee unter ihren Schuhen zermalmtem. Sie waren spät dran für ihr Training, weil Noah verschlafen und Daw ihn abgeholt hatte.

Noahs Glieder waren unverschämt steif. Auf dem Weg den Hügel hinauf schossen ihm seltsame heiße Schmerzen durch Oberschenkel und Rücken. Er spürte Bert immer noch in sich, und trotz Dusche brannten ihm weiterhin die Augen vom Zigarettenrauch. Er schwitzte und vermutete, dass er irgendeine Erkältung bekam.

»Ich schwöre bei Gott, so was machst du ständig«, sagte Daw.

»So ein Quatsch, mach ich nicht.«

»Du bist selbst schuld, wenn man dich hinter einem alten Haus in ein Fass stopft und in Lauge auflöst. Wenn du dich mit einem Serienmörder anlegst …«

»Er ist kein Serienmörder«, sagte Noah, aber er war sich nicht sicher, ob Bert nicht vielleicht doch dazu in der Lage wäre, ihn oder irgendwen sonst zu ermorden. Er widersprach Daw einfach, weil es Spaß machte, Daw zu widersprechen. In Wirklichkeit war Bert ihm gegenüber noch nie gewalttätig oder laut geworden. Sie hatten sich nie gestritten oder angeschrien oder geschlagen. Wenn sie verliebt gewesen wären, oder vielleicht sogar in einer Beziehung, wäre die Sache vielleicht anders gelaufen. Aber so, wie es sich jetzt darstellte, war Bert sein Vermieter, und manchmal trieben sie es miteinander. Und jede Spannung oder Wut oder Frustration zwischen ihnen fand ein Ventil, wenn sie sich nackt bestiegen, sich gegenseitig die Achselhöhlen leckten oder ihre Gesichter in Kissen und Matratzen drückten. Sex mit Bert war nicht heiß oder auch nur befriedigend. Er war, als würde man aus voller Kehle auf ein offenes Feld schreien und danach keuchend, erschöpft und mit Schmerzen zurückbleiben, aber immerhin hatte man das Gefühl, etwas heraus und in die weite Welt gelassen zu haben. Er fühlte sich nicht zu Bert hingezogen. Eigentlich fühlte er sich zu niemandem richtig hingezogen. Aber Bert war so gut wie jeder andere, und manchmal erließ er ihm achtzig Dollar von der Miete. Einen besseren Grund hätte sich Noah nicht wünschen können. Es war keine Liebe. Es war keine Lust. Es war überhaupt nichts, und nur in Momenten wie diesem jetzt verspürte Noah reflexartig das Bedürfnis, das zu rechtfertigen, was Bert und er miteinander taten.

»Wenn du das sagst.«

»Und ich habe mich nicht mit ihm angelegt.«

»Warum hat er dich dann rausgeschmissen?«

»Ich weiß es nicht«, sagte Noah, aber er wusste es sehr wohl.

»Ja, klar«, sagte Daw. Sie waren oben auf dem Hügel in der Nähe des alten Kapitols angekommen. Hinter ihnen, auf der gegenüberliegenden Flussseite, wo Daw wohnte, befanden sich, versteckt hinter einer Reihe von Bäumen, der Medizincampus und der Kunstkomplex. Der rechteckige Campusrasen lag vor ihnen, von halb geschmolzenem Schnee überzogen. Die Sonne stand tief, schien aber hell. Das Grau war aus der Welt gebrannt, und die Umrisse der Gebäude zeichneten sich scharf ab. Andere Studierende liefen in Anoraks und Parkas umher. Daw zog am Saum von Noahs Jacke und sagte: »Komm schon, halten wir uns ran.«

Den Rest des Weges über den Campus rannten sie, und immer wieder warf Daw die Arme in die Luft, um seinen Kreislauf in Schwung zu bringen. Noah ärgerte sich über seinen Elan. Im Saal ließen sie ihre Rucksäcke neben dem Berg der anderen fallen. Sie kamen nicht übermäßig spät. Der Saal war noch kalt. In dem großen, offenen Raum setzten sie sich zu den fünf anderen Tänzerinnen auf den Boden. Auch die Dielen waren ausgekühlt, wie eine Fensterscheibe, eine plötzlich hereinbrechende unmenschliche Kälte.

Ein paar Minuten später gesellte sich Fatima zu ihnen und dehnte ihre Beine auf einer Faszienrolle. Sie hatte klare, dunkle Augen und ein lautes, raues Lachen. Daw wandte sich ab. Fatima und er kamen nicht gut miteinander aus – eine Spannung, die auf ihr erstes Studienjahr zurückging, als Daw nach einem langen Training herumgestanden hatte, während die Leute irgendwelchen Scheiß über Fatima erzählten, die wegen ihres Jobs im Café ständig zu spät kam, und Fatima um die Ecke gebogen war und alles gehört und ihre Gesichter gesehen hatte. Daw hatte versucht, es ihr zu erklären, aber alles, was er sagte, klang nach einer Ausrede oder Lüge, und so hatte sie keinen Grund zu der Annahme, dass er nicht wie die anderen war, abschätzig und giftig, weil sie arbeitete *und* tanzte. Als würde sie sich dadurch für etwas Besseres halten.

Die Leute sagten dasselbe über Daw und die Physikseminare, die er besuchte. Die Tänzer konnten Seminare anderer Institute besuchen, solange die Professoren dort bereit waren, sie zu benoten, und manchmal belegten sie einen Sprachkurs oder ein Literaturseminar – die für die Mittelschicht typische Art banaler intellektueller Selbstoptimierung, sodass sie, wenn sie fertig waren und geheiratet und sich mit Cocktailpartys und kleinen Besorgungen in mittelgroßen Städten oder Stadtteilen von New York abgefunden hatten, Bruchstücke von halb gelesenen Romanen oder teilweise verdauter Kritischer Theorie abrufen konnten. Außerdem war es etwas, das sie taten, um sich besser damit zu fühlen, dass sie Tanz studierten, was sie als eine streng intellektuelle Beschäftigung ansahen, solange sie im Studio oder beim Training waren, was ihnen jedoch wie ein Hobby erschien, nicht mehr als Yoga, sobald sie durch die Straßen zu den immer gleichen Bars und Cafés gingen. Aber Daw war der einzige Tänzer, den Noah kannte, der Seminare in Mathe und Physik besuchte. Letztes Jahr hatte er Quantenmechanik belegt. Nach seinem Tanzabschluss wolle er Medizin studieren, sagte er, und sichergehen, dass er vorbereitet war. Noah wiederholte das dann immer mit einem kurzen Lachen – *vorbereitet, ja, ich auch* –, aber die Leben, auf die sie sich jeweils vorbereiteten, waren so verschieden wie die Leben, die sie überhaupt erst zu diesem Tanzstudium geführt hatten.

Ständig posierten sie. Alles, was sie machten, war Pose, defensiv oder offensiv, mit dem Ziel, der Außenwelt etwas zu demonstrieren. Vielleicht dass sie es wert waren oder gut genug oder okay, vielleicht um nahezulegen, ihnen sei der Witz schon klar. Dass sie nichts waren und außer diesen kruden Choreografien des Selbst auch nichts besaßen.

In Situationen wie dieser, wenn zwei Menschen, die Noah sehr mochte, einander nicht mochten, fragte er sich, was er von der tückischen Natur der Loyalität halten sollte. Man konnte nicht allen alles geben, und solche kleinen Betrügereien gehörten zu jeder Freundschaft. Aus Stoff wie diesem bestand das Leben. Er beugte sich hinüber und zwickte Fatima in den Oberschenkel, sodass sie aufjaulte und ihm auf den Rücken schlug. Das Geräusch ihrer Hand klang wie das Bellen eines aufgeschreckten Hundes, und die anderen drehten sich zu ihnen um und sahen sie an.

*Nervensägen*, sagten ihre Blicke, *Kinder.*

»Ich hab gestern Abend gar nichts mehr von dir gehört«, sagte sie.

»Ich war beschäftigt«, sagte Noah. Daw lachte.

»Beschäftigt, schon klar.«

Ihr Tanzlehrer an diesem Tag war Ólafur, der das Fach Modern Dance leitete. Er war um die fünfzig – schlank und groß, ausgestattet mit der Gemeinheit derer, die sich im fortgeschrittenen Alter voller Bitterkeit mit einer abgeschwächten, verblassten Schönheit arrangieren. Er war im Niederländischen Nationalballett aufgestiegen, hatte dann aber den Großteil seiner Karriere damit zugebracht, gequälte Modern-Dance-Choreografien zu kreieren, die sich an den Motiven der in Deutschland vorherrschenden Ästhetik orientierten. Er hatte eine lange Nase und graublonde Haare.

Ólafur hatte das Studio zu Beginn gern kalt. »Wärmt es mit euren Körpern auf, mit eurer Bewegung«, sagte er.

»Wenn euch kalt ist, strengt euch mehr an.« Das morgendliche Training bei Ólafur war schwierig, sowohl wegen des Repertoires an Techniken, die er abrief, als auch wegen der Anzahl der Wiederholungen, die er ihnen abverlangte. Kein Mensch wollte früh am Morgen Ólafur sehen. In Noahs erstem Jahr, während seiner ersten Trainingseinheit bei Ólafur, hatte er sich von dem Stress übergeben. Fatima studierte direkt bei Ólafur, und manchmal tauchte sie nach ihrem Training in Noahs Wohnung auf, schmerzgequält, schweißnass und am ganzen Körper zitternd, als hätte sie die Schrecken des Krieges erlebt.

Die drei hoben den Blick und sahen zu, wie sich Ólafur im vorderen Teil des Saals dehnte, und sie spürten die Bedrohung, die von seiner mühelosen Biegsamkeit ausging.

Er sah aus, als könnte er noch immer *Apollon musagète* tanzen.

»Es gibt doch nichts Schöneres, als den Tag mit Folter zu beginnen«, sagte Noah.

»Ich freue mich schon auf das Wiedersehen mit meinem Frühstück«, sagte Daw.

»Danke, Jungs, das ist genau der Spirit, den ich brauche.«

Durch die Tür kamen erst einer, dann noch einer und schließlich ganze Gruppen von Tänzern aus ihrem Studiengang, bis der Saal voll war mit ihnen, dem Geraschel ihrer Kleidung, dem Geruch von Puder und Harz. Die Mädchen nähten schnell noch Bänder an ihre Spitzenschuhe. Die Jungen ließen in freudiger Erwartung den Saum ihrer Strumpfhosen schnipsen. Daw bearbeitete seine Oberschenkel, um sie aufzuwecken. Noahs Zehen waren taub. Der Boden war so kalt und hart. Fatima steckte sich die Haare hoch und dehnte sich dann von

Neuem. Sie sagte, sie habe eine Verspannung im Rücken. Die Ballettstangen wurden in die Mitte des Raumes geschoben und die Räder festgestellt, und sie gingen in Position, Fatima hinter Noah, Noah und Daw auf gegenüberliegenden Seiten derselben Stange, einander zugewandt. Ein Lächeln, ironisch, leicht wetteifernd. Und schon ging es los.

In der Ecke stand ein Klavier – heute begleitete sie nicht Goran, stellte Noah ein wenig enttäuscht fest. Die Pianistin kannte er nicht. Eine auffällig dünne Frau mit glatten, hellblonden Haaren. Ihr Kopf war klein, ihre Schultern wirkten schmal und vogelartig. Sie wärmte ihre Finger mit Tonleitern auf, griff aber immer wieder daneben oder patzte. Noah summte, damit sich die Luft in seinen Nebenhöhlen erwärmte und sich sein Gesicht beweglicher anfühlte. Die Spannung in seinen Schultern ließ nach. Die Pianistin kam zur Ruhe. Ólafur erhob sich aus der Hocke und gab ihr mit einem Fingerschnipp das Zeichen anzufangen.

Berts Vater gehörte ein Haus auf einem ansehnlichen Grundstück auf dem Land. Es handelte sich um ein einstöckiges weißes Haus mit breiten Fenstern im Erdgeschoss und hohen Fenstern im ersten Stock. Das Land hinter dem Haus stieg erst an und fiel dann wieder ab, sodass man, wenn man davorstand, die Felder in der Ferne sah, aber nicht die in der Nähe. In der Ferne ragten außerdem dicht gedrängte Bäume auf, die recht abrupt in offenes Weideland übergingen. Noah verstand das Grundstück sofort.

Er und seine Eltern hatten in einem ähnlichen Haus auf einem viel kleineren Grundstück weit draußen auf dem Land gewohnt. Noah war damit aufgewachsen,

Traktor zu fahren und auf Bäume zu klettern. Dort entdeckte er seine Gelenkigkeit und seinen Gleichgewichtssinn, beim Klettern und Hangeln von immer höheren Ästen, bis ihn seine Mutter sah und schreiend aus dem Haus gerannt kam. Sie hatten Nachbarn, die ebenfalls arm waren, und manchmal tauschten sie Gemüse oder Anoraks oder Pullover. Sie schlugen sich mit dem Lohn seines Vaters aus der Fabrik durch, und seine Mutter gab manchmal Töpferkurse in der Stadt, aber die meiste Zeit verbrachte sie rauchend in der Küche und kochte Gerichte, die entweder zu salzig oder zu fest waren. Sein Vater war Japaner, stammte aber aus Colorado, wo seine Großeltern noch immer lebten und einen Waschsalon betrieben. Und seine Mutter war weiß, gebürtig aus Iowa, so wie ihre ganze Familie zurück bis in die Zeit der Prärie. Noah war mit Laura Ingalls Wilder und schlechtem chinesischem Essen aufgewachsen. Sein Dad rauchte, fuhr einen Pick-up und trug Jeansjacken. Manchmal fluchte er, und manchmal tätschelte er Noah den Kopf und lächelte schweigend. Sein Dad und er hatten die gleichen Haare, den gleichen schiefen Mund. Sein Dad hatte raue Hände voller Schwielen, und er konnte so ziemlich alles bauen, dachte Noah, aber am meisten hatte ihn überrascht und um den Schlaf gebracht, dass es, als Noah seinen Eltern erzählte, dass er Tänzer werden wolle, sein Vater gewesen war, der gesagt hatte, *aber klar*, während seine Mutter kurz fassungslos die Augen geschlossen und gemeint hatte, dass man davon nicht leben könne und er sich etwas anderes suchen solle. Als Bert ihn das erste Mal mit hinaus an diesen Ort auf dem Land genommen hatte, hatte Noah ein seltsames Gefühl des Wiedererkennens verspürt. Am liebsten hätte er geweint, tat es aber nicht.

Ungefähr eine Woche nach ihrem Streit fuhren Noah

und Bert zurück zu dem Haus auf dem Land. Berts Vater lag immer noch im Sterben, aber Bert brauchte Hilfe bei der Reparatur einiger Schuppen und vielleicht auch beim Bau eines Verschlags zum Einlagern von Feuerholz und Werkzeug.

Noch am Ende des Winters hatten Noah und Iwan Schuppen in den angrenzenden Kleingärten errichtet. Nun aber ging es um das Hauptgrundstück, auf dem Bert mit seinen vier Geschwistern aufgewachsen war. Er dachte, er könne Bert ein wenig besser verstehen, jetzt, wo er die Felder sah und den sich in der Ferne der Erde entgegenneigenden Himmel. Er verstand die besondere Einsamkeit eines solchen Ortes, die Art, wie sich die Einsamkeit in einem festsetzte, ganz egal, wie weit man davonlief. Wenn man an einem Ort wie diesem aufwächst, dachte Noah, verfolgt er einen in den Träumen, solange man lebt.

Jedenfalls erzählte er Bert, dass Iwan den Großteil des schweren Schuppenaufbaus übernommen hatte, aber er könne mit einem Hammer umgehen und Sachen halten, wenn Bert ihm Anweisungen gebe. Bert lachte und sagte, er brauche keinen Vorarbeiter – was er im Sinn hätte, sei im Wesentlichen das, was Noah ihm angeboten habe: Bretter halten, Nägel einschlagen, solche Sachen.

Der Wind war der eigentliche Todesstoß. Sie arbeiteten auf dem offenen Feld. Das gelbe Gras lag flach. Die Bäume am Feldrand schwankten so heftig, dass Noah dachte, sie würden sich aus dem Boden losreißen und davonwehen. Bert zog beim Nageln an der Zigarette in seinem Mundwinkel, und Noah hielt die Bretter so gerade und bündig wie möglich, während sie den Schuppen wieder mit Wänden versahen. Schon nach den ersten zehn Minuten waren ihre Hände spröde und steif. Als sie eine der Wände fertiggestellt hatten, war fast das ganze Blut aus Noahs Händen gewichen, und seine Fingerknöchel schmerzten. Bert hatte sich mit dem Hammer seitlich auf den Daumen geschlagen, der Nagel färbte sich lila. Sie flüchteten in Noahs Wagen, um den Wind auszusitzen.

Bert goss Kaffee aus einer Thermoskanne in Styroporbecher. Sie tranken ihn, und der Wind polterte gegen die Fenster. Die grauen Wolken hingen tief.

»Ich habe mich gefragt«, sagte Noah, »warum wir noch Sachen reparieren, wenn du das Haus doch eh verkaufen willst?« Es sollte eine Art Witz sein, und er hatte eigentlich lachen wollen, aber seine Stimme verriet ihn, wurde ernst und leise. Bert nickte, zuckte dann aber mit den Schultern.

»Ich weiß nicht«, sagte er. »Wahrscheinlich wollte ich einfach etwas Gutes tun.«

»Für deinen Dad?«

»Nein. Jedenfalls glaube ich das nicht. Ich wollte einfach etwas machen. Du weißt schon, er hat früher immer gesagt, dass ich hier nie mit angepackt hätte. Ich hätte mich nie um meine Sachen gekümmert oder ihm auf dem Feld geholfen. Immer wieder hat er gesagt, dass ich faul und nutzlos sei. Solche Sachen. Und wahrscheinlich wollte ich nur ... Ich weiß nicht. Es war mir wichtig, wenigstens *irgendwas* zu machen.«

»Das klingt so gar nicht nach dir. Faul, meine ich.«

»Na ja, es ist anders, wenn du ein Geschäft führen musst. Und wenn du ein Erwachsener bist.«

»Viele Kinder sind faul. Ich war es auf jeden Fall.«

»Mein Vater gehört nicht zu den Menschen, die finden, dass Kinder von Pflichten entbunden werden sollten, nur weil sie Kinder sind.«

Berts Gesicht war ziemlich füllig. Er hatte sich rasiert, aber eher notdürftig, und auf seinen Wangen sah man vereinzelte graue Barthaare. Noah beobachtete ihn beim Sprechen. Bert wurde nicht nachdenklich oder so etwas, doch in seinen Augen lag mehr und mehr Traurigkeit, als er über das Feld hinaus auf ihr Flickwerk am Schuppen schaute.

»Ich wollte einfach etwas machen.«

»Ich bin mir sicher, dass er sich freuen wird«, sagte Noah, aber Bert zuckte bei diesen Worten zusammen.

»Es ist nicht für ihn. Ich versuche nicht, ihm irgendwas zu beweisen. Ich bin ein erwachsener Mann.«

»Das weiß ich«, sagte Noah.

»Fuck. Kids ... immer diese scheiß Kinder.«

Noah stöhnte und lehnte sich im Sitz zurück. Den Kaffeebecher hielt er zwischen den Beinen. Sein Fußraum war voller Zeitungen und leerer Flaschen. Es roch nach altem Motoröl und Benzin. Sein Vater hatte ihm den Pick-up überschrieben, als er sechzehn geworden war, und Noah war damit zu Wettbewerben in anderen Bundesstaaten und später nach Iowa City gefahren, als er mit dem Studium begann. Der Pick-up hatte ihn diese letzten sieben Jahre über begleitet, er war nicht neu oder schön, aber er lief, und was sonst konnte er von ihm verlangen?

Bert hatte ein kaputtes Knie und rauchte Mentholzigaretten. Noah fand es irgendwie nostalgisch, wie ausgewaschene Jeans und raschelnde Anoraks, weiße Socken und Sneakers. Sie erinnerten ihn an die Neunziger, dieses ganze VHS-Herzgebreche und Herumgerenne, bis seine Lungen brannten, denn in den Neunzigern war Noah noch ein Kleinkind gewesen, genau am Ende des Jahrzehnts geboren, hatte seine ersten Worte gerade noch in das alte Jahrhundert hineingebrabbelt, und darum dachte er beim Geruch von Mentholzigaretten an seinen Vater und den Pick-up und die Rückfahrt vom Tanztraining, die

Skyline der Stadt, die im Rückspiegel verschwand, und an die über ihn hereinbrechenden dunklen Bäume, die aussahen wie drohender Regen, zu Schwarz verlaufendes Grün unter dem endlosen Himmel, der sich über ihm neigte und herabsenkte. Jedenfalls ergab es irgendwie Sinn, dass er letztlich bei jemandem wie Bert gelandet war, nur was sollte das überhaupt bedeuten, *gelandet*, denn er und Bert fickten nur miteinander – für das Geld, den Spaß und was noch? Die Lacher, wenn er sagte, dass er es getan und sich von einem weichbauchigen weißen Mann hatte ficken lassen, der aussah, als hätte er jemanden ermordet? Einem Niemand mit dem Gesicht eines Irren? Einem einsamen kleinen Wichser aus der Pampa, der nur deshalb von Aids verschont geblieben war, weil das Virus über seine winzig kleine Ritze in der Welt hinweggefegt war, außer im Fall der sterbenden Männer, die allein aus größeren, weiter entfernt liegenden Städten zurückgekehrt waren? Einem glücklichen kleinen Niemand? Der sich selbst ficken ließ? Von einem weniger großen Koloss? Noah hatte kein Recht, über ihn zu urteilen. Wer war er schon? Er war in West Des Moines aufgewachsen, berühmt für seine Turner und anderen schwulen Scheiß, und er war nicht weggegangen. Keine Juilliard School für ihn mit seinem *fast außerordentlichen Talent, fast, fast gut genug*, ein Bruchteil größerer Begabung, talentiert, aber gab es nicht Tausende talentierte Jungen und für keinen von ihnen einen Platz? Es war schon okay. Er würde klarkommen. Und wer war er schon, um über Bert zu urteilen? Ein Niemand. Ein Niemand.

Trotzdem, dachte Noah, hieß das nicht, dass er nicht für sich einstehen konnte. Den Spielstand richtigstellen. Widersprechen.

»Ich bin kein Kind«, sagte Noah.

»Aber manchmal benimmst du dich wie eins. Du denkst, alles ist Akzeptanz und Pride-Paraden und Küchenpsychologie. Du denkst, es ist leicht, Menschen aus deinem Leben zu streichen, wenn sie dich schlecht behandeln.«

»Das denke ich überhaupt nicht«, sagte Noah. »Das lass ich mir nicht anhängen.«

»Du kannst nicht wissen, wie es vorher war. Es war schrecklich für uns. Unsere Leute sind gestorben.«

»Lasst uns auf die Erde setzen«, sagte Noah schnippisch, »und Schreckgeschichten vom Tod der Schwuchteln erzählen.«

Bert wandte sich zu ihm. Noah sah es aus dem Augenwinkel. In der Bewegung lag etwas Drohendes. Etwas Schreckliches. Aber noch ehe er irgendetwas tun konnte, spürte er, wie ihn der Kaffee heiß und unerbittlich ins Gesicht und auf den Hals traf. Er schrie auf, als der Kaffee durch seinen Pullover und sein T-Shirt drang. Fast sofort kühlte er ab, aber es war so viel, und anfangs war er so heiß, dass Noah sein Gesicht nicht mehr spürte. Er zuckte zusammen und schüttete sich dabei fast noch seinen eigenen Kaffee über den Schoß. Er versuchte, den Kaffee wegzuwischen, indem er sein Gesicht auf die Schulter drückte, aber es blieb nass, der Kaffee wollte nicht weggehen.

Er bekam keine Luft mehr. Er konnte nichts sehen. Es gab nur das Brennen und das Heulen des Windes und das Knistern des Kunststoffsitzes, der unter seinen Bewegungen nachgab.

»Es tut mir leid«, sagte Bert fast sofort, nachdem er es getan hatte. »O mein Gott.«

Noah hörte ihn kaum. Alles um ihn herum hatte diese gedämpfte Unterwasserqualität. Noah spürte, wie

Bert etwas auf sein Gesicht drückte. Und erst in diesem Moment spürte er wieder die ferne, prickelnde Oberfläche seines Körpers. Nicht unbedingt die Berührung, aber den Druck, grob und beharrlich. Bert tupfte ihn mit seinem Karohemd ab. Er konnte seinen Schweiß und sein Deo riechen, und den Whiskey.

»Hör auf, Mann«, sagte Noah, aber Bert machte weiter, tupfte und sagte, es tue ihm leid, es tue ihm so leid, er habe es nicht so gemeint, er wolle es so gern ungeschehen machen, und der Wind heulte weiter, und die Bäume schlugen weiter ihre Äste gegeneinander.

Sein Hals und seine Wangen begannen, sich zu schälen. Die Haut darunter war zart und rosa. Er war nicht verbrannt, sondern nur schlimm verbrüht worden, und auch wenn der Kaffee am ersten Tag Quaddeln aufgeworfen hatte, hatte er sich so weit erholt, dass er seinen Alltag wieder aufnehmen konnte. Draußen war die Kälte aufgebrochen. Sie tauchten aus dem brutalen Überhang des Winters auf. Echter Frühling am Horizont.

Noah hatte sich angewöhnt, nach der letzten Trainingseinheit am Abend in das leere Studio zu gehen und an einer Choreografie zu arbeiten, die er gegen Ende des Frühlings für seine Vortanzen verwenden wollte. Er bemühte sich um einen Platz in New York oder San Francisco oder Portland. Mit jeder dieser Städte wäre er glücklich, und wenn das nicht klappte, würde er sich auch mit Chicago oder Atlanta zufriedengeben. Er wollte den Mittleren Westen hinter sich lassen, und obwohl er keine besondere Verbindung zu den Küsten verspürte, fühlte er sich bereit, in eine richtige Stadt mit Horden anonymer Menschen zu ziehen, zwischen denen er verschwinden konnte.

Er hatte ein paar Choreografien zum Vortanzen in petto, die er für seine Aufnahmeprüfung an der Uni einstudiert hatte, aber jetzt würde er etwas Reiferes brauchen. Schon einmal hatte er den Fehler gemacht, kein rein klassisches Stück vorzubereiten. Stattdessen war er mit Atmosphäre und Klang angetreten, einer hastig vorbereiteten zeitgenössischen Choreografie, der es an Geschichte und Form fehlte. Er hatte beides durch Improvisation und die Schönheit seines Ausdrucks wettzumachen versucht, aber man konnte nicht das ganze Ding faken, und während der klassischen Repertoire-Trainings seiner Vortanzen fürs Masterstudium hatte er genügend Fehler gemacht, um zu wissen, dass er es nicht nach Yale oder an die Brown schaffen würde, seine allererste Wahl. Iowa hatte ihn vor allem deshalb akzeptiert, weil seine Mentorin aus dem Bachelorstudium ein Fakultätsmitglied war und sein Stück für das Vortanzen unter ihrer stetigen Anleitung entstanden war.

Diesmal würde es anders werden. Noah hatte bei den Aufführungen im Herbst und im Winter den *Nussknacker* getanzt und eines von Balanchines neoklassischen Ballettstücken. Er nahm zusätzlichen Unterricht, zusammen mit den dürren, furchteinflößenden Mädchen, die sich bereits auf klassisches Ballett festgelegt hatten, Transplantate vom Bolschoi oder aus Paris. Sie waren gar nicht so kühl oder klinisch oder penibel. Sie lachten und alberten herum wie junge Mädchen überall. Sie hatten diesen eigenartigen, schlurfenden Gang von Tänzerinnen, die gerade nicht tanzten. Und wenn er sich mit ihnen unterhielt, wirkten sie deutlich jünger, als sie waren. Was Sinn ergab. Denn sie hatten sämtliche Lebenswege geopfert, die nicht in einer der führenden Kompanien der Welt mündeten. Sie hatten alles andere aufgegeben, um auf diese eine Chance, dieses eine Leben zu setzen.

Abends perfektionierte er sein *Port de Bras*, seine Armhaltung. Er versuchte, seine Beine noch weiter auszudrehen. Seine Fünfte Position, die nie besonders gut gewesen war, wurde bequemer, leichter. Der Schweiß stach auf seiner neuen Haut und fühlte sich fremd an, als wäre er kein Teil von ihm, doch Noah war so konzentriert auf die Kombinationen, dass er schon bald nicht mehr darauf achtete.

Er war dankbar, dass Iwan zum Zuschauen vorbeikam und ihm eine Rückmeldung gab, wie er bei einer Drehung oder einem Sprung aussah. Manchmal rückte Iwan seine Hüfte zurecht, drückte seinen Rücken durch, und Noah dachte an das eine Mal in seinem Pick-up draußen bei Bert, als sie sich, in erster Linie aus Langweile, gegenseitig einen geblasen hatten.

»Wie läuft es mit Goran? Und mit New York?«, fragte er eines Abends. Iwan dehnte sich gerade in der Ecke, um runterzukommen. Er tanzte nicht mehr, nicht wirklich, nicht mit seinem Knie; doch das Aufwärmen und das Cool-down mochte er, weil sie ihn daran erinnerten, wie es gewesen war. Iwan beugte sich vornüber und schaute zu ihm hinauf, der Oberkörper flach auf dem Boden. Diese perfekte Beweglichkeit, Noah spürte einen Anflug von Neid. Manche Menschen hatten einfach alles.

»New York läuft«, sagte Iwan mit zögerlichem Grinsen.

»Echt jetzt? Du hast es bekommen?«

Iwan lachte und drückte sich hoch. »Ja. Ich habe es bekommen. Letzte Woche war das Vorstellungsgespräch. Ich habe es gestern erfahren.«

Noah schlitterte über den Boden zu ihm und umarmte ihn wie verrückt.

»Du hast kein Wort gesagt! Komm schon! Was

machen wir hier? Wir sollten uns längst betrunken haben. Ich meine, willst du mich veräppeln?«

»Nein, das hier ist wichtig. Ich will, dass du es ihnen bei diesem Vortanzen so richtig zeigst.«

»Nein! Wir betrinken uns jetzt sofort und dröhnen uns dann zu«, sagte Noah. Iwan stützte sich nach hinten auf seine Hände. Er errötete im grellen Licht des Studios. Er konnte ein Grinsen nicht unterdrücken. Aber dann stiegen ihm Tränen in die Augen, und sein Lachen ging in eine Mischung aus Schluckauf und Weinen über.

»Ich bin so glücklich«, sagte er. »Ich bin so verdammt glücklich. Und das jagt mir eine Scheißangst ein.«

Iwan schluckte, er schluchzte und schluckte und lächelte und wischte sich die Tränen weg. Noah umarmte ihn. Dann küsste er ihn, als könnte er etwas von diesem Glück und dieser Angst für sich selbst stehlen. Sie küssten einander, und dann stand Noah auf und zog Iwan hoch.

Noah kaufte ihnen im *John's* einen Sechserpack, und sie gingen wieder zurück zu seiner Wohnung, wo sie tranken und kifften und lachten und weinten, und Noah sagte: »Dein Leben wird einfach nur megaschön. Du hast ja keine Ahnung. Das wird unglaublich.«

»Ich hab solche Angst, Goran davon zu erzählen«, sagte Iwan. »Das letzte Mal hat er einfach so ... Ich hab solche Angst.«

»Scheiß auf Goran«, sagte Noah. »Scheiß auf ihn. Das hier ist für dich.«

»Du hast leicht reden, scheiß auf Goran. Ich meine ...«

»Hör zu. Wenn er mit dir zusammen sein will, geht er mit dir mit. Und wenn nicht, dann halt nicht. Es gibt so viele schöne Schwänze da draußen.«

»Haha«, sagte Iwan.

»Nein, nicht haha. Hör zu. Weißt du, was ich geben würde, um an deiner Stelle zu sein? Ich meine … Scheiße, ey. Ich werde an diesen Vortanzen teilnehmen und mich wie Vieh begutachten lassen. Und falls ich zu viel Fett am Arsch habe oder bei meinem Turnout fünf Grad fehlen, heißt es: Tut uns leid, besorg dir ein neues Leben. Es ist erbärmlich. Aber du hast etwas. Ich meine, komm schon! Das ist genial. Du hast es geschafft, das ist dein Ticket hier raus. Wie könnte das kein Grund zum Feiern sein?«

»Ich freue mich ja. Ich hab nur Angst.«

»Hallo, er hat dich wie ein Flittchen aussehen lassen. Weil du getan hast, was du tun musstest. Er ist co-abhängig! Und toxisch!«

»Er ist auch dein Freund. Du musst ihn nicht kleinmachen, damit ich mich größer fühle, Noah.«

»Ja, okay, ich habe Mist erzählt, in Ordnung. Aber komm schon. Das hier ist für dich. Prost. Auf Drecks-Iwan, den Schrecklichen. Der Rest regelt sich schon von selbst.«

Sie stießen an, dann dröhnten sie sich zu, stießen erneut an und dröhnten sich weiter zu, und als es in Noahs Wohnung zu dunkel wurde, um sich darin zu bewegen, schliefen sie ein, wo sie waren.

An einem dieser Übungsabende schaute Noah auf und sah, wie Ólafur das Studio durch die Seitentür betrat. Ihre Blicke begegneten sich im Spiegel, und Noah glaubte, ein kurzes Lächeln zu sehen.

»Es ist Mitternacht«, sagte er.

Im Studio war es warm. Draußen prasselte der Regen gegen das hohe Fenster. Das Studio war früher einmal eine Turnhalle gewesen und nach dem Zweiten Weltkrieg umgebaut worden. Der Legende nach war hier Bajonettkampf unterrichtet worden, die perfekte Art, um einen Menschen aufzuspießen.

»Ich weiß«, sagte Noah.

»Du dürftest gar nicht hier sein.«

»Ich trainiere nur«, sagte Noah.

Ólafur setzte sich neben Noahs Sachen und lehnte sich mit dem Rücken an den Spiegel. Er roch nach frischem Kaffee. Sein Blick war warm und verspielt. Völlig untypisch für ihn.

»Dein Turnout ist besser geworden«, sagte er.

»Danke.«

»Darum übergibst du dich also nicht mehr beim Training.«

»Ich habe mich nur ein einziges Mal übergeben.«

»Du bist auch gar nicht mehr fett.«

Noah legte die Hände auf die Stange und beugte sich zurück, bis er das befriedigende Knacken in seinem Rücken hörte, die leichte Verschiebung seiner Kreuzbeinknochen.

»Du machst dich gut – aber was ist mit deinem Gesicht passiert?«

»Ach, das … Muss am Wetter liegen«, sagte Noah. Als er sich wieder aufrichtete, beobachtete Ólafur ihn noch immer, nicht gerade belustigt von Noahs kleinem Scherz. »Es ist nichts.«

»Komm her«, sagte Ólafur und winkte ihn zu sich.

»Ist schon in Ordnung.«

Ólafur ließ das Winken sein und hielt den Arm stattdessen in einer vollkommenen, sauberen Linie. Von jetzt an würde er nichts mehr sagen, bis man ihm *gehorchte*, wusste Noah aus dem Training und von Fatima. Ólafur benutzte sein Schweigen wie ein Gravitationsfeld. Noah setzte sich vor ihm auf den Boden. Er roch seinen eigenen Schweiß und den Gestank seiner Strumpfhosen. Ólafur näherte sich, und seine Fingerspitzen waren kalt. Sie rochen nach Zigarettenrauch und etwas anderem, etwas Säuerlichem und Intensivem, vielleicht Essig. Auf der linken Wange hatte er ein Muttermal, flach und dunkelbraun wie ein Rostfleck. Seine Berührung war bestimmt, als er Noahs Gesicht berührte, so als würde er eine schlechte Haltung oder eine träge Hüfte korrigieren. Zuerst berührte er seinen Kiefer, drehte ihn so, dass Noah den Kopf anhob. Noah spürte die subtile Anspannung seiner Muskeln, das Öffnen seiner Schultern. Mit jeder Bewegung wollte er seinem Gegenüber gefallen. Ólafur berührte den Übergang zwischen neuer und alter Haut, die anfing, sich zu schälen und abzufallen.

»Das war etwas sehr Heißes«, sagte Ólafur.

»Ungeschicktheit«, sagte Noah.

»Das glaube ich gern.«

Noah lachte, aber Ólafur streichelte ihm schon die Wange. Die Bewegung ließ Noah die ganzen feinen Härchen in seinem Gesicht spüren, die sich an der rauen Oberfläche von Ólafurs Daumen verfingen. Es war wie eine zweite Haut, eine hochgezogene Barriere, die nur wenige Mikrometer von der Oberfläche seines eigentlichen Körpers entfernt existierte, als würden sie sich berühren, ohne sich zu berühren, ein Druck vor dem Druck. Noah schaute weg. Er konnte Ólafurs intensiven Blick nicht ertragen. Durch ihn fühlte er sich klein und durchsichtig, irgendwie wie ein Aal oder ein Eidechsenbaby.

»San Francisco ist eine Nummer zu groß für dich, Noah. Du solltest dich auf dein Vortanzen in Portland konzentrieren«, sagte er.

Noah nickte streng. Ólafur zog seine Hand zurück, aber sie blieben weiter zusammen im warmen Studio sitzen.

»Du hast eine Chance«, sagte Ólafur. »Eine echte. Das gilt nicht für alle.«

»Sicher, ich weiß«, sagte Noah.

Ólafur kratzte sich am Kinn. Das Raspeln seiner Nägel durch die Bartstoppeln erfüllte das Studio. Noch mehr Regen schlug gegen die hohen Fenster. Ihre Reflexionen waren ein wenig verzerrt durch die Fugen am unteren Rand des Spiegels, wo die Platten angebracht waren. Ein Loch im Boden, gefüllt mit Kies und Sand. Noah sah zu, wie Ólafur erneut die Hand hob, sah dem langsamen Sturzflug zu, als wäre sie ein Vogel, und er wusste, noch bevor sie ihn berührte, wo sie landen würde. Sie drang aus dem Licht des Studios in die warme, dunkle Höhle zwischen Noahs Beinen vor, und als der Druck der Berührung über ihn kam und ihn durch die Strumpfhose hindurch umschloss, seufzte Noah, erleichtert, dass er richtiggelegen hatte.

Als Noah leicht außer Atem eintraf, stand Fatima rauchend unter dem Vordach des Cafés.

»Hast dir ganz schön Zeit gelassen«, sagte sie mit eingeübter Langeweile und sah dabei kurz aus wie eine Teenagerin, die Coolness vortäuschte. Noah verbeugte sich überschwänglich. Der Regen war kalt und schneidend. Auf der anderen Straßenseite füllte sich die Kiesgrube mit gräulichem Schlamm.

»Wie ich sehe, hast du schon eine Zigarette aufgetrieben.«

Fatima nickte und blies die Wangen auf. »Hab ich.«

Noah ließ sich auf den Stuhl neben ihr fallen. Er schälte sich aus seinem Anorak. Seine Arme und sein Rücken schmerzten. Seine Oberschenkel rumorten, hier und da zuckte ein Muskel und schreckte hoch wie ein aufgescheuchtes Pferd. Vor ihnen hingen durchweichte, traurige Futterboxen, die sich an das Geländer klammerten.

»Ich will sterben«, sagte er und legte den Kopf auf den kalten Tisch, irgend so ein billiges Aluminiumding.

Fatima breitete die Arme aus und schnippte Asche in den Regen. Durch das Fenster des Cafés konnte er die Musik hören: Chopin? Satie? Nein, wurde ihm plötzlich klar, es war etwas Neoklassisches mit Elektro-Einschlag.

»Heul nicht rum.«

»Du klingst schon wie Ólafur.«

Fatima stöhnte.

»Kann ich noch eine haben?«

Noah nahm die Zigaretten aus seiner Innentasche, und Fatima zog eine aus dem wundersamerweise trocken gebliebenen Päckchen. Der Geruch war kräftig und streng, süß. Sie schloss die Augen.

»Was soll das Gequarze?«, fragte Noah.

»Ich bin schwanger«, sagte sie. Der Rauch stieg schnell auf und wurde dann vom Regen verschluckt. Fatima schüttelte den Kopf, als wollte sie den Gedanken gleich wieder verjagen. »Nicht das erste Mal, aber trotzdem.«

»Oh«, sagte Noah.

»Bitte nicht so theatralisch. Das Leben geht weiter.«

»Es ist .... Ist alles in Ordnung mit dir?«

Fatima zuckte mit den Schultern und schüttelte wieder den Kopf. Ihr Blick war klar und scharf. Der Regen prasselte mit dem hartnäckigen Tat-Tat-Tat vermeintlicher Schüsse auf das Vordach. Sie trug noch ihre Baristaschürze. Es war ihre Mittagspause. Sie knibbelte an der Unterseite ihrer Fingernägel, die Zigarette gekonnt im Mundwinkel.

»Brauchst du irgendwas?«

»Zeit, Geld, eine Abtreibung – das Übliche.«

»Fatima.«

»Nein, mir geht's gut. Alles ist gut. Keine Ahnung. Es wird schon.«

»Okay, sicher«, sagte Noah. Damit seine Hände eine Aufgabe bekamen, zog er den Roman hervor, den er gerade zu Hause gelesen hatte, als er Fatimas Nachricht bekam, dass sie eine Zigarette bräuchte, und zwar *sofort*. Er legte das Buch verkehrt herum auf den Tisch und drückte den Buchrücken platt. Es war ein Roman von Mauriac, aber jetzt wünschte er sich, er hätte etwas Leichteres mitgebracht, von Colette zum Beispiel. Noah hatte sich bemüht, die nötige Geduld aufzubringen, um Mauriacs Werk zu bewältigen, das elegant und präzise, aber auch weitschweifig und bieder war. Doch mit einem Mal erschöpften ihn die Implikationen von Mauriacs moralischer Vision, die einem langen Kanal glich, aus dem mehrere Ströme gleichzeitig flossen. Mauriacs Werk war von Barmherzigkeit und Vernunft durchdrungen. Der Roman, den Noah las, zeichnete sich durch einen strengen jesuitischen Pragmatismus aus. Das ließ ihn fieberhaft nach einem Halt suchen – Wut, Schmerz, Zerstörung. Stattdessen fühlte sich der Roman an wie eine kühle, flache Eisschicht, in die er die stumpfe, inadäquate Klinge seiner Aufmerksamkeit getrieben hatte. Er versuchte zu lesen, aber der Text verschwamm vor seinen Augen.

Fatima setzte sich zu ihm an den Tisch und lehnte den Kopf an seine Schulter. Der Zigarettenrauch brannte ihm in den Augen, aber er beschwerte sich nicht. Es gab Schlimmeres auf der Welt als Passivrauch. Er wand den Kopf und vergrub das Gesicht in Fatimas Haaren. Er küsste sie auf den Scheitel und legte den Arm um sie, um sie festhalten und streicheln zu können. Sie sagte nicht, dass es ihr etwas bedeutete oder dass sie es genoss, aber irgendwie rückte sie in diesem Augenblick näher an ihn heran, und sie sahen eine Weile zu, wie der Regen niederging wie eine aussterbende Tierart.

Die Sache mit dem Kaffee tat Bert immer noch leid. Wenn sie jetzt Sex hatten, war er auf eine Weise sanft und behutsam, die den Sex für Noah weniger spannend machte. Er versuchte, Bert zu erklären, dass er diese *Rücksichtnahme* nicht brauche, aber Bert fühlte nichts als Reue, was Noah vorkam wie sorgfältig kalkuliertes Selbstmitleid. Manchmal, wenn er die Stelle an Noahs Hals und Wange berührte, wo die Haut noch immer etwas heller war, wurde Bert so von seinen Emotionen überwältigt, dass er nicht einmal hart wurde. Dann kniete Noah fünfzehn Minuten lang zwischen seinen fleischigen Schenkeln, leckte und saugte und versuchte mit aller Macht, irgendein Feuer in ihm zu wecken. Aber da war nichts, keine Regung, keine Hitze, kein Puls, nur die graue Schwarte aus Fleisch. Als würde man versuchen, einen Stein ausbluten zu lassen, nur dass der Stein ein Schwamm war, sagte er zu Daw, zu Fatima und zu Ólafur.

Es wäre etwas anderes gewesen, wenn der Kaffee ihren Streit zusammen mit Noahs Haut ausgelöscht hätte. Aber das hatte er nicht. Sie stritten sich immer noch über dieselbe vage Sache: Dass Noah nicht verstehen konnte, wie schlimm es für Bert gewesen war, für *sie* – was wohl heißen sollte: die gesamte Reihe Homosexueller im Mittleren Westen und darüber hinaus im letzten Viertel des vergangenen Jahrhunderts. Aber wie auch, wenn Noah das Ficken über das Internet und andere digitale Selbstbestätigungshöhlen gelernt hatte, Enklaven, in denen niemand irgendwen als Schwuchtel bezeichnete, außer als Zeichen der Brüderlichkeit und Liebe? Es war lächerlich, wusste Noah. Das Gefühl wurde von innen nach außen gezogen und verwandelte sich in Bosheit.

Noah nahm an, dass ihre Streitigkeiten eine Art Buße waren. Die Reste einer Kollektivschuld seiner Generation. Bert hatte das Gefühl, er müsse für Befriedigung bezahlen, für Freude und dafür, dass er nur für einen Augenblick vergaß, dass er, wenn auch nicht frei, so doch zumindest unbeschwert war, und dass die Welt nicht mehr ständige Wachsamkeit von ihm verlangte: das Aussenden von Sühneopfern aus Fleisch und Blut. Dass er von seiner Pflicht entbunden, dass seine Wache beendet war.

»Was du da neulich gesagt hast«, fragte Bert gedehnt, »wo war das her?«

Sie lagen wieder in der leeren Wohnung im ersten Stock. Es hatte sich immer noch kein Mieter gefunden. Rauch hing über ihnen.

»Was meinst du?«, fragte Noah.

»Das mit dem Auf-die-Erde-Setzen.«

»*Richard II.*«

»Ist das eine Person?«

»Ein Theaterstück. Über eine Person. Oder die Version einer Person jedenfalls.«

»Das hat mich wahnsinnig gemacht.«

»Es geht darin im Grunde um Selbstmitleid«, sagte Noah und drehte sich weg. Er legte den Kopf unter das Kissen, wo es kühl war und nach Schweiß roch, nach ihren Körpern und nach Waschmittel.

»Und *das* bin ich für dich?«

»Ich bin niemand, wer bist du?«

»Was?«

Noah lachte.

»Ich kann dich nicht hören«, sagte Bert. Seine Hand

lag auf Noahs Rücken, und plötzlich spürte er mehr von ihm, was sich auf ihn schob. Das ganze heiße Gewicht seines Körpers lastete auf Noah. Er sank tief in die Matratze ein. Das Kissen spannte sich, und Noah gelang es nicht mehr, den Kopf zu heben. Das Kissen drückte fest und heiß zu. Er bekam keine Luft mehr, wirklich nicht. Es fühlte sich an, als würde ihm der Nacken brechen, wenn er versuchen sollte, sich aufzurichten. So viel Druck, so viel Spannung. »Ich kann dich nicht hören«, sagte Bert. Seine Stimme klang gedämpft, weit weg. »Sprich lauter, sprich verdammt noch mal lauter.«

Die Vortanzen liefen so, wie Noah es sich erhofft hatte. San Francisco suchte momentan nicht nach seinen *spezifischen Stärken*, würde ihn aber für künftige Besetzungen im Kopf behalten, und Portland gefiel sein Gesamtpaket und dass seine Referenzen ihn als teamorientiert und fleißig bezeichneten. Minneapolis sagte Ja, aber sie hätten erst im nächsten Winter einen Platz für ihn. Oklahoma City hatte Interesse, musste aber auf die Genehmigung von Geldern warten, um einschätzen zu können, was sie ihm wann offiziell anbieten konnten. Dallas war raus. Memphis war raus. Das Joffrey Ballet hatte gelacht, aber gesagt, sie hielten die Augen nach Gastrollen offen, für die er infrage käme. Miami war begeistert, dass er vorgetanzt hatte, danach aber kühl, also war das wahrscheinlich auch ein Nein. Drei oder vier Wochen war Noah in verschiedene Städte geflogen, hatte sein Reisestipendium von der Fakultät verheizt, war gelandet und hatte getanzt und gehofft, hatte in jeder Stadt ein winziges bisschen Selbstwert zurückgelassen, und nach dieser langen Reise beschlich ihn, abgesehen von einem Schlafdefizit und dauerhaft geprellten Fußknöcheln und Knien vom Zusammenstoß mit fremden Nachttischen, vor allem das Gefühl, dass ein Teil seines Lebens für immer hinter ihm lag.

Vielleicht würde er nie wieder tanzen, und wenn doch, würde er vielleicht nie wieder so tanzen, wie er es sich vor vielen Jahren als Kind gewünscht hatte, als es kein Job und keine Perspektive gewesen war, sondern einfach etwas, das er machte. Er wusste das seit einer Weile, aber es war ihm nie so richtig bewusst geworden, sondern kam ihm erst jetzt, als er nach seinem letzten Vortanzen aus dem Flugzeug stieg, dem in Portland, und still weinend auf dem Flughafen von Cedar Rapids stand. Es war vorbei. Es war wirklich vorbei.

Als Noah Ólafur von den verschiedenen Vortanzen erzählte, nickte Ólafur.

»Ich wusste es. Ja. Ich wusste es. Siehst du, es ist alles gut«, sagte er mit der Ruhe von jemandem, der ein ängstliches Kind besänftigt. Sie lagen wieder in Noahs Bett. Ólafurs Partner arbeitete an der Medizinischen Fakultät und im Krankenhaus als Chirurg und Ausbilder, auch wenn Ólafur sagte, dass er lieber unterrichtete als operierte. Ólafur saß im Schneidersitz und las die E-Mail auf Noahs Handy. Das Zimmer fühlte sich eng an. Über ihnen waren Schritte zu hören und irgendein Knallen. Die Sommermieter waren früher gekommen. Noah dachte an Bert draußen auf dem Land, in dem Haus mit seinem im Sterben liegenden Vater. Er hatte seit über einer Woche nichts von ihm gehört – es war trubelig gewesen wegen der Reisen, der Vortanzen, dem Leben. Bert allein in der Dunkelheit auf dem Land, wie er aus dem Fenster starrt, Sterne sieht, funkelnde Lichter in den Häusern entfernter Nachbarn, wie er dem Piepen der Maschinen lauscht, dem sterbenden Vater, der auf seine bloße Hülle reduziert ist und auf eine Ansammlung von Kabeln und rauschenden Pumpen.

»Vielleicht mache ich auch nichts davon«, sagte Noah. »Vielleicht lasse ich mich einfach treiben. Oder besorge mir einen richtigen Job.«

»Ist es das, was deine Eltern für dich wollen? Einen *richtigen Job*?«

Noah lachte darüber, etwas erschrocken bei dem Gedanken, dass sich seine Eltern in sein Leben einmischen könnten. Er hatte seit Jahren nicht mehr mit seiner Mutter gesprochen. Es war nichts Gravierendes vorgefallen. Sie hatten sich am Telefon nur einfach nichts zu erzählen.

»Nein«, sagte er. »Nein, nicht so. Ich glaube, sie wollen, dass ich glücklich bin.«

»Wie amerikanisch«, sagte Ólafur mit spöttischem Grinsen, die Stimme etwas unterkühlt. »Glück.«

»Für dich ist das Tanzen doch auch ein Brotjob.«

»Ähm, ja, aber wer hat behauptet, dass Glück irgendwas damit zu tun hat?«

»Stimmt wohl.«

»Beim Tanzen geht es nicht um Glück. Es geht um Aufopferung.«

»Ach ja, der rituelle Aderlass. Wie konnte ich das vergessen?«

Ólafur ließ das Handy auf Noahs Bauch fallen. Noah sprang auf – es tat nicht weh, aber der Aufprall klang erschreckend hohl. Er hatte es nicht kommen sehen. Hatte sich nicht gewappnet.

»Du hast ja keine Ahnung«, sagte Ólafur, der dabei auf seine Weise wie Bert klang.

»Stimmt, habe ich nicht«, sagte Noah. Er legte den Arm über die Augen. »Ich habe absolut keine Ahnung.« Noah schmeckte etwas Harziges und Brennendes im

Mund, und er fragte sich, ob es vom Sperma oder der Zigarette oder von dem Pfeffer der Forelle beim Abendessen kam. Vielleicht war es auch etwas völlig anderes, ein Teil von ihm, der sich löste und abgestreift wurde. Der Geruch von Schwefel stieg ihm in die Nase. Ólafurs Gewicht verlagerte sich, und Noah setzte sich auf, um ihm dabei zuzusehen, wie er sich anzog. Er würde sich auf den Weg machen zu seinem Partner und ihrem gemeinsamen Zuhause, das mit den Granatsplittern ihres Lebens gefüllt war, und einen Moment lang, nur einen Moment, war Noah überwältigt beim Gedanken an die Gesamtheit dieser Dinge, dieser ganzen Gegenstände, die er nie sehen, nie berühren oder kennen würde, und das machte ihn traurig. Dass nach all dieser Zeit, in der er Ólafur kannte und die besonderen, intensiven Arrangements ihrer Körper erlebt hatte, noch so vieles von ihm blieb, das er nicht kannte. Er liebte Ólafur nicht. Er wollte auch nicht Teil seines Lebens sein, wirklich nichts dieser Art. Es war nur die schlagartige Erkenntnis, wie klein die Sache zwischen ihnen war, wie wenig sie bedeutete, und dass sein Leben zu einer Ansammlung solcher kleiner, unbedeutender Sachen geworden war.

Ólafur lehnte sich über das Bett zurück und küsste Noah innig, und Noah fuhr mit den Fingern durch Ólafurs Haare, dann packte er ihn an den Schultern und am Rücken. Zog sich an ihm hoch, doch Ólafur war stärker, standhafter und stieß Noah weg – und der fiel rückwärts vom Bett und schlug mit einem kurzen, harten Knall des Kopfes gegen die Kante seiner Kommode.

»O Gott«, sagte Ólafur, aber Noah schloss nur die Augen. Die Welt bebte und pulsierte. Sein Atem ging schwer und langsam. Ólafur hockte sich vor ihn, und Noah lächelte erst und lachte dann – alles verschwamm, und etwas wie ein dunkler Fleck breitete sich am unteren Rand seines Sichtfeldes aus.

»Gut gemacht«, sagte Noah.

Daw blieb bei Noah – die Ärztin war sich nicht sicher, ob es eine richtige Gehirnerschütterung war oder nur so etwas *ähnliches* wie eine Gehirnerschütterung.

»Nur eine *kleine Gehirnerschütterung* gibt es nicht«, sagte Daw. Doch Noah zuckte nur mit den Achseln. Er wollte sich nicht festlegen, aber Daw blieb eine Woche lang bei ihm. Noah brachte ihm bei, wie man Misopaste machte. Sie spielten in seinem schummrigen Zimmer Karten, und Daw las ihm das Ende des Romans von Mauriac vor, und später, weil Noah bettelte, etwas Proust. Nach einigen Tagen sahen sie sich einen Film an, und als Noah wegen der rasenden Schmerzen hinter seinen Augen nicht auf den Bildschirm schauen konnte, legte ihm Daw ein kühles Tuch auf das Gesicht und massierte ihm die Füße. Sie lachten und arbeiteten sich durch den Tratsch ihres Lebens – Daw hatte probeweise den Eignungstest für Medizin absolviert und wollte sich eine einjährige Auszeit nehmen. Mit dem Tanzen sei er in diesem Leben fertig, sagte er. Fatima stieß am Wochenende zu ihnen und legte sich mit einer Wärmflasche auf dem Bauch auf Noahs Bett. Daw und sie brachen keinen Streit vom Zaun und ignorierten sich auch nicht. Sie unterhielten sich sogar über Pläne, die sie geschmiedet und dann wieder verworfen hatten. Fatima zog es zurück an die Ostküste.

»Das ist er, Jungs. Der Beginn unseres Lebens«, sagte sie.

Daw lachte als Erster darüber, dann Noah, dann Fatima.

»Bei dir klingt das so optimistisch«, sagte er.

»Dieses Jahr war die Hölle«, sagte Noah.

»Aber wir haben überlebt.«

»Gerade so«, antwortete Daw ernst und mit einer Regung, die Noah nicht einordnen konnte.

»Wie nehmen eigentlich deine Lover die Nachricht von deiner Abreise auf?«, fragte Fatima, und ein Anflug von Panik durchzuckte Noah, denn bis zu diesem Moment war ihm nicht klar gewesen, dass Fatima von Ólafur wusste.

»Ach ja«, sagte Noah und schaute weg, zum Fenster hinaus, wo die Baumkronen dunkle Kreise in den Himmel zeichneten.

»Ólafur schafft das schon«, sagte Daw.

»Woher weißt du überhaupt davon?«

»Es war offensichtlich.«

»Wie jetzt, offensichtlich?«

»Sei nicht so naiv«, sagte Fatima scharf. Wut blitzte in ihren Augen auf, aber sie stützte sich wieder auf ihre Ellbogen. »Ist schon okay. Nimm, was du kriegen kannst.«

»So war es nicht.«

»So ist es immer«, sagte Fatima. »So ist es immer, immer, immer. Du tust nur so, als ob es nicht so wäre. Du rammelst durchs Leben und bist dann überrascht, wenn du dir eine Gehirnerschütterung zuziehst.«

»Das ist eine unglücklich abgewandelte Metapher«, sagte er.

»Wir wussten es alle. Es ist keine große Sache. Tu nicht so überrascht«, sagte Daw.

»Du solltest dir eher Gedanken wegen dem Serienmörder machen.«

»Er ist kein Serienmörder.«

»Je mehr du darauf bestehst, dass er keiner ist«, sagte Fatima, »desto mehr sehe ich mich gezwungen, dich daran zu erinnern, dass er … tatsächlich versucht hat, *dich zu ersticken.*«

»So war es nicht«, sagte Noah, ehe er sich selbst unterbrach. Fatimas Lachen erfüllte das Zimmer, und Daw konnte nur den Kopf schütteln.

Berts Vater starb Mitte Mai. Es gab keine Beerdigung, weil Bert meinte, dafür Geld auszugeben sei sinnlos. Noah fuhr raus zu seinem Haus, um ihn zu besuchen. Ein Kälteeinbruch hatte das Wasser im Boden gefrieren lassen, sodass er sich hohl anfühlte und knirschte. Noah lehnte sich an die Tür seines Pick-ups vor dem Haus. Bert stand oben auf der Veranda und schaute zu ihm herunter.

»Schön, dich zu sehen«, sagte Noah.

»Du warst wie vom Erdboden verschluckt.«

»Ich war beschäftigt.«

»Das kann ich mir vorstellen«, sagte Bert. »Willst du reinkommen?«

»Nein, nein. Ich wollte nur sehen, wie es dir geht.«

»Tja, hier bin ich.«

»Du siehst ganz gut aus«, sagte Noah. Bert war dünner und blasser geworden. Seine Haare hatten einen rotbraunen Schimmer. Er sah zerbrechlich aus. Seine Augen waren rot und gereizt. Sein Käppi wirkte abgenutzt. Die Tür hinter ihm stand offen, dunkel wie ein Mund.

»Ist das so?«, fragte Bert aufrichtig interessiert. »Fühlt sich nicht so an.«

»Es tut mir leid.«

»Fang du nicht auch noch damit an«, sagte Bert. »Was tut dir leid?«

»Ich weiß nicht«, sagte Noah. »Wahrscheinlich, na ja, einfach, dass es dir schlecht geht. Du einen Verlust erlebst. Nicht so richtig deinen Frieden damit gemacht hast.«

»Du hast keinen blassen Schimmer, wie es ist«, sagte Bert und schlug mit den Fingerknöcheln gegen das Geländer.

»Doch«, sagte Noah. »Hab ich.«

»Ach ja?«

»Mein Dad ist auch gestorben, weißt du. Ist schon eine Weile her, aber trotzdem. Ich weiß, wie es ist.«

»Das hast du gar nicht erzählt.«

»Wahrscheinlich verstehst du jetzt, warum«, sagte Noah lachend, aber seine Kehle war heiß, und seine Augen brannten. »Jetzt kapierst du's.«

»Ich schätze mal schon.«

»Ich ziehe im Sommer weg.«

»Dachte ich mir.«

»Nach Portland.«

Bert nickte steif. Noah atmete die kalte, saubere Luft ein. Er schaute auf das spärliche Gras im Hof, auf den Pfirsichbaum, der zu früh geblüht hatte und jetzt erfroren war. Die wogenden Felder, die wie Tiere auf der Lauer liegenden Häuser.

»Ich wünschte, du hättest früher was gesagt«, meinte Bert.

»Wegen was?«

»Der Miete. Es wird schwer werden, jemand für deine Wohnung zu finden.«

Noah grinste. Er legte die Hand auf den Griff der Wagentür. »Im Sommer ganz sicher nicht.«

Er ließ die Tür zuknallen, und man hörte das vertraute Wimmern des Motors. Bert hob langsam die Hand und winkte steif.

Noah hob ebenfalls die Hand und winkte im Gegenrhythmus.

Es war ein wenig wie ein Tanz, dachte er später auf dem Weg nach Hause, weg von diesem Ort. Er hasste das Gefühl der Erleichterung, das sich in ihm ausbreitete, als ihm klar wurde, dass es der letzte gewesen war.

## 7

# Sussex, Essex, Wessex, Northumbria

An den Wochenenden gab Bea in der Schwimmhalle des Freizeitzentrums an der Burlington Street Schwimmkurse für kleine, arme Kinder und führte eine Gruppe alter Menschen durch Wasserwiderstandsübungen. Viel Geld gab es dafür nicht. Sie wurde aus einem kleinen, von der Universität und der Gemeinde finanzierten Fördertopf bezahlt, nachdem diese das Programm für die schlechtesten Schulen an der Grenze zwischen Iowa City und Coralville entwickelt hatten.

Die Universität und die Gemeinde hätten das Geld auch für eine Essensausgabe oder für neue Schulbücher verwenden können. Sie begriff nicht, was eine Horde hungriger und müder Kinder mit Schwimmunterricht anfangen sollte, war aber in jedem Fall dankbar für den kleinen Zuverdienst und die Möglichkeit, die Schwimmhalle nutzen zu können.

Die Kinder hatten keine Fragen. Im Grunde wollten sie einfach nur ins Becken springen und sich gegenseitig mit Wasser bespritzen. Bea bemühte sich, ihnen die Schwimmzüge beizubringen. Sie legte sich auf die kalten Kacheln neben dem Becken und machte ihnen die Bewegungen vor, aber wenn sie von ihrem Platz aus aufschaute, sah sie, dass die Kinder sie mit kühler Grausamkeit betrachteten, als wollten sie ihr den Kopf einschlagen.

Also beschloss Bea, sie machen zu lassen, was sie wollten, solange niemand ertrank, zumal die Bademeisterin die meiste Zeit mit ihrem Handy oder dem Überwachen der Bahnen zubrachte, damit die Aufteilung auch funktionierte. Die alten Menschen erinnerten sie an ihren Vater, obwohl sie sich übertrieben fürsorglich gaben und nicht hart und gemein wie er, und darum wusste Bea nicht, wie sie reagieren sollte, wenn sie sie »Schätzchen« nannten oder ihr auf die Schulter klopften und sie lobten, während sie ihnen ins Becken hinein oder aus dem Becken hinaus half und ihnen Handtücher reichte. Manchmal, während ihrer Zeitlupenübungen, bemerkte sie, wie sie sie ansahen, als wäre sie eine Fata Morgana oder eine Meerjungfrau, und dann fühlte sie sich schön, bis ihr klar wurde, dass sie nur deshalb so starrten, weil sie sie kaum erkennen konnten. Sie schimpfte dann mit sich.

Bea hatte die Kurse übernommen, weil die Mädchen aus dem Schwimmteam keine Lust dazu hatten. Sie waren hochgewachsen und furchteinflößend, hatten straffe Haut und breite Schultern. Wenn Bea nach ihren Bahnen im Becken duschte, hört sie, wie sie sich für das Wochenendtraining umzogen. Sie mussten die reguläre Frauenumkleide benutzen, da das Gebäude zu einer Zeit errichtet worden war, als man Sporteinrichtungen für Frauen für unnötig hielt. Sodass es an Tagen, an denen sie im Schwimmbad trainierten, zu einem Aufeinandertreffen dieser seltsamen, fremden Spezies von Frau und dem Rest der breiigen menschlichen Wesen kam. Sie redeten, wie Mädchen überall reden: über die Beliebigkeit von Muttermalen und Sommersprossen, die eigenartige Biegsamkeit des Daumengelenks, das schlechte Essen vom Vorabend, ihre Freunde, ihre Freundinnen, die dummen Videos ihrer Haustiere, die ihre einsamen Eltern ihnen geschickt hatten, über Hausaufgaben, Lehrerinnen, Trainer, Küsse, langsam über ihren Rücken streichende Hände, die Einsamkeit am Morgen und die Brutalität ihrer Jobs. In diesem Moment, wenn das Wasser auf ihr Brustbein traf, fühlte sich Bea ihnen nah, sie hörte so aufmerksam wie möglich zu, was sie sich erzählten, und hatte das Gefühl, dass sie in einem anderen Leben eine von ihnen hätte sein können. Und obwohl das nicht stimmte, ließ Bea diesen Gedanken, wenn sie besonders freundlich zu sich war, etwas länger zu, als gut für sie war.

Eines Nachmittags, nachdem die Kinder wieder in die Obhut ihrer Betreuer übergeben und wie eine Herde nasser, blökender Schafe in den Bus getrieben worden waren, saß Bea am Beckenrand und ließ die Beine baumeln. Die alten Menschen würden heute nicht kommen, weil in einem der Pflegeheime ein hässlicher Infekt grassierte und man es zum Wohle aller für das Beste hielt, sie im Heim zu behalten. Was hieß, dass sie den restlichen Samstagnachmittag zu ihrer freien Verfügung hatte, was ungewöhnlich war, und sie überlegte, nach Hause zu gehen und die Wohnung aufzuräumen. Es war einer dieser unverplanten Nachmittage, der nach einer langen Phase der Einsamkeit verrät, wie sehr sich das eigene Leben in sich selbst zurückgezogen hat. Es gab niemanden, den sie hätte anrufen, und nichts, was sie hätte tun können. Niemand verlangte nach ihr. Niemand wollte, dass sie etwas tat. Sie verspürte keine Freiheit und keine Traurigkeit – stattdessen fühlte es sich an, als wäre sie mit kaltem Wasser übergossen worden. Das Frösteln war alles, das blieb.

Sie beobachtete die Mädchen aus dem Schwimmteam auf der anderen Seite des Beckens. Kaum hatten sie die Matten ausgerollt, begannen sie mit ihren Dehnübungen. Die Mädchen waren unfassbar biegsam und lehnten sich gegen die Beine der anderen, was gefährlich und schmerzhaft aussah. Dann tauschten sie und boten sich selbst an, verdreht und verbogen zu werden. Ihr Geplapper hüpfte als leises Summen über das Wasser. Die letzten Badegäste kletterten aus dem Becken, wickelten sich in Handtücher und machten sich auf den Weg zu den Duschen. Die Bademeisterin stieg von ihrem Hochsitz herunter, drehte sich scharf zu Bea um, sah sie direkt an und durch sie hindurch.

»Du gehst jetzt besser«, sagte sie, und Bea nickte, blieb aber weiter sitzen und konnte den Blick nicht von den Mädchen abwenden, selbst als der Trainer – groß, behaart, tiefe, dunkle Stimme – den Gang entlangkam. Er stellte sich über die Mädchen und stemmte die Hände in die Hüften. Er hatte zottelige, lockige Haare.

»Okay, okay, Technik«, sagte er. Und die Mädchen sprangen rückwärts ins Wasser, nicht elegant oder anmutig, sondern wie eine Schar aufgeregter, lachender Kinder. Dann stiegen sie aus dem Becken und schüttelten sich das Wasser von den Gliedern. Sie wusste es sofort: Akklimatisierung. Der Trainer sah sie an, und Bea wurde kühl und klamm. Er kniff die Augen zusammen und machte Anstalten, zu ihr auf die andere Seite zu kommen, und so winkte Bea ihm kurz und stand auf. Der Boden war rutschig, und sie musste sich fangen, um nicht hinzufallen. Sie sammelte ihr Handtuch auf, und an der offenen Tür schaute sie über die Schulter zurück und sah noch etwas länger zu, wie die Mädchen ins Wasser sprangen und wieder aus dem Becken stiegen, sich an die Kälte und die Tiefe und den Chlorgeruch gewöhnten.

Bea wohnte allein in Iowa City. Sie verbrachte viel Zeit an ihrem Schreibtisch und schaute von dort in den Hof.

Ihr Blick ging hinaus zu den Kiefern, ihren ausladenden Ästen und den herumschwirrenden Vögeln. Sie saß im ersten Stock eines alten Hauses, das in drei Wohnungen aufgeteilt worden war. Das Paar im Erdgeschoss unter ihr war meist ruhig. Einer der beiden ging früh am Morgen zur Arbeit. Der andere verließ die Wohnung spät am Nachmittag. Der Tänzer in der Wohnung nebenan schmiss an den Wochenenden und manchmal auch an den Wochentagen Partys, aber das störte Bea nicht, denn zu hören, wie sich das Leben anderer parallel zu ihrem eigenen abspielte, gab ihr das Gefühl, nicht völlig allein zu sein.

Den Großteil ihrer Kindheit war Bea ein Einzelkind gewesen, bis auf ein schmales, düsteres Jahr, in dem sie es nicht gewesen war.

Auf ihrem Schreibtisch stand ein kleiner Karton, in dem sie ein Diorama gebastelt hatte. Die Wände des Kartons waren mattschwarz angemalt, und aus Streifen mitteldicker Pappe hatte sie kleine Möbel gebastelt. Der Kontrast zwischen den hellen Möbeln und dem dunklen Hintergrund war so groß, dass die Pappe zu leuchten oder zu vibrieren schien. Die Ränder der Möbel verschmolzen ein wenig mit der Luft, sodass eine Art Verdoppelungseffekt eintrat. Es war mühsam, in das schwarze Nichts des Kartons zu schauen, um die Möbel zu betrachten, und so wusste man nicht genau, was man da sah. Bea nannte diese Arbeit *Hausfriedensbruch*.

Sie hatte mehrere solcher Kartons mit Möbeln und manchmal auch mit winzigen Figuren gebastelt, die sie unterschiedlich detailliert ausarbeitete. Einige erinnerten an Menschen. Andere waren nur grobe Strichmännchen, wieder andere futuristische geometrische Kleckse. Sie sah eine Art Strudel oder Wirbel im Licht, wenn sie in ihre

Dioramen schaute, und es war diese grobe Textur der Realität, die zu ihrer eigenen Erfahrung der Welt passte. Aber so ging es allen, wenn sie auf etwas zurückblickten, das sie selbst erschaffen hatten – jede Kreation war nur ein albernes, leicht deformiertes Spiegelbild des Inneren.

An diesem Tag, nach der Schwimmhalle, nahm Bea ihr Messer und einen dünnen Streifen Holzfaserplatte und schnitzte einen flachen menschlichen Finger. Dann schnitzte sie noch einen und noch einen, bis vor ihr auf dem Tisch ungefähr dreißig Finger lagen – einige gebogen, andere gerade, manche ganz ausgefeilt und detailliert mit Furchen und Falten, andere klobig wie Karikaturen. Einige hatten die Länge echter Finger, andere waren nur so groß wie ein Glied, und wieder andere waren so filigran und klein wie Fingernägel. Doch alle waren dünne, zweidimensionale Wiedergaben menschlicher Finger. Zeigefinger, Ringfinger, kleine Finger, Daumen, Mittelfinger. Sie schnitzte Finger, die sie gesehen und gekannt hatte, manche davon hatte sie in den Mund genommen oder in sich hineingeschoben. Finger ihrer eigenen Hand, Finger jener, die sie geliebt oder gehasst hatte. Einige Finger waren ihr völlig unbekannt.

Die Finger zu schnitzen erforderte eine strenge, fast schon wütende Kontrolle über die Messerklinge, und die Holzfaserplatte drückte derb gegen ihren Arm und zitterte beim Hineinschneiden wie ein ängstliches Tier. Ihre Unterarme waren zerschrammt, hier und da bluteten die kleinen Kratzer. Ihre Fingerknöchel schmerzten vom verbissenen Festhalten, obwohl sie es eigentlich besser wusste. Und wozu – diese Finger nützten ihr kein bisschen, sie waren nur etwas, das sie mit ihren Händen tat, um ihre Gedanken zu beruhigen. Und jetzt waren ihre Handflächen wund, ihre Arme schmerzten. Ihre Augen waren müde und juckten von den umherfliegenden Partikeln der Holzfaserplatte, dem Staub vom Abhobeln und Abraspeln. Sie sollte lieber aufhören, dachte sie. Aber sie machte weiter, denn sie hatte einen Rhythmus für diese nutzlose, einfache Tätigkeit gefunden, und es wäre eine Schande gewesen, etwas so Schönes wie diesen Rhythmus ziehen zu lassen.

Der Sommer in Iowa war schwer und heftig. Ihre Wohnung verfügte über eine einzige Fenstereinheit, im Flur neben der Küche. An ihrem Schreibtisch spürte sie nichts von der kühlen Luft, und sie war verschwitzt. Die Holzspäne hafteten an ihr, und ihre Oberschenkel klebten am Stuhl. Am liebsten wäre sie wieder ins Wasser gesprungen, aber die Schwimmhalle war wegen des Trainings geschlossen und würde anders als unter der Woche auch später am Abend nicht mehr öffnen. Sie könnte sich in ihr Auto setzen und zum Lake Macbride fahren oder ihr Glück im örtlichen Sportzentrum versuchen. Es gab Optionen, Möglichkeiten, Dinge, die sie tun konnte, um ihr Leid zu lindern, aber sie entschied sich für keine von ihnen. Sie schnitzte weiter diese Finger, bis der Abend über sie kam und der Tag in jene Phase eintrat, in der das Licht vertikal und blau verläuft und alles eine gespenstische Qualität annimmt. Eine halbe Stunde lang ist es, als lebte man in einem Film. Alles erlangt Leuchtkraft und Bedeutung, alle Menschen sind schön und träge.

Als der erste blaue Schatten über ihren Schreibtisch fiel, stand Bea auf und ging in den Flur, wo die Fenstereinheit gegen den Rahmen schlug. Sie beugte sich hinunter, sodass die kalte Luft auf ihre Brust und dann auf ihr Gesicht traf, schloss die Augen und stand dort in einem Spalt kalter Dunkelheit. Ihre Nagelbetten schmerzten. Sie spürte den Puls in ihren Fingern. Sie stemmte sich gegen den oberen Rand der Scheibe, die von der Sonne recht warm war, stand dort noch etwas länger und hob dann den Kopf, sodass sie durch das Fenster in den Hof schauen konnte. Ihr Nachbar Noah saß mit ein paar Freunden in Liegestühlen, ihre Gläser auf einer zum Tisch umfunktionierten Getränkekiste. Mit Sonnenbrillen auf der Nase und Tellern auf den Knien. Bisher hatte Bea nur im Vorbeigehen mit Noah gesprochen – unten am Briefschlitz oder kurz beim Türaufhalten, wenn jemand mit Einkaufstüten aus dem Co-op kam. Er war etwas größer als sie und ein Tänzer, und sein Körper sprühte nur so vor Gesundheit und Vitalität, obwohl sie ihn mindestens ein- oder zweimal am Tag rauchen sah, so wie jetzt, in diesem Moment. Das Fenster war verschmiert, hin und wieder von feinen Eisblumen überzogen. Spinnweben und Staub klebten außen an der Scheibe, und es war, als schaute man durch Spitze, durch einen Schleier der Zeit in die blaue Welt dahinter. Doch Bea sah sie, diese strahlenden, glücklichen Menschen mit ihrem schnell zubereiteten Abendessen und ihrem Patchworkglamour. Sie wollte gegen die Scheibe schlagen, damit sie aufschauten und sie ebenfalls sahen, sodass diese absolut schreckliche Spannung ihres Lebens zerbrach und so etwas wie Erleichterung hereinströmte. Ihre Handflächen auf der Scheibe fühlten sich schwer und heiß an. Sie konnte den Aufprall spüren, das kribbelige Klirren, auch wenn beides noch gar nicht eingetreten war. Sie könnte das Glas zerbrechen und in den Garten fallen lassen. Sie könnte alles Mögliche tun, und diese Fülle von Dingen, die sie tun könnte, hielt sie davon ab, etwas zu tun.

Bea zog die Hand zurück.

In der Fußgängerzone in der Innenstadt stand Bea im Schatten einer sterbenden Esche. Sie hatte sich im Bread Garden ein paar Pflaumen gekauft und gedacht, sie wären eine gute Abkühlung, aber als sie sie aus dem Nebel des Obstregals nahm, bemerkte sie, dass sie sich warm, ja, fast schon fiebrig anfühlten. Sie mussten frisch von der Ladefläche des Lastwagens kommen, der sie hergebracht hatte, und Bea überlegte kurz, sie dazulassen, doch sie war etwas hungrig und hatte die Pflaumen trotzdem gekauft. Inzwischen bereute sie es. Das eigentliche Fruchtfleisch war blass und stumpf. Es war mehlig und stank irgendwie, so als befände es sich bereits in einem Zustand der Verwesung. Sie konnte den dunklen Kern sehen. Die Pflaume zu essen war so, als würde sie ihren eigenen Körper verschlingen.

Eine Etage unter ihr, in einem Streifen dichten, brennenden Sonnenlichts, rannte eine Gruppe Kinder über nasse, dunkle Steine durch ein Wasserspiel. Von den Fontänen ging ein strenger, chemischer Geruch aus, und sie trafen mit einem spritzenden Geräusch auf das Pflaster wie Urin in eine Schüssel. Schweres Wasser. Die Kinder schrien vor Freude, als das lauwarme Wasser ihre T-Shirts und Haare durchnässte. Ein kleines Mädchen mit einem fleckigen Gesicht und schlaffen Zöpfen legte sich auf den Boden und leckte schmatzend die Steine ab. Ein anderes Mädchen hob sein Sommerkleid hoch und pinkelte in das kleine Loch, durch das der Strom einen Moment später in einer schrecklichen Umkehrung der Osmose in die Höhe schoss. Aber keiner der Eltern bemerkte etwas oder kümmerte sich darum. Sie saßen auf Bänken rings um den Spielplatz. Andere Kinder sprangen von der mehrstöckigen Spielburg und landeten mit dem Rücken auf dem schwammigen Kunstrasen. Sie rappelten sich auf und kletterten erneut hinauf, um wieder zu springen und umzufallen. Die Eltern redeten und lasen weiter, beschirmten ihre Augen wegen der Sonne, wandten sich einander zu und legten die Hände auf Schenkel, Schultern, Rücken, die Choreografie der Liebe und des Lebens, und ihre Kinder kreischten weiter, wüteten weiter und rissen an den Nähten der Welt.

Bea saugte an ihren Pflaumen, bis ihr die Augen schmerzten. Sie stach sich mit dem spitzen Ende eines Pflaumenkerns ins Zahnfleisch und warf ihn in den Futterkasten zu ihren Füßen. Dicke Wolken, hoch und weiß wie Felswände, zogen im Osten auf und ab. Die Wolken waren dunkel, und der Fluss war rasch zu aufgewühltem grauem Schaum angestiegen. Einige Jahre zuvor hatte es eine schreckliche Überschwemmung gegeben, so schlimm, dass der amtierende Präsident auf einen Besuch vorbeigekommen war. Es gab Fotos von ihm, wie er auf Bergen aus zerstörten Habseligkeiten der Leute stand, sein Hemd so makellos, dass es vor der körnigen Dunkelheit seiner Umgebung fast schon fluoreszierte. Doch das war Jahre her, und der Fluss drohte nur leicht über die Ufer zu treten, was laut den Veteranen dieses früheren Katastrophenjahres eine gute Nachricht war.

Es ging ein leichter Wind, aber Beas Haare waren zu schwer, sie lagen wie ein Pelz im Nacken und auf den Schultern. Mücken summten ihr Mimimi in ihrer Nähe, angelockt von dem klebrigen Pflaumensaft an ihren Fingern. Sie stieg auf die niedrige Steinbrüstung und balancierte an den Futterkästen entlang, hielt manchmal an, um die Schilder an den Bäumen zu lesen, die sie als infiziert oder sterbend auswiesen. Der Gedanke, dass ihr die Not der Bäume gleichgültig war, bescherte ihr einen düsteren Nervenkitzel. Hier standen sie nun und verrotteten von innen, ihre Rinde zerbröselte und verteilte sich auf den Pflastersteinen der Innenstadt, während Hunderte von Menschen ungerührt und unbeteiligt unter ihnen vorbeigingen – das war eine Umkehrung der natürlichen Ordnung der Dinge.

Als Kind hatte Bea mit ihrer Mutter und ihrem Vater auf einer Störfarm in North Carolina gelebt. Ihre Mutter war vor zehn Jahren gestorben, da war Bea fünfundzwanzig gewesen, und als Bea das Krankenhaus verließ und an der Ecke des Medizincampus unter den Kiefern stand, fand sie es unfair, dass diese Bäume weiter existieren durften, während ihre Mutter, ein ehrlicher und guter Mensch, von dieser Welt gegangen war. Es war grausam, ein Zeichen für die Härte aller Dinge und dafür, dass die Welt nicht in der Lage war, die Größe und Schwere ihres persönlichen Verlusts zu ermessen. Doch dann hatte sie weitergemacht. Bea hatte weitergemacht und gelebt, und zehn Jahre später war sie hier, Hunderte von Kilometern von ihrem Zuhause entfernt, ein ganz anderer Mensch, als sie damals gewesen war. Ihr Vater hatte damals die Störfarm verkauft, um die Krankenhausrechnungen zu bezahlen. Es war das erste Jahr, in dem die Störe Kaviar lieferten. In dieser Hinsicht waren Störe kurioserweise wie Menschen: Es dauerte Jahre, bis sie zurückzahlten, was sie einem für all die Liebe und Fürsorge schuldig waren, die man in sie investiert hatte, all das Futter, das man in ihre riesigen, knurrenden Tanks mit kaltem Wasser geworfen hatte. Es dauerte ein Jahrzehnt, bis ein Stör zeigte, was er wert war. Aber er war pleitegegangen, ihr kleiner Familienbetrieb. Manchmal fragte sich Bea, was sich ihr Vater dabei gedacht hatte, in North Carolina Störe zu züchten. Ausgerechnet das. Er hätte alles anbauen können. Alles züchten können. Aber Störe?

Eine dumme, waghalsige Unternehmung für einen Familienvater.

Eines der Kinder schrie, und Bea sprang von dem Futterkasten. Sie fand sich vor einem Schmuckgeschäft wieder: Ten Thousand Villages. Das Kind schrie weiter, bis Bea nichts anderes mehr hörte. Aus einem Schrei wurden zwei, dann drei, und schließlich ein ganzer Chor von Schreien auf dem Spielplatz. Bea bog um die Ecke und sah, dass eines der Kinder von der Spielburg gesprungen und auf der Grenze zwischen Asphalt und sicherem Spielplatzrasen gelandet war. Es hatte eine hässliche Wunde im Gesicht. Sehr viel Blut, und seine Arme zitterten. Noch keiner der Eltern hatte sich von seinem Platz erhoben. Sie wirkten wie erstarrt, eine Pantomime. Das Kind saß allein auf dem Boden und schrie, während andere Kinder weinend auf es zeigten. Die Eltern nur wenige Meter entfernt. Nichts tat sich. Nichts rührte sich. Niemand unternahm etwas. Bea musste wegschauen. Schnell ging sie an dem Kind vorbei, das verzweifelt nach ihr griff, und als sie an der Straßenecke ankam, hätte sie schwören können, dass sie an der Rückseite ihres Beines die klebrige, feuchte Hitze eines blutigen Daumenabdrucks spürte. Doch als sie an sich herunterschaute, war sie sauber bis auf das Schimmern ihres eigenen Schweißes, und als sie zum Spielplatz zurücksah, gab es da gar kein blutendes Kind.

Bea tauchte in das klirrend kalte Wasser ihrer Badewanne ein. Sie ließ sich so tief sinken, wie sie konnte. Ihre Füße ruhten auf der Ecke neben dem Hahn. Ihr Körper war ein düsterer, dunkler Schatten unter der Oberfläche.

Ihr Vater hatte früher immer gesagt: *Sussex, Wessex, Essex – kein Sex für dich, junges Fräulein.* Es war sein Lieblingsscherz, seit sie dreizehn geworden war und groß und langbeinig für ihr Alter. Die Jahre, bevor sie von der Arbeit auf der Fischfarm derb und dick wurde. *Kein Sex*. Ihre Jungfräulichkeit hatte Bea im zweiten Collegejahr an einen x-beinigen Jungen verloren, einen Lacrosse-Spieler aus Vermont. Alle nannten ihn Tex, aus Gründen, an die sich Bea nicht mehr erinnern konnte. So war das im College, dachte sie. Man lebte so fernab vom eigenen Lebenskontext, dass Namen hängen blieben, die das sonst nie getan hätten. Es gab eine seltsame Logik des Miteinanderschlafens im College, assoziativ, zufällig, ohne strengen Zusammenhang. Tex war unbeholfen und roch ledrig. Als er ihn in Bea hineinsteckte, krampfte er so heftig, dass sie glaubte, er würde zerbrechen. Danach hatte Bea mit keinem mehr geschlafen.

*Kein Sex* war definitiv eine Formulierung, die beschrieb, wie sie gelebt hatte. Sie wusste nicht, was sie mit sich anfangen sollte, sobald ein anderer Körper beteiligt war. Sie konnte Körper nur verstehen, wenn sie jedes Kontexts beraubt waren. Sie verstand die unteren Rücken der Mädchen beim Schwimmtraining, ihre Schultern, ihr Lächeln, die straffen Konturen an den Innenseiten ihrer Oberschenkel.

Bea schloss die Augen und presste die Knie zusammen. In dem dunklen Becken ihrer Gedanken beschwor sie die Mädchen des Schwimmteams herauf, die breiten, stumpfen Spitzen ihrer Finger. Sie stellte sich ihre vom Chlor gehärteten Hände vor, die verblüffende Flexibilität ihrer Knöchel. Diese Finger hatte sie liebevoll und geduldig aus der Holzfaserplatte geschnitzt. Das Wasser in der Wanne schwappte leise hin und her. Das ferne Stottern ihres Fensters hielt an. Bea spürte, wie sie sich öffnete, die innere Hitze ihres Körpers, die animalische Wärme. Zwischen ihren Beinen bewegte sich das Wasser, der Druck ihrer eigenen Hand, die Mädchen aus dem Team. Ihre Knie glitten aneinander vorbei, und sie presste die Schenkel fester zusammen, sank noch einmal tiefer ins Wasser, bis es über ihr Gesicht stieg und Bea verschwand.

Nosex gab es nicht. Der Name des winzigen Königreichs lautete Northumbria.

Sussex, Wessex, Essex, Northumbria. Das hatte sie ihrem Vater gesagt, als sie seinen kleinen Scherz schließlich satthatte, und er hatte sie spöttisch angeschaut und gesagt, dass niemand eine frigide Schlampe wolle.

Sein anderer Lieblingsscherz bestand darin, dass er ihr ganz fest in die Brust kniff und dabei Laute machte wie eine Gans. Wenn sie den Futtereimer fallen ließ, kniff er sie. Wenn sie mit den Schläuchen zu langsam war, kniff er sie. Wenn sie Angst hatte, die Leiter hinaufzuklettern und in die Fischtanks zu schauen, kniff er sie. Wenn sie ihm widersprach, kniff er sie. An manchen Tagen tat ihr die Brust so weh, dass sie es kaum aushielt. Dann streifte sie sich ihr T-Shirt ab und legte sich mit dem Gesicht nach unten in den Teich. Als ihre Mutter krank wurde, ging Bea zu ihren Eltern zurück und half. Sie fütterte ihre Mutter, räumte hinter ihr auf – Erbrochenes, Scheiße, verkrustetes Geschirr, Speichel, verdorbene Lebensmittel. Bea kümmerte sich um alles, und eines Abends, nachdem sie das Geschirr abgeräumt und ihrer Mutter auf die Veranda vorm Haus geholfen hatte, fragte sie sie so direkt wie möglich, warum sie zugelassen hatte, was ihr Vater mit ihr gemacht hatte.

»Was gemacht, mein Schatz?«, hatte ihre Mutter gefragt.

»Mich so gekniffen, ganz fest in die Brust, hier«, sagte Bea und legte die Hand flach auf die Brust, wo sie noch immer spüren konnte, wie seine Finger zupackten und ihr die Haut verdrehten. Die Augen ihrer Mutter waren dunkel und milchig. Sie schaute über die Bäume, über den großen Hof zu den unteren Feldern, wo die Fischtanks standen. In jener Zeit roch sie nach Kupfer. Ihr Körper wirkte wie ein Ballon, aus dem die Luft entwichen war.

»Ach so. Das war doch nur Spaß, Schätzchen.«

»Es tat weh. Es tat furchtbar weh, und du hast nichts getan«, sagte sie.

»Was hätte ich tun sollen? Du lebst doch, oder?«, fragte ihre Mutter und hustete scharf. Sie griff nach Beas Hand, und Bea ließ es zu.

Ja, sie lebte. Sie hatte überlebt.

In den Monaten, in denen sie ihre Mutter pflegte, rührte ihr Vater sie nicht an. Er hielt sich abseits von ihnen, ging immer wieder zu den Schuppen, wo die Störe schliefen und gediehen. Manchmal kam er ins Haus und roch nach Teichwasser. Bea schnitt sich die Haare und trug sie kurz. Sie ertappte sich dabei, wie sie wieder ihre alten Aufgaben übernahm, in Shorts und Jeanshemd durch die Scheune stapfte, eine Zange in der Gesäßtasche, ein paar Reißzwecken in einem kleinen Beutel in ihrer Hemdtasche. Es war ihre einzige Möglichkeit, aus dem Haus zu kommen, weg von ihrer Mutter. Sie wollte nicht, dass ihre Mutter in dem Gefühl starb, abgelehnt zu werden, aber Ablehnung war alles, was Bea ihr gegenüber empfand. Weil sie nichts getan hatte, um ihn aufzuhalten.

Ihr Vater war groß, unnahbar und hart. Doch zu den Tieren auf dem Hof war er sanft. Sie hatte zugesehen, wie er Kälbchen fütterte und weinte, wenn sie es nicht schafften. Sie hatte gesehen, wie er Küken in den Taschen seiner dicken Arbeitsjacke umhertrug. Den Stören las er manchmal etwas vor. Sie stand mitten in der Nacht auf, ging zwischen den Tanks voller schlummernder Fische umher und fand ihn dort, wie er an einen von ihnen gelehnt dasaß und den Fischen aus einem alten Buch vorlas, das er in der Scheune gefunden hatte. Die Tiere liebte er auf eine Weise, wie er Bea und ihre Mutter nicht liebte. Oder er konnte es den Tieren einfach besser zeigen.

Ihre Mutter starb, und Bea zog weg. Seither redete sie nicht mit ihm, außer bei den monatlichen Telefonaten, in denen er über seine Gesundheit sprach. Seine Fettwerte. Seine Enzyme. Seinen abnehmenden Muskeltonus. Vergangenes Jahr hatte sie ihn einmal gesehen, und es stimmte, er sah miserabel aus, wie ein altes Gerät, aus dem man Teile ausgebaut hatte und das nur noch bedingt funktionstüchtig war. Er bemitleidete sich nicht, sodass sie ihn bemitleiden wollte, aber das ließ er nicht zu. Am Ende ihrer Telefonate gab es immer eine Lücke von der Länge eines »Ich hab dich lieb«, und dann nichts, nicht einmal ein Freizeichen.

Bea konnte den Schlick auf dem Boden der Wanne spüren. Schmutz von ihrem eigenen Körper. All der Schweiß. Sie zog den Stöpsel, und er trieb an die Oberfläche, die kühle Kette streifte ihren Fußknöchel. Graues Wasser sickerte in den Abfluss, und sie saß auf dem Badewannenrand und sah zu. Der sandige Bodensatz, eine Sichel aus Schmutz und Haut. Ein Abbild ihrer selbst. Eine Art Silhouette.

Bea war allein im Hof. Sie ging gern hinunter und stellte ein Schälchen mit Haferflocken für die Rehe an den Zaun, die ihre Hilfe sicher nicht brauchten, sich so aber davon abhalten ließen, die Blüten der Hortensien zu essen und die Büsche zu plündern. Sie zog sich zu den Liegestühlen zurück, die Noah und seine Freunde stehen gelassen hatten, und setzte sich in die kühle Dunkelheit. Mücken zerstachen ihr die Beine, aber sie saß vollkommen still da und starrte in die Hecke, die an das Nachbarhaus grenzte. Sie konnte nachts nicht gut sehen. Alles bestand nur aus grauen Formen. Auf der anderen Straßenseite standen Straßenlaternen, und auf den Rasen zwischen ihr und dem Zaun fiel ein ovaler Fleck Licht aus Noahs Fenster. Die Rehe traten nie ins Licht. Sie lauerten in der Dunkelheit wie ein flüchtiger, halb fertiger Gedanke oder eine Erinnerung am Rande des Bewusstseins.

Drei Rehe heute Abend, lang und furchterregend elegant, die mit den Hufen das Gras und das Unkraut an der Mauer durchkämmten. Ein Schatten auf dem Flecken Licht. Bea schaute über ihre Schulter und sah Noah kurz an seinem Fenster stehen, bevor das Licht erlosch. Der Umriss des Lichts blieb, ein umgekehrter, negativer Abdruck, und in seiner Mitte ein glühender, wütender Klecks, der entfernt an Noahs Gestalt erinnerte. Er brannte im Zentrum ihres Blickfelds wie ein Fleck oder eine Narbe, wich dann aber langsam zurück.

Sie konnte die Rehe nicht voneinander unterscheiden. Sie hatte ihnen keine Namen gegeben. Ihre Sentimentalität war klein und deformiert und zeigte sich in seltsamen, willkürlichen Marotten wie dem Füttern der Rehe oder der Hilfestellung, die sie den Kindern beim Rein und Raus aus dem Schwimmbecken gab, eine Hand auf ihrem glitschigen Rücken, wenn sie quietschend versuchten, von der Leiter rückwärts ins Wasser zu springen. Sie spürte, wie sich unter ihrer Hand die Glieder verrenkten, und manchmal hatte sie Angst, dass sie brechen oder sich aus der Gelenkpfanne lösen würden. Dann wollte sie die Kinder anschreien, dass sie aufhören sollten, sich selbst zu zerstören, dass sie lieb sein und aus dem Wasser kommen sollten, denn ihre Zeit war um, und sie hasste sich in solchen Momenten dafür, dass sie es zugelassen hatte, sich zu sorgen, zu vertrauen und sich zu sorgen. Das Rascheln der Haferflocken. Sie konnte hören, wie das Fell über die Innenseite der Metallschüssel strich, das Futter rieselte, das Gras quietschte, wenn die Rehe die Schüssel mit ihren Schnauzen vor sich herschoben.

Das größte Reh hob den Kopf und sah Bea direkt an. Sie konnte das Gewicht seiner über die Jahrtausende entwickelten Intelligenz spüren, und sie spürte, was für eine Verschwendung es war, dass diese nun auf sie verwendet wurde. Ihre Kehle wurde trocken. Auch die anderen beiden Rehe hoben die Köpfe. Ihre Ohren flackerten. Sie verließen den Hof, wie sie gekommen waren, leise, mit großer Geste, und waren fort. Bea hatte das Gefühl, wieder atmen zu können.

Das Licht aus Noahs Zimmer kehrte zurück und lag auf dem Gras wie eine Tischdecke. Sie schaute zurück und sah ihn am Fenster. Er war nie weggegangen, wusste sie jetzt. Er hatte die ganze Zeit dort gestanden und die Rehe beobachtet. Er hatte dort gestanden, und sie hatte dort gesessen, und sie waren in der Dunkelheit zusammen gewesen und hatten die Tiere beobachtet. Sie waren zusammen in der geballten, unendlichen Dunkelheit, in diesem Ozean, hatten geschaut und zugesehen. Die Rehe hatten es gewusst. Sie hatten es gewusst und hatten sich anschauen lassen, hatten das Futter als Bezahlung, als Gabe betrachtet. Natürlich war sie nicht allein gewesen, das war Bea nun klar. Natürlich nicht, natürlich, es gab immer Augen in der Dunkelheit, selbst wenn sie sie nicht sehen konnte.

Irgendjemand schaute immer zu.

Unter der Woche gab sie den Kindern von Universitätsprofessoren in der Bibliothek der Fußgängerzone Nachhilfe in Mathe und Naturwissenschaften. Sie war Mitte dreißig, sah aber jünger aus und ging als Studentin durch, auch wenn sie seit über zehn Jahren keine mehr war. Die Eltern der Kinder, denen sie Nachhilfe gab, beäugten sie manchmal und fragten, was sie studierte, und Bea lächelte einfach und zuckte mit den Schultern in der Hoffnung, dass das als harmlose Eigenart durchging.

Montags gab sie einem etwas pummeligen Jungen namens Shelby Nachhilfe, der es vorzog, Bee genannt zu werden, obwohl ihn seine Mutter, eine Professorin für Frauenforschung, in ihren E-Mails und beim Absetzen immer Shelby nannte. Er war mürrisch, aber fleißig.

»Ich heiße auch Bea«, sagte sie.

»Wie heißt du in echt?«

»Bea.«

»Das ist doof.«

»Kann sein«, sagte sie und lachte, ein wenig erschrocken über den Klang ihrer eigenen Stimme. Es war irgendwie albern, doch sie stellte fest, dass sie seit Samstag in der Schwimmhalle beim Kurs mit den Kindern kein Wort mehr gesprochen hatte. So konnte es gehen. Tage, an denen sie mit keinem anderen Menschen sprach, ihre Stimme kühl und rau vom Schleim wurde, wie eine Membran, die sich nach einem Trauma wieder zusammenstrickte. Bee sah sie misstrauisch an und nahm seine Arbeitsblätter heraus, glatt und glänzend wie die Seiten eines Magazins. Sie rieb die Ecke einer Seite zwischen ihren Fingern. Bee hatte die gedrungene, unregelmäßige Handschrift eines Kindes, das deutlich zu früh ein Handy bekommen hatte.

»Wenn du vier Bälle hast, und zwei davon gelb sind …«, las Bea vor.

»Die Hälfte«, grummelte Bee und schrieb eine kopflastige Zwei in die obere Hälfte des Kästchens und eine Vier in die untere.

»Richtig. Okay, und wenn du das nun addieren würdest zu …«

»Hast du einen Freund?«, fragte Bee.

»Wie bitte?«

»Ob du einen Freund hast?«

»Nein. Ich lebe allein«, sagte sie. Bee schaute sie mit seinen hellbraunen Augen an, die weit auseinanderlagen. Er hatte dichte Wimpern und schmale Lippen. Er musterte sie.

»Dein Leben muss echt kacke sein«, sagte er.

»Manchmal.«

»Wenn du dich umbringen würdest, wäre dann irgendjemand traurig?«

»Wie wäre es, wenn wir uns auf Brüche konzentrieren?«, fragte sie im Gegenzug und strich über das Arbeitsblatt. Ihr Hals brannte. Sie hörte, wie der Strom die Lampen über ihnen aufschreien ließ. Bee drückte den Bleistift fest auf das Blatt, so fest, dass ein kleiner Grafitrest zurückblieb, als er seine Zahlen schrieb.

»Ich finde Brüche doof.«

»Ich auch«, sagte sie. »Aber wenn du Brüche lernst, kannst du alles machen.«

Bee schaute sie finster an. Er hatte auch die absolute Skepsis eines Kindes, das deutlich zu früh ein Handy bekommen hatte.

»Das ist doof.«

»Findest du alles doof?«

»Nein, manche Sachen sind okay.«

»Was denn zum Beispiel?«

Bees Augen funkelten, blitzten. Er nahm sein Handy

heraus, entsperrte es mit einem Wisch und zeigte ihr ein zehn Sekunden langes Video, in dem ein Soldat Hundewelpen von einem Abhang warf. Bea spürte, wie etwas Unnachgiebiges und Bitteres ihre Kehle hinaufstieg. Abrupt stand sie auf.

»Warum arbeitest du nicht noch etwas länger an dem Arbeitsblatt?«, sagte sie.

»Meinetwegen«, sagte er mit einem Achselzucken. »Wie du meinst.«

Im Bad wusch sich Bea das Gesicht. Sie ließ sich das Wasser über die Hände laufen, bis es heiß wurde. Anfangs tat es weh, dann aber nicht mehr. Ihr Atem hallte wider. Sie überlegte, nicht zurückzugehen. Aber das Geld war anständig, gut, notwendig. Sie brauchte es zum Leben. Vor ihrem geistigen Auge sah sie, wie der Mann die Welpen hochnahm, diese kleinen, jaulenden Dinger, und sie in den Abgrund schleuderte. Der Schwindel der Bewegung. Sie hatte diese Aufnahme vor Jahren gesehen. Als der Krieg nicht neu war, aber auch noch nicht so alt wie jetzt. Sie erinnerte sich an die öffentliche Empörung. An die Wut der Erkenntnis, dass man die Hässlichkeit des Ganzen nicht länger leugnen konnte. Wie schrecklich. Und inzwischen war diese Aufnahme etwas, das Kinder auf ihren kleinen Geräten miteinander teilten.

Bea wusch sich noch einmal das Gesicht. Ihr Atem wurde ruhiger. Sie ging zurück in den Hauptsaal der Bibliothek und setzte sich wieder neben Bee. Er hatte die Hälfte des Arbeitsblatts ausgefüllt. Er brauchte ihre Hilfe nicht.

»Gute Arbeit«, sagte sie leise und legte ihm die Hand auf den Hinterkopf. »Gut gemacht.«

Er erstarrte unter ihrer Berührung, erschrak wie ein Tier, und sie konnte das bebende, pochend lebendige Etwas spüren. Sie konnte es fühlen, diesen Teil von ihm, der nicht menschlich war, aber echt und lebendig. Es war ganz sicher Angst. Angst, dass sie seinen Kopf nach unten drücken und ihn nicht wieder hochkommen lassen würde. Ein Reflex.

Er füllte das Arbeitsblatt zu Ende aus und wandte sich dann dem nächsten zu. Sie spürte, wie sich die Muskeln in seinem Körper entspannten – Erleichterung.

In der Fußgängerzone hatten sie den letzten der toten Bäume gefällt und durch eine jüngere, frischere Art ersetzt. Etwas Widerstandsfähiges. Was für ein Baum es war, erkannte sie nicht. Die Luft war schwer von dem Geruch nach Dung und Dünger. Sie hatten die Pflanzkübel ausgehoben, und die Erde kam dunkel und duftend zum Vorschein. Es erinnerte sie an Kiefernwälder. An Zuhause. Den Wald. Sie stand in dem brennenden Streifen Sonne und versuchte, die eigenartige Verblüffung darüber zu überwinden, dass sie Bäume roch, wo keine waren, nicht wirklich. Kinder schrien und rannten umher. In den Bars unten an der Ecke plärrte Musik. Auf den Fernsehern flimmerte Sport. Eine kleine Welt, die ohne sie vor sich ging. Ihr Telefon klingelte.

Es war der monatliche Anruf ihres Vaters.

Ohne Einleitung legte er los: »Die Störe sterben.«

»Der ganze Planet stirbt. Hast du das noch nicht mitbekommen?«

»Du bist so grob. Wie ein Mann. Wie deine Mutter.«

»Zumindest komme ich ehrlich rüber.«

»Ironie ist eine schlechte Angewohnheit.«

»Im neunzehnten Jahrhundert vielleicht«, sagte sie. Ihr Vater wurde still, gespenstisch still, und Bea fragte sich kurz, ob sie zu weit gegangen, zu gemein gewesen war. »Wie steht es um deine Fettwerte?«

»Nicht, dass es dich interessieren würde, aber sie sind in Ordnung. Meine Ärztin sagt, mein Gesundheitszustand sei *robust.*«

»Vielleicht überlebst du die Störe.«

»Sehr lustig.«

»Die Farm gehört uns nicht einmal mehr«, sagte sie. »Was interessieren dich die Fische?«

»Sie gehören dir«, sagte er. »Sie interessieren mich, weil sie dir gehören.«

»Schon länger nicht mehr. Hey, Dad, ich muss los«, sagte sie.

Es folgte eine Pause. Eine Lücke. Und dann war er weg.

Bea atmete tief durch. Auf der anderen Straßenseite sah sie Noah zügig näher kommen. Er drehte sich um, als würde ihr Blick ihn anziehen, und entdeckte sie. Er stand im hellen, sengenden Licht des Tages. Sie im Schatten der Bäume. Er hob die Hand. Sie winkte zurück. Da war ein Lächeln, klein, flüchtig, und Bea spürte, wie sich ihr Platz in der großen Rechenmaschine der Welt leicht verschob. Sie war zu etwas bestimmt. Von allen Menschen, die je gelebt hatten, war sie in diesem Moment zu etwas bestimmt, denn sie war gesehen worden. Beachtet.

Sie schaute zum Himmel hinauf und sah Gänse, über zwanzig von ihnen, in geschmeidiger grauer Formation, immer höher und höher steigen und irgendwo anders hinfliegen.

Es reicht, dachte sie.

# 8

## Lokale Ökonomien

Fatima arbeitet in einem Café in der Innenstadt, das von Studierenden, Professoren und einer ganz bestimmten Mischung von Städtern frequentiert wird, die sie manchmal als *landlose Oberschicht* bezeichnet.

Die anderen Tänzer sprechen über Geld in so abstrakten und moralischen Begriffen, dass sie im Grunde gar nicht über Geld sprechen, sondern über *Wirtschaftssysteme*. Größtenteils sind sie einfach Sozialisten – die Beschlagnahmung und Umverteilung von Vermögen, der Ausbau des Sozialsystems, eine generelle Aufweichung des analytischen Bezugsrahmens der Welt. Fatima denkt konkret, im Hier und Jetzt über Geld nach: wie sie ihre Studiengebühren, ihr Essen, das Waschen ihrer Tanzkleidung, ihre nachmittäglichen Kinobesuche, Strom, Internet und Heizung bezahlen soll. Geld ist wie ein Tier, launisch und scheu. Bereit zu flüchten oder anzugreifen. Und nie gibt es genug.

Sie macht Espresso und Sandwiches. Sie schneidet sich in den Finger und verbrennt sich die Arme. Sie wischt die Böden und kehrt die Terrasse. Sie füllt Serviettenboxen und Strohhalme auf. Sie zieht die Schrauben hinten am Geschirrspüler fest und stapelt die Gläser in das Regal unter dem Tresen, sie schneidet das Bananenbrot, wenn es aus dem Ofen kommt, und fettet die Muffinformen ein, in die sie dann den weißen, klebrigen Teig gießt.

Am Ende ihrer Schicht tritt Fatima durch die Tür in die Gasse und überquert den Campus zu dem Gebäude, in dem das Tanztraining stattfindet. In dem höhlenartigen Untergeschoss schlüpft sie aus ihrer Arbeitskleidung und in die Strumpfhosen. Die Haare in ihrem Nacken sind noch feucht und fisselig. Sie tanzt mit Brandwunden an den Fingern und trockenen, rissigen Händen. Sie tanzt mit Schnittwunden und Kratzern an Ellbogen und Armen. Manchmal bleibt Teig in ihren Haarspitzen kleben, den sie erst Stunden später entdeckt, wenn er hart geworden ist wie ein Exoskelett. Ihr Leben ist eine Reihe winziger Transfers zwischen diesen beiden Modi – dem Café und dem Studio.

»Aber das ist die *echte Arbeit*«, sagt einer ihrer Kommilitonen eines Abends zu ihr, als sie sich gerade aufgewärmt haben und so richtig mit dem Training beginnen.

»Ich weiß nicht, was du meinst«, sagt Fatima. »Es ist alles Arbeit, weißt du. Arbeit, Arbeit, Arbeit.«

»Ja, aber das ist die *echte Arbeit*«, sagt er derart ernst, dass es Fatima schmerzt, ihn direkt anzusehen. Er ist dürr und blond, mit straffen Muskeln und üppigen Locken. Wie ein Püppchen sieht er aus, perfekt und schön. Cheney heißt er.

»Ja«, sagt sie und nickt. »Klar.«

Cheney strahlt sie an, und dann, als handele es sich um etwas Vertrauliches, beugt er sich zu ihr herüber und flüstert: »Ehrlich, ich finde es cool, dass du, ähm, einen Job hast. Dein *Einsatz* … Aber wir wissen beide, dass das hier das einzig Wahre ist. *Das hier.*« Er macht eine ausladende Geste, deutet auf das Studio und die anderen Studenten, die sich dehnen und bereit machen. Fatima folgt dem Schwenk seiner Arme. Sie sieht den abgenutzten Boden, die verschmierten Spiegel. Nimmt den Geruch von Schweiß und unzähligen verschiedenen Shampoos, Cremes, Sprays, Deos und Salben wahr. Den Harzgeruch. Den leicht nervigen Nachhall des Klaviers – der Raum ist zu schmal und zu klein für ein Klavier, und die Musik klingt schrill und rau. Sie hasst das alles. Sie ärgert sich über die Steifheit ihrer Muskeln. Den Widerwillen ihres Körpers bei Bewegung. Den schleichend größer werdenden Wasserfleck an der Decke über ihnen. Die Fenster haben zwar einen Sprung, doch die Luft scheint trotzdem zu stehen. Die Klimaanlage ist immer zu langsam, zu schwach, immer kurz davor, den Geist aufzugeben. Sie hasst das alles.

Aber *das hier*, denkt sie, *das hier*.

Fatima und Cheney gehören zu einer der Modern-Gruppen unter Ólafurs Leitung. Insgesamt sind sie zwölf, aber nur fünf, Fatima eingeschlossen, sind ihm direkt zugeordnet. Sie arbeiten sich gerade durch *Bestial*, Ólafurs Antwort auf und Meditation zu Martha Grahams bahnbrechendes Stück *Lamentation*. *Bestial* verlangt von ihnen, dass sie fünf Minuten lang in vollkommener Stille auf dem Rücken liegen und sich nur dann bewegen, wenn sie eine Bewegung bei der Person zu ihrer Rechten spüren. Das Stück ist auf diese Weise zugleich choreografiert und völlig unvorhersehbar. Jede Person verfügt über ein Repertoire an Bewegungen, aus dem sie wahllos und in jeder beliebigen Reihenfolge auswählen kann. Aber sobald eine Bewegung ausgewählt wurde, darf sie nicht wiederholt werden, bis das gesamte Repertoire ausgeschöpft ist. Freiheit durch Begrenzung, Improvisation, die die tiefen Rhythmen des Universums anzapft, wo alles vorgegeben und entschieden ist und doch völlig frei.

Ólafurs Stück ist prätentiös und unoriginell, aber wenn Fatima seine Stücke aufführt, hat sie das Gefühl, sich etwas Größerem hinzugeben. Nein, nicht *größer*, denn das geht von einer Art Größenordnung aus. Etwas Tieferem in ihr. Sie hat das Gefühl, sich etwas Unvermeidlichem hinzugeben wie der Schwerkraft oder den schlichten Kräften von Eisschollen, die aneinander vorbei einen Berg hinunterrutschen. Etwas hallt wider im Kern der Welt, fließt hindurch wie Strom, wie rohes, brutales Licht.

Sie hasst dieses Gefühl, denn sie weiß, dass es besser wäre, Ólafur einfach zu ignorieren. Schließlich ist er ein Mann. Es wäre einfacher, ihn einen Schwätzer, Wichtigtuer, Störenfried und Hitzkopf zu nennen. Aber als sie sich auf den Boden legt und atmet und auf die erste Regung neben sich wartet, fühlt es sich an, als würde in ihr eine kosmische Uhr ticken.

Fatima tanzt schon ihr ganzes Leben. Anfangs zu Janet und Deniece Williams im Wohnzimmer ihrer Eltern in North Carolina. Es bringt sie immer zum Lachen, wenn sie daran denkt, wie sie zum Tanzen gekommen ist, als Akt der Freude, kinetisches Sprudeln und Schwingen und Hüpfen, doch nun besteht ihr Lohn für ein natürliches Rhythmus- und Gleichgewichtsgefühl darin, dass sie diese düsteren Stücke tanzt, durchdrungen von pseudoreligiöser Ordnung.

Manche Menschen denken, Modern Dance sei faul und kenne keine Regeln. Das ist das Geniale an Ólafurs Choreografie. Es setzt sich mit dem Wesen des Modern Dance auseinander, mit seiner improvisierten Spontaneität, die sich aus einer Reihe einstudierter, disziplinierter Schritte ergibt. Freiheit durch Zurückhaltung, durch Wiederholung. Genau das macht wahrhaft großen Tanz aus. Er wirkt vollkommen natürlich, ist in Wahrheit aber das Ergebnis vieler Stunden Arbeit und Hingabe, um zu einem Verständnis und der Artikulation der kleinstmöglichen Bewegungseinheiten zu gelangen. Er ist abstrakt und analytisch. Er ist emotional. Ólafur weiß das über den Tanz, und sie hasst ihn für die Klarheit seiner Erkenntnis. Und trotzdem muss Fatima lachen, je mehr sie lernt, denn es ist lustig, dass sie letztlich hier gelandet ist und *das hier* macht. Lustig, so wie alles Zufällige, weil nichts, was richtig ist, je wirklich Sinn ergibt.

Das Stück beginnt, und Fatima spürt, wie es über sie kommt, und sie lässt es zu und taucht ein in die kühle weiße Befreiung des Tanzes.

Nach dem Training gehen einige der Tänzer noch in die Bar der Dichter in der Innenstadt, die besser ist als die Bar, in der sich die Romanautoren treffen. Die Romanautoren laufen immer durch die Gegend und projizieren ihr Selbst auf die Welt. Ihre Bar ist dunkel und unruhig, und auch wenn sie sich cool geben und lachen und die Jukebox im hinteren Teil des Raumes laufen lassen, liegt etwas Statisches in der Luft. Wie ein Haufen lustloser Katzen, erfüllt von juckendem Hass und Misstrauen. Die Dichter dagegen lärmen und sprühen. Sie geraten aneinander und schlagen auf die Tische. Als die Tänzerinnen und Tänzer an diesem Abend eintreten, sitzen sie dicht gedrängt in einigen der Nischen ganz hinten, und die schwachen Lichterketten über der Bar verpassen dem Schuppen einen düsteren Anstrich.

Fatima, Cheney, Noah, Daw, Alina, Moira, Eve und Sayaka. Sie sind verschwitzt und lebendig, und sie tragen den Geruch von draußen mit sich – Kies, Zigaretten, Wacholder und Palisander. Drinnen ist es viel zu heiß. Am Eingang neben der Bar ist ein Ventilator aufgestellt, der laue Luft hineinbläst. Noah nimmt den Arm von Fatimas Taille und runzelt die Stirn.

»Dieser Laden ist eine verfluchte Sauna«, sagt er.

»Heul nicht rum«, sagt sie. »Es ist ätzend, wenn du rumheulst.«

Im hinteren Teil der Bar gibt es eine freie Nische, das passt ihnen gut. Sie quetschen sich nacheinander hinein. Daw und Moira gehen zurück zur Bar und besorgen die Getränke. Die anderen strecken sich und wimmern. Die Nische neben ihnen vibriert vor roher poetischer Energie. Ein paar der anderen, die am Ende des Tisches sitzen, drehen sich zu den Tänzern um, und Fatima unterdrückt ein Lachen. Alina ist ein wandelnder Strich. Sie hat diesen Blick verkümmerter Jugend, den man bei manchen Tänzerinnen sieht, weil sie sich entweder zu Tode hungern oder Sport treiben, bis ihre Periode ausbleibt. Eve ist kantig, breitschultrig, sie kommt aus dem Mittleren Westen. Sie sieht aus, als wäre sie zufällig in ein Tanzstudio gestolpert und hätte nie wieder hinausgefunden. Sie hat eine unbeholfene Anmut an sich. Sieht zu nett und zu harmlos aus für eine Tänzerin, und doch hockt sie hier mit dem Rest von ihnen. Sayaka kommt aus Tucson und hat ein lautes, aufdringliches Lachen. Beim Training oder Aufwärmen hört man von der gegenüberliegenden Seite des Studios manchmal ihre Gelenke knacken. Sie ist ein einziges nervtötendes Geräusch. Manchmal zieht sie Noah damit auf, dass er keine Ahnung hat, was es heißt, Japaner zu sein. Noah lässt Sayakas Sticheleien mit einem müden, amüsierten Schulterrollen über sich ergehen. Heute Abend ist er unruhig und gereizt wegen der Hitze. Er schnauzt Sayaka an, die zurückweicht, und tatsächlich hört man ein gedämpftes Knacken, das von ihren Handgelenken und Schultern ausgeht.

Eve schaut über die Köpfe der Dichter hinweg auf die Wand, die mit Hochglanzfotos berühmter Autoren überzogen ist, die irgendwann einmal durch die Stadt gefegt sind. Cheney wedelt mit der Hand vor ihrem Gesicht herum, um ihre Aufmerksamkeit zu gewinnen, aber es hat keinen Zweck. Sie ist raus. Fatima kennt das Gefühl nur zu gut. Auf ihnen liegt die Hitze, erdig und feucht. In ihrem Teil der Bar läuft eine Klimaanlage, rattert und müht sich nach Kräften ab, vergeblich. Fatima möchte ihr die Hände auf die Flanken legen, als wäre sie ein müdes Pferd, und sagen: »Ist gut, ist ja gut, du hast dein Bestes gegeben.«

Die Getränke kommen – Wasser, Whisky, Sprudelwasser und billiges Dosenbier. Sie rücken und rutschen, machen Platz für Daw und Moira. Genau genommen sind sie zu viele in dieser Nische. Es wäre sinnvoll, wenn sich einer oder zwei von ihnen einen Stuhl schnappen und sich ans Kopfende des Tisches setzen würden, wie es die Dichter getan haben, aber mittlerweile haben sie sich so an die Körper der anderen gewöhnt und daran, in den Raum einzudringen, der eigentlich dem anderen vorbehalten ist, dass ihre Einlage Ólafurs Choreografie ähnelt. Sie verschränken sich ineinander, ein Arm unter den anderen, ein Bein über das andere, Knie und Oberschenkel versetzt. Sie nehmen einander vorweg, machen gerade so viel Platz, dass jemand trinken kann, seine Dose heben und prosten. Ihre Blicke und Münder wandern hierhin und dorthin, nehmen Gesprächsfetzen auf, Ausschnitte der Gesichter der anderen, ihrer Stimmen. Das Gespräch ist wirr, zerfällt immer wieder in Fragmente wie ein Wurm in seine Segmente. Fatima findet sich zu verschiedenen Zeiten in verschiedenen Kanälen wieder: Daw und Noah reden über – was? Noahs Freund Bert, der alte Typ, der aussieht wie ein Mörder. Moira und Eve reden über Ólafur, seine Hände auf ihren Oberschenkeln, ihrem Rücken, über seine grapschenden Korrekturen, die Brutalität seines Blicks. Sayaka und Cheney plaudern freundlich über nichts, so trivial, dass sie genauso gut *lorem ipsum* aufsagen könnten. Alina checkt ihr Handy, Noah seins, Gelächter bei den Dichtern.

Ein wunder Punkt zwischen Fatimas Schultern, ein dumpfer, pochender Schmerz. Sie spürt ihn, als sie sich gegen das Holz der Sitznische lehnt. Er verstärkt sich noch, wenn sie die Schultern aufspannt. Ein komisches kleines Ärgernis. Sie runzelt die Stirn. Sprudelwasser mit Limette. Sie trinkt es langsam, lässt die Bläschen auf ihren Lippen zerplatzen und sich davon runterkühlen.

»Du bist still heute Abend«, sagt Daw.

»Ich *sinniere.*«

»Wie erhaben«, zwitschert Noah.

»Lass sie in Ruhe«, sagt Alina.

»Schon in Ordnung.«

»Wie du meinst«, sagt Moira, die am Rand der Nische neben Fatima sitzt. Sie zuckt mit den Achseln und streift Fatimas Arm, sodass der Schmerz zwischen ihren Schultern wieder aufflammt.

»Eben.«

»Nein, im Ernst, was ist los?«, fragt Noah.

»Nichts. Ich werde überleben.«

»Na ja, klar, ist ja auch nicht so, als ob du rauf zur internationalen Raumstation müsstest«, sagt Eve.

»Stimmt, muss ich nicht.«

»Ich wette, es ist das Geschirr«, wirft Cheney ein. »Du weißt schon, du verbringst den ganzen Tag mit dem Abwasch im Café, und dann tanzt du, und das ist wahrscheinlich megaanstrengend.«

»Ich spüle kein Geschirr«, sagt sie lakonisch, obwohl es stimmt, dass sie das manchmal tut, aber viel häufiger trägt sie es in Plastikwannen zum Abwaschen nach hinten, und manchmal, wie an Tagen, an denen das Café vor lauter Studenten aus allen Nähten platzt, die sich kurz vor knapp noch schnell auf ihre Prüfungen vorbereiten, fällt irre viel Geschirr an, und die Plastikwannen wiegen Tonnen.

»Klar doch«, sagt Noah.

»Ich denke, es ist schwer – darum kommen die Leute in der Kunst immer aus wohlhabenden Familien, weißt du? Weil es schwer ist, sich mit so viel Hingabe wie möglich der eigentlichen Kunst zu widmen und sich gleichzeitig auch noch selbst zu finanzieren«, sagt Eve mit der schnellen, geschmeidigen Intonation einer Radiomoderatorin.

»Oder die Leute nehmen einen Kredit auf«, sagt Moira. »Ich meine, Gott … Kredite.«

»Zugangsbeschränkungen.«

»Ich habe diesen wirklich ausgezeichneten Artikel auf *Salon* oder auf der Seite der *Times* oder so gelesen, genau über diesen Scheiß, und es ist so unfair«, sagt Cheney. »Aber trotzdem finde ich es wichtig, dass es Beschränkungen gibt. Ich weiß, ich weiß.« Er schlägt in die Luft, als würde er eine Horde Protestler abwehren.

»Lasst mich ausreden. Ich meine, Beschränkungen erschweren den Zutritt, richtig? Dazu sind sie schließlich da. Und das bedeutet, dass die Leute, die es reinschaffen – aus zahlreichen Gründen, einige gerecht, andere nicht, da stimme ich euch zu –, die sind, die einen langen Atem haben, die, die wirklich etwas beizutragen haben.«

»Das ist so ein dämliches Argument«, sagt Fatima. »Das ist so dumm. Ich kann nicht fassen, dass du meine Zeit damit verschwendest, dass dein Mund so etwas ausspuckt. Gott.«

»Nein, warte mal, hör zu«, sagt er und legt die Hand auf ihren Unterarm. »Ich glaube, dass es moralisch nicht okay ist. Weißt du? Ich verstehe das. Aber du musst zugeben, dass wir zum Wohl der *Kunst* Leute brauchen, die sich dieser Scheiße ganz widmen können, die alles geben, die langfristig dabei sein können, und ich sage ja nicht, dass das richtig ist, aber manche Leute ... die können das einfach nicht. Und das müssen wir anerkennen.«

Für einen Takt oder zwei herrscht Stille am Tisch. Die Musik im Hintergrund wechselt. Trap mit Country-Einschlag, was in einer von Dichtern und Tänzern bevölkerten Bar wirkt wie ein schlechter Witz. Fatima schließt die Augen, um die Hitze abzuwehren, die sich unter ihrer Haut breitmacht. Sie schämt sich nicht. Sie ist nicht gedemütigt. Nein. Sie ist wütend. Verärgert über die Einfältigkeit des Arguments, die Oberflächlichkeit des Gedankens. Es ist reine Pose, Angeberei, Getue. Am liebsten würde sie Cheney die feuchte Zunge aus dem Mund ziehen und sie dann zurückschnippen lassen wie ein Maßband.

Alina lacht nervös auf. Der Phantomschmerz vom Training durchzieht Fatima, als würde ihr Körper ihr in einer langsamen Sprache eine Botschaft übermitteln.

»Was du nicht sagst«, meint Noah. Als Fatima die Augen öffnet, sieht sie Cheneys glänzende Stirn, seine glühenden Wangen. Die anderen wirken kühl und distanziert.

»Das ist klassistischer Bullshit«, sagt Daw. »Und das weißt du auch.«

»Ich sage ja nicht, dass es richtig ist«, erwidert Cheney. »Ich sage nur, dass es wahr ist. Die Wahrheit ist nicht immer moralisch richtig. Genau wie bei Rassismus.«

»Ich bin nicht betrunken genug, um mir anzuhören, wie du über Rassismus sprichst«, sagt Fatima. »So betrunken werde ich nie sein.«

»Nein, ich meine nur, Rassismus ist schlimm, okay? Rassismus ist beschissen und schrecklich. Aber es gibt ihn in der Welt. Und wir erkennen ihn an, versteht ihr?«

»Tun wir das?«, fragt Fatima. »Ist das eine Tatsache? Wir erkennen Rassismus an?«

»Wir laufen nicht rum und tun so, als ob es keinen Rassismus gäbe. Es gibt ihn, meine ich, hey, es gibt nur ein paar *People of Color* in unserem Studiengang, und das ist nicht in Ordnung ...«

»Nur dass du der Meinung bist, dass die von uns, die es hierher geschafft haben, es auch verdienen, richtig? Wir sind also die wenigen Auserwählten, ja?«

»Ja, so ähnlich«, sagt Cheney.

»O Gott«, schnaubt Noah.

»Ach kommt schon, das denkt ihr doch alle, oder? Ich meine, tief in eurem Innersten?«

»Aktiviere dein Zentrum«, sagt Moira in einer erschreckend genauen Nachahmung von Ólafurs Stimme.

»Das Innerste ist Wahrheit. Das Innerste ist Schönheit«, fügt Sayaka hinzu.

Die Dichter erheben sich und gehen, schlurfen hinaus in den Abend. Eine schimmernde, schnatternde Prozession in Jeans und Nylon und Leder. Sie werfen den Tänzern einen Blick zu, und die Tänzer werfen Blicke zurück. Für einen kurzen Moment entsteht eine aufgeladene Einheit, als die Gruppe unruhig den gleichen Raum einnimmt wie sie, und dann legt sich die Spannung.

»Man sieht doch sofort, dass die alle mit ihren Dozenten schlafen und verkackte Gedichte darüber schreiben, oder?«, flüstert Eve.

»Meinst du?«

»O ja, definitiv. Wird man als Dichter überhaupt anerkannt ohne *Schmerz und Leid* und ohne *die unan-*

*gemessene und fehlgeleitete Bindung an Autoritätsfiguren?«*

Fatima lacht und bemerkt, dass Noah sie anschaut, nicht gerade anklagend, aber auch nicht nicht anklagend. Sie ist einer Sache zu nahe gekommen. Einer Person. Ólafur, den sie einen Abend kurz nach Mitternacht beim Verlassen von Noahs Wohnung gesehen hatte, als sie noch einmal klopfen wollte, um sich ein wenig Gras abzuholen.

Faszinierend, denkt sie. Alle wissen Bescheid. Trotzdem ist es lustig zu sehen, dass Noah so unruhig deswegen ist.

»Ein Haufen wandelnder Treuhandfonds«, sagt Daw.

»Da sind wir uns einig«, erwidert Noah spöttisch.

»Wie gesagt«, fährt Cheney fort. »Ich behaupte nicht, dass es richtig ist. Aber es ist verdammt noch mal wahr.«

Nach der Bar trennen sich ihre Wege. Fatima hakt sich bei Noah unter, bis sie es zu warm finden und sich wieder voneinander lösen. Sie wohnen einmal über die Brücke, jedenfalls werden sie das so lange tun, bis Noah sie alle verlässt und nach Portland zieht. Das Studium geht zu Ende. Sie sind am Ende ihrer Zeit angekommen. Fatima wird für eine Weile zurück an die Ostküste ziehen. Ihre Eltern haben es mit Begeisterung aufgenommen. Sie verstehen nicht, was man in Iowa will. Finden das Konzept von Tanz abstrakt und moralisch fragwürdig – ihrer Meinung nach ist Tanz etwas, das man am Abend beim Kochen tut oder wenn man auf Sex oder Aufmerksamkeit oder Männer aus ist. Tanz ist nichts, womit man sich ein Leben aufbaut. Ihre Mutter sähe es lieber, wenn sie Wirtschaft studieren oder Anwältin werden würde. Ihr Vater wünscht ihr einfach nur einen guten, soliden Ehemann.

Fatimas Wünsche ans Leben verändern sich täglich – manchmal denkt sie, dass sie sich nur die Freiheit wünscht, sich jederzeit umentscheiden zu können. Sie besäße gern die Freiheit, sich nicht selbst versorgen oder Klamotten kaufen oder Rechnungen bezahlen zu müssen, materielle Freiheit. Aber die hat sie nicht. Darum geht sie zu ihren Eltern zurück und wird in einem Kiosk arbeiten, um Geld zu sparen und nach New York zu ziehen. Das Klischee macht sie wahnsinnig. Alle ziehen nach New York. Alle sparen und knausern, nur um zu leiden und irgendwie über die Runden zu kommen und später sagen zu können, sie hätten gelebt, sie hätten es versucht. Wie dumm. So dumm.

Der Pegel ist angestiegen, der Fluss hoch und glatt. Eine Reihe gedrungener Gebäude am Ufer wirft goldenes Licht aufs Wasser. Noah und Fatima nehmen den gepflasterten Weg am Ende der Brücke, schlendern an diesen Gebäuden entlang und schauen durch die breiten Fenster auf die Ausstellungsstücke. Sie befinden sich in der Anlage rund um das Art Building West und das Visual Arts Building. Ersteres ist ein eleganter modernistischer Bau, eng an einen steilen Hügel geschmiegt, mit hervorstehender zweiter Etage, Letzteres eine Konfabulation aus Metall à la Frank Gehry, lauter verdrehte Flächen und sich verlierende Fluchtpunkte. Was für ein seltsames Paar. Die Galerien sind brutalistisch, düster, aber in der schweren Abendluft und dem weichen goldenen Licht wirken sie intim und ruhig, ein wenig melancholisch.

Noah zündet sich eine Zigarette an. Der Rauch wabert träge in der Luft. Vögel, flinke dunkle Schatten, huschen vorbei, setzen sich über ihnen in die Bäume. Unter der Brücke hört man das anhaltende Säuseln und Raunen des Wassers.

»Du warst heute wirklich still«, sagt Noah. Mit der Zigarette zwischen den Fingern wischt er sich etwas vom Mund. Er hat die Angewohnheit, den Daumen in die Kerbe seiner Oberlippe zu drücken, eine blasse, straffe Narbe von einer Lippenspalten-Operation.

»Tja«, sagt sie. »Na ja.«

»Wie du meinst«, mault er. Er saugt sich am Filter seiner Zigarette fest. Das Knistern des brennenden Stummels. Es brennt ihr in der Nase. Über ihnen wiegen sich die Bäume, der Wind fährt durch die Äste.

»Ich weiß nicht, was mit mir los ist«, sagt sie achselzuckend. »Ich fühle mich einfach seltsam. Ich weiß nicht, was ich mit mir anstellen soll.«

»Das weiß doch niemand, oder?«

»Nein, wahrscheinlich nicht. Aber im Moment fühlt es sich so verdammt dringend an«, sagt sie. Wie soll sie diesem Menschen, diesem Freund erklären, was sie empfindet?

»Bereust du's?«

»Was meinst du?«

Noah bleibt unter einem der dunklen, knorrigen Bäume stehen. Er summt die ersten Takte von *Bestial*, und Fatima spürt irgendwo tief in ihr ein Krampfen, wie in Erwartung von irgendwas. Er seufzt, schnippt die Asche weg. Er schaut auf. Fatima sieht die Muskeln an seinem Hals, seine massige Kehle, die Anspannung in seinen Mundwinkeln.

»Ich weiß nicht ganz ... Ich meine, wie soll ich ...«

»Ach so, die Abtreibung«, sagt sie schnell und leise, als würde sie über jemand anderen sprechen und nicht über sich. »Es ist eine Abtreibung. Du kannst es ruhig sagen.« Die Spannung in der Luft verpufft.

»Also gut. Bereust du die Abtreibung?«

»Nein«, sagt sie. »Tue ich nicht.«

»Dann ist ja gut.«

»Du hast es niemandem erzählt, oder?«

»Nein«, sagt er achselzuckend, aber die Geste ist zu steif, zu merkwürdig, um wirklich ehrlich rüberzukommen. »Würde ich nie machen.«

»Bereuen ist nicht das richtige Wort.«

»Was dann?« Ein Zug an der Zigarette, seine Augenbrauen gehen nach oben, gehen auseinander.

»Ich weiß nicht«, sagt sie, weil es die Wahrheit ist. Das Zwiespältige ihrer Gefühle schmerzt wie ein Verrat. Zu klein und zu kalt.

»Ist gut. Du musst es nicht wissen. Das ist okay«, sagt er, und die Güte in diesen Worten treibt ihr die Tränen in die Augen.

»Halt die Klappe«, sagt sie. »Halt die Klappe und gib mir auch eine.« Sie streckt die Hand aus, Handfläche nach unten, und Noah hält ihr seine Schachtel und sein Feuerzeug hin. Anfangs schmeckt der Rauch bitter und brennt, aber sie atmet sich durch. Sie findet Befriedigung darin, wenn schon nichts anderes. Befriedigung und Hitze.

Am nächsten Morgen kommt Fatima zu spät zu ihrer Schicht. Sie muss das Café öffnen. Noch immer zieht es schmerzhaft zwischen ihren Schultern. Ihre Muskeln sind steif und schwer zu lockern. Sie wischt die Tische ab, wickelt die Folien Schicht für Schicht von den Muffins und dem Gebäck. Die bittere Säure des Industriezuckers. Sie gießt gluckernde Kaffeesahne in die Kannen, Vollmilch und Halbfettmilch aus den Kanistern. Füllt die Bohnen nach und die Kasse auf, zählt klebrige grüne Scheine hinein, als würde sie Spielkarten austeilen. Und jetzt noch das Licht, langsam und flackernd erwacht es zum Leben.

Das Café ist vollgehängt mit Kunst von lokalen Malern. Zweihundert Dollar für etwas, das aussieht wie ein Gemeinschaftswerk von Lisa Frank und Hello Kitty. Dreihundert für ein Gemälde, das eine Gürtelschnalle zeigt. Diese lokalen Ökonomien. Alles so viel teurer direkt an der Quelle. Wie sonst sind die Fünf-Euro-Eier im Bio-Supermarkt zu erklären, die zehn Dollar für ein Pfund Fleisch von glücklichen Bauernhofkühen direkt aus dem Umland, die fünfzehn Dollar für Bio-Hähnchenbrust und das dreißig Dollar teure Gebräu aus lokalem Weizen. Industriell hergestellte Lebensmittel sind so viel billiger, die Produktionskosten werden auf die neblige Gesamtheit des Konzerns verteilt, während in lokalen Volkswirtschaften die Verbraucher die Kosten tragen. Die Zehn-Dollar-Krümel der Zehn-Dollar-Muffins, die sie vom Tresen wischt.

Was für ein scheißfrommes Getue.

Sie drängeln sich schon an der Tür und warten darauf, eingelassen zu werden. Fatima seufzt. Streckt den Rücken durch. Eigentlich müsste sie in der Morgenschicht noch Hilfe haben, aber hier steht sie nun, allein. Sie entriegelt das Schloss, und die Leute strömen herein, nehmen ihre üblichen Plätze in der Nähe aller verfügbaren Steckdosen in Beschlag. Sie stellt eine Playlist mit ruhiger Klassik an. In ihrem Hinterkopf setzt ein Rauschen ein.

Sie nimmt ihre Bestellungen entgegen. Sie macht ihren Kaffee. Die Leute lächeln sie an und warten. Es bildet sich eine Schlange. Sie guckt hinter dem Tresen hoch, wo sie ganz hinten im Kühlschrank eine Packung Sojamilch herausfischt. Angestrengt versucht sie sich zu merken, wer was will, wo und wie und in welcher Größe. Cappuccino,

Espresso, Americano, Mineralwasser, Saft, bitte frisch gepresst, nein, ich wollte einen doppelten, nein, schwarz, nein, mit Milch, nein, ein Latte, nein, kein Zucker, doch, mit Zucker bitte, nein, den da, nein, *den* da, weiter drüben, den dahinter, ist der glutenfrei, eiweißfrei, proteinfrei?, einen Avocado-Toast, Tomate auf Roggenbrot, Sauerteig bitte, warum gibt es hier eigentlich kein …?, bitte das da, nein, bitte, bitte, bitte.

Immer wieder ist Fatima erstaunt, wie die Leute die Forschheit und die hungerbedingte Verzweiflung ihrer Forderungen mit höflichen Floskeln wie *bitte* und *danke* kaschieren. Die Worte haben etwas Bedrohliches und Bissiges, als würde die Sprache selbst Fatima zur Ablehnung herausfordern. Sie seufzt. Tupft sich Schweiß von der Stirn. Sie kann das Nikotin von gestern Abend noch an ihrem Zahnfleisch schmecken. Sie sollte aufhören zu rauchen. Noch mehr Kunden, *Gäste* kommen herein. Junge Leute mit zerzausten Haaren und Tattoos, die Darsteller einer derberen, moderneren Inszenierung von *Oliver!* sein könnten.

Kein Training und keine Probe heute. Der Himmel ist von einer schillernden Wolkendecke überzogen, hinter der etwas Großes und Bedrohliches zu lauern scheint.

Fatima steht rauchend auf der Terrasse des Cafés. Noah und Daw hängen sich über das Geländer. Es ist Fatimas erste Pause an diesem Tag. Sie gönnt sich eine lange. Die Aushilfe für die Morgenschicht war zunächst nicht aufgetaucht, und als der Typ schließlich hereingestürmt kam, war er knallrot und voller Reue gewesen. *Tut mir leid, tut mir leid, tut mir leid*, sagte er. Er dachte, er hätte mit jemandem getauscht, aber das hatte er nicht, *tut mir leid, tut mir leid, tut mir leid.*

Daw liest etwas auf seinem Handy, das aussieht wie eine Fremdsprache – er büffelt für eine Analysis-Prüfung. Er ist erschreckend gut vorbereitet und bei der Sache. Sie hasst ihn. Noah inspiziert einen Grind auf seinen Knöcheln. Er sagt, er hätte sich die Hand beim Wechseln einer Glühbirne an seiner Rauputzdecke aufgeschürft. Fatima glaubt ihm nicht, aber sie hat keine Kapazitäten, um sich mit der Wahrheit zu beschäftigen, falls es etwas Grausiges ist. Sie lässt die Sache auf sich beruhen.

»Daw legt bald die Zulassungsprüfung für Medizin ab«, sagt Noah.

»Wirklich? Ist das so?«, fragt Fatima. Sie schnippt Asche auf den Boden. Die Welt hat diese düstere, vorsintflutliche Energie, die alles satt und vibrierend macht.

»Ähm«, sagt er.

»Na dann, viel Glück.«

»Danke.«

»Sei nicht so missmutig«, sagt Noah und verpasst Daw einen Schubs mit der Hüfte. Daw lässt fast sein Handy fallen.

»Sei nicht so kindisch«, sagt Daw und schlägt Noah in den Nacken. Fatima ist zu warm.

»Okay, Jungs, das reicht.«

»Geht klar, Mom«, sagt Noah. Fatima spürt einen scharfen Stich. Sie keucht fast angesichts der lässigen, gedankenlosen Grausamkeit. Sie presst die Lippen aufeinander, um ruhig zu bleiben und den plötzlichen Druck in ihrer Kehle loszuwerden.

»Scheiße«, sagt Noah.

»Schon gut.«

»Was?«, fragt Daw und schaut die beiden mit zusammengekniffenen Augen an. Fatima beugt sich hinüber, hält ihm die Augen zu und versucht zu lachen.

»Nichts, du Nerd.« Sie spürt, wie Daws lange Wimpern an ihrer Hand züngeln. Sie zieht sie zurück. Noah sieht sie an, als wäre er der Leidtragende. Sie wird ihm verzeihen. Nur ein kleines Missgeschick. Nur ein dummer Scherz. Nur nur nur.

Die Winzigkeit der Welt lässt sie manchmal schwindeln. Das ist alles. Eine wilde, stürmische Inversion.

Über ihnen ein lauter Donnerschlag, der das Glas und den Tisch erzittern lässt. Es hallt in ihr wider, in ihnen, und in diesem Moment ist alles vereint und vibriert wie eine einzige angeschlagene Saite.

»Ist Wochen her«, sagt sie zu Cheney, als er sie nach der Abtreibung fragt.

»Mein Gott. Du hast kein Wort gesagt.«

»Es gab nichts zu sagen. Absolut gar nichts.«

»Das stimmt nicht, und das weißt du«, sagt er. »Du hättest es mir erzählen können. Du hättest mir *irgendwas* sagen können.«

Fatima seufzt. Sie trainieren in einem der freien Räume. Sind bis eben die Kettenkombinationen aus *Bestial* durchgegangen. Immer wieder hat sie den Übergang vom Boden auf die Füße verpatzt, war bei einem schwachen Takt, den sie weder hören noch fühlen konnte, in der Musik hängen geblieben, sodass sie etwas zu lange in dem beruhigenden Meeresrauschen ihrer Fötusstellung verweilt war. Cheney sagte immer wieder: »Was ist los mit dir, was ist los, warum kriegst du das nicht hin? Ist irgendwas im Café? Mit deinem Job? Das hier ist so viel bedeutender als Kaffeekochen, Mensch. Du musst dich mehr reinknien, du musst es versuchen, immer wieder und wieder.«

Er hörte nicht auf, und da rutschte es ihr einfach raus: »Das ist es nicht, echt nicht. Mir geht es nur so seltsam seit der Abtreibung, ich bin noch nicht wieder gut beieinander.«

Cheney schwitzt plötzlich, geht auf und ab. Es ist zu heiß im Raum. Sie will die Tür öffnen. Aber kaum hat sie sie geöffnet, macht er sie wieder zu.

»Was ist los mit dir, verdammt?«, keucht er. »Warum redest du nicht darüber? Eine *Abtreibung*?«

Fatima lacht beinahe. Da steht ein Mann vor ihr in einem Tanzstudio und schreit sie wegen einer Abtreibung an. Da ist ein echter menschlicher Mann und schreit sie an, weil sie eine Schwangerschaft beendet hat. In Iowa. Es wirkt wie eine Sache, über die Leute Facebook-Posts schreiben und dafür Mitgefühl ernten oder kollektive Wut. Wie eine Geschichte, die sich in einem Thread auf Twitter entspinnt, oder in einer langen Bildunterschrift unter einem Foto von ihrem verheulten Gesicht auf Instagram. Drastisch, aller menschlichen Eigenheiten beraubt – es ist eine Geschichte, eine Sache, die Menschen passiert, aber in erster Linie als konsumierbare Anekdote existiert. Eine weitere Form lokaler Ökonomie.

»Ich bin dir nichts schuldig. Ich wünschte, ich hätte nichts gesagt. Lass uns einfach weitermachen«, meint sie, doch er packt sie am Arm. Und sie will sich losreißen, doch er hält sie fest.

»Was stimmt eigentlich nicht mit dir? Du hast gerade ein Kind abgetrieben und tust so, als wäre nichts? Du schweigst. Mann, Fatima, du läufst rum, als wäre alles in Ordnung, dabei ist ein Kind *tot*. Ein Kind ist tot, und da draußen gibt es Menschen, die sich sehnlich ein Kind wünschen oder deren Kind leidet, und du spülst deins einfach im Klo runter? Mein Gott«, sagt er. Nicht schäumend. Nicht wutentbrannt. Das irritiert sie an dem Ganzen. Denn Cheney spricht mit der gleichen atemlosen

Fassungslosigkeit, mit der er über ihren Job im Café oder über Zugangsbeschränkungen spricht, über seinen ganzen Ärger und Frust mit der heutigen Welt. Um es mit seinen Worten zu sagen: Was er erlebt, ist ästhetische Wut, nicht materielle. Ästhetisch, weil es um eine Haltung geht. Ästhetisch, weil es nichts mit der Welt zu tun hat, in der sie leben. Nichts mit ihren körperlichen Zwängen oder ihren Umständen, Möglichkeiten, Zielen und Träumen – Cheney ist wütend, aber nicht auf sie, nicht auf das, was sie getan hat. Er ist wütend darüber, was das *bedeutet*, wie es funktioniert. Ein ästhetisches Gefühl.

Sie beobachtet, wie sich seine Pupillen verengen und sein Mund auf und zu geht wie der eines kleinen Fisches. Schweißnass windet sie sich aus seinem Griff. Seine Arme verschränken sich. Er ist größer als sie. Höher gewachsen. Aber sie hat keine Angst vor ihm, nein, eigentlich nicht. Nur vor der Bedrohung durch seinen Körper. Und was sie bedeutet. Ästhetische Angst. Einstellungsbezogene Vorsicht.

»Fass mich nie wieder an«, sagt sie. »Du hast kein Recht auf meinen Körper.«

»Von wem war es?«, fragt er.

»Das geht dich nichts an.«

Er hebt die Faust, hält sie sich an die Schläfe. Schweiß an seinem Haaransatz. Verstopfte Poren.

»Von wem?«, fragt er erneut.

Fatima macht einen Schritt zurück und dreht sich um. Sie wird nicht darauf einsteigen. Auf dem Boden sieht man ihre Schatten. Sie reißt die Tür auf, doch er schlägt sie zu. Er presst ihr Gesicht gegen die verspiegelte Innenseite der Tür, stellt sich dicht hinter sie. Sie spürt die feuchte, animalische Hitze seines Körpers. Den Druck seines Gewichts. Das Glas ist rutschig, schmierig.

Sie spürt den Schmutz ihrer Haut, ihres Schweißes. Sie drückt sich vom Spiegel ab, findet jedoch keinen Halt, rutscht weg.

»Lass mich los, Cheney«, sagt sie. »Sofort.«

»Du bist so eine dreckige kleine Schlampe«, sagt er, die Hand auf ihrer Hüfte. Seine Nägel graben sich am Bund in ihre Strumpfhose. »Und wahrscheinlich weißt du das noch nicht mal.«

Sie atmet schwer. Die Berechnung – wenn sie sich sträubt, wenn sie sich wehrt, wenn sie sich verteidigt, welchen Preis wird sie zahlen? Die Leute sagen immer, *ich hätte ihm in die Eier getreten, ich hätte gekämpft,* aber sie denken immer nur an die eigentliche Situation, den Moment der Belästigung, des Übergriffs. Sie denken nicht an die vielen Minuten danach, die Stunden eines Lebens, in denen man auf Vergeltung wartet. Schwarze Frauen müssen immer mit Vergeltung rechnen. Sie sind nie sicher.

Aber dort, in diesem Moment, nicht wissend, ob Cheney von ihr ablassen oder etwas noch Schlimmeres tun wird, denkt sie, dass sie es versuchen muss. Sie muss tun, was sie kann. Sie schließt die Augen. Er presst sich gegen sie. Jetzt riecht sie seinen stinkenden Atem. Schnell und fest tritt sie nach hinten. Sie hat das Gefühl, dass er nicht rasch genug die Beine schließt, um sich zu schützen. Er sinkt zu Boden. Sie dreht sich um. Da liegt er jetzt, vor ihr. Da liegt er, verletzlich, und hält sich selbst im Arm, wie in der ersten Pose von *Bestial.*

Als Fatima Cheney meldet, sagt Ólafur, das Ganze sei ein Missverständnis gewesen.

»Er meint, dass ihr euch gestritten habt und er etwas zu hitzig geworden ist. Signale, du weißt schon. Die kommen manchmal falsch rüber.«

»Es war völlig eindeutig«, sagt Fatima. »Er hat sich mir aufgezwungen. Er hat mich angegriffen.«

»Angreifen ist ein gewalttätiges Wort«, sagt Ólafur. Sie sitzen in seinem Büro in der dritten Etage des Tanzgebäudes. Es ist klein, beengt, doch an den Wänden hängen Schwarz-Weiß-Aufnahmen von ihm in seinen Rollen im Laufe der Jahre. Sie schaut auf die schönen Adern an seinen Armen, die anmutigen Gesten, mit denen er ihre Meldung vom Tisch wischt.

»Es *war* gewalttätig. Genau darum geht es«, sagt sie.

»Ja, aber er ist derjenige, der sich im Studentenwerk medizinisch versorgen lassen musste. Er ist ziemlich grün und blau da unten. Ehrlich gesagt ärgert es ihn sehr, dass du sein Verhalten auf diese Weise fehlinterpretiert hast.«

»Tja, und ich bin verärgert, dass er versucht hat, gegen meinen Willen Sex mit mir zu haben. Also müssen wir wohl beide damit klarkommen, nicht wahr?«

»Er sagt, dass das so nicht stimmt. Ich muss euch beide beim Wort nehmen, aber er ist der mit der Verletzung, Liebes.«

Fatima sträubt sich. Unweigerlich erinnert sie sich an die Beschaffenheit von Ólafurs Hand in ihrem Nacken, den festen Sitz seiner Hand zwischen ihren Schenkeln. Ein Schauer ungewollter Lust, ungewollter Erinnerung. Er erhebt sich, kommt hinter seinem Schreibtisch hervor und setzt sich vor ihr auf die Kante.

»Hör zu«, sagt er. »Nehmen wir doch mal an, es ist aus dem Ruder gelaufen. Das ist in Ordnung. Du kannst deine Meinung ändern. Kein Beinbruch, kein Problem. Was hältst du davon?«

»Er war sexuell übergriffig«, sagt sie.

»Jemandem nahe zu kommen ist noch kein Übergriff«, sagt Ólafur und schaut auf sie herab. Sie schnaubt, rutscht auf ihrem Stuhl zurück und überschlägt die Beine. Sie ist spät dran. In fünfzehn Minuten beginnt ihre Schicht, und sie hat weder geduscht noch sich zurechtgemacht. Sie muss gehen. Ólafur beugt sich vor und legt die Hände auf die Armlehnen ihres Stuhls. Sie kann sein Aftershave riechen, kann das zarte Rosa seiner Augen sehen – eine lange Nacht. »Ich will keinen Ärger unter meinen Schützlingen, okay? Vertragt euch einfach.«

»Klar«, sagt sie. »Klar. Kann ich jetzt gehen?«

Kurz ist es still. Sie ist sich nicht sicher, dass er Ja sagen wird. Dass er sie nicht anfassen wird. Da ist dieser eine Moment, in dem alles möglich scheint. Die Luft zwischen ihnen heizt sich auf, knistert vor Spannung. Es fühlt sich an, als würde gleich etwas Erstaunliches und Unwiderrufliches passieren, als würde die geschmolzene blaue Hand des Universums durch die Leere der Welt hindurchgreifen, sie beide berühren und auf seltsame, schreckliche Weise ausersehen. Und vielleicht passiert genau das. Vielleicht nennt man das so, wenn du dich wegen etwas, das dir passiert ist, an die Welt wendest und die Welt dir antwortet, dass es okay ist, wenn du gehst, als wärst du nur ein lästiges Kind, das man wegschickt.

In diesem Augenblick erfährt sie etwas über Ólafur und sich. Es ist etwas, das sie vorher nur vermutet hat, jetzt aber mit Sicherheit weiß: Sie muss diesen Ort verlassen und darf nie wieder zurückkommen.

»Wenn das dein Wunsch ist«, sagt er. »Dann darfst du gehen.«

Auf ihrem Weg zum Café sieht Fatima einen Schwarm Gänse über sich. Sie fliegen in die entgegengesetzte Richtung, zurück zum Fluss. Sie wirken so friedlich. So frei. Sie bewegen sich als Teil derselben Formation, aber jede ist anders, jede hat eine feste Rolle. Spontane Einheit. Die Choreografie der Schwärme und Herden. Sie steht an der Ecke und wartet darauf, dass die Ampel umschaltet, als die Gänse über sie hinwegziehen und immer tief unter die Gebäude tauchen, um auf dem Fluss zu landen.

Fatima überquert die Straße. Die Hitze des Tages ist kaum mehr zu bändigen, sie ist zornig und verbrennt ihr die Haut. Das sengende Sonnenlicht. Sie geht, so schnell sie kann.

Im Café übernimmt sie das Gemüseschneiden. Sellerie, Möhren, Paprika. Sie schneidet Brokkoliröschen und sieht zu, wie die Röschen über das Plastikschneidebrett rollen. Sie steht in der kleinen Küche, schwitzt ihr dünnes Shirt durch und spürt, wie ihr die Träger ihrer Schürze in die Schultern schneiden. An der nächsten Station spült Hal, der für das Geschirr zuständig ist, die Tassen und stellt sie in ein Abtropfgestell. Er schaut sie an, lächelt, und dann widmet er sich wieder seinem Geschirr. Fatima ist erleichtert, als er den Blick von ihr abwendet, erleichtert, dass er nichts von ihr verlangt.

Nach einer Weile wirft sie die herumliegenden Gemüsereste in den Komposteimer unter der Spüle. Sie wäscht sich die Hände und nimmt aus der Kühltruhe etwas Speck von dem Schinken, den sie für die Sandwichs in der Auslage vorn geschnitten hat. Sie legt den Speck auf einen kleinen Teller und trägt ihn durch die Seitentür hinaus in die Gasse. Sie stellt den Teller ab, wartet und hält nach den ein oder zwei Katzen Ausschau, die auf diesem Abschnitt des Gehwegs herumstreunen. Leise kommen sie aus dem Schatten geschlichen und hocken sich neben die Mülltonnen, beobachten sie und warten ab, ob sie sie ihre Arbeit machen lässt. Fatima erhebt sich, wischt sich die Hände an der Schürze ab und weicht langsam zurück. Die Katzen sind klein und weiß, haben schwarze Ohren und schwingende Schwänze. Sie stürzen sich auf den Schinkenspeck und fressen ihn mit zuckenden Mäulern. Ihnen zuzusehen ist eine kleine Genugtuung.

Ihre Managerin hatte gesagt, dass sie die Katzen nicht füttern sollen, weil sie sich dann von Menschen abhängig machen und eher in der Gegend bleiben würden, was nicht gut sei. Aber ihre Managerin ist nicht da, und die Katzen schon.

Zurück im Café wäscht sich Fatima erneut die Hände unter dem kochend heißen Wasser, das aus dem Hahn schießt. Industrieseife. Die Haut rings um ihre Nägel ist eingerissen und schält sich. Sie hört, wie vorn jemand ihren Namen sagt, und sieht nach, wer sie da ruft.

Es sind Daw und Noah.

»Was gibt's?«, fragt sie am Ende des Tresens, wo die fertigen Bestellungen hingestellt werden. Im Moment ist nichts los. Es ist ruhig im Café. Alle sind zufrieden.

»Wir haben es gehört«, sagt Noah.

»Was für ein Scheißtyp.«

»Oh«, sagt sie verlegen. »Oh, ist schon gut.«

»Ist es nicht«, sagt Noah aufbrausend. »Ist es kein bisschen.«

»Die Welt geht sowieso bald unter«, sagt Fatima achselzuckend. »Studienabschluss. Das ist den Ärger nicht wert.«

»Hast du ihn gemeldet?«

Fatima nickt, schon jetzt ermüdet von der Aussicht, alles noch einmal erzählen zu müssen. »Und nur um es einmal gesagt zu haben: Es hat absolut nichts gebracht.«

»Das tut mir so leid«, sagt Daw.

»Ja, mir auch.« Sie lümmelt sich auf den Tresen, obwohl sie angewiesen ist, das nicht zu tun. Da ist eine große Gruppe auf der anderen Straßenseite. Sie sieht sie auf das Café zusteuern. So ein bisschen Stress kommt ihr jetzt genau recht.

Die andere Mitarbeiterin nippt an einem Smoothie. Verstohlen.

»Es ist nicht richtig.«

»Seid ihr extra hergekommen, um mir das zu sagen?«

»Was?«

Noah sieht verwirrt aus. Daw tritt ein paar Schritte zurück.

»Seid ihr extra hergekommen, um mir zu sagen, dass es nicht richtig ist? Um zu Protokoll zu geben, dass es nicht akzeptabel ist, mich so zu behandeln?«

»Fatima«, sagt Noah.

»Nein, ich meine es ernst. Ich weiß, dass es nicht richtig ist. Ihr wisst, dass es nicht richtig ist. Die ganze Welt weiß es. Aber warum seid ihr hergekommen, um mir das zu sagen? An meinen Arbeitsplatz?«

»Ich wollte nur helfen«, sagt Noah.

»Oh, verstehe. Na dann, danke. Vielen Dank. Hilfe angekommen.«

Noahs Blick wirkt leer und düster. Daw seufzt und legt Noah den Arm um die Schultern, zieht an ihm.

»Komm schon«, sagt er. »Brechen wir auf. Allen geht es gut.«

Noah schüttelt den Kopf, bis Daw ihn wegzieht.

»Flat White ohne Schaum«, sagt die andere Mitarbeiterin und schiebt den Bon über den Tresen zu Fatima. Jetzt fühlt sie sich schlecht. Sie fühlt sich schrecklich, weil sie das zu Noah gesagt hat. Sie streckt die Hand nach ihm aus, ehe er außer Reichweite ist, greift nach seinen Fingern und drückt zu.

»Tut mir leid«, sagt sie.

»Tut mir leid«, sagt er.

Sie macht Flat White, dann weitere Lattes und Roibuschtees. Sie stellt sie hin, ruft die dazugehörigen Namen und wartet, dass die Getränke abgeholt werden. Als das alles erledigt ist, seufzt sie vor sich hin. Ihre Schultern schmerzen, ihr Rücken ist schweißnass.

Wieder hört sie Noahs Stimme. *Tut mir leid.*

Fatima streckt ihren Nacken, bis es knackt, und setzt sich dann wieder nach hinten. Auf ihrem Handy liest sie verschiedene Artikel über eine Krise nach der nächsten, moralische und ökologische.

Ihr Telefon vibriert, und am oberen Bildschirmrand flirrt eine Nachricht von Cheney:

*Nichts für ungut*

## 9

# Altruismus, Einfühlungsvermögen, Leidenschaft und Schmerz

Zwei Tage fuhren sie in Kolonne mit zwei Autos von Iowa in die Adirondacks, und als sie ankamen, stiegen sie die Treppe in das Haus hinauf und fielen in einen starren, unruhigen Schlaf. Alle außer Daw, der in diesem Haus nicht schlafen konnte und aufblieb, als wäre er ein Wachhund und damit beauftragt, auf sie achtzugeben.

Am Morgen traten sie mit ihrem Kaffee und ihrem Tee auf die Terrasse, von wo sie auf den Zedernwald blickten und, wenn sie die Augen zusammenkniffen, auf den in der Ferne liegenden See. Die Luft war kühl und von leuchtendem Nebel erfüllt, der ihnen in diesem Augenblick so schön erschien – jetzt, da sie die raue, karge Landschaft des Mittleren Westen hinter sich gelassen hatten –, dass sie vor Staunen verstummten und kurz in nervöses Lachen verfielen. Der Nebel wurde im Laufe des Vormittags immer dichter, bis er in sanften Regen überging, aber trotzdem versuchten sie nicht, ihm zu entkommen. Bis Daw zu einer kleinen Kurbel neben der Schiebetür ging und mit ratterndem Quietschen eine große Markise über der Terrasse entrollte. Die Markise entfaltete sich wie ein lahmer, arthritischer Flügel, und sie waren sicher, aber verwundert, dass der Regen doch so viel Intensität besaß, dass sie nass geworden waren und froren. Anfangs war es ihnen vorgekommen wie nichts, sagten sie immer wieder, und sie hatten nicht gemerkt, wie heftig der Regen geworden war, bis sie seinem Strom nicht mehr ausgesetzt waren. Daw flüchtete in die warme Dunkelheit des Hauses, auf der Suche nach Handtüchern und trockener Kleidung, und bereute bereits, dass er sie hierhergebracht hatte.

Sie waren zu sechst, einschließlich Daw: Noah, Fatima, Iwan, Goran, Stafford und er.

Nach ihrem Abschluss trieb es sie nun auseinander. Noah ging nach Portland. Fatima nach North Carolina, und irgendwann, sagte sie, hoffentlich nach New York. Iwan und Goran zogen ebenfalls nach New York, zusammen, jedoch in getrennte Wohnungen. Stafford ging mit einem Stipendium nach Vermont. Und Daw würde ein Jahr im ländlichen Quebec in kleinen Krankenhäusern assistieren. Noah hatte darauf bestanden, dass sie zusammen diese Reise machten und ein letztes Mal Zeit miteinander verbrachten, bevor sie in die Welt hinausziehen und ihr wahres Ich werden würden. Daw hatte es tief berührt, darin eine gelungene Brücke zwischen zwei Phasen seines Lebens zu sehen, woraufhin er Noah gegenüber dummerweise das Haus am See erwähnt hatte. Und Noah hatte nicht lockergelassen, bis Daw einwilligte, seine Eltern zu fragen, ob er es für etwa eine Woche nutzen könne, und sie hatten zugestimmt, selbst überrascht von der Bitte, weil Daw sie so selten um etwas bat und sie selbst kaum Zeit in dem Haus am See verbrachten.

Das Haus lag am Lake Placid, wenn auch streng genommen einen knappen Kilometer vom See entfernt. Als er noch sehr klein gewesen war, ungefähr vier Jahre alt, waren seine Eltern mit ihm und seiner Schwester Celia im Sommer und an den Herbstwochenenden hergefahren. Sie waren glücklich hier.

Aber an einem Herbsttag Ende Oktober war seine Schwester auf dem Rückweg von der Bibliothek von der Straße gerissen worden. Sie war damals acht. Ein fröhliches und kluges Kind. Manchmal konnte sich Daw nicht mehr an ihre Stimme oder ihr Gesicht erinnern. Nur an Fotos und an Tonaufnahmen, die er gehört hatte. Er erinnerte sich, dass er sich an sie erinnerte, und es war eine schwierige, künstliche Erinnerung, die sich tief in ihm festgesetzt hatte, sodass sein Geist nur in kurzen, ruhigen Momenten an das echte Fleisch der Erinnerung rührte und es ihn erneut zerriss. Es gab keine Leiche. Sie war weggeschnappt worden und nie zurückgekehrt.

Daw fand die Handtücher in der Wäschekammer. Seine Mutter war einige Tage zuvor heraufgekommen, um das Haus für sie herzurichten. Er meinte, noch einen Rest von Wärme in den Fasern zu spüren. Doch das stimmte nicht. Die Handtücher waren kalt und steif. Er nahm sie mit zu den anderen auf die Terrasse.

Alle lehnten sich über das Geländer und streckten die Hände in den Regen. Sie lachten und neckten sich. Noah hatte die Füße vom Boden gehoben, lehnte sich am weitesten hinüber und schaukelte in einem Anflug von Hybris über den Bäumen unter ihm.

»Runter da«, sagte Daw sofort, »komm verdammt noch mal da runter.« Sein Gesicht war ganz rot. Er knallte die Handtücher auf einen leeren Stuhl. Noah drehte sich grinsend zu ihm um.

»Hey, Dad, bleib locker«, sagte er.

Daw schmerzte die Brust. Auch die anderen hatten sich jetzt zu ihm umgedreht, und er fühlte sich schrecklich, als stünden sie alle auf der einen Seite und er auf der anderen. Er konnte es ihnen nicht verübeln. Machte ihnen keinen Vorwurf.

Er wünschte, sie würden alle abrutschen und hinunterfallen, denn dann würden sie es schon kapieren.

Am frühen Nachmittag fuhren Noah und Daw mit dem alten Kombi seiner Eltern zum Lebensmittelladen. Die Sitze waren aufgeplatzt. Der Kofferraum war vollgepackt mit Eimern und Angelzeug und trocken gegammelten Handtüchern. Noah zog ein verblichenes Taschenbuch unter dem Sitz hervor und las laut die ersten Seiten.

»Gott, wo hast du denn das her?«, fragte Daw. Der Wagen war schwer und träge. Die Bremsen gaben am Stoppschild am Ende des Zufahrtswegs ein müdes Winseln von sich. Daw fuhr mit hängenden Schultern.

»Wer hätte gedacht, dass du mal ein Fantasy-Nerd warst«, sagte Noah, während er durch die Seiten blätterte. Daw versteifte sich.

»War ich nicht.«

»Ja, klar.« Noah lachte und fächerte ihm mit dem Buch Luft zu. Daw schlug ihm auf die Hand und bog auf die Straße.

»Das war ernst gemeint«, sagte er, und Noah lehnte sich im Sitz zurück. Er las weiter vor, und Daw beugte sich hinunter, um das Radio einzuschalten. Er wollte Noahs Stimme nicht mehr hören. Das Radio kratzte im Äther, ab und zu kamen Lied- und Nachrichtenfetzen herein. Er warf einen kurzen Blick auf die Straße, dann wieder hinunter, fummelte an den Knöpfen herum, ohne sich überhaupt zu erinnern, welcher Sender welche Art von Musik spielte, einfach irgendwas, damit er Noah nicht mehr hören musste. Aber Noah las weiter, und der Wagen kam leicht von der Fahrbahn ab. Es war schwer, so schwer für Daw, diese ganzen Dinge gleichzeitig zu tun, die staubigen Knöpfe zu drehen, den Wagen zu lenken, Noah zuzuhören, Noah möglichst nicht zuzuhören, und die ganze Zeit schlug sein Herz immer heftiger, denn das Buch gehörte nicht ihm, er hatte es noch nie zuvor gesehen, und mehr als alles andere fürchtete er, dass es seiner Schwester gehört hatte.

»Übernimm mal das Radio«, sagte er schließlich und richtete sich auf. Schweiß stand ihm auf der Stirn. Der Punkt zwischen seinen Augen schmerzte vor Anspannung. Noah musterte ihn aufmerksam und gab schließlich nach. Mit einer Leichtigkeit, die Daw ärgerte, fand Noah auf Anhieb einen Sender, und John Cougar Mellencamp erfüllte den Wagen. Die Straße war ruhig, und kaum war er erst mal in Gang, schnurrte der Kombi gelassen vor sich hin.

Noah rutschte tiefer und zog die Füße hoch auf den Sitz. Die Seiten raunten, als er sie umblätterte. Daw blinkte. Schweigend fuhren sie dahin. Das Radio war zu laut. Daw hatte ordentlich aufgedreht, aber inzwischen war Noah still, und die Fenster schepperten. Und so schaltete er das Radio wieder aus.

»Okay, was ist los?«, fragte Noah.

»Ich glaube, die haben Rindslende im Angebot.«

»Oh, das ist schön.«

»Vielleicht koche ich einen Eintopf.«

»Eintopf klingt super.«

»Mmm«, summte Daw. Noah schlug das Buch zu, den Daumen noch zwischen den Seiten, und drehte sich zu Daw. Kreuzung. Der Wagen zitterte ein wenig, als Daw auf die Bremse trat. Er schaute nach links und nach rechts. Nichts, niemand, nirgends.

»Du hättest nicht zustimmen müssen. Du hättest auch Nein sagen können«, sagte Noah.

»Wozu?«

»Der Woche. Du hättest uns nicht das Haus zur Verfügung stellen müssen. Wenn du …«

»Ach, sei still«, sagte Daw. Sie waren am Lebensmittelladen angekommen. Er war gelb und verblichen, tiefer als breit, hatte eine marode blaue Verkleidung und ein löchriges Dach.

»Okay, wie du meinst. Aber wenn du die ganze Woche so drauf bist …«

»Ich bin überhaupt nicht irgendwie drauf.«

»Bist du wohl. Bist du so was von, und ich meine, okay, lassen wir's, aber irgendwas hast du.«

Daw umklammerte die Lederverkleidung des Lenkrads, so fest er konnte. Die Windschutzscheibe lag voller Blätter und Zweige und anderem verrottenden Grünzeug, das sich unter den Scheibenwischern verfangen hatte. In diesem Wagen hatte er im Garten seiner Eltern in Connecticut Fahren gelernt und draußen bei den Bäumen erste Runden gedreht. Die Lederverkleidung war von der Sonne weicher und dann wieder härter geworden. Er fuhr mit dem Daumen über die Naht.

»Okay«, sagte er, als wäre die Sache damit geklärt, und stieß die Tür auf. »Gehen wir.«

Im Laden war es kühl und dämmrig, es roch nach Schimmel. Die Türen der Gefrierschränke waren so abgenutzt, dass sie so gut wie keinen Widerstand leisteten, als Daw an ihnen zog. Sie schoben einen kleinen Einkaufswagen mit einem quietschenden Rad herum. Beluden ihn mit Fisch und Rinderlende, mit billigem Weißbrot, Butter, Marmelade und noch mehr Kaffee. Sie nahmen sich ein Wassereis mit Zitronengeschmack und brachen es in zwei Hälften. Ließen es in ihrem Mund kreisen, während sie den rostigen Wagen durch die Gänge schoben. Das Obst- und Gemüseangebot sah traurig und schlaff aus, aber sie kauften Möhren und Zuckererbsen. Noah bediente sich immer wieder an den Schoten, biss hinein und zerkaute sie mit frustriertem Stirnrunzeln. Sie kauften auch Obst. Cornflakes, Knuspermüsli und Haferflocken.

»Weißt du noch, ob irgendwas Seifenartiges da war? Hast du welche mitgebracht?«, fragte Daw.

Noah hatte sich hingehockt und begutachtete eines der unteren Regale mit Tampons, Kondomen und genau drei Dauerwellen-Sets.

»Weiß ich nicht mehr«, sagte er. »Du?«

»Nein«, sagte Daw stirnrunzelnd. Er hielt eine große Flasche Shampoo hoch, die so viel wog wie ein Kleinkind. »Was meinst du?«

Noah zuckte mit den Schultern. »Vielleicht schon, oder? Denkst du, es hat sonst noch wer welches dabei?«

»Ich dachte irgendwie, dass wir noch Seife haben. Aber ich habe keine Ahnung, ob meine Mom welche mitgebracht hat, als sie da war, um alles fertig zu machen.«

»Hm«, sagte Noah. Er legte den Finger ans Kinn und stand auf.

»Die Flasche kostet zehn Dollar«, sagte Daw. »Das ist zu teuer. Und es ist noch nicht mal … es ist irgendein Billigshampoo.«

Noah lachte.

»Meinst du, sie kommen auch mit einem Stück Seife klar?«

»Du meinst, ein Stück pro Person? Stell dir mal vor. Die lassen die alle rings um die Badewanne liegen.«

»Und ritzen ihre Initialen ein.«

»Bis sie nass werden und verschwinden«, sagte Daw seufzend. »Wahrscheinlich sollten wir doch die Flasche hier nehmen. Nur für den Ernstfall.«

»Das ist ziemlich viel für eine Woche.«

»Wir sind immerhin sechs.«

»Auch wieder wahr.«

Daw legte die riesige Flasche Shampoo und noch eine mit Duschgel in den Wagen und zog weiter. Noah blieb im Gang stehen und stieß mit dem Fuß gegen das unterste Regal.

»Kommst du?«

»Geh ruhig schon vor.«

»Willst du dir eine Dauerwelle machen, oder was?«, fragte Daw.

»Nein, ich habe nur überlegt ... Ach, vergiss es.«

»Du hast keine Kondome dabei.«

»Ja«, sagte Noah mit einem angestrengten Lachen.

»Planst du was Konkretes?«

Noah blinzelte ihn alles andere als finster an.

»Kümmer dich um deinen eigenen Kram«, blaffte Noah, setzte dann jedoch sanfter hinzu: »Nein, habe ich nicht. Aber selbst die konkretesten Pläne, du weißt schon ...«

Und das wusste Daw sehr wohl oder dachte es zumindest. Die Willkürlichkeit von Lust. Die sich wandelnden Gezeiten des Begehrens. Sex, so plötzlich wie ein Blitz aus heiterem Himmel. Noah suchte Sex weniger, als dass er zu ihm kam wie ein scheuer Hund auf der Suche nach Zuneigung. Daw vermutete, dass Noah mit Goran, Iwan und Stafford geschlafen hatte. Er war sich nicht sicher, denn vielleicht hatte auch nur eine gewisse Spannung in der Luft gelegen. So war das bei Männern manchmal. Da gab es immer irgendwas Hitziges, kurz davor zu explodieren. Daw nickte.

»Klar«, sagte Daw. »Ich weiß. Nimm sie mit, wenn du willst.«

Noah seufzte sichtlich erleichtert. Daw vermutete, dass

Noah tatsächlich unsicher war, was Daws Einstellung zu dieser Woche, zu ihrer Freundschaft im Allgemeinen betraf. Die Kondome zu kaufen, eine kleine, wahrscheinlich deutlich ausgebleichte blaue Packung, stand – wofür? Einen Vorschlag, einen Plan, ein konkretes Angebot, was passieren könnte, wenn nicht zwischen ihnen, dann doch zumindest innerhalb der Gruppe, einschließlich Fatima. Noah warf die Kondome in den Wagen und gab Daw einen kurzen, feuchten Kuss auf den Mund. Daw spürte Lust, aber vor allem fühlte er sich gut. Er legte Noah die Arme um die Taille, zog ihn an sich, und sie küssten sich erneut – es war so unschuldig und brav, dass es auch ein freundschaftlicher Kuss hätte sein können, ein liebevoller Kuss, ein Kuss, der sagte, *ich akzeptiere dich so, wie du bist*, ein Kuss, der sagte, *ich hoffe, es geht dir gut.* Noah grinste ihn an, tätschelte ihm dann die Wange, und sie schoben den Wagen weiter den Gang entlang und aßen das Eis, das sie nicht bezahlt hatten.

Als sie zurückkamen, trafen sie auf der Terrasse nur Fatima an. Die anderen hatten beschlossen, einen Abstecher ins Dorf zu machen. Sie sei immer noch müde, sagte sie, von der Fahrt. Sie hatte eine Tüte mit sehr großen Pfirsichen aus Missouri mitgebracht, hell und fest, eigentlich zu fest zum Essen, aber sie hatte Hunger, und so saß sie auf dem Tisch, die Beine auf den Stuhl gestellt, und aß Pfirsiche, als die beiden Männer eintrafen.

Noah umarmte sie, als hätten sie sich seit Jahren nicht gesehen, nicht nur für eine Stunde, die sie für den Einkauf gebraucht hatten. Er gesellte sich zu ihr auf den Tisch und legte den Kopf auf ihre Schulter. Sie streckten die Hände nach Daw aus, damit er sich zu ihnen setzte, und er stand im Türrahmen, dachte, er sollte nachgeben, spürte aber auch ein heftiges Ziehen in sich, das ihn warnte, es lieber bleiben zu lassen.

»Nein«, sagte er. »Das Abendessen kocht sich nicht von allein.«

»Das ist doch noch Stunden hin«, erwiderte Fatima und griff in der Luft nach ihm, als könnte das Daw empfänglicher für ihre Wünsche machen.

»Und wer kümmert sich darum, wenn nicht ich?« Daw stieß sich vom Türrahmen ab und kam ein paar Schritte auf sie zu. Noah schloss die Augen. Sie ließen die Arme sinken.

»Geht es dir gut, sag mal?«, fragte Fatima. »Wirklich?« Die Frage klang weich und sanft. Eher tastend als vorwurfsvoll.

»Geht es uns nicht allen gut?«

»Nein, tut es nicht.«

»Zu schade«, sagte Daw. Der Himmel war noch immer verhangen, und die Wolkendecke wies einen nahezu metallischen Glanz auf. »Die werden so was von nass, wenn sie nicht bald zurückkommen.«

»Die sind schon groß«, sagte Fatima und ließ sein Ablenkungsmanöver als Antwort auf ihre Frage stehen.

»Jeder ist sich selbst der Nächste.«

»Oder so ähnlich«, sagte Noah und gähnte. Fatima gab ihm einen Pfirsich, und er biss hinein. Daws Handflächen wurden heiß und feucht.

»Ich helfe dir«, sagte sie und erhob sich vom Tisch.

»Nein, lieber nicht«, sagten Noah und Daw aus einem Mund. Noah hielt sie fest.

»Sei nicht so frech«, erwiderte sie und gab Noah einen Klaps auf die Stirn. Zu Daw sagte sie nichts weiter. Stattdessen schob sie sich an ihm vorbei durch die Tür. Daw zuckte mit den Schultern. Noah legte sich rücklings auf den Tisch und aß, die Augen mit dem Unterarm abgeschirmt, den Pfirsich. Ein Streifen Haut schaute an seinem Bauch hervor, als sein Pulli nach oben rutschte. Es ging eine leichte Brise, dunkel und feucht, die von den Bäumen kam. Der Geruch von Zedern.

In der Küche wuschen Daw und Fatima das Gemüse. Sie hatten verschiedene Blattgemüse und Rüben und kleine, angematschte Tomaten da. Die Möhren aus dem Laden. Und die Zuckerschoten. Die Spüle bestand aus einem breiten, tiefen Becken mit zwei Wasserhähnen, Platz genug für sie beide. Sie spülten das Blattgemüse ab und legten es auf die Küchentheke, wo sich das Wasser sammelte und auf Daws Füße tropfte, die vom Staub auf dem Boden ganz schmierig wurden.

Fatima trug den langen Grünkohl, als wäre es ein Blumenstrauß, um die Blätter draußen auf der Terrasse auszubreiten. Daw legte die Schwertfischsteaks in lauwarmes Wasser und ließ sie darin treiben.

»Lecker«, sagte sie beim Blick über seine Schulter. »Ist Stafford nicht Vegetarier?«

»Gemüse ist doch da.«

Fatima lachte.

»Sollte ich ihm vielleicht noch eine Aubergine grillen? Oder wäre das komisch?«

»Er wird es überleben«, sagte sie.

»Jetzt fühle ich mich schlecht.« Daw hob die große Metallschüssel aus dem Spülbecken. Der Boden war jetzt wirklich nass. Fast rutschte er aus.

»Jeder ist sich selbst der Nächste«, sagte sie. Daw lachte. Fatima lachte.

»Schon klar, der Altruismus geht als Erstes flöten.«

»Altruismus, Einfühlungsvermögen, Leidenschaft und Schmerz«, sagte sie. »In dieser Reihenfolge.«

Daw füllte ein Glas mit Wasser. »Die letzten drei sind Ólafurs Spezialität, oder?«

»Absolut.«

»Warum kommt Schmerz zuletzt?«

»Weil man mit Schmerz immer den Weg zurück zu den anderen beiden finden kann«, sagte sie.

»Das ist so lächerlich.«

»Aber er liegt nicht immer falsch«, sagte sie mit einem Hauch trauriger Resignation in der Stimme.

Ólafur war groß, streng und neigte zu philosophischem Unsinn. Bei ihrer ersten Begegnung hatte er vor der Gruppe gestanden und sie gefragt, was die wichtigsten Eigenschaften seien, die ein Tänzer kultivieren müsse, welche wundersamen Qualitäten aus Tanz *Kunst* machen würden. Daw erinnerte sich noch, wie er gedacht hatte, Dehnbarkeit, Musikalität, Stärke und Durchhaltevermögen. Er erinnerte sich, wie er an technische Perfektion und physische Grenzen gedacht hatte, die konkrete Realität des Körpers eines Tänzers, und daran, dass man nur begrenzt viele Pliés oder Sprünge machen und sicher landen konnte. Das Leben, das in den Gelenken steckte, war begrenzt, was man leisten konnte, war begrenzt. Daw hatte an seine Beschränkungen gedacht, die Grenzen seiner Zukunft im Tanz, und an das, was ihn so weit gebracht hatte, wie er gekommen war. Doch dann hatte sich Ólafur von ihnen abgewandt, die Hände auf die Stange gelegt und den Kopf geschüttelt. Er hatte sie als hoffnungslos bezeichnet und gesagt: »Einfühlungsvermögen, Leidenschaft und Schmerz. Ihr seid nur dann Künstler, wenn ihr Einfühlungsvermögen, Leidenschaft und Schmerz verspürt. Das steht über allem anderen. Danach müsst ihr streben. Es finden. Euch zu eigen machen.«

»Was für ein Unsinn«, sagte er jetzt. Das Wasser war hart. Er schüttete den Rest in den Abfluss.

»Das dachte ich auch immer, aber da ist wahrscheinlich schon was dran.«

»Was für ein Hokuspokus.«

»Bist du traurig, das Tanzen aufzugeben?«

Die Frage erwischte ihn kalt.

»Ein bisschen«, sagte Daw. »So hab ich es wohl noch nicht formuliert.«

»Goran meint, dass Iwan immer noch traurig deswegen ist.«

»Oh, aber das ist schon was anderes. Iwan hatte keine Wahl.«

»Da hast du recht«, sagte sie. »Das hatte er nicht. Und du schon. Da gibt es Handlungsspielraum. Aber es ist trotzdem eine große Veränderung.«

»Es war keine spontane Entscheidung.«

»Das habe ich auch nicht gesagt. Ich meine nur, dass es schwer sein muss. Oder? Es aufzugeben, jetzt Schluss zu machen?«

»Vielleicht solltest du Medizin studieren«, sagte er. »Du würdest eine gute Seelenklempnerin abgeben.«

»Ich versuche nur zu helfen.«

»Ich brauche keine Hilfe.«

Er wusch noch einmal die Möhren, obwohl sie schon sauber waren, und Fatima ließ es gut sein. Aber Daw war unruhig und gereizt, darum sagte er: »Iwan wird als Investmentbanker arbeiten. Was gibt es da zu jammern?«

»Jeder hat seinen eigenen Schmerz«, sagte Fatima sanft. Sie schnitt die Tomaten und legte sie auf ein Ofenblech. Das Salz klang wie Hagel, als es auf das Blech rieselte.

»Ich zieh mal los und besorge die Aubergine«, sagte er.

»Ich wollte dich nicht verletzen«, sagte sie.

Daw lächelte sie an und sagte: »Nichts für ungut.« Sie wurde bleich. Sie wandte sich ab. Sie schüttelte den Kopf.

»Manchmal bist du so ein Arsch«, sagte sie. »Das ist echt nicht normal.«

Sie ging mit den anderen hinunter zum See. Daw blieb in der Küche und trocknete ab.

Kaum trat er aus dem Haus auf den Kiesweg, bereute er schon, was er gesagt hatte. *Nichts für ungut* hatte Cheney Fatima geschrieben, nachdem er sie bei einer privaten Trainingssession bedrängt hatte. Nachdem Fatima die sexuelle Belästigung gemeldet hatte. *Nichts für ungut* hieß, dass es Ungutes gab. Es war armselig und grausam, ihr das ins Gesicht zu schleudern.

Wieder dachte er, dass es ein Fehler gewesen war, Leute mit in dieses Haus zu nehmen. Es war ein Fehler gewesen zu glauben, dass sie hier eine gute Zeit haben könnten.

Daw saß hinterm Haus auf der untersten Treppenstufe und legte den Kopf auf die Knie. Er versuchte zu atmen. Der Wind roch nach aufziehendem Regen und etwas Brennendem. Wie Kohle oder Feuerzeugbenzin. Als er sich genug über seine schlechte Laune geärgert hatte, stand Daw auf. Er ging an dem Kombi vorbei und trat auf die Zufahrtsstraße, die sich durch den Wald hinunter zum Dorf und zum See schlängelte. Er würde zu dem kleinen Markt dort gehen, eine Aubergine kaufen und erst zurückkommen, wenn er herausgefunden hatte, wie er sich wieder wie ein Mensch benahm.

An der Ecke des Gartens, kurz vor der Waldgrenze, stand ein Plastikspielhaus, in dem er als Kind gespielt hatte, bevor sich Wespen ein Nest darin gebaut und ihn übel gestochen hatten. Das war der letzte Sommer, den sie ganz in diesem Haus verbracht hatten, nachdem seine Schwester zwei Jahre zuvor verschwunden war. Wenn er jetzt auf diese Zeit zurückblickte, staunte er, denn es kam ihm vor, als hätten sie unmittelbar nach ihrem Verschwinden aufgehört, in das Haus am See zu fahren. In Wahrheit hatten sie zwei weitere Jahre daran festgehalten. Was in seinen Eltern vorgegangen war, war ihm ein Rätsel, geheimnisvoll und undurchsichtig.

Diese zwei Jahre saßen in seinem Gedächtnis am äußersten Rand. Er konnte wenige Details abrufen, abgesehen von dem Plastikspielhaus und dem Geruch des Kombis. Alles andere war verschwommen und grau, größtenteils abhängig von der Intensität seiner Aufmerksamkeit. Doch er erinnerte sich an das Jahr, in dem sie aufgehört hatten, regelmäßig zu kommen. Er erinnerte sich an das Grauen dieser Wespenstiche an seinen Armen und auf seinem Rücken. Er erinnerte sich, wie ihm seine Mutter kalte Lappen aufgelegt und ihn fest im Arm gehalten hatte, als er weinte. Er erinnerte sich sogar an den Klang des Regens am späten Nachmittag und daran, wie sein Vater im Garten Gurken für einen Salat gepflückt hatte, an seine schweren Schritte im Haus, so leise und seltsam. Warum sie weiter hergekommen waren, wusste er nicht mehr, und zog nun die Hand vom Dach des Spielhauses, von dem spröden, abgenutzten Plastik. *Wie* sie weiter herkommen konnten.

Als Daw die Hälfte des Weges durch den Wald zurückgelegt hatte, kamen ihm die anderen entgegen. Sie waren nass und zitterten. Iwan hatte den Arm um Staffords Hals gelegt. Ihre Oberkörper waren nackt unter den offenen Funktionsjacken, sie trugen ihre Lycrashorts. Sie sahen aus wie ein x-beliebiges Schwimmteam aus langbeinigen, zotteligen jungen Männern. Gorans ausladender, unrunder Gang stach sofort heraus. Seine Brillengläser waren beschlagen. Zwischen ihm und Iwan ging Stafford, kompakt und blond.

»Da seid ihr ja«, sagte Daw.

»Da sind wir«, erwiderte Stafford. Sie blieben an einer großen, freiliegenden Wurzel stehen, die sie voneinander trennte.

»Ich wollte gerade noch eine Aubergine für dein Abendessen besorgen.«

»Oh«, stieß er aus, »das ist überhaupt kein Problem, mach dir deswegen keinen Kopf.«

»Nein, das geht schon klar, wirklich«, sagte Daw. »Ich gehe einfach die Straße runter zum Markt.«

»Das musst du nicht.«

»Will ich aber.«

Iwan nahm den Arm von Staffords Schulter und sprang über die Wurzel. Goran folgte ihm. Stafford stemmte den Fuß gegen das wuchtige Holz.

»Für mich ist es völlig okay, das Gleiche wie die anderen zu essen.«

»Es gibt Schwertfisch.«

»Ich esse Fisch.«

»Du musst nicht ...«

»Er hat gesagt, dass es okay ist«, schaltete sich Goran ein. »Du solltest ihn schon selbst entscheiden lassen, was er isst.«

Stafford legte Daw die Hand auf die Schulter, stützte sich ab und sprang über die Wurzel. Mit einem Lachen landete er auf Daws Seite und führte einen kleinen Freudentanz auf.

»Siehst du, ich bin absolut selbstständig.«

»Das Wasser hatte ordentlich Wellengang«, sagte Goran. Sie gingen zwischen den Bäumen hindurch zurück.

Ihre Schuhe schrappten über die losen Steine und den festen Boden. Stafford legte den Arm um Daw. Ihre Jacken kräuselten sich im Gehen, tropften und rochen streng nach See. Stafford fühlte sich kalt an, verdammt kalt vom Wasser. Seine Haut war schrumpelig und hatte sich dunkel verfärbt, ähnlich einem Bluterguss. Er vergrub sein feuchtes Gesicht in Daws Nacken, und Daw schmerzte die eisige Kälte.

»Jetzt geht es mir schon besser mit meiner Entscheidung«, sagte Daw.

»Es war gar nicht so schlimm«, sagte Iwan. »Eigentlich sogar schön. Belebend.«

»Vielleicht bist du ein Sadist«, sagte Daw. Iwan lachte. »Seid ihr bereit für den großen Schritt? Habt ihr schon eine Wohnung?«, fragte Daw.

Iwan nickte, ohne aufzuschauen. Goran schüttelte den Kopf.

»Ich mache mir keine großen Sorgen deshalb. Ich komme bei einem Freund unter«, sagte Goran.

»Du meinst, bei deinen Eltern«, sagte Iwan.

»Warum zieht ihr zwei nicht zusammen?«, fragte Daw. »Ihr könntet euch die Miete teilen. Es euch ein bisschen leichter machen.«

»Iwan will unbedingt in Midtown wohnen wie so ein richtiger Psycho. Die Wohnung meiner Eltern liegt aber in der Nähe vom Dimes Square.«

»Hell's Kitchen. Ich wohne in Hell's Kitchen.«

»Vornehm«, sagte Stafford.

»Eher nicht, es ist eine dieser Mieterschutzwohnungen. Ich kriege sie von einer alten Dragqueen, die seit den Neunzigern dort wohnt.«

»Wie bist du da rangekommen?« fragte Stafford und beugte sich nach vorn.

»Ein Bekannter vom American Ballet Theatre kannte jemanden, der jemanden kannte, der wusste, dass dieser Typ für eine Weile einen Untermieter sucht. Er ist in der Zeit mit seinem Mann in Palm Springs.«

»Das nenne ich Glück«, sagte Stafford.

»Es wird schön, wenn wir unsere eigenen Wohnungen haben«, sagte Iwan. »Unsere eigenen Leben in der Stadt. Nachdem wir in Iowa aufeinandergehockt haben. Das wird uns guttun.«

Goran schnaubte, als wäre er nicht davon überzeugt. Stafford lachte.

»Freust du dich auf Vermont?«, fragte Daw.

»Es ist ein kurzes Stipendium. Danach lande ich wahrscheinlich auch in New York. Ich suche euch dann«, sagte er zu Goran und schlug gegen die Bänder seiner Kapuze.

Iwan war plötzlich angespannt. »Ja, er sucht dich dann.«

Goran sah weder Iwan noch Stafford an, sondern blinzelte hinauf zu den Bäumen.

»Und was ist mit dir, Betty Crocker? Sprichst du überhaupt Französisch?«

»Meine Eltern haben mich auf eine französische Ganztagsschule geschickt«, sagte er.

Die anderen schnaubten und sagten, *war ja klar*, und Daw wurde verlegen, wie es manchmal geschah, wenn andere Menschen ihm den Wohlstand und die Privilegien seiner Eltern vor Augen führten. Im Mittleren Westen, wo es offensichtlich war, hatte man ihn ständig darauf hingewiesen, während es ihm zu Hause nie besonders interessant oder bemerkenswert erschienen war. Alle Kids, mit denen er auf die Highschool ging, hatte er schon auf der französischen Ganztagsschule kennengelernt. Sie waren im selben Kreis blonder Menschen aufgewachsen.

Hatten in denselben Parks gespielt, dieselben Schwimmkurse besucht. Heute konnte er sich kaum noch an ihre Namen oder Gesichter erinnern, und obwohl er ihnen gegenüber manchmal eine starke Loyalität empfand, fühlte er sich unter seinen echten Freunden zugleich als Verräter. Diese Kids waren eine bloße Erinnerung, ein Teil seines Lebens, der jegliche Bedeutung verloren hatte.

Stafford grub seine Finger in Daws Nacken, und der zuckte zusammen.

»Was?«, fragte er, und Stafford schüttelte nur den Kopf und grinste. »Ich werde dich zeichnen.«

»Oh, warum?«

»Weil du aussiehst, als müsstest du gezeichnet werden«, sagte er.

Sie stiegen gerade im Pulk die Treppe hinauf, als der Regen wieder heftig einsetzte und hinter ihnen als grauer Schleier niederging. Im Haus blieb Goran an der Treppe stehen und schaute durch die Hintertür hinaus auf die Bäume und den abschüssigen Garten. Die anderen streiften ihre Schuhe ab und stapften hoch in den ersten Stock. Gorans Gesicht wurde vom silbrigen Licht des Regens erhellt. Im Schatten der Treppe sah er schön und melancholisch aus, wie ein Schauspieler in einem dieser ruhigen und etwas zu langen Filme, in denen die Leute ihren echten Namen benutzen und Versionen echter Konflikte durchspielen. Daw ließ ihn nach ein paar Sekunden dort stehen, denn es war zu traurig oder zu schön, ihn anzuschauen, und außerdem musste noch der Fisch zubereitet werden.

Auf der Terrasse hatte Noah schon den Grill angeworfen. Daw legte die Schwertfischsteaks auf das Rost, das schöne dunkle Rindfleisch. Fatima fragte, ob er die Aubergine vergessen habe, aber Stafford schaltete sich ein und sagte, dass es ihm nichts ausmache, er weder Veganer noch Vegetarier sei, kein echter jedenfalls. Und Daw fragte sich, ob das stimmte oder ob es ein Schutzmechanismus war, um den Menschen das zu geben, was sie augenscheinlich wollten, und keinen Ärger zu provozieren. Ein Mechanismus, den er nur zu gut kannte.

Trotz Regen und Kälte aßen sie auf der Terrasse. Daw hatte irgendwo in einer Abstellkammer ein Heizgerät gefunden, und es spendete ihnen etwas Wärme. Die Steaks waren perfekt, aber nur deshalb, weil Iwan den Grill übernommen hatte, nachdem ihm das erste zu dunkel geraten war. Er hatte sich an den Grill gestellt und alles sorgfältig überwacht.

»Der Trick besteht darin«, sagte er, »dass man es in Ruhe lässt. Du darfst es nicht ständig anfassen.«

»Tut mir leid, dass es regnet«, sagte Daw. »Wir sind zwei Tage lang hier rausgefahren, und jetzt regnet es die ganze Zeit.«

»Soll das ein Witz sein? Das ist superschön. Könnte nicht besser sein«, sagte Fatima.

»Ja, Mann, entspann dich«, sagte Stafford. Er saß ziemlich nah bei Daw, und Daw sah ihn immer wieder aus dem Augenwinkel an. Der Salat war gut geworden, gehaltvoll. Fatima hatte ihn mit Pfirsich- und Aprikosenstückchen aufgepeppt. Sie hatte eine Art süßsaure Vinaigrette improvisiert. Es gab auch Polenta, die mit dem Inhalt einer wahrscheinlich hornalten Packung aus der hintersten Schrankecke zubereitet worden war. Das war Gorans Beitrag. Die Polenta passte gut zu den Tomaten und den Steaks. Insgesamt war das Essen etwas fad, aber im Regen schmeckte alles schön warm und lecker. Sie aßen und lachten, redeten und erzählten Geschichten.

Goran setzte zu einer langen Anekdote über ein paar Jungs aus seiner Schule an.

»Als ich klein war, ungefähr zehn oder so, hatte ich diesen Freund, und der hat in der Schule immer einen Helm getragen. Manchmal haben ihn die anderen Kinder deshalb gepiesackt. Und dann saßen wir allein auf dem Spielplatz, nur er und ich, und das war okay. Es war in Ordnung. Es war okay, wisst ihr? Es war in Ordnung, dass nur wir zwei da saßen und mit unserer blöden Kreide malten – jedenfalls gab es dort noch andere Kinder, größer als wir, die aussahen, als wären sie sieben Klassen zurückgestuft worden, und eines Tages kommen die zu uns rüber und sagen einfach: ›Was macht ihr Schwuchteln da? Das ist hier kein Kunstunterricht. Das ist Sport.‹ Und einer dieser kleinen Scheißer zieht seine Hose runter und pinkelt einfach auf unser Bild. Und mein Freund mit dem Helm sitzt einfach nur da und wartete und wartet. Während ich aufstehe und so was sage wie: ›O Gott, voll eklig‹, und der andere Junge pinkelt einfach weiter, das längste Pinkeln, das ich je gesehen habe, einfach schrecklich. Und seine Freunde werden auch schon unruhig, weil es so lange dauert, es ist wirklich ein absurd langes Pinkeln, aber dann ist er fertig und schüttelt ab. Und der Helm geht in die Hocke, besudelt von der Pisse dieses Jungen, und stürzt sich auf ihn, schneidet einfach durch ihn hindurch, als wäre er aus Papier, ja? Voll in die Nüsse, genau dort, nimmt dann das Pausenbrot von dem Typen, und danach herrscht ein einziges Chaos. Wir kämpfen, wir schreien, wir prügeln uns so richtig, und die ganze Zeit ist der Helm absolut ruhig, so gelassen, als hätte er nicht gerade auf die Harnröhre dieses Jungen eingetreten.«

Goran stand auf, um das Pissen, die Hocke und den Aufprall nachzustellen und sich dann mit glühendem Gesicht und feuchten Augen wieder aufzurichten. »Es war Wahnsinn«, sagte er ganz außer Atem. »Der absolute Wahnsinn.«

Fatima klatschte und sagte: »Gut für ihn. Kinder sind solche Monster.«

»Kein Wunder«, sagte Stafford. »Ich meine, sieh uns an. Wir sind einfach nur wandelnde Kollateralschäden unserer Eltern.«

»Nichts gegen meine Eltern«, sagte Iwan. »Sie haben mir so viel gegeben. Alles. Nichts gegen meine Eltern. Sie sind toll. Ich liebe sie. Ich fühle mich nicht *beschädigt.*«

»Ach so, und für deine Eltern wäre es okay gewesen, wenn du Tänzer geblieben wärst und dich nicht an eine Bank verkauft hättest?«

Iwan verzog das Gesicht. An seinem Hals trat eine Ader hervor. Dieses Gespräch lief in die völlig falsche Richtung. Zwischen Stafford und ihm gab es eine spürbare Feindseligkeit, die mit Goran zu tun hatte, aber auch mit Iwans Berufswahl. Daw begriff nicht, was an Investmentbanking so furchtbar sein sollte. Obwohl, das stimmte nicht. Er wusste, dass es eine heimtückische und dunkle Kunst war. Die Vermehrung von Geld um des Geldes willen. Sehr viel mehr Geld, als ein einzelner Mensch oder eine Familie je brauchen würde. Reichtümer, die um der Reichtümer willen erwirtschaftet wurden, einfach um sagen zu können, dass man sie besaß. Und doch saß er hier in seinem zweiten Zuhause mit diesen Menschen, die er nur kannte, weil er Geld für ein Studium hatte, fürs College, für Lebensmittel, Kleidung und die Aneignung von Wissen. Es war scheinheilig. Es ging um eine moralische Grundhaltung, um eine Überzeugung, die man auf Partys und in Gesprächen vertrat, eine Verleugnung der Bindung an den materiellen Reichtum des eigenen Standes. Man musste bereit sein, alles wegzugeben. Oder so zu tun, als hätte man es nicht. Aber er konnte Staffords Frust verstehen. Iwan starrte Stafford so unvermittelt an, dass Daw das Blut in den Adern gefror.

»Ich habe wegen meiner Sehnen aufgehört. Nicht, weil meine Eltern mich dazu gezwungen haben.«

»Richtig, aber es hat sich für dich gelohnt.«

»Gelohnt? Meinst du, ich hätte es mir nicht anders gewünscht? Weißt du, wie sehr ich darum gekämpft habe?« Iwan war aufgestanden, um näher an Stafford heranzutreten. Seine Knöchel waren weiß, als würde er ihm ernsthaft wehtun wollen. »Ich habe Spritzen bekommen. Ich habe Reha gemacht. Akupunktur. Ich habe wochenlang mit angerissenen Sehnen getanzt. Ich wollte das mehr als alles andere in meinem ganzen verdammten Leben.«

»Aber du bist nicht dafür *gestorben*«, sagte Stafford. Dann, lachend, als hätte er einen grandiosen Witz gemacht: »Ich meine, du hättest dafür sterben können. Und jetzt wirst du mehr verdienen als der Rest von uns zusammen.«

»Sprich für dich selbst«, ging Noah dazwischen. »Ich habe vor, *ordentlich Kohle zu verdienen.*«

»So viel wie die reiche Mittelschicht halt verdienen kann«, warf Fatima ein.

»Meine Eltern sind weiße Mittelschicht«, sagte Goran.

»Wenn du Mittelschicht bist, ist Daw auch Mittelschicht.«

»Stimmt«, sagte Noah. Goran runzelte die Stirn und schlug mit der Gabel auf den Teller.

»Das ist nicht schön«, sagte Daw. »Reden wir lieber nicht über Geld.«

*»Reden wir lieber nicht über Geld«,* äffte Fatima ihn nach. »Das ist mein Stichwort, Jungs. Ich räume die Teller ab.«

»Nein, Fatima. Bitte nicht«, sagte Daw. »Das kann ich machen.«

Fatima verbeugte sich und sagte: »Aber es ist doch mein Beruf.«

Daw errötete. Die anderen schauten verlegen weg, sogar Goran. Daw wusste, was das war: die Rache für das, was er vorher gesagt hatte, und er hatte es verdient.

»Tut mir leid«, sagte er. »Ich hätte vorhin den Mund halten sollen.«

Sie gab ihm einen Kuss auf die Stirn, nahm seinen Teller und flüsterte ihm ins Ohr: »Keine Angst. Alles gut zwischen uns.«

Noah half Fatima mit den Tellern. Goran verschwand im Haus, wo er das Klavier entdeckte. Es sei weder völlig verstimmt, sagte er, noch richtig gut gestimmt. Er setzte sich dran, und Iwan, der ihn beobachtete, lächelte. Goran begann zu spielen und sagte beiläufig: »Mein erster Lehrer hat mich gezwungen, Bach zu spielen, und er hatte schlimmen Mundgeruch, darum spiele ich in der Regel keinen Bach.«

Anstelle von Bach spielte er den Anfang eines Stücks von Rachmaninow, das Daw wiedererkannte, weil er dazu im ersten Jahr bei der Frühlingsrevue getanzt hatte. Goran hatte ihn begleitet und in der großen Aula aus dem Off der Bühne gespielt, auf der die Tänzer des ersten Studienjahres zur Begutachtung ihrer Fortschritte nacheinander ihre kurzen Solos vortanzten. Goran war ihm von Noah empfohlen worden, der jeden zu kennen schien, damals wie heute. Er spürte ein Kribbeln im unteren Rücken und in den Knien, als er das Stück wiedererkannte, sein Körper wich einer früheren Version seines Selbst.

Das Stück von Rachmaninow ging in etwas Sanftes und Weiches über, etwas beinahe Zärtliches.

»Das ist Ravel«, sagte Goran und spielte mit einer feinen Präzision, die sein sonst wildes, schneidendes Spiel umso bemerkenswerter erscheinen ließ. Das Klavier war doch so verstimmt, dass das Stück nicht ganz sich selbst, sondern einer Art improvisiertem Echo glich, als Goran nach den Leitmotiven griff und sie aus dem Vorhandenen erschuf. Daw, der ihm vom Sofa aus zuhörte, verstand, dass er begabt war – und nicht nur begabt, sondern auch voller Hingabe an die Musik und das Spiel. Das Stück wurde in der Mitte hart, nachdenklich und unnahbar.

Stafford saß auf der hohen Fensterbank, und Iwan saß mit dem Rücken gegen die Klavierbank gelehnt. Sie hörten, wie im Nebenraum Wasser in das Spülbecken floss. Dann hörten sie Geschirr. Das Klappern. Noahs und Fatimas Flüstern. Das Wimmern des Heizgeräts. Sie wurden still. Die Musik erhob sich über sie.

Es war ein friedlicher Augenblick. Alle hatten die Waffen niedergelegt. Ihre scharfen und spitzen Vorstellungen voneinander, von sich selbst und der Welt. Iwan und Stafford schauten beide zu Goran, während er spielte. Goran war sich ihrer Aufmerksamkeit nicht bewusst. Er war vertieft in die Musik, die er großzügig mit ihnen teilte. Nicht in der Erwartung, im Gegenzug irgendetwas von ihnen zu erhalten. Nicht wirklich. Es kam so selten vor, dass etwas in der Welt so frei geschenkt wurde, wie Goran ihnen in diesem Moment die Musik schenkte.

Daw spürte, wie er wegdämmerte, wie seine Lider schwer wurden. Der Regen prasselte weiter auf das Terrassendach. Er versuchte, sich zu erinnern, ob er alle Fenster im Haus geschlossen hatte. Schließlich trug er die Verantwortung.

Am Morgen war er vor allen anderen wach. Er kochte sich einen Espresso und trank ihn draußen auf der Terrasse. In der Nacht war ein starker Wind aufgekommen. Noch mehr Regen. Die Stühle waren nass geworden, weil er vergessen hatte, sie hereinzuholen. Seine Eltern würden genervt und verärgert sein, sollten sie überhaupt je in das Haus zurückkehren. In nächster Zeit.

Er stützte das Kinn aufs Knie. Der Espresso war heiß und dampfte im morgendlichen Dunst. Die Bäume rauschten, dunkel und schön.

»Du bist schon so früh auf«, sagte Stafford von der Tür aus.

»So früh ist es gar nicht«, antwortete er.

»Für uns schon.«

»Wie hast du geschlafen?«

»Ich bin früh wach, oder?«

»Das könnte ein gutes oder ein schlechtes Zeichen sein«, sagte Daw.

»Ich glaube, es ist beides.«

Stafford setzte sich auf den Stuhl neben Daw, aber als er merkte, wie nass das Polster war, sprang er auf. Dann setzte er sich mit einem unleidlichen Gesichtsausdruck wieder hin und beschlagnahmte Daws Espresso.

»Dieses Haus ist echt großartig«, sagte Stafford.

»Das stimmt«, sagte Daw.

»Aber du kommst nie hierher, hast du gesagt, oder? Du verbringst nicht viel Zeit hier.«

»Wenn ich es irgendwie vermeiden kann, dann nicht«, sagte Daw.

»Darf ich fragen, warum?«

»Darfst du«, antwortete Daw, »aber das heißt nicht, dass ich es dir erzähle. Oder dass es irgendwas zu erzählen gibt.«

»Warum?«

Daw holte sich seinen Espresso zurück. Er trank den Rest und spürte, wie sich sein Kiefer und seine Schultern von der Hitze, der Bitterkeit, dem Tritt und Biss in seiner Kehle verkrampften. Er schüttelte sich.

»Meine Schwester wurde hier entführt. Nicht *hier*, aber ein Stück die Straße runter. Sie war auf dem Rückweg von der Bibliothek.«

»Scheiße. Wann?«

»Ich war sechs«, sagte er. »Sie war acht.«

»Um Gottes willen … Was ist passiert?«

Daw lächelte, weil er nicht wusste, was er sonst tun sollte. Er schaut zu Stafford. Betrachtete seine feuchten blonden Wimpern. Seine strahlenden Augen. Daw küsste ihn, und als sich ihre Lippen voneinander lösten, sagte er: »Nichts ist passiert. Es passiert nie irgendwas.«

Sie gingen leise zurück durchs Haus. Daw hatte sich im Schlafzimmer seiner Eltern einquartiert. Er zog sein T-Shirt aus und streifte die Shorts herunter, in denen Stafford geschlafen hatte. Stafford roch nach Moschus. Er war nicht beschnitten und ziemlich blass. Sein Körper war fest und glatt. Daw nahm Stafford in den Mund, und Stafford seufzte, packte Daw an den Schultern, um das Gleichgewicht zu halten.

Daw fragte sich, was mit Goran war. Ob das hier eine Mitleidsnummer werden würde oder eine, um Goran eifersüchtig zu machen. Doch dann dachte er, dass Stafford seine eigenen Entscheidungen treffen konnte. Er konnte selbst entscheiden, aus welchem Grund er etwas tat. Für Daw war es keine große Sache. Und Stafford wirkte einverstanden, interessiert. Daw hatte keinen Grund aufzuhören. Keinen Grund, es sich anders zu überlegen. Keinen Grund zu sagen: *Und was ist mit Goran?*

*Ich dachte, du liebst ihn?* Aber das war Liebe, und das hier war Sex oder würde gleich Sex sein, und die beiden Sachen hatten also absolut nichts miteinander zu tun.

Stafford wurde hart. Dann wieder etwas weicher. Er kicherte nervös. Daw schaute zu ihm hinauf.

»Alles in Ordnung mit dir?«, fragte er.

»Ich bin nur ... Schlafen hier deine Eltern?«

»Niemand schläft hier«, sagte Daw. »Niemand kommt mehr hierher.«

»Oh«, sagte Stafford. Das Zimmer war groß, aber karg. Es gab eine Kommode, auf der alte Fotos standen und ein Stapel Bücher lag. Staub und Muff hingen in der Luft. Und in der Nacht hatte Daw Spinnweben oder etwas Dünnes und Juckendes gespürt. Stafford sah sich im Zimmer um, und Daw blies ihm weiter einen, und dann stöhnte Stafford und schob Daw von sich, um sich erkenntlich zu zeigen. Die Hitze von Staffords Mund, die harten, holprigen Rillen seines Gaumens und manchmal ein verirrter Schnitzer seiner Backenzähne, all das wurde real. Dadurch spürte Daw mehr in seinem Körper. Spürte die Grenzen seines Ichs.

»Ich kann den Top machen, wenn du mich später Bottom sein lässt«, sagte Stafford.

»Später? Schlägst du gerade vor, dass wir das noch mal machen?«

»Ja«, sagte Stafford lachend. »Das tue ich.«

Daw war schon lange nicht mehr Bottom gewesen. Er hatte seit einem Jahr keinen Sex mehr gehabt. Er hatte es nicht gewollt, irgendwie. Es war nicht unangenehm, aber auch nicht so richtig lohnenswert, weil es sich in seiner Vorstellung fast immer auf Reibung beschränkte. Aber er legte sich auf den Rücken, zog die Beine an die Brust und atmete tief durch. Stafford drang in ihn ein, und zuerst war es schrecklich, weil es immer schrecklich war, doch dann löste sich die Anspannung, und Stafford glitt tiefer, und Daw bekam wieder Luft, und es war angenehm und warm. Stafford bewegte sich anfangs behutsam, bis sein Rhythmus ordentlich Zug bekam. Daw schlang die Beine um Staffords Taille und zog ihn enger heran, und sie küssten sich und stöhnten und waren nicht länger zwei Körper, sondern ein Körper, der durch sich selbst glitt.

Danach gingen sie zusammen unter die Dusche, wärmten sich auf und seiften sich ein. Stafford schaute immer wieder verlegen zur Seite, und Daw wollte am liebsten immer wieder seine Wangen packen und seinen Blick festhalten. Aber er brachte es nicht über sich, Stafford direkt anzusehen. Er brachte es nicht über sich, irgendwen direkt anzusehen. Zugleich beschlich ihn das Gefühl, beobachtet zu werden, und das Beobachten ging nicht von Stafford aus. Es war, als würde ihn durch die Duschwand hindurch ein Paar Augen ansehen, durch das Gemäuer des Hauses, den Wald hindurch, auch von der anderen Seite des Sees und von noch weiter her sogar, den ganzen Weg über die Adirondacks und das Meer hinweg, den Himmel, weiter und darüber hinaus, immer und immer weiter. Er hatte das Gefühl, als könnten diese Augen alles sehen, was er selbst sah.

»Wo bist du?«, fragte Stafford. Das Wasser traf auf Daws Hinterkopf. Er hörte Stafford kaum. »Wo bist du?«

»Ich bin hier«, sagte er. »Direkt hier.«

Stafford legte die Arme um Daw, küsste seine Brust und sagte, als würde er ihn nach einer langen Reise begrüßen: »Du bist hier. Gott sei Dank, du bist hier.«

Der Regen hatte aufgehört, und so gingen sie zusammen zwischen den Bäumen entlang.

Goran summte den Ravel vom Vorabend. Iwan stimmte ein. Sie hielten Händchen. Daw fühlte sich weniger schuldig wegen Stafford und der Dusche. Und außerdem hatte Noah es mit so ziemlich jedem hier schon mal getrieben. Wahrscheinlich hatte er auch mit Fatima geschlafen. Daw sah, wie Noah und Stafford sich im Gehen neckten und schubsten. Goran ließ die beiden nicht aus den Augen. Aber dann flüsterte ihm Iwan etwas ins Ohr, und er lachte, und alles schien gut. So als würden sie es schaffen. Schön für sie, dachte Daw. Schön für sie, für Noah und Stafford. Schön für sie alle, diese Menschen, die er kannte, seine Freunde. Eifersucht war so sinnlos. Niemand gehörte jemals irgendwem. Nicht wirklich.

Fatima hakte sich bei Daw unter. Die Bäume waren still, wiegten sich schweigend im Wind. Später am Tag würde es sicher wieder regnen. Er konnte es an den Wolken erkennen, an ihrer sich langsam entfaltenden Sprache.

»Scheint, als würde es dir besser gehen«, sagte Fatima.

»Ich wusste nicht, dass es mir schlecht ging.«

»Ging es auch nicht. Aber es scheint dir besser zu gehen.«

»Tut mir leid«, sagte er.

»Es ist dein Haus. Du musst dich nicht entschuldigen, weil du komisch bist. Zwei Häuser. Das kann ich mir gar nicht vorstellen.«

»Wir sind nicht mehr viel hier gewesen, ab einem gewissen Punkt«, sagte er mit einem Kloß im Hals. Er atmete tief ein. »Es ist nicht komisch.«

»Meine Familie hat in einem Trailer gewohnt«, sagte sie lachend. »Für mich ist ein Haus mit Treppen komisch.«

»Den Leuten geht es gut hier«, sagte er.

»Ich finde es trotzdem gruselig«, sagte sie. »Diese ganzen Weißen an einem Ort.«

»Da hast du recht«, stimmte er ihr mit zunehmendem Unbehagen zu, dem Drang nach Ausweichbewegungen, Rechtfertigungen und Verschleierungen.

»Bist du glücklich hier?«, fragte sie.

Er fragte sich, ob er es war. Glücklich. Was war das? Glück? Er schaute zu seinen Freunden, die vor ihnen liefen. Die über die großen Wurzeln stiegen. Einander schoben und zogen, sich verloren und wieder zusammenkamen, sich küssten und umarmten und miteinander lachten. Über ihnen der tief hängende Himmel, schön und schwer und grau. Die Bäume. Die satten, dunklen Farben des Waldes. Er roch den See. Das Zuhause von Menschen. Den nassen Boden. Was war Glück, wenn nicht dieser Moment, wenn nicht jetzt, genau jetzt, dieser Kreis von Freunden, zusammen zum vielleicht letzten Mal, die sich fanden für diese Zeit, genau diesen Moment. Was waren sie, wenn nicht glücklich? Noah kletterte auf Staffords Rücken, presste die Schenkel zusammen und rief: »Hopp, hopp.« Ihre nassen Jacken, der aufbrausende Wind. Fatima zog an ihrer Kapuze. Über ihnen öffnete sich der Himmel, und das Wasser kam, grau und schnell, überzog die Welt, bis der Regen alles berührt hatte und alles den Regen.

Daw hatte das Gefühl, sie in diesem Augenblick in sich zu tragen. Jeden von ihnen, ihr Glück, ihre Zuwendung, ihre Liebe. Bevor sie zum Haus zurückrannten, den rutschigen, matschigen Hang hinauf, wandte er sich an Fatima.

# Dank

Dieser Roman ist der Unterstützung und Geduld und dem ausgesprochenen Scharfsinn treuer Freund:innen, Leser:innen und Kollaborateur:innen zu verdanken. Sie haben selbst dann an dieses Projekt und diese Figuren geglaubt, als ich in den Tiefen meiner Zweifel und Ängste verloren war. Danke für die vielen Gespräche, aufmunternden Worte, langen Spaziergänge, Museumsbesuche, Lachanfälle und vor allem dafür, dass ihr an mich glaubt.

Mein Dank geht in loser Reihenfolge an: Meredith Kaffel Simonoff, Dana Bryan, Nora Gonzalez, Calvert Morgan, Catalina Trigo, Claire McGinnis, Jynne Dilling Martin, Hal Fessenden, Derrick Austin, Natasha Oladokun, The Slacc, Adam Dalva, C. Pam Zhang, Jeremy O. Harris. Und ganz besonders an Lee Pace für ein lebensveränderndes Gespräch, das dieses Buch gerettet hat.